KB164729

내가 사랑한 서양 고전

내가 사랑한 서양 고전

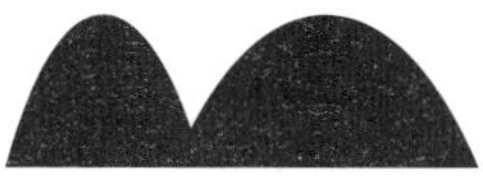

김욱동 지음

연암서가

지은이 김욱동

포스트모더니즘을 비롯한 서구문학 이론을 국내에 소개하고 그 이론을 토대로 우리 문학 작품과 문화 현상을 새롭게 읽어 내어 주목을 받아 왔다. 『번역과 한국의 근대』, 『은유와 환유』, 『문학 생태학을 위하여』, 『소설가 서재필』, 『「광장」을 읽는 일곱 가지 방법』, 『모더니즘과 포스트모더니즘』, 『눈솔 정인섭 평전』, 『세계문학이란 무엇인가』, 『이양하: 그의 삶과 문학』, 『비평의 변증법』, 『궁핍한 시대의 한국문학』, 『번역가의 길』, 『한국문학의 영문학 수용』 등의 저서가 있다. 역서로는 어니스트 헤밍웨이의 『노인과 바다』, 마크 트웨인의 『허클베리 핀의 모험』, 시어도어 드라이저의 『아메리카의 비극』, J. D. 샐린저의 『호밀밭의 파수꾼』, F. 스콧 피츠제럴드의 『위대한 개츠비』, 하퍼 리의 『앵무새 죽이기』 등이 있다. 현재 서강대학교 인문대학 명예교수로 있다.

내가 사랑한 서양 고전

2023년 5월 10일 초판 1쇄 인쇄
2023년 5월 15일 초판 1쇄 발행

지은이 김욱동
펴낸이 권오상
펴낸곳 연암서가

등록 2007년 10월 8일(제396-2007-00107호)
주소 경기도 고양시 일산서구 호수로 896, 402-1101
전화 031-907-3010
팩스 031-912-3012
이메일 yeonamseoga@naver.com
ISBN 979-11-6087-108-1 03800

값 18,000원

책머리에

고전은 흔히 인문학의 모퉁잇돌이요 전인 교육의 기둥이라고 한다. 그런데 서양에서 '고전'이라는 말의 뿌리를 더듬어 올라가다 보면 라틴어 '클라시쿠스(classicus)'를 만나게 된다. '클라시쿠스'란 본디 고대 로마 시대 상층 시민계급을 일컫는 말이었다. 그들은 국가가 전쟁 같은 위기에 놓여 있을 때 나라를 위하여 함대를 기부할 만큼 경제적으로 여유가 있는 부유한 사람들이었다. 한편 국가가 위기에 놓여 있을 때 내놓을 것이라고는 자식밖에 없는 가난한 사람들을 '프롤레스(proles)'라고 불렀다. '프롤레스'란 자식을 뜻하는 라틴어였다. 오늘날 널리 사용하는 '프롤레타리아'라는 용어는 바로 이 말에 뿌리를 두고 있다. 그러나 시간이 지나면서 '클라시쿠스'는 점차 '높은 가치를 지닌 것', '뛰어난 것' 또는 어떤 '규범적인 것'을 가리키는 말로 사용되었다.

마크 트웨인은 그 특유의 해학으로 '고전이란 칭찬만 늘어놓고 막상 읽지 않는 작품'이라고 말한 적이 있다. 우리가 흔히 고전이라고 일컫는 작품 중에는 제목만 익히 알고 있을 뿐 미처 읽지 않은 작품이 의

외로 많다. 어떤 학생이 친구에게 '러시아의 양심' 레프 톨스토이의 『전쟁과 평화』를 읽어 보았느냐고 물었더니 그 친구는 『전쟁』은 읽었는데 『평화』는 아직 읽지 못했다고 대답했다는 우스갯소리마저 있다.

쿠바에서 태어난 이탈리아 작가요 언론인인 이탈로 칼비노는 고전의 의미를 두고 무척 고심한 사람 중 한 사람이다. 『왜 고전을 읽는가』(1991)는 그가 이 문제를 두고 고민하면서 쓴 일련의 글을 한데 모아놓은 책이다. 그는 우리가 흔히 '고전'이라고 부르는 작품의 특징을 모두 14가지로 나누어 상세하게 다룬다. 칼비노가 말하는 고전의 특징 14가지 중에서 두세 가지는 특히 관심을 끈다.

칼비노에 따르면, 고전은 사람들이 "나 지금 책을 읽고 있어!"라고 말하는 대신 "나 지금 책을 다시 읽고 있어!"라고 말할 때의 바로 그 책이다. 여기서 '다시'라는 이 한마디 낱말이 고전과 고전이 아닌 작품을 가르는 중요한 잣대가 된다. 다시 말해서 루트비히 판 베토벤의 교향곡을 여러 번 듣고 또 듣듯이, 레오나르도 다빈치의 〈모나리자〉를 여러 번 보고 또 보듯이 고전에 속하는 작품도 한 번 읽고 나서 책장에 영원히 가두어두는 것이 아니라 책장에서 다시 꺼내어 두고두고 읽는 책이다. 그리고 고전은 다시 읽을 때마다 독자에게 새로운 의미로 다가온다.

또한 칼비노는 고전이란 독자들에게 영향을 주는 책이라고 규정짓는다. 물론 모든 책은 독자들에게 크고 작은 영향을 주게 마련이다. 그러나 읽고 난 뒤 유난히 그 여운이 오랫동안 뇌리에 남아 살아가는 동안 적잖이 영향을 끼치는 책들이 있다. 어떤 책을 읽기 전과 그것을 읽고 나서 이렇게 독자의 생각과 태도에 변화가 일어난다면 그 작품은 일단 고전으로 불러도 크게 무리가 없다는 것이다.

더구나 칼비노는 책을 읽고 나서 마치 미지의 신대륙을 탐험하는 것같이 느껴지는 작품이 바로 고전이라고 밝혔다. 말하자면 고전을 읽는다는 것은 지적 모험을 떠나는 것과 같다. 나는 얼마 전 하퍼 리의 『앵무새 죽이기』를 읽었다는 한 독자로부터 편지를 받은 적이 있다. 그 독자는 이 작품을 읽고 나서 너무 감동을 받은 나머지 그 감동을 좀 더 오래 간직하려고 한동안 다른 작품을 읽지 않겠노라고 하였다.

그동안 나는 고전에 관한 책을 여러 권 썼고, 삼성경제연구소(SERI-CEO)와 세계경영연구원(IGM), 공공도서관의 인문 강좌, 교육 콘텐츠 제작회사 모네상스 등에서 '고전 전도사'로 강의해 왔다. 이 책은 그동안 집필한 글과 강연 내용을 토대로 다시 다듬고 고쳐 쓴 것이다. 동서양 고전을 두루 다루었지만, 이 책에서는 서양 고전 50편을 선별하여 다루었다. 이 책의 자매편으로 동양 고전 50편을 선별하여 다룬 『내가 사랑한 동양 고전』도 같이 내놓는다.

나는 이 책에서 되도록 작품 줄거리를 요약하지 않으려고 애썼다. 작품 줄거리를 요약해 놓으면 막상 작품은 읽지 않고 요약본만 읽으려는 독자들이 적지 않기 때문이다. 작품 몇십 편의 요약본을 읽는 것보다는 차라리 작품 한 권을 제대로 읽는 쪽이 훨씬 더 가치 있고 바람직하다. 그래서 나는 작품 줄거리를 요약하기보다는 작품을 이해하는 데 도움이 될 만한 맥락에 초점을 맞추었다. 가령 작품 집필 과정이라든지, 작품을 이해하는 데 필요한 역사적 배경이나 사회적 환경이라든지, 작품의 현대적 의미 등에 주목하였다. 음식에 빗대어 말하자면 진수성찬에 앞서 식욕을 돋우기 위한 전채요리와 같은 역할을 하도록 이 책을 기술하였다.

요즈음 영상매체와 소셜미디어에 밀려 활자 매체를 기반으로 한 책이 들어설 자리가 날이 갈수록 점점 좁아지고 있다. 아침에 눈을 뜨자마자 스마트폰을 먼저 열어보는 것으로 하루 일과를 시작하는 것이 현대인의 일상이요 뉴미디어 시대의 슬픈 자화상이다. 심지어 교통이 혼잡한 횡단보도를 걸으면서도 스마트폰을 들여다보는 모습을 심심치 않게 보게 된다. 오죽하면 길 건너편 신호등으로도 모자라 길 건너기 전 횡단보도에 신호선을 설치해 놓았을까. 상황이 이러하다 보니 사람들은 전처럼 그렇게 책을 읽으려고 하지 않는다. 심지어 책을 읽는 것을 사치로 생각하는 사람들마저 있다. 이러한 상황에서 책을 낸다는 것은 여간 큰 용기가 아니고서는 할 수 없는 일이다. 그런데도 이 책의 출간을 선뜻 허락해 준 연암서가의 권오상 대표님과 이 책이 햇빛을 보기까지 온갖 궂은일을 맡아 준 편집부 선생님에게 감사드린다.

2023년 봄

해운대에서

김욱동

차례

1

길가메시

인류 문명을 말할 때면 서양 사람들은 으레 '문명의 요람'이라는 표현을 즐겨 사용한다. 그러나 '문명의 요람'보다는 오히려 '문명의 강'이라는 표현이 더 적절해 보인다. 까마득히 먼 옛날 인류는 큰 강이 있는 곳에 둥지를 틀고 문명의 성을 쌓기 시작했기 때문이다. 나일강의 이집트 문명, 인더스강과 갠지스강의 인도 문명, 황허강의 중국 문명이 그 좋은 예다. 현재까지 알려진 인류 최초의 문명이라고 할 수메르 문명은 티그리스강과 유프라테스강이 만나는 메소포타미아 지역에 둥지를 틀었다. 기원전 4000년쯤 흔히 '비옥한 초승달 지대'로 일컫는 이곳에 수메르 사람들이 정착하여 도시 국가를 건설하고 찬란한 문명의 꽃을 피웠다. 그래서 한 역사가는 "역사는 수메르에서 시작했다"고 주장하기도 한다. 처음으로 문명의 동이 트고 문화의 새벽이 밝아 온 곳, 전 세계로 그 빛을 전파한 곳이 바로 수메르다.

인류 역사에서 최초로 문자를 사용했다는 점에서도 수메르는 눈길을 끈다. 수메르 사람들은 지금까지 알려진 문학 작품으로는 가장 오래

된 서사시 『길가메시』를 남겼다. 서양 사람들은 흔히 호메로스의 서사시를 최초의 문학 작품으로 꼽지만 『길가메시』는 시기적으로 호메로스의 『일리아스』나 『오디세이아』보다 무려 1500년이나 앞선다. 놀랍게도 이 작품에는 구약성경의 「창세기」에 기록된 노아의 홍수와 비슷한 이야기가 나온다. 『길가메시』를 처음 쓴 시기는 가깝게는 기원전 2000년, 멀게는 기원전 3000년으로 거슬러 올라간다. 이 무렵의 작품이 흔히 그러하듯이 이 서사시도 한 사람이 한꺼번에 창작하기보다는 많은 시인이 음송하면서 구전으로 전해 내려오다가 그 내용을 조금씩 보태어 오늘날의 형태로 만들어졌을 것이다.

『길가메시』가 처음 빛을 보게 된 것은 아직 두 세기도 되지 않는다. 1839년 영국 학자 두 사람과 터키 고고학자 한 사람이 옛 아시리아 왕국의 도시 니네베를 발굴하던 중 우연히 왕궁과 서고 터에서 진흙으로 만든 점토판 열두 개를 찾아냈다. 점토판에 쐐기 문자로 적힌 내용은 길가메시라는 영웅의 무용담을 다룬 이야기였다. 그 뒤 다른 메소포타미아 지방과 아나톨리아 등지에서도 길가메시 이야기가 적힌 점토판들이 발견되면서 이야기는 좀 더 구체적인 모습을 갖추었다. 아직도 완전한 상태로 복원한 것은 아니지만 그동안 발굴한 여러 점토판을 기초로 그런대로 이야기의 내용을 미루어 볼 수 있다.

서사시의 주인공 길가메시는 실제로 존재한 역사 인물일 가능성이 높다. 수메르의 역대 왕을 적어 놓은 명단에는 메소포타미아를 휩쓴 대홍수 이후 우루크(이라크 남부에 있는 수메르의 도시 유적)를 지배한 왕조의 다섯 번째 왕으로 기록되어 있으며, 우루크의 성벽을 쌓은 왕으로 널리 전해 오기 때문이다. 그런데 그의 출생과 죽음과 관련한 이야기에 이르면 역사는 뒷전으로 밀려나고 전설이나 신화가 앞쪽으로 나선다.

여신 닌순과 쿨랍의 사제 사이에서 태어났기 때문에 그를 3분의 2는 신이고 3분의 1은 인간이라고 말한다. 우루크 왕국을 무려 126년 동안 통치했다는 대목도 상식을 크게 벗어난다. 이렇듯 길가메시의 모험담은 한편으로는 역사에 뿌리를 박고 있고, 다른 한편으로는 전설이나 신화에 맞닿아 있다.

『길가메시』는 "친구를 사랑하고 친구와 사별한, 그리고 그를 다시 살려낼 힘이 없다는 사실을 깨달은 한 사나이에 관한 옛이야기"라는 구절로 시작한다. 길가메시가 사랑한 친구란 바로 야생 인간 엔키두를 말한다. 대초원에서 짐승과 함께 행복하게 지내던 그는 한 창녀에게 이끌려 우루크로 오면서 길가메시와 친구가 된다. 그러나 얼마 안 되어 히말라야삼나무 숲을 지키는 괴물 훔바바(후와와)와 수메르의 최고신 아누가 보낸 '하늘의 황소'를 죽였다는 이유로 일찍 죽임을 당한다. 친구를 잃고 깊은 절망에 빠진 길가메시는 불멸과 영생의 방법을 찾으려고 멀고도 험난한 방랑의 길을 떠나지만 결국 실패하고 다시 우루크로 돌아온다.

비록 짧은 생애였지만 엔키두가 걸어온 삶의 궤적은 그동안 인류가 발전해 온 과정을 보여 주는 우화로 읽힌다. 들판에서 태어난 엔키두는 짐승의 젖을 먹고 자라나 짐승과 마찬가지로 시냇물을 마시며 들판에서 자유롭게 뛰논다. 이렇게 자연인으로 생활하는 시절은 인간의 원시와 야만 시대를 상징하며, 우루크로 가기에 앞서 목동의 집에서 잠시 머무는 시절은 인간의 전원 시대를 상징한다. 원시 시대에서 문명 시대로 옮겨가는 과도기라고 할 이 무렵, 엔키두는 창녀가 내어준 옷을 입고 목욕을 하고 온몸에 난 털을 깎는가 하면, 인간처럼 빵을 먹고 술 마시는 법을 배운다. 높은 성곽을 쌓아 외부와 차단한 채 우루크에서 보내는 시절은 인간의 문명 시대를 상징한다.

길가메시는 길에서 겪은 경험으로 삶에 대한 새로운 통찰을 얻는다. 주인공의 삶은 엔키두와 친구가 되는 장면을 분수령으로 크게 두 단계로 나뉜다. 엔키두를 만나기 전만 하더라도 길가메시는 악명 높은 폭군이었다. 외모가 수려하고 힘이 세고 하늘과 땅에 대하여 모르는 것이 없지만 백성이 존경하는 참다운 지도자라고는 할 수 없었다. 예를 들어 백성을 쓸데없이 노역에 부리는가 하면, 신부가 결혼하기 전에 그와 먼저 잠자리를 같이하여야 하는 초야권(初夜權)을 행사하기도 한다. 길가메시가 통치하는 사회는 게오르크 빌헬름 프리드리히 헤겔이 '한 사람만이 자유로운 사회'라고 부르고 카를 마르크스가 '총체적 노예제'라고 부른 사회였다.

그래서 주민들은 옛날을 그리워하며 새로운 변화를 갈망한다. 창조의 여신 아루루가 엔키두를 만들어 낸 것은 바로 길가메시와 대적할 사람이 필요했기 때문이다. 실제로 엔키두를 만나면서부터 길가메시는 여러모로 달라진다. 무모한 일과 성생활에만 탐닉하던 이전과 달리 삶과 죽음의 궁극적 의미에 깊은 관심을 기울인다. 말하자면 폭군에서 철학자로 탈바꿈하는 셈이다.

『길가메시』는 인간의 우정이 얼마나 아름다울 수 있는지 실감나게 보여 준다. 친구이자 형제와 다름없는 엔키두가 죽었을 때 길가메시는 꼬박 일곱 낮 일곱 밤을 울면서 그의 죽음을 슬퍼하며 시체를 내어주지 않는다. 시체에 벌레가 득실거릴 때야 비로소 시체를 내어주어 장례를 치르도록 한다. 길가메시의 이러한 태도는 호메로스의 『일리아스』에서 아킬레우스가 파트로클로스가 사망했을 때 보여 주는 태도와 아주 비슷하다.

길가메시는 엔키두의 죽음을 목격하고 나서 마침내 자신의 죽음을 생각한다. 자신도 언젠가는 엔키두와 똑같은 운명을 맞이할 것이라는 생각을 떨쳐 버릴 수 없다. 더 나아가 죽음은 한 개인의 문제가 아니라 인간이라면 누구나 걸머진 숙명이라는 사실을 깨닫는다. 이 작품은 한 인간이 운명으로부터 벗어나려는 몸부림을 다룬다. 인간은 왜 죽어야만 하는가? 영생이란 없는 것일까? 길가메시는 이러한 물음을 던지고 그 답을 찾으려고 애쓴다. 답을 찾기 위하여 그는 온갖 위험을 무릅쓰고 인간의 몸으로 영생을 누린다는 우트나피시팀을 찾아간다. 그러나 우트나피시팀도 길가메시에게 아무런 답을 주지 못하고 자신과 아내가 어떻게 하여 대홍수에서 살아남을 수 있었는가 하는 이야기만 들려줄 뿐이다.

길가메시가 돌아갈 때 우트나피시팀은 아내의 성화에 못 이겨 인간에게 영생을 가져다줄 불로초가 깊은 바다에서 자란다는 사실을 일러준다. 마침내 불로초를 손에 넣은 길가메시는 우루크로 돌아오는 길에 샘물에서 잠깐 목욕을 하는데 바로 그때 뱀이 나타나 불로초를 집어삼킨다. 불로초를 먹은 순간 뱀은 허물을 벗고 어디론가 사라져 버린다. 인간에게 영생은 불가능하다는 사실을 상징적으로 보여 준다.

우트나피시팀을 찾아가는 길목에서 만난 여신 시두리는 길가메시에게 그의 노력이 얼마나 부질없는가를 깨우쳐 준다. 인간의 목숨은 어차피 '갈대와 같기' 때문에 영원불멸의 삶을 찾는다는 것은 곧 '바람을 찾는 것'과 다르지 않다고 말한다. 시두리는 길가메시에게 죽음이란 인간의 피할 수 없는 운명이므로 차라리 현세에서 만족하며 살아가라고 가르친다.

길가메시, 그대는 어디로 서둘러 가고 있는가?
그대가 찾고 있는 삶은 그 어디에서도 찾을 수 없을 것이다.
신들이 인간을 창조할 때
인간에게는 죽음을 건네주고
영생은 자신들이 차지했지.
길가메시, 맛있는 음식으로 뱃속을 가득 채우고
날이면 날마다 밤이면 밤마다 즐겁게 놀지어다.
날마다 흥겨운 잔치를 벌이고
춤을 추며 놀지어다!

시두리의 말은 다분히 현세주의적이고 쾌락주의적인 성격이 짙다. 그는 내세보다는 현재, 저승보다는 이승의 삶에 충실할 것을 가르친다. "노세 노세 젊어서 노세 / 늙어지면 못 노나니 / 화무(花無)는 십일홍(十日紅)이요 달도 차면 기우나니라"로 시작하는 우리네 민요 가락과 맞닿은 세계관이다. 이렇게 내세에 대한 믿음이 없다는 점에서 『길가메시』는 비관주의적 인상을 짙게 풍긴다.

이러한 세계관은 당시 메소포타미아 사람들의 정신 상태나 심리를 잘 보여 준다. 그들은 가뭄과 홍수 같은 자연 재앙이 언제라도 닥쳐올 수 있다는 공포감에 사로잡힌 채 살았다. 낮과 밤의 기온 차이가 극심한 데다 이웃 도시 국가들의 침략도 잦아 늘 삶이 위태로웠다. 그들이 섬기는 신들도 언제나 호의적이지만은 않아서 그들은 좀처럼 삶에 희망을 걸 수 없었다.

그렇다면 내세의 구원이 약속되지 않은 이 세계에서 인간이 할 수 있는 일은 과연 무엇일까? 작품의 첫머리와 끝부분이 하나같이 길가메시가 쌓은 우루크의 견고한 성벽을 언급한다는 점을 찬찬히 눈여겨보아야 한다. 인간의 손으로 이룩한 문명만이 그에게 영광을 가져다주는 것이요 불멸을 대신할 수 있다는 사실을 강하게 내비친다. 그것은 길가메시에게 만족스러운 해답이 될 수 없을지 모르지만 받아들일 수밖에 없다.

한편 『길가메시』는 자연과 환경 문제에도 무게를 싣는다. 이 작품에서 히말라야삼나무 숲을 '생명의 땅'이라고 일컫는다. 오늘날처럼 자연이 파괴되지 않은 그 옛날에 이렇게 숲을 생명처럼 소중히 여긴 것이 놀랍다. 숲을 관장하는 신 엔릴이 이중, 삼중으로 인간의 접근을 차단한 사실은 이 무렵 숲을 얼마나 중요하게 생각했는지 알 수 있다. 나무나 숲이 중요하다는 것은 죽음에 직면한 훔바바가 길가메시에게 목숨만 살려 주면 숲의 "성스러운 나무를 잘라 집을 지어 주겠다"라고 말하는 대목에서도 잘 드러난다.

더구나 이 작품에서 세상 만물은 하나같이 살아서 숨 쉰다. 이러한 세계관에서 생물과 무생물은 이렇다 할 차이가 없다. 임종의 자리에서 엔키두는 길가메시에게 이렇게 말한다.

> 나에게 삼라만상은 다 생명을 지녔다.
> 하늘도, 폭풍도, 땅도, 물도, 방황도
> 달과 그 세 자녀들도, 소금도,
> 심지어 내 손도 생명을 지녔다.

신체의 일부인 손이 생명을 지녔다는 것은 그렇게 이상할 것이 없지만 하늘이나 땅, 물이 생명을 지녔다는 생각은 여간 놀랍지 않다. 엔키두는 심지어 여기저기 떠돌아다니는 방황에도 생명이 있다고 생각한다.

이렇게 삼라만상이 다 생명을 지닌다고 생각하는 것은 길가메시도 크게 다르지 않다. 엔키두가 죽어갈 때 길가메시는 곰, 하이에나, 표범, 호랑이, 사자, 사슴, 들소, 야생 염소 따위 짐승이 하나같이 그의 죽음을 슬퍼하여 통곡한다. 더 나아가 히말라야삼나무 숲에 이르는 길도, 짐승과 함께 뛰놀던 들판도, 엔키두와 함께 걸었던 유프라테스강도 눈물을 흘린다. 자연의 대상물에 인간의 감정을 부여하는 것을 두고 흔히 '정감적 오류'라고 부른다. 시인들은 이 정감적 오류를 주로 목가적 엘레지(서정시의 일종으로 애도와 비탄의 감정을 표현한 시)에서 자주 사용한다.

그러나 이 작품에서 삼라만상이 인간처럼 슬픔의 감정을 지닌다는 것은 감정을 헤프게 늘어놓는 정감적 오류 이상의 깊은 뜻을 지닌다. 이 작품은 세계 문학사의 첫 페이지를 장식하는 최초의 서사시일 뿐 아니라 생태주의를 다룬 최초의 문학 작품이기도 하다. 이 서사시는 5000년 전의 태곳적 이야기라고는 하지만 21세기에 사는 현대인에게도 창조의 새 아침처럼 자못 신선하다.

2

아이소피카

아이소포스

세계 어느 민족이나 나라를 보아도 우화가 없는 민족이나 나라는 거의 없다시피 하다. 독립된 이야기이든 민담의 일부이든 세계의 모든 민족이나 나라에는 그들 나름의 우화가 있다. 인류와 함께 역사를 같이한다고 할 수 있는 우화는 지금까지 서양 문화권에서나 동양 문화권에서 매우 중요한 위치를 차지해 왔다. 그래서 16세기 종교개혁 시기에 활약한 인문주의자인 프랑수아 라블레는 우화를 두고 "인간의 내면을 비추는 지혜의 거울"이라고 평하였다.

서양에서는 기원전 8세기 무렵 역사가 헤시오도스가 『일과 나날』이라는 작품에 우화를 집어넣었다. 고대 로마 시대에 활약한 시인 호라티우스의 「서울 쥐와 시골 쥐」, 중세에 프랑스에서 유행한 「여우 이야기」, 17세기 프랑스의 시인 장 드 라퐁텐의 우화에 이르기까지 우화는 서양에서 무척 융숭한 대접을 받았다. 중세기 유럽 대학들은 정규 교과과정이었던 '자유 7과'의 문법학과 수사학 강의에 우화를 적극 활용하였다.

이러한 사정은 동양에서도 크게 다르지 않아서 석가모니는 도덕이나 윤리를 가르칠 때 동물 우화를 즐겨 사용하였다. 예를 들어 인도의 『판차탄트(佛本生譚)』는 동양의 가장 대표적인 우화집으로 꼽힌다. 노자의 『도덕경(道德經)』과 함께 도가 사상의 주춧돌이라고 할 『장자(莊子)』에도 우화의 성격이 짙은 이야기가 많이 나온다. 물론 한국의 민담이나 전래 동화에서도 우화나 그와 비슷한 이야기를 쉽게 찾아볼 수 있다.

우화 하면 많은 사람은 역시 고대 그리스 시대에 아이소포스(이솝)가 쓴 『아이소피카(이솝 우화)』를 첫손가락에 꼽는다. 재미와 도덕, 촌철살인의 형식에서 『아이소포스 우화』를 따를 만한 작품을 찾아보기 힘들다. 아이소포스 하면 우화가, 우화 하면 아이소포스가 금방 떠오를 만큼 모든 우화 중에서 가장 널리 알려져 있다. 그래서 고대 그리스 시대 활약한 희극 작가 아리스토파네스는 아이소포스를 '우화의 신'이라고 높이 치켜세웠다.

그런데 아이소포스의 삶에 관해서는 별로 알려진 것이 없다. 심지어 언제, 어디에서 태어났는지조차 분명하지 않다. 단편적으로 전해 오는 몇몇 기록에 의존하여 그의 출생을 대충 미루어 짐작할 따름이다. 리디아(기원전 7세기부터 기원전 6세기까지 소아시아 지방에서 번성했던 왕국)의 수도였던 소아시아 서부의 고대도시인 사르디스에서 태어났다고도 하고, 그리스의 한 섬인 사모스에서 태어났다고도 하며, 트라키아의 식민지였던 메셈브리아에서 태어났다고도 한다. 그가 프리기아의 변방 도시인 코시아이움 태생이라는 주장도 만만치 않다. 그러나 기원전 620년경에 태어나 560년경에 죽었다는 데는 학자들의 의견이 대체로 일치한다.

헤로도토스는 아이소포스가 태어날 때부터 노예 신분이었다고 하고, 플루타르크는 그가 노예 신분에서 풀려난 뒤 리디아의 크레소스 왕의 자문관 노릇을 했다고 한다. 1세기에 이집트에서 쓴 한 전기에 따르면 아이소포스가 노예로 팔려 다니다가 마침내 사모스 섬의 이아드몬의 도움으로 노예 신분에서 풀려났지만 왕의 사자로 일하던 중 델포이에서 죽었다고 한다.

아이소포스는 사르디스와 코린스를 비롯하여 여러 지방을 두루 여행했으며, 솔론 같은 정치가들이나 탈레스 같은 유명한 철학자들을 만났다. 얼굴이 추한 꼽추로 어릿광대 노릇을 했다는 이야기도 있지만 그 사실을 뒷받침할 증거는 없다. 심지어 아이소포스가 실존 인물이 아니라는 주장마저 있다. 그러나 플라톤이나 아리스토텔레스, 고대 그리스 희극 작가 아리스토파네스 등이 저서나 작품에서 그의 이름을 언급하는 것을 보면 실제 인물임에는 틀림없다.

아이소포스가 쓴 몇몇 우화는 뭇사람의 마음에 깊이 새겨져 있다. 가령 토끼와 거북이가 경주를 벌여 거북이가 이긴 이야기라든지, 여름철에 개미는 부지런히 일하지만 베짱이는 노래만 부르며 놀다가 한겨울에 먹을 것이 없어 곤경에 빠진 이야기를 모르는 사람은 거의 없다. 이렇듯 현대인에게 『아이소피카』는 이제 무의식의 일부가 되다시피 하였다. 일상적 언어생활에서도 이 우화가 차지하는 몫은 아주 크다.

예를 들어 우리가 흔히 사용하는 거짓말쟁이를 가리키는 '양치기 소년'이니, 이룰 수 없는 것에 대하여 악담하거나 자위하는 행동을 두고 이르는 '신 포도'니 하는 말은 하나같이 『아이소피카』에서 비롯하였다. 남북한 화해 분위기와 더불어 부쩍 자주 사용하던 '햇볕 정책'이라는 말도 「해와 바람」의 우화에 뿌리를 둔다. 이 우화에서 바람과 해는 누가 먼저 나그네의 외투를 벗게 하는지 내기를 하는데, 힘으로 밀어붙이는 바람은 지고 따뜻한 햇볕을 보내는 해가 내기에서 이긴다. 이 우화는 부드러움이 오히려 강하다는 역설적 진리를 말할 때마다 약방의 감초처럼 사람들의 입에 자주 오르내린다.

소크라테스는 죽기 전에 옥중에서 산문으로 된 『아이소피카』를 시로 옮겼다고 한다. 독일의 종교 개혁가 마르틴 루터도 이 우화를 새롭게 편집하면서 서문을 덧붙였다. 그런가 하면 적지 않은 문학들이 그동안 이 우화에서 직접 또는 간접적으로 예술적 자양분을 섭취하였다. 이렇듯 『아이소피카』는 문학·예술·철학·종교에 걸쳐 폭넓게 영향을 끼쳤다. 그것은 아마 단순히 우화를 뛰어넘는 어떤 심오한 의미를 담고 있기 때문일 것이다.

오늘날 전하는 『아이소피카』는 이 무렵의 작품이 흔히 그러하듯이 아이소포스 혼자 창작한 것이라기보다는 입에서 입으로 전해 오는 여러 이야기를 재구성한 것이라고 보는 쪽이 옳다. 가령 「매와 나이팅게일」은 이미 몇 세기에 앞서 헤시오도스가 쓴 우화고, 자신의 깃털로 만든 화살에 맞아 부상을 입는 독수리 이야기는 고대 그리스의 비극 작가 아이스킬로스가 쓴 우화다. 또한 독수리에게 복수하는 여우 이야기와 여우가 원숭이를 골탕 먹이는 이야기는 기원전 7세기에 활약한 그리스 시인 아르킬로코스가 쓴 우화다.

한편 고개를 높이 쳐들고 하늘의 별만을 바라보며 길을 걷다가 땅 밑의 깊은 우물에 빠진 점성가에 관한 우화는 실제로 탈레스에게 일어난 이야기다. 밀레토스 학파의 창시자인 탈레스는 줄잡아 기원전 6세기에 활약한 고대 그리스의 철학자로 천문학에 관심이 무척 많았다. 플라톤은 아이소포스가 직접 쓴 우화는 한 편도 없다고 주장했지만 그 말은 받아들이기 어렵다. 아이소포스는 자신이 쓴 우화에 당시 널리 떠돌던 우화를 한데 모았을 가능성이 높다.

『아이소피카』는 기원전 3세기경부터 어떤 때는 운문으로, 어떤 때는 산문으로 전해 내려왔다. 기원전 3세기경 아테네의 폭군이요 철학자로서 알렉산드리아 도서관을 세운 팔레론의 데메트리오스가 찾아낼 수 있는 모든 우화를 찾아내어 엮은 것이 『아이소피카』의 최초 텍스트로 알려져 있다. 그 뒤를 이어 여러 텍스트가 나왔지만 오늘날까지 전하는 것은 기원전 2세기경 로마 사람 바브리우스가 편집한 텍스트, 1세기경 파이드로스가 편집한 텍스트, 4세기경 아비아누스가 편집한 텍스트 등이다.

『아이소피카』는 오랫동안 잊혔다가 15세기에 이르러 문예부흥의 새바람을 타고 다시 활력을 찾았다. 이 무렵 콘스탄티노플의 수도승 막시무스 플라누데스가 우화 가운데서 150편을 모아 책으로 엮었다. 동유럽이 몰락하고 서유럽이 세계 문명의 메카로 떠오르면서 우화는 이탈리아에서 그 가치를 새롭게 인정받았다. 이탈리아 사람들은 『아이소피카』를 성경을 비롯하여 고대 그리스와 로마의 고전과 똑같은 자리에 올려놓았다. 이탈리아 학문이 진흥하는 데 크게 이바지한 사람 중 한 사람인 로렌초 발라는 호메로스의 『일리아스』, 헤로도토스와 투키디데스의 역사서와 함께 『아이소피카』도 함께 번역하였다.

『아이소피카』가 유럽 전역에 널리 퍼지게 된 데는 인쇄술의 발달의 역할이 컸다. 1475년과 1480년 사이에 보누스 아쿠르시우스가 이 우화를 처음 출판하였다. 1485년 영국 최초의 인쇄업자요 출판업자인 윌리엄 캑스턴이 『아이소피카』를 영어로 번역하여 웨스트민스터 대성당에 설립한 인쇄소에서 출간하였다. 『아이소피카』는 유럽, 그 가운데서도 특히 독일에서 큰 인기를 끌었다. 종교개혁 지도자들은 이 책을 로마 가톨릭의 비행과 병폐를 풍자하는 무기로 사용했기 때문이다.

실제로 세계 문학사에서 『아이소피카』만큼 널리 읽힌 책도 드물다. 이 책은 지금까지 기독교 경전인 성경 다음으로 가장 많이 팔리고 가장 널리 읽힌 책으로 꼽힌다. 성경만 하여도 비기독교 문화권에서는 좀처럼 읽지 않지만 『아이소피카』는 종교에 관계없이 누구나 읽었으므로 성경보다도 독자층이 훨씬 더 넓을 수밖에 없다.

서양에서나 동양에서나 『우화』는 초등학교 교과서에 자주 등장한다. 어린이에게 도덕과 윤리를 가르치는 수신 지침서로 안성맞춤이기 때문이다. 예를 들어 「여우와 황새」는 남을 골탕 먹이면 반드시 그 대가를 치른다는 교훈을, 「개미와 비둘기」는 남에게 빚진 은혜를 갚으려는 사람에게는 늘 기회가 있게 마련이라는 교훈을 가르친다. 「곰과 두 나그네」는 믿을 만한 친구는 위기를 함께 겪어 보아야 비로소 알 수 있다는 교훈을, 「까마귀와 물병」은 무엇인가 간절히 원할 때야 비로소 머리를 써서 그 해결 방법을 찾는다는 교훈을 전한다. 그런가 하면 「여우와 갈까마귀」는 지나친 자만심이나 아첨을 경계하는 교훈으로 읽을 수 있다. 이렇듯 『아이소피카』는 그 내용을 한두 마디 격언이나 경구로 요약할 수 있다.

『아이소피카』 중에는 그 의미를 어떻게 해석하여야 좋을지 아리송한 것들도 더러 있다. 가령 「수탉과 보석」에서 교훈을 한 가지로 말하기란 쉽지 않다. 수탉 한 마리가 암탉과 함께 먹이를 찾다가 우연히 땅바닥에서 보석을 하나 발견한다. 그 보석을 보자 수탉은 "만약 내가 아니고 너의 주인이 너를 발견했다면 너를 집어 소중하게 보관했을 것이다. 그러나 나에게 너는 아무 쓸모가 없구나. 이 세상의 모든 보석보다는 차라리 보리 한 톨이 나에게는 더 소중하단다"라고 중얼거린다. 이 우화에서 한 사람에게 소중한 것이 다른 사람에게는 하찮은 것일 수도 있다는 교훈을 쉽게 읽을 수 있다. 그러나 보석에 대한 수탉의 행동을 어떻게 볼 것인가 하는 문제에 이르면 의견이 엇갈린다. 어떤 사람은 수탉이 슬기롭다고 생각하고, 어떤 사람은 수탉이 어리석다고 생각한다.

『아이소피카』는 어린이뿐 아니라 어른에게도 적잖이 교훈을 준다. 우화가 전하는 내용은 인간이라면 누구나 마땅히 지켜야 할 도덕과 윤리기 때문이다. 우화는 언뜻 보면 그 내용이 무척 진부한 것 같지만 그 속에 세월의 풍화작용을 좀처럼 받지 않는 영원한 진리가 담겨 있다. 그러나 복잡한 현대 문명사회를 설명하기에는 너무 소박하고 단순하다고 지적하는 학자들도 있다. 물론 그들의 주장도 일리가 있지만 동굴 속에서 살던 원시 시대나 달과 화성에 우주 탐사선을 쏘아 올리는 현대 사회나 인간성은 크게 달라지지 않는다.

오늘날 『아이소피카』 하면 도덕적 교훈이 먼저 떠오르지만, 과거에는 도덕적 교훈보다는 사회 비판이나 정치 풍자의 기능이 훨씬 더 컸다. 언론의 자유가 제약을 받던 당시 아이소포스는 위정자(爲政者)에 대한 불만을 동물에 빗대어 풍자하였다. 예나 지금이나 비판이 자유롭지 못하면 으레 사람들은 다른 틀을 빌려 풍자하게 마련이다. 이 무렵 사람들이 우화를 좋아한 것은 그만큼 언로(言路)가 막혀 있었다는 것을 뜻한다. 고대 그리스에서 폭군 정치가 끝나고 민주 정치가 들어서면서부터 수사학자들은 우화를 수사학의 기교를 보여 주는 본보기로 삼았다. 그런가 하면 우화는 밥을 먹고 난 뒤에 가볍게 나누는 한담의 주제로도 큰 인기를 끌었다.

『아이소피카』는 촌철살인의 묘를 아주 효과적으로 살린다. 짧게는 두세 문장, 아무리 길어도 좀처럼 두 쪽을 넘지 않는다. 흔히 '언어의 칼로' 일컫는 우화는 짧은 몇 마디 문장으로 마치 날카로운 비수처럼 뭇

사람의 폐부를 찌른다. 요즈음 "작은 것이 아름답다"는 구호 아래 크고 거창한 것보다는 작고 실속 있는 것이 각광을 받고 있다. 문학과 예술에서는 이미 '미니멀리즘'이라는 이름으로 이러한 경향이 자리 잡았다. 세계 문학사에서 『아이소피카』는 바로 이 미니멀리즘의 첫 장을 연 작품이라고 할 수 있다.

3

오이디푸스 왕

소포클레스

호메로스의 『일리아스』와 『오디세이아』가 서사시를 대표하는 작품이라면 소포클레스(기원전 496?~406년)의 『오이디푸스 왕』은 비극을 대표하는 작품이다. 호메로스의 작품이 소설 장르가 발전하는 데 견인차 역할을 맡았다면, 소포클레스의 작품은 연극 장르가 발전하는 데 크게 이바지하였다. 『오이디푸스 왕』은 삶의 궁극적 문제를 다루므로 굳이 서양과 동양을 가르지 않고 아직도 뭇사람에게 큰 감동을 준다. 더 나아가 문학의 테두리를 벗어나 정신분석학에도 크나큰 영향을 끼친 작품으로도 평가받는다. 지그문트 프로이트가 처음 사용한 '오이디푸스 콤플렉스'라는 용어는 다름 아닌 이 작품에서 따온 것이다.

아이스킬로스와 에우리피데스와 더불어 흔히 '그리스의 3대 비극 시인'으로 일컫는 소포클레스는 뛰어난 용모를 가진 다재다능한 사람으로 알려져 있다. 극작가요 시인일 뿐 아니라 예술 밖의 다른 분야에서도 이름을 크게 떨쳤다. 부유한 기사 계급의 아들로 태어난 소포클레스는 어려서부터 음악, 체육, 무용 등에서 남다른 재능을 보였다. 사모스의 반란을 진압하기 위하여 페리클레스와 함께 장군으로 전쟁에 참여했고, 펠로폰네소스 전쟁에서도 공을 세웠다. 전쟁이 끝난 뒤에는 재정관으로 아테네 동맹국의 재정 책임을 도맡았으며 제관으로서 종교에도 크게 이바지하였다.

그러나 소포클레스가 무엇보다도 두각을 나타낸 것은 역시 비극 작가로서였다. 스물일곱 살 때 자신보다 무려 30세나 위인 아이스킬로스를 제치고 비극 경연 대회에서 일등을 차지하면서 극작가로서 탁월한 재능을 인정받았다. 데뷔 때부터 작품 활동을 그만둘 때까지 소포클레스는 늘 비극 경연 대회에서 으뜸 자리를 차지하였다. 그가 쓴 작품은 무려 125편에 달하지만 그 가운데서 지금까지 온전히 전하는 작품은 아쉽게도 겨우 일곱 편에 지나지 않는다. 아이스킬로스가 그리스 비극의 창시자고, 에우리피데스가 비극에 우상 파괴적인 변혁을 꾀했다면, 소포클레스는 고전 비극의 형식을 완성시킨 대가라고 할 수 있다.

『오이디푸스 왕』은 흔히 『콜로노스의 오이디푸스』, 『안티고네』와 더불어 '오이디푸스 3부작' 또는 '테바이 3부작'으로 일컫는 작품 중 하나다. 이 세 작품은 3부작이라고는 하지만 오이디푸스와 그 가문의 이야기를 다루는 점만 서로 비슷할 뿐 아이스킬로스의 3부작과는 크게 다르다. 오이디푸스 이야기는 소포클레스가 비극으로 만들기 전에 이미 그리스에 널리 알려져 있었다. 기원전 10세기부터 에게 문화권의 신화 속에 전해 왔고, 소포클레스가 비극 작품으로 만들기 300년 전에 호메로스가 이미 노래한 적이 있다. 그러나 이 이야기는 소포클레스의 손에서 전혀 다른 작품으로 새롭게 태어났다.

『오이디푸스 왕』은 그리스의 도시 국가 테바이의 시민들이 왕궁 앞으로 몰려와 왕에게 나라에 들이닥친 재앙을 물리쳐 달라고 탄원하는 장면으로 시작한다. 땅에서는 곡식이 제대로 자라지 않고 짐승들은 새끼를 낳지 못하며 여성들은 자식을 낳지 못한다. 더구나 온 나라에 역병이 번져 그야말로 테바이는 어두운 지옥세계가 되다시피 한다. 그러나 이 극에서 다루는 비극적 운명은 극이 시작되기 전에 이미 그 씨앗이 뿌려졌다. 극이 시작할 때 오이디푸스는 지난 18년 동안 테바이를 지배하고 있었다.

그런데 오이디푸스가 테바이의 왕이 된 것은 바로 스핑크스의 수수께끼를 풀어 테바이를 위기에서 건져냈기 때문이다. 사자의 몸뚱이에 여성의 머리를 한 괴물 스핑크스는 테바이로 들어가는 모든 나그네에게 "아침에는 네 발로 걷고 한낮에는 두 발로 걸으며 저녁에는 세 발로 걷는 것이 무엇인가?"라고 묻는다. 만약 나그네가 이 수수께끼를 풀지 못하면 스핑크스는 그를 도시로 들여보내기는커녕 오히려 잡아먹었다. 그러나 오이디푸스가 이 수수께끼를 풀자 스핑크스는 스스로 목숨을 끊고, 마침내 오이디푸스는 길거리에서 죽임당한 라이오스 왕의 뒤를 이어 왕이 되었던 것이다.

오이디푸스의 불행과 저주의 원인을 좀 더 거슬러 올라가면 젊은 시절의 라이오스와 만나게 된다. 펠로프스 왕궁에서 망명 생활을 하던 무렵 라이오스는 크리시포스 왕자와 동성애를 하여 아폴론 신의 저주를 받는다. 자식을 낳아서는 절대 안 되며, 만약 이것을 어기면 자신의 아들 손에 죽을 것이라는 신탁을 내린다. 그런데도 라이오스는 테바이로 돌아와 이오카스테에게 접근하여 아들을 얻는다. 그 아들이 바로 라이오스를 파멸로 몰아넣을 오이디푸스다. 불길한 신탁을 두려워한 이오카스테는 아들을 낳자마자 양치기를 시켜 갓난아이의 발목을 묶어 키오타이론 산속에 버리도록 한다. 아이는 그때 발목을 묶은 자리가 부

어울라 '오이디푸스'라는 이름을 얻게 된다.

갓난아이를 불쌍하게 여긴 양치기는 아이를 코린토스의 양치기에게 넘겨주고, 그 양치기는 다시 자식이 없는 폴리보스 왕과 왕비에게 넘겨준다. 코린토스의 왕자로 자란 오이디푸스는 잔치 자리에서 우연히 자신이 주워온 아이라는 사실을 알게 되고 출생의 비밀을 풀기 위하여 델포이 신전을 찾아간다. 신전에서 오이디푸스는 출생의 비밀을 아는 대신 아버지를 죽이고 어머니와 결혼한다는 무서운 신탁을 받는다. 무서운 신탁을 피하려고 코린토스를 떠나던 중 길거리에서 말다툼을 벌이다가 한 노인을 죽이고, 스핑크스의 수수께끼를 푼 뒤 테바이의 왕위를 이어받는다.

왕위에 오른 지 18년이 되던 해 어느 날 오이디푸스는 모든 일이 신탁대로 이루어졌음을 깨닫는다. 테바이에 몰아닥친 재앙에 대하여 장님 예언자 테이레시아스는 모든 것이 오이디푸스 왕 때문이라고 밝힌다. 오이디푸스는 이 말을 듣고 전혀 믿을 수 없지만 점차 사실임을 깨닫는다. 길거리에서 자기가 살해한 사람이 다름 아닌 아버지 라이오스 왕이고, 지금 결혼하여 자식을 넷이나 낳은 왕비 이오카스테는 바로 어머니인 것이다. 이 사실을 알게 된 이오카스테는 스스로 목숨을 끊고, 곧이어 오이디푸스도 왕비의 옷에 꽂힌 핀을 뽑아 자신의 두 눈을 찌른다. 그리고 죗값을 치르기 위하여 테바이를 떠나 거지로 방랑의 길을 나선다.

고대 그리스 사회에서는 개인이 저지를 수 있는 가장 무서운 죄로 두 가지를 꼽았다. 하나는 부친 살해고, 다른 하나는 근친상간이다. 그런데 오이디푸스는 가장 무서운 두 죄를 모두 범하였다. 가족을 중시하는 플라톤은 부친 살해자는 죽여서 시체를 도시 밖 네거리에 놓아두고

돌을 던져야 한다고 주장하였다. 당시 개인이 아내나 어머니 또는 누이가 강간하는 현장을 보면 그 범인을 죽여도 전혀 죄가 아니며, 근친상간을 범한 아내를 도로 취하면 시민권을 박탈하였다. 당시 친족 살해나 근친상간을 얼마나 무서운 죄로 여겼는지 충분히 미루어 볼 수 있다.

르네상스 시대 비극에 '성격극'이라는 꼬리표가 붙듯이 그리스 비극에는 늘 '운명극'이라는 꼬리표가 붙어 다닌다. 주인공은 이미 신탁이나 예언에 따라 자신의 운명이 결정되었기 때문이다. 개인의 행동은 기껏해야 짓궂은 운명의 장난에 지나지 않는다. 오이디푸스가 델포이 신전의 신탁을 듣고 코린토스를 떠난다든지, 이오카스테가 아폴로의 신탁을 피하려고 갓난아이를 산속에 내다 버리는 것은 자신에게 내려진 운명을 피하기 위한 행동이다. 그러나 운명은 그림자처럼 늘 개인의 뒤를 따라다니며 마침내 파국으로 몰아넣는다. 이오카스테가 오이디푸스에게 하는 "인간에게 운명이란 절대적인 것이어서 무엇 하나 앞일을 분명히 모릅니다. 그저 그날그날 아무 걱정 없이 지내는 것이 상책이지요"라는 말에서 뚜렷이 엿볼 수 있다.

그런데 여기에서 한 가지 찬찬히 눈여겨보아야 하는 것은 다른 비극 작가의 작품과 달리 소포클레스의 비극은 운명이 그렇게 절대적인 힘을 행사하지 않는다는 점이다. 그의 작품에서 운명은 인간 외부에 있는 어떤 힘 못지않게 그의 성격에 들어 있다. 이 극에서도 신탁과 예언은 신들의 의지를 보여 주고 앞으로 일어날 일을 미리 제시하지만 신탁과 예언에 실체를 부여하는 것은 어디까지나 인간의 성격이다. 바꾸어 말해서 주인공에게는 어느 정도 자신의 행동을 선택할 수 있는 자유 의지가 부여되어 있다. 어떻게 운명을 맞느냐 하는 데 바로 개인의 자유 의지가 존재한다. 이 점과 관련하여 오이디푸스는 이렇게 말한다.

나한테 쓰라리고 괴로운 재앙을 준 것은 아폴론이다.

하지만 내 눈을 찌른 것은 다른 누구도 아닌 바로 나 자신이다.

이렇게 운명에 굴복하지 않고 맞선다는 점에서 소포클레스의 비극은 아이스킬로스의 비극과는 조금 다르다. 그러고 보니 고대 그리스 비극을 한데 묶어 '운명극'으로 간주하는 것은 그렇게 바람직하지 않다.

『오이디푸스 왕』의 주제가 한두 가지가 아니지만 그중에서도 자기 정체성의 문제는 첫손가락에 꼽힌다. 작품 첫 부분에서는 "누가 라이오스 왕을 죽였는가?"라는 물음이 전면에 크게 부각되어 있다. 그 때문에 언뜻 봐서는 탐정소설을 떠올리게 된다. 이 물음은 플롯이 전개되면서 점차 "나는 누구인가?"라는 존재론과 관련된 좀 더 본질적인 물음으로 바뀐다. 오이디푸스는 화려하고 행복한 겉모습과는 달리 참모습은 무척 초라하다는 사실을 깨닫는다. 겉으로는 놀라운 지성과 제왕으로서 절대 권력을 행사하지만 실제로는 부모한테서 버림받은 비천한 사람인데다 가장 부끄럽고 무서운 죄를 범한 죄인일 따름이다. 이러한 자기 정체성 탐구는 서양과 동양을 굳이 가르지 않고 그동안 문학가들이 깊은 관심을 기울여 온 궁극적인 주제 중 하나다.

자기 정체성 탐구와 맞물린 주제가 바로 문학의 핵심적 주제 중 하나라고 할 외견과 실재의 간극이다. 인간의 삶에서 겉모습과 실제 모습 사이에는 건너지 못할 심연이 가로놓여 있다. 눈이 부실 만큼 화려한 겉모습 뒤에는 넝마같이 초라한 참모습이 숨어 있는 경우가 의외로 많다. 이 작품에 극적 반어법이 유난히 많이 쓰이는 것은 바로 그 때문이다.

예를 들어 오이디푸스는 예언자 테이레시아스를 앞 못 보는 맹인이라고 놀려대지만 실제로 가장 눈먼 사람은 다름 아닌 그 자신이다. "왕께서는 눈을 뜨고 계시면서도 얼마나 처참한 일에 빠져 계신지, 그리고 어디서 사시고 누구와 함께 지내고 계신지 모르십니다"라는 테이레시아스의 말은 이 점을 뒷받침한다. 오이디푸스는 라이오스 왕을 죽인 사람에게 저주를 퍼붓는데 그 저주는 부메랑처럼 자신에게로 돌아온다. "라이오스 왕을 위하여 나는 마치 내 아버지의 원수를 갚듯이 싸우겠다"는 말도 극적 반어법이기는 마찬가지다.

더 나아가 이 작품은 인간의 행동과 책임의 문제를 다룬다. 오이디푸스가 아버지를 죽이고 어머니와 결혼한 것은 어디까지나 모르고 저지른 행동이다. 그렇다면 오이디푸스에게는 아무런 죄가 없는가? 알고 저질렀든 모르고 저질렀든 일단 죄를 저지른 이상 그는 죄인의 멍에를 벗을 수 있는가? 이 문제를 두고 그동안 비평가들은 서로 의견이 팽팽하게 엇갈렸다. 한쪽은 그에게 무죄를 선고하지만 다른 한쪽은 그에게 유죄를 선고한다. 모르고 저지른 죄는 죄를 모른 사실을 더해서 더 엄격하게 다스려야 한다고 주장한 소크라테스의 입장에서 보면 오이디푸스는 분명히 죄가 있다.

오이디푸스 자신도 비록 모르고 저질렀다고는 하지만 자신의 행동에 대하여 기꺼이 책임을 떠안는다. "너희들은 이제 다시는 내게 덮친 수많은 재앙도, 내가 스스로 저지른 수많은 죄업도 보지 마라! 이제부터 너희들은 어둠 속에 있거라!"라고 외치면서 자신의 두 눈을 찌른 뒤 딸 안티고네와 함께 스스로 유배의 길을 떠난다. 이렇듯 오이디푸스의 행동에서는 비극적 장엄미를 읽을 수 있다. 적어도 자신의 행동에 책임을 진다는 점에서 오이디푸스를 최초의 실존주의자로 보아도 크게 틀리지 않을 것 같다.

4

그리스·로마 신화

프랑스의 철학자요 시인인 가스통 바슐라르는 언젠가 문학을 "어머니요 고향이요 집"이라고 말한 적이 있다. 문학 작품을 읽으며 우리는 근원에 대한 그리움과 향수를 느낀다는 뜻일 것이다. 그렇다면 그리스·로마 신화야말로 곧 유럽 정신의 어머니며 고향이며 집이라고 할 수 있다. 유럽 문학과 문화는 다름 아닌 그리스·로마 신화라는 어머니 무릎에서 젖을 먹고 자라났기 때문이다. 그만큼 이 신화가 유럽 정신에 끼친 영향은 우리가 흔히 생각하는 것보다 무척 크다.

그래서 영국의 낭만주의 시인 퍼시 비시 셸리는 "우리 모두는 그리스인들이다. 우리의 법률, 문학, 종교, 예술은 모두 그리스에 그 뿌리를 두고 있다"고 말한 적이 있다. 유럽의 여러 도시를 여행해 본 사람이라면 아마 셸리의 말이 그다지 과장되지 않았다는 사실을 알 수 있을 것이다. 유럽의 도시 곳곳에는 오래된 건물이 있고, 이 건물에는 어김없이 그리스·로마 신화에 등장하는 신들을 조각한 작품이 장식되어 있다. 제우스를 비롯하여 아폴론, 아르테미스, 아프로디테 등 하나하나 열 손가락에 꼽을 수 없을 정도다. 그래서 그리스·로마 신화를 모르고 유럽 도시를 여행하며 조각품을 감상하는 것은 한낱 큼직한 돌덩어리를 바라보는 것에 지나지 않을지도 모른다.

서양 문화나 문명은 헤브라이즘과 헬레니즘이라는 거대한 두 줄기 강에서 비롯한다. 이 두 물줄기는 어떤 때는 서로 합하기도 하고, 또 어떤 때는 분리되기도 하면서 서구 문화의 꽃을 찬란하게 피워 왔다. 기독교 사상이 헤브라이즘 전통이라면, 고대 그리스와 로마의 사상은 헬레니즘 전통이다. 그런데 고대 그리스와 로마의 헬레니즘 사상은 신화에 뿌리를 두고 있다. 신화인가 하면 역사고, 역사인가 하면 신화여서 이 두 가지를 구분 짓는다는 것은 마치 영혼과 육체를 서로 구분 짓는 것처럼 불가능하다.

그동안 그리스·로마 신화는 마치 유전인자처럼 서양 사람들의 정신세계에 면면히 이어져 내려오면서 그들의 문학과 예술을 비롯한 모든 분야에 걸쳐 직간접적으로 폭넓게 영향을 미쳤다. 그리스 신화에 나타난 그리스의 인생관과 세계관은 고대 로마 시대를 거쳐 계승되다가 르네상스에 이르러 다시 한 번 부활하면서 서구 문화의 집을 떠받드는 기둥이 되었다. 그러므로 유럽의 예술과 문화를 좀 더 깊이 이해하려면 유럽 문화의 두 줄기 젖줄인 기독교와 함께 그리스·로마 신화를 알아야 한다.

그러면 그리스·로마 신화는 과연 언제 시작되었을까? 그 역사는 아무리 짧게 잡아도 지금으로부터 무려 3천 년 이상으로 거슬러 올라간다. 그리스 반도에 거주한 민족이 지니고 있던 신화와 전설과 설화를 통틀어 그리스 신화로 일컫는다면 그리스 신화는 까마득히 멀리 기원전 12세기경부터 시작한다. 그리스 민족이 예로부터 조상한테서 물려

받은 토속 신화에 이웃나라 신화를 결합하여 최종적으로 만들어 낸 것이 그리스 신화라고 할 수 있다. 어찌 되었든 로마 신화보다 앞선 그리스 신화는 그리스의 서사시인 호메로스가 쓴 두 서사시 『오디세이아』와 『일리아스』에서 그 기원을 찾는 것이 보통이다.

그러나 우주의 기원을 비롯하여 자연과 신화 자체의 주위 환경에 대한 설명을 보면, 그리스의 역사가 헤시오도스의 작품과도 깊이 연관되어 있음을 알 수 있다. 헤시오도스는 『신통기』에서 "태초에 혼돈이 있었다"고 말하면서 세계의 창조, 신들의 탄생, 지배자의 계승, 인간 재앙의 기원 등을 자세히 설명한다. 좀 더 구체적으로 말하면 태초의 '혼돈'으로부터 게, 타트타루스, 에로스, 에레부스, 그리고 밤이 태어났다.

그중에서 게이아 또는 가이아라고도 하는 게는 땅 또는 풍요의 모신(母神)을 일컫는다. 게는 하늘이나 별에 해당하는 우라누스를 낳았고 그와 결혼하여 퀴클롭스, 헤카톤키레스 같은 여러 자식을 두었다. 퀴클롭스는 이마 한가운데 '공 같은 눈을 가진' 괴물들로 천둥과 번개를 만들었다. 헤카톤키레스는 '손이 천 개나 되는' 괴물들이다. 티탄은 게와 우라누스가 낳은 여섯 명의 아들과 여섯 명의 딸들로 이루어진 거인족이다. 그래서 오늘날 학자들은 『신통기』를 그리스 신화의 기초로 간주한다.

흔히 그리스 신화와 로마 신화를 한데 묶어 '그리스·로마 신화'로 간주하지만 실제로는 이 두 신화는 서로 엄격히 구분하여 사용하는 것이 옳다. 그리스 신화는 그리스에 뿌리를 둔 신화인 반면, 로마 신화는 그리스 신화를 바탕으로 하되 그 나름대로 새롭게 변형했기 때문이다. 고대 로마 시대 사람들은 그리스 문명을 무척 좋아하고 존경해서 문학과 예술, 즉 문화의 모든 분야에 걸쳐 그리스를 벤치마킹했다고 할 수 있다. 로마 정치가들은 대규모로 그리스에 사찰단을 보내어 장기간 그곳에 머물면서 그리스 문화를 습득하여 로마에 이식하도록 하였다. 뒷날 로마가 그리스를 점령했을 때도 그리스 문화에 대한 경의의 표시로 다른 점령지와는 다르게 특별히 대우하기도 하였다.

신화도 예외가 아니어서 다른 문화와 함께 그리스 신화도 로마에 유입되었다. 물론 로마에도 토속 신화가 있었지만 시간이 지나면서 점차 그리스 신화에 밀려 제대로 힘을 쓸 수 없었다. 그래서 로마 사람들은 그리스 신화를 자연스럽게 받아들일 수밖에 없었다. 이러한 과정에서 그리스 신화 중 어떤 것은 빼기도 하고 어떤 것은 더하기도 했으며, 또 어떤 것은 조금 다르게 변형시키기도 하였다. 다시 말해서 로마 사람들은 그리스 문화를 이식하되 자신들의 필요에 맞게 이식하였다.

그리스 신화와 로마 신화 차이점 중에서 가장 뚜렷이 구분되는 것은 신들의 이름이다. “로마에 가면 로마 사람들처럼 행동하라”는 서양 속담도 있듯이, 로마 사람들은 그리스 신화에 등장하는 신들의 이름을 자기식으로 모두 바꾸어 버렸다. 예를 들어 하늘과 기상을 관장하는 신으로 ‘신들의 왕’이라고 할 ‘제우스’는 로마 신화에서는 ‘유피테르’라고 부른다. 바다의 지배자로 올림포스 신계(神界) 서열 제2위 신을 그리스 신화에서는 ‘포세이돈’이라고 하고, 로마 신화에서는 ‘넵투누스’라고 부른다. 예를 한두 가지만 더 들어 보면 명계(冥界), 즉 지하 세계의 왕으로 군림하는 신은 그리스 신화에서는 ‘하데스’라고 하지만 로마 신화에서는 ‘플루톤’이라고 한다. 여성 의류에 자주 등장하고 영어에서 흔히 ‘비너스’라고 하는 아름다움의 여신은 그리스 신화에서는 ‘아프로디테’라고 부르는 반면, 로마 신화에서는 ‘베누스’라고 부른다.

로마 신화를 그리스 신화와 갈라놓는 분수령이 바로 호메로스가 그의 서사시에서 기록하는 트로이아 전쟁이다. 그리스 신화는 트로이아 전쟁에서 끝이 나고 그 뒤를 이어 로마 신화가 시작되었다. 이렇듯 트로이아 전쟁은 단순히 그리스 군대와 트로이아 군대 사이에서 일어난 전쟁을 뛰어넘어 발칸반도 주변의 모든 국가의 쇠퇴와 직접 연관되어 있다.

그리스 신화와 로마 신화의 차이점은 역시 신의 성격에서 좀 더 뚜렷이 엿볼 수 있다. 초기 그리스 신화에 등장하는 주요 이야기들은 어디까지나 신들의 이야기였다. 여기서는 신이 주체가 되어 이야기를 이끌어 나간다. 그러나 로마 신화로 넘어가면서 신은 인간이 벌이는 온갖 사건 속에서 조연으로 등장할 뿐 주역으로서는 등장하지 않는다. 신 중심의 그리스 문명과는 달리 로마 문명은 어디까지나 인간이 중심에 서 있었기 때문이다.

그리스·로마 신화가 달나라를 여행하는 현대인들에게도 의미가 있는 것은 시간과 공간을 뛰어넘어 인간과 세계에 대한 근본적인 물음을 던지기 때문이다. 인간이 주역인 로마 신화는 말할 것도 없고 심지어 신들이 주역인 그리스 신화조차 다양한 인간과 그들이 펼치는 삶의 모습을 실감나게 보여 준다.

예를 들어 프로메테우스 신화는 현대인들에게 시사하는 바가 자못 크다. 그가 제우스 신으로부터 훔친 불을 인간에게 선물함으로써 인간은 기술 문명을 가지게 되었다. 프로메테우스의 도전적인 행동에 대한 제우스의 분노는 판도라라는 최초의 여성을 만들어 지상에 내려보내게 되고, 판도라는 제우스가 절대로 열지 말라며 함께 내려보낸 '판도라의 상자'를 열어 그 속에 있던 온갖 재앙을 세상에 퍼트리고 말았다.

제우스에게 훔친 불을 인간에 전해 줌으로써 인간이 문명을 시작하도록 해 주었지만 신의 노여움을 사게 되고, 또 호기심을 참지 못하여 재앙을 초래하게 된 프로메테우스와 판도라의 이야기는 현대 기술 문명의 해악을 상징적으로 말해 준다. 오늘날 인간은 지나친 과학 기술의 발달로 오히려 지구 온난화와 그에 따른 기상 이변을 낳게 되었고, 그 결과 지구는 이제 돌이킬 수 없을 정도로 종말을 향하여 치닫고 있다. 비관적으로 보는 학자들은 앞으로 지구가 길게는 몇백 년, 좀 더 짧게는 몇십 년을 넘기지 못할 것이라고 내다본다.

그러나 달리 생각해 보면 제우스는 판도라의 상자 맨 밑바닥에 '희망'을 남겨두어 오늘날 위기에 놓인 인류에게 한 가닥 희망의 빛을 주는 것을 잊지 않는다. 정말로 더 늦기 전에 지금이라도 정신을 바짝 차려 인간이 자연을 지배와 정복의 대상을 생각하지 않는다면, 그래서 자신을 자연의 일부로 생각하고 자연과 더불어 살아가는 지혜를 깨닫는다면 인류에게 희망이 전혀 없는 것은 아니다. 지구 멸망을 막지는 못하여도 그 멸망의 시기를 늦출 수는 있을 것이다.

이 점에서는 시시포스 신화도 마찬가지다. 시시포스는 인간 중에서 가장 현명하고 신중한 사람이었지만, 신들을 우습게 여기기 때문에 신들로부터 저주를 받는다. 시시포스는 아폴로의 소를 훔친 헤르메스와, 아소포스의 딸을 납치한 제우스의 범행을 밝혀내기 때문에 제우스의 미움을 사게 된다. 시시포스는 코카서스산에서 계속해서 굴러떨어지는 바위를 끊임없이 밀어 올려야 하는 무자비한 형벌을 받는다. 시시포스의 형벌과 그의 피나는 노력에서 현대인은 무의미한 일상을 반복하며 살아가야 하는 부조리한 인간 실존을 깨닫게 된다. 알베르 카뮈는 시시포스가 산꼭대기로 굴려 올린 바위가 굴러떨어졌을 때 다시 떨어질 것을 알면서도 바위를 굴려 올리는 모습에서 인간 행위의 부조리와 함께 인간 승리를 발견하였다.

민족이나 나라마다 그 나름의 신화가 있지만 전 세계적으로 가장 널리 알려져 있고 또 가장 사랑받는 신화는 아무래도 그리스·로마 신화일 것이다. 다른 신화와 비교해 볼 때 이 두 신화는 무엇보다도 스케일이 무척 크다. 다양한 신들이 등장하여 인간처럼 온갖 암투를 벌이고 사랑을 나눈다. 박진감 있게 이야기를 전개하는 스토리텔링 솜씨도 다른 어떤 신화보다도 훨씬 뛰어나다. 지금까지 많은 철학자들, 예술가들, 학자들이 그리스·로마 신화에서 인간 세계와 그 윤리 그리고 메커니즘을 설명하는 원천으로 삼은 까닭이 바로 여기에 있다.

5

아라비안나이트

동방의 문학 작품으로 세계 문학사의 반열에 오른 작품을 꼽는다면 수메르의 서사시 『길가메시』와 함께 『아라비안나이트』를 빼놓을 수 없다. '천일야화(千一夜話)'라는 제목으로 우리에게 더욱 잘 알려진 『아라비안나이트』는 아랍 문화권이나 이슬람 문화권을 대표하는 작품이다. 이 작품에 실린 이야기를 한두 편 읽지 않고 유년기나 청소년기를 보낸 사람은 거의 없다시피 하다.

『아라비안나이트』라는 작품은 모르더라도 요술 램프를 가지고 왕의 딸을 아내로 맞는 가난한 소년 알라딘이나, 일곱 번씩이나 인도양에 나가 온갖 위험을 무릅쓴 끝에 부자가 되는 바그다드의 뱃사람 신드바드, 도둑들이 보물을 숨겨둔 동굴에 들어가 재물을 훔쳐 오는 가난한 나무꾼 알리바바를 모르는 사람은 아마 없을 것이다. 이렇게 어린이들에게 꿈과 낭만을 심어 준 『아라비안나이트』는 어린이가 어른이 되기에 앞서 반드시 거쳐야 하는 통과의례와 같다.

이 무렵의 작품이 으레 그러하듯이 『아라비안나이트』도 정확히 언제 누가 지었는지에 대해서는 별로 알려진 것이 없다. 다만 풍습이나 언어 사용 따위 같은 정황으로 미루어보아 저자와 집필 연대를 대략 짐작할 수 있을 따름이다. 1천 편 넘는 이야기를 한데 모은 방대한 작품인 데다 출처 또한 인도·이란·이라크·시리아·아라비아·이집트·그리스 등 지리적으로도 폭넓게 분포되어 있어 어느 한 사람이 혼자 썼다고는 도저히 믿어지지 않는다. 처음에는 어느 한 사람이 쓰기 시작했는지 몰라도 입에서 입으로 전하면서 다른 사람이 계속 이야기를 덧붙여 오다가 13세기 무렵 오늘날의 모습을 갖추었다.

1887년 독일 학자 아우구스트 뮐러는 『아라비안나이트』가 처음에 바그다드에 전하는 이야기에 이집트에서 전해 내려온 이야기가 덧붙여지는 등 여러 단계를 거쳐 만들어진 작품임을 밝혀내었다. 여러 천 조각을 이어 만든 퀼트 이불처럼 『아라비안나이트』도 여러 이야기를 한데 모아놓은 책이다. 요리에 빗대어 말하자면, 아라비아의 여러 재료에 인도산 조미료와 향료를 가미하여 만든 음식을 페르시아 접시에 담아놓은 잡탕 요리라고 할 수 있다.

이 작품의 저술 연대도 멀게는 6세기에서 가깝게는 17세기로 잡는다. 6세기경 사산 왕조 때 페르시아의 오랜 설화집인 『하자르 아프사나(천 가지 이야기)』가 8세기 말엽에 아랍어로 번역되었다. 오랫동안 필사본으로 전해 오다가 18세기 초엽에 들어와서야 비로소 책으로 처음 간행되었다. 서구 세계에 본격적으로 알려지기 시작한 것은 프랑스의 동양학 연구가 앙투안 갈랑이 레반트(그리스와 이집트 사이에 있는 동지중해 연안 지역을 통틀어 이르는 말) 지방을 여행하면서 얻은 판본을 토대로 1704년에서 1717년에 이르기까지 무려 13년에 걸쳐 이 작품을 프랑스어로 번역하면서부터다. 이 번역본이 유럽에 소개된 때는 고전주의가 쇠퇴하고 낭만주의가 고개를 쳐들 무렵이어서 새로운 문예 사조가 성장하는 데 산파 노릇을 하기도 하였다.

19세기에는 영국에서도 윌리엄 에드워드 레인과 존 페인 등이 영어 번역판을 출간하였다. 그리고 영국의 외교가요 번역가인 리처드 프랜시스 버턴이 작품의 실제 무대를 직접 찾아다니며 자료를 모아 1885~1888년에 걸쳐 가장 충실하다고 평가받는 영어 번역판을 내놓기에 이르렀다. 이 번역본은 뛰어난 어학 실력과 이슬람 종교와 문화에 대한 폭넓은 지식이 뒷받침되어 지금까지 가장 권위 있는 번역서로 평가받는다. 이 번역본은 『아라비안나이트』를 전 세계에 널리 알리는 데 견인차 역할을 맡았다. 그리스 신화와 로마 신화에 젖어 있던 유럽 사람들에게 환상과 모험과 낭만으로 가득 찬 이 동방의 이야기는 그야말로 오월의 훈풍처럼 신선한 충격이었다.

『아라비안나이트』에 실린 이야기가 펼쳐지는 무대는 최초의 서사시 『길가메시』처럼 주로 오늘날의 중동이거나 근동 지방이다. 어쩌다 중국이나 인도가 배경으로 나오기도 하지만 바그다드가 가장 많고 그 뒤를 이어 카이로나 다마스쿠스, 바스라 등이 자주 나온다. 동쪽으로는 중국, 서쪽으로는 이베리아까지 뻗쳐 있어 그 무대가 무척 넓다.

중세 유럽 문학 작품이 흔히 그러하듯이 『아라비안나이트』도 온갖 이야기로 채워져 있다. 어린이를 위한 동화가 있는가 하면, 기사들의 무용담이 들어 있다. 쉽게 믿기지 않는 환상적인 전설이나 우화가 실려 있는가 하면, 도덕적 교훈을 주는 비유나 일화가 실려 있다. 또 아바스 왕조의 제5대 왕인 하룬 알 라시드가 나오는 등 역사적 사실에 뿌리를 둔 이야기도 적지 않다.

이렇게 『아라비안나이트』에는 주요 이야기만도 180편이나 되고, 거기에 100편의 짧은 이야기가 곁들여 있다. '천 개의 이야기'니 '천 한 개의 이야기'니 하는 것은 다만 숫자가 많다는 것을 뜻할 뿐 정확히 이야기의 수를 가리키는 말은 아니다. 물론 뒷날 그 숫자를 채우려고 후대 작가들이 이야기를 덧붙여 천 한 개의 이야기로 만들었음에 틀림없다. 이렇게 환상과 현실, 상상력과 역사가 뒤섞여 찬란한 빛을 내뿜는 『아라비안나이트』는 가히 설화 문학이나 민담 문학의 최고봉으로 일컬을 만하다.

『아라비안나이트』가 쓰인 내력은 서장(序章) 격인 첫 이야기 「샤리아르 왕과 그의 동생」에 자세히 나와 있다. 인도를 다스리는 사산 왕조의 샤리아르 왕과 샤마르칸트를 다스리는 샤자만 왕은 형제 사이다. 20년 동안 떨어져 지내던 형제는 서로를 몹시 만나고 싶어 한다. 마침내 동생 샤자만 왕은 형을 만나려고 성을 떠난다.

그런데 형에게 갖다 줄 선물을 깜박 잊고 왔다는 사실을 깨닫고 다시 성으로 돌아갔다가 그만 궁전 안뜰에서 자신의 왕비가 흑인 요리사와 성관계를 맺는 장면을 목격한다. 또 인도에 도착한 지 얼마 안 되어 형 샤리아르 왕이 사냥하러 나간 뒤 샤자만 왕이 이층 창가에서 안뜰을 내려보다가 놀랍게도 형수인 왕비가 남자 노예와 성관계를 맺는 장면을 목격한다. 배신감과 분노를 억제할 길 없는 형은 삶의 의미를 잃은 채 동생과 함께 왕국을 떠나 방랑의 길에 오른다. 방랑하는 동안 여자는 요물이라는 결론을 내리고는 다시 왕국으로 돌아온다.

그 뒤 여성에게 혐오감을 느낀 샤리아르 왕은 매일 밤 처녀를 불러들여 잠자리를 같이하고 이튿날 아침이면 여자를 죽여 버린다. 이러한 일이 3년이나 계속되자 나라 안의 처녀들은 모두 죽임을 당하고 한 대신의 두 딸 샤흐라자드와 도냐자드만이 남게 된다. 어질고 착한 샤흐라자드는 자신과 동생의 죽음을 막으려고 한 가지 꾀를 생각해 낸다. 샤흐라자드는 왕과 잠자리에 들어가서 왕에게 잠이 오지 않으니 재미있는 이야기를 들려주겠다고 제안한다.

> "폐하, 부디 제 이야기를 들어주십시오. 아주 희한한 이야기입니다. 옛날 어느 곳에 부자 상인 한 사람이 살았는데, 그 상인은……."

이렇게 말하면서 샤흐라자드는 흥미진진한 『아라비안나이트』의 실타래를 풀어내기 시작한다. 이튿날 아침 왕은 아직 끝나지 않은 샤흐라자드의 재미있는 이야기를 마저 듣고 싶은 나머지 그녀를 죽이는 것을 뒤로 미룬다. 이처럼 하루하루 계속된 이야기는 무려 천 일 하고도 하루 밤에 이른다. 이렇게 몇 해나 이야기가 계속되는 동안 샤흐라자드는 왕과 잠자리를 같이하여 아이를 셋이나 낳는다. 마루프에 관한 천한 번째의 이야기를 모두 마친 뒤 샤흐라자드는 왕에게 세 아들을 보여 주며 아들들을 위해서라도 부디 자신의 목숨을 살려달라고 간청한다. 그러자 그동안 많은 이야기를 들으며 마음이 달라진 샤리아르 왕은 샤흐라자드의 지혜로움에 감동하고 마침내 자신의 행동을 뉘우치고 그녀와 결혼하여 행복하게 산다는 내용이다.

'알라'니 '모하메드'니 하는 낱말에서도 잘 드러나듯이 『아라비안나이트』는 아랍 또는 이슬람 문화와는 실과 바늘처럼 떼려야 뗄 수 없을 만큼 서로 연결되어 있다. 그것은 성경을 헤브라이 문화나 기독교 문화와 떼어서 생각할 수 없고 그리스·로마 신화를 헬레니즘 문화와 떼어서 생각할 수 없는 것과 똑같은 이치다. 이 작품은 마치 거울이 사물을 비추어 내듯이 이야기가 쓰인 당대 아랍 사회의 생활 감정과 시대 풍속을 고스란히 간직하고 있다.

『아라비안나이트』에는 무엇보다도 먼저 남성 중심의 가부장적 질서가 서슬 퍼렇게 살아 숨 쉰다. 물론 샤리아르 왕에게 칭찬받는 샤흐라자드와 「알리바바와 40명의 도적」에서 기지와 슬기를 발휘하는 마르자나처럼 부모에게 효도하는 딸, 남편에게 충실한 아내, 자식에게 자상한 어머니, 정절을 지키는 과부 등 긍정적인 여성도 적지 않다.

그러나 이러한 경우는 예외에 속하고 으레 여성은 남성의 힘에 밀려 뒷전으로 물러나 있기 일쑤다. 여성은 많은 경우 '욕망의 신을 섬기는 신자'고, 이성보다는 충동적인 감정에 따라 행동하는 동물이며, 오직 불안정한 상태에서만 안정을 찾는 것으로 묘사된다. 또한 여성은 거짓 금욕주의자로 그려지는가 하면, 신앙심이 없고 살인을 저지르는 노파나 매춘부 또는 매춘부를 알선하는 뚜쟁이로 흔히 그려진다.

그렇다고 『아라비안나이트』가 아랍 사람들의 부정적인 측면만 묘사하는 것은 결코 아니다. 약점이나 부정적인 측면 못지않게 긍정적인 측면도 많이 묘사한다. 가령 악조건과 싸워야 하는 탓에 아랍 사람들은 남달리 용감하고 의협심이 강하다. 특히 동족에 대한 사랑과 헌신은 유명하다. 또한 남의 단점이나 약점에 관대하고 도량이 넓고, 손님을 극진히 대우하는 풍습도 있다. 식구들이 굶으면서도 손님에게는 낙타나 말을 잡아 대접하였다. 정직과 낙천주의, 유머 감각 따위도 그들의 미덕이나 장점으로 꼽을 만하다.

『아라비안나이트』는 서구 소설이 발전하는 데 비옥한 밑거름이 되었다. 뭐니 뭐니 해도 뛰어난 소설가란 입담 좋게 이야기를 엮어 나가는 솜씨를 가진 사람이다. 그런데 여러 이야기를 재미있게 엮어 나가는 이 책의 일화를 읽으며 많은 소설가는 그동안 상상력을 키울 수 있었다. 또한 『아라비안나이트』는 묘사보다는 작중인물이 서로 주고받는 대화에 무게를 싣는다. 특히 '이야기 속 이야기'의 구성 방법을 즐겨 사용한다. 재미있고 흥미진진한 이야기로 하루하루의 목숨을 이어가야 하는 샤흐라자드로서는 한 이야기 속에 또 다른 이야기를 삽입하는 방법이 아마 안성맞춤이었을 것이다. 이 격자소설 방법은 앞으로 소설 기법에서 중요한 역할을 맡는다.

한마디로 『아라비안나이트』는 소설가들에게 마치 온갖 이야깃거리를 간직한 보물 창고와 같다. 알리바바가 도적떼의 동굴에서 물건을 훔쳐 오는 것처럼 지금까지 수많은 작가가 이 작품에서 소재와 기법을 '훔쳐' 왔다. 소설 장르가 살아 있는 한 이러한 '도둑질'은 아마 앞으로도 여전히 계속될 것이다.

6

탈무드

민족마다 흔히 '지혜의 보고'라고 할 책이 한두 권씩 있게 마련이다. 가령 그동안 불교의 영향을 많이 받은 동양 문화권에서는 『대장경(大藏經)』 같은 불경이 바로 그러한 구실을 하였다. 동양의 자랑스러운 문화유산이요 영원히 살아 있는 정신문화요 기록 문화의 보고인 『대장경』에는 불교 교리뿐 아니라 동양 민족이 살아가는 데 필요한 온갖 지혜가 녹아 있다.

그런데 유대인들에게 이러한 '지혜의 보고'는 다름 아닌 『탈무드』라는 책이다. 이 책은 유대인 율법학자들이 사회의 모든 현상과 관련하여 구전되어 온 내용을 집대성하고 해설해 놓은 것이다. 고대 히브리 민족의 후예인 유대인들은 그동안 나라도 없이 세계 곳곳에 흩어져 온갖 설움을 겪으며 살아왔다. 예수 그리스도를 죽게 만든 주인공으로서 온갖 박해를 받았다. 그러나 어려울 때마다 그들에게 힘과 용기를 불어넣어 준 것이 바로 『탈무드』였다. 다시 말해서 나라 잃은 유대 민족에게 이 책은 정신적 지주 노릇을 해 왔다.

『탈무드』는 예수 그리스도도 가끔 인용할 정도로 유대교의 이념을 잘 담고 있는 책으로 유명하다. 그래서 중세기에 이르러서는 유럽의 기독교인들이 유대인을 탄압하는 과정에서 이 책을 불태우기도 하였다. 1244년 파리에 있던 모든 『탈무드』는 그리스도교 교도들이 몰수하고 금서로 지정했으며, 짐수레 스물네 대에 실어 불태워 버렸다. 1263년에는 그리스도교 교회의 대표자들과 유대 측의 대표자들인 모인 공개석상에서 『탈무드』가 그리스도교에 반대되는 것인지 아닌지를 두고 열띤 토론을 벌였다. 1415년에 이르러서는 유대인이 『탈무드』를 읽는 것을 아예 법령으로 금지시켰다. 1520년 로마에서 모든 『탈무드』가 압수되어 불태워졌는가 하면, 1562년에는 교회가 『탈무드』를 검열하여 삭제하거나 그 일부를 찢어냈다. 그러기 때문에 지금 남아 있는 책은 완전한 것이 아니라는 이론도 만만치 않다.

『탈무드』는 유대 민족의 지혜와 지식의 창고와 다름없는 책이다. 유대인의 지식과 지혜의 보고, 정신적 자양분이 될 만한 내용이 고스란히 담겨 있다. 그러나 이 책에는 유대교의 울타리를 뛰어넘어 삶이란 무엇이고, 인간의 존엄이란 무엇이며, 행복이란 과연 무엇인가 등 인류의 보편적인 가치가 과연 무엇인지 가르쳐주는 내용도 많이 들어 있다. 한마디로 굳이 민족과 인종을 가리지 않고 지구촌 주민에게 삶의 나침반 같은 구실을 하는 책이다.

고려 시대에 만든 『대장경』이 모두 8만 장이나 되듯이 『탈무드』도 그 분량이 무척 많다. 권수로 20권이고, 1만 2천여 쪽수에 낱말의 수만도 무려 250여만 개가 넘는다. 물론 책의 가치나 중요성이 반드시 그 무게에 정비례하는 것은 아니지만, 이 책은 그 무게만도 무려 75킬로그램이나 나갈 정도로 엄청나다. 미국의 저명한 대학 교수가 유대교 성직자에게 전화를 걸어 『탈무드』를 빌려 달라고 부탁한 적이 있다. 그랬더니 성직자는 기꺼이 빌려줄 테니 트럭을 갖고 오라고 말했다는 일화가 전한다. 그만큼 『탈무드』는 부피가 방대하고 무게도 엄청나다.

오랫동안 입에서 입으로 전해 내려온 『탈무드』는 그 역사가 꽤나 오래되었다. 기원전 500년부터 시작되어 기원후 500년에 걸쳐 천년 동안 구전되어 온 내용을 2천 명에 이르는 학자들이 10여 년에 걸쳐 수집하고 편찬하였다. 유대인은 흔히 『탈무드』를 '바다'에 빗댄다. 바다가 끝이 없고 광활하며 그 밑에 무궁무진한 자원을 간직하고 있는 것처럼 이 책에도 온갖 지혜와 지식의 보화가 담겨 있기 때문이다. 이 책은 구전되거나 필사본으로 전해 오다가 마침내 1520년에 이르러서야 비로소 이탈리아의 베네치아에서 최초로 인쇄되었다.

『탈무드』는 유능한 정치가들이나 과학자들 또는 철학자들, 저명인사들이 편찬한 책이라고 생각하기 쉽지만 실제로는 학식 있는 학자들이 편찬한 책이다. 그 내용도 특정한 한 분야에 치우치지 않고 문화, 종교, 도덕, 전통 등을 모두 망라하고 있어 가히 백과사전적이라고 할 만하다. 예를 들어 『탈무드』는 법전은 아니지만 법률에 관한 내용이 들어 있고, 역사책은 아니지만 역사의 내용도 들어 있다. 그런가 하면 인명사전은 아니지만 많은 인물이 망라되어 있기도 하다. 그러므로 좁게는 유대 문명, 넓게는 서구 문명을 쉽게 이해하려면 무엇보다도 먼저 『탈무드』를 읽고 연구하여야 한다.

『탈무드』는 농업, 제사, 여성, 민법과 형법, 사원, 순결과 불순 등 모두 6부로 나뉘어 있다. 이 책에는 일종의 규칙 같은 것이 있어 반드시 '미시나(mishina)'라는 부분에서 시작한다. 미시나는 유대의 오랜 가르침, 오랜 약속 등이 구전으로 전해 내려온 내용을 적은 것이다. 어떤 의미에서는 이 미시나를 둘러싼 폭넓은 의견이나 토론이 『탈무드』라고 할 수 있다.

그런데 이 토론은 크게 '하라카'와 '아가타'의 두 가지로 나뉜다. 하라카는 유대인들에게 고유한 생활양식에 관한 내용이다. 유대인들은 인간의 모든 행동을 거룩한 것으로 승화시키려고 하였다. 이렇게 모든 행동을 거룩하게 승화하기 위해서는 제사, 건강, 예술, 식사, 회화, 언어, 인간관계 등을 하라카에 따라야 한다. 한편 『탈무드』에서 줄잡아 3분의 1을 차지하는 아가타는 좀 더 철학적이고 형이상학적인 내용으로 되어 있다. 예를 들어 철학, 신학, 역사, 도덕, 시, 속담, 성경의 해설, 과학, 의학, 수학, 천문학, 심리학, 형이상학 등 인간의 지식이나 지혜와 관련한 내용이 그 주류를 이룬다.

본디 '탈무드'란 말은 '위대한 연구', '위대한 학문', '위대한 고전 연구'라는 뜻이다. 『탈무드』는 어느 권을 펼쳐도 첫 페이지는 여백으로 되어 있고, 늘 두 번째 페이지에서 시작한다. 그 여백은 책을 펼친 사람에게 직접 그의 경험을 쓰라고 남겨둔 것이다. 이렇게 『탈무드』는 첫 페이지와 마지막 페이지를 여백으로 남겨두는 것이 관례처럼 되어 있다.

『탈무드』가 책으로 엮여 문자로 정착되기 전 입에서 입으로 전해지는 과정에서 유대인들은 머리가 뛰어나게 우수한 사람은 전승자에서 일부러 제외시켰다고 한다. 그 이유는 『탈무드』를 전승하는 과정에서 자신의 의견이나 소신을 덧붙여 놓을 염려가 있기 때문이다. 그렇게 되면 『탈무드』가 왜곡되고 변질될 수밖에 없을 것이다.

『탈무드』는 문답 형식으로 되어 있다. 제자가 스승에게 묻고 스승이 제자에게 답하는 형식이다. 여기서 스승이란 '랍비들'을 말한다. 랍비란 유대교의 율법 교사를 말하지만 때로는 재판관이기도 하고, 또 때로는 어버이가 되기도 하는, 아주 존중받는 스승이다. 또한 내용의 범위도 넓어 모든 주제가 히브리어나 아람어(셈어족 서북셈 어파에 속한 언어. 오늘날에는 시리아, 아르메니아, 메소포타미아의 일부 지역에서 사용) 기록되었다. 그리고 이것을 문자로 옮길 때도 문장에 필요한 부호나 구두점 같은 것을 전혀 사용하지 않고, 머리말이나 맺는말도 없는 그야말로 자유분방한 체제로 이루어져 있다.

『탈무드』의 판본은 크게 두 가지 종류로 나뉜다. 팔레스타인에서 나온 것과 메소포타미아에서 나온 것이 바로 그것이다. 전자는 4세기 말경에 편찬되었고, 후자는 6세기경에 편찬되었다. 전자는 흔히 '팔레스타인 탈무드' 또는 '예루살렘 탈무드'라고 부르고, 후자는 흔히 '바빌로니아 탈무드'라고 부른다. 그런데 '팔레스타인 탈무드'보다는 '바빌로니아 탈무드'가 권위를 더 인정받고 있다. 오늘날 흔히 말하는 『탈무드』는 다름 아닌 이 '바빌로니아 탈무드'를 일컫는다.

『탈무드』는 구약성경에 뿌리를 두고 있다. 어떤 의미에서는 구약성경을 보완하여 그 지혜를 더한 것이라 할 수 있다. 그래서 기독교인들은 예수 출현 이후에 만들어진 유대인들의 문화는 의식적으로 무시했으며, 심지어는 『탈무드』의 존재조차도 인정하려고 하지 않았다. 이 책은 유대교에서 '토라(Torah)'라고 일컫는 '모세 5경' 다음으로 가장 존중을 받는 문헌이다.

『탈무드』는 그야말로 '바다'처럼 광범위한 내용을 다루고 있는 방대한 문헌이다. 그렇다고 이 책을 읽기도 전에 겁을 먹거나 두려워할 필요는 없다. 이 책에 나오는 이야기 한 토막을 보면 『탈무드』를 읽는 것이 생각하기에 따라서는 그렇게 어렵지 않다는 사실을 알 수 있다.

두 남자가 오랫동안 여행한 탓으로 몹시 배가 고팠다. 그런데 그들이 어느 방에 들어갔을 때 천장에는 과일 바구니 하나가 매달려 있다. 이것을 본 한 남자가 “저 과일을 먹고는 싶은데, 너무 높이 매달려 있어서 먹을 수가 없군”이라고 말하였다. 그러자 다른 남자가 이렇게 대답하였다. “난 저것을 꼭 먹고야 말겠네. 아무리 높이 매달려 있다 하여도 틀림없이 누군가가 저기에다 걸어 놓은 것이 아닌가. 그렇다면 나라고 해서 저기를 올라가지 못할 이유가 없지 않은가?” 그러고 나서 그 남자는 어디에선가 사다리를 구해 와 그것을 밟고 올라가 그 과일을 꺼내 먹었다.

동아시아에서 주로 읽는 『탈무드』는 원본에서 간추려 알기 쉽게 쓴 『이야기 탈무드』다. 미국의 정통파 유대인 랍비인 마빈 토카이어가 집필한 책이다. 1962년 랍비가 된 그는 일본에서 공군 군종 장교로 근무한 적이 있다. 군에서 제대한 뒤에도 그는 일본에 돌아가 8년 동안 머물면서 일본어로 많은 책을 집필하였다. 1970년에는 와세다(早稻田)대학교에서 공부하기도 하였다. 토카이어는 『탈무드』 중에서 동양 독자들이 좋아할 내용을 간추려 직접 일본어로 번역하였다. 한국에서 널리 읽히는 『이야기 탈무드』는 바로 이 일본어 번역본을 저본으로 삼아 번역한 것이다.

토카이어는 1962년에서 1964년까지 오산과 대구, 서울의 주한 미 공군에서 복무한 적도 있다. 몇 해 전에는 한국기독교 100주년 기념관에서 쉐마교육학회 주최로 열린 ‘탈무드의 지혜교육 노하우’ 국제 학술대회에 참석하려고 한국을 방문하기도 하였다. 이때 그는 “유대인 학교에서 가장 좋은 학생은 좋은 질문을 하는 학생이다. 좋은 질문을 하는 학생은 학급의 리더가 된다”고 말하면서 “가정에서도 부모는 늘 자녀에게 질문을 던진다. 한국인들도 자녀들에게 끊임없이 ‘질문하라’고 독려하는 것이 좋다"고 조언하였다.

토카이어의 강연 중에서 유독 주목을 끄는 대목이 있다. 그는 역대 노벨상 수상자 가운데 유대인 비율이 30퍼센트가 넘는 것도 주입식 교육보다는 토론과 질문에 무게를 싣는 교육 때문이라고 지적한다. 또한 부모가 평생 자녀와 함께 공부하는 동반자이자 친구가 되는 유대인의 전통 덕분이라고 설명한다. 한국의 높은 교육열은 외국 사람들한테서 부러움을 사기도 하지만, 우리에게는 때로 축복이 아니라 짐이 되고 높은 불만의 원인이 되기도 한다. 그 어느 때보다 치열한 입시경쟁에 시달리는 지금 토카이어의 말은 우리 모두가 귀담아들어야 할 소중한 조언이다.

7

일리아스

호메로스

서구 문학사의 첫 장은 고대 그리스 시인 호메로스가 쓴 『일리아스』로 시작한다. 『길가메시』만 하여도 아직 텍스트가 완전한 상태에 있지 않을뿐더러 서양 문학 작품이라고 보기에도 조금 미흡한 점이 없지 않다. 그러나 호메로스의 작품은 지금까지 서구 문학사에서 가장 오래된 작품 중의 하나로 뒷날 세계문학에 큰 영향을 미쳤다. 『일리아스』는 서구 전통에서 가장 영향력 있는 작품이어서 서사시의 전통을 처음 세우고 소설 장르가 태어나는 데도 중요한 몫을 맡았다.

『일리아스』는 비단 문학뿐 아니라 여러 분야에 걸쳐 큰 가치가 있다. 알렉산드로스 대왕은 이 작품을 좀처럼 손에서 놓지 않았다고 전해진다. 고대 그리스 시대와 로마 시대는 말할 것도 없고 중세를 거쳐 근대와 현대에 이르기까지 이 작품처럼 여러 관점에서 주목받아 온 책도 드물다. 그동안 『일리아스』는 여러 학문에 걸쳐 귀중한 보물을 간직한 창고였다. 가령 언어학자와 문헌학자에게는 고대 그리스어 연구에 필요한 귀중한 자료가 된다. 신화학자에게는 그리스 신화를 캐는 좋은 길잡이고, 수사학자에게는 수사법을 낚는 황금 어장과 같다. 고대 사회의 관습과 제도를 연구하는 역사학자에게도 소중한 실마리를 제공한다.

『일리아스』와 그 자매편이라고 할 『오디세이아』를 지은 사람이 호메로스라는 데는 학자들 사이에서 대체로 의견이 같다. 물론 『일리아스』와 『오디세이아』의 저자를 호메로스로 보는 데 이의를 제기하는 학자들이 없는 것은 아니다. 예를 들어 기원전 3세기경에 몇몇 문법학자는 두 작품을 서로 다른 시인이 지었다고 주장했고, 그 뒤 적지 않은 학자들이 이 주장을 되풀이하였다. 19세기에 이르러서는 아예 호메로스는 실존 인물이 아닌 가상의 인물로 『일리아스』와 『오디세이아』는 이름도 없는 떠돌이 시인들이 집단으로 쓴 창작품이라는 이론이 설득력을 얻었다. 이들은 떠돌이 시인들이 서사시를 읊을 때마다 내용을 끊임없이 고치거나 덧붙여 왔다는 사실을 근거로 내세운다. 오늘날 현존하는 작품으로 굳어진 것은 기원전 6세기경 아테네에서 문자로 처음 기록하면서부터다.

실제로 호메로스에 대해서는 지금까지 별로 알려진 것이 없다. 그가 살던 때만 하더라도, 멀게는 기원전 12세기 중엽부터 가깝게는 기원전 7세기까지 그 폭이 무척 넓다. 그 중에 기원전 7~8세기에 살았다는 이론이 가장 유력하다. 호메로스가 태어난 곳도 일곱 개나 되는 도시가 서로 자기네 도시라고 주장하지만 그것을 뒷받침할 만한 근거는 없다. 소아시아 서쪽 해안에 있는 키오스 섬이나 북쪽 항구 스미르나에서 태어났으리라고 추측할 뿐이다.

일설에는 호메로스가 장님이었다고 한다. 장님이라 글을 쓰거나 읽지 못하여 그가 기댈 수 있는 것은 오직 입과 귀밖에 없었다. 호메로스는 시인이지만 오늘날처럼 문자에 의존하는 시인이 아니라 이곳저곳을 떠돌아다니며 사람들 앞에서 구송하는 음유 시인이었다. 그래서 『일리아스』처럼 긴 장편 서사시를 줄줄 외우는 데 아주 뛰어났다. 원숭이도 나무에서 떨어질 때가 있다는 뜻의 서양 격언으로 "호메로스도 때론 머리를 끄덕이며 졸 때가 있다"는 표현이 있다. 이 격언을 보면 호메로스는 실타래처럼 기나긴 서사시를 구송하면서 가끔 졸기도 한 모양이다.

'일리아스'는 바로 '일리온의 시'라는 뜻이다. 일리온이란 오늘날 튀르키예에 해당하는 소아시아 북쪽 해안 근처에 세워진 도시 왕국 트로이아의 다른 이름이다. 그러니까 '일리아스'란 트로이아를 노래한 작품이라는 뜻이다. 그러나 그 제목은 그다지 걸맞지 않다. 트로이아 이야기를 다루고 있지만 전적으로 그 도시 이야기만은 아니기 때문이다. 적어도 양으로 보자면 트로이아 군대 못지않게 트로이아와 싸움을 벌이는 그리스의 도시 왕국 미케나이 군대도 자못 중요하다.

『일리아스』의 의미를 캐는 실마리는 "노래하라, 여신이여, 펠레우스의 아들 아킬레우스의 분노를"이라는 맨 첫 구절에 들어 있다. '여신'은 제우스의 딸로 학문과 예술의 신인 무사(Μουσα, 뮤즈)를 가리킨다. 이렇게 서사시는 하나같이 무사에게 영감을 구하는 기도로 시작한다. 이 서사시의 주인공은 아킬레우스로, 그리고 군의 늠름하고 열정적인 젊은 용사다. 약점이나 아픈 상처를 가리키는 '아킬레우스의 발꿈치'니 '아킬레우스건(腱)'이니 할 때 바로 그 아킬레우스다.

아킬레우스가 태어나자마자 그의 어머니 테티스는 그를 불사신으로 만들려고 저승의 강 스틱스에 그를 담근다. 이 강물에 몸을 담근 사람은 죽지 않고 영원한 삶을 누릴 수 있기 때문이다. 강물에 담긴 아킬레우스의 몸은 어떤 화살이나 창도 뚫을 수가 없었지만 그의 발꿈치만은 예외였다. 어머니가 그의 발목을 붙잡고 담그는 바람에 그만 발꿈치에만 강물이 묻지 않았기 때문이다. 결국 그를 죽게 만든 것은 바로 그의 발꿈치에 맞은 화살이다.

『일리아스』는 무엇보다도 아킬레우스의 분노, 좀 더 정확하게 말하면 그 분노의 원인과 과정, 결과가 플롯의 뼈대를 이룬다. 그러면 줄잡아 1만 5,700행에 모두 24권으로 이루어진 이 작품은 '일리아스'보다는 차라리 '아킬레우스의 분노'라는 제목이 훨씬 더 어울릴 것 같다. 실제로 그리스에서는 『일리아스』를 '아킬레우스의 분노'로 불렀다.

그리스 군의 총지휘관 아가멤논은 전쟁에서 이겨 전리품을 나누면서 아폴론 신전 신관(神官)의 딸 크리세이스를 차지한다. 신관이 찾아와 딸을 돌려달라고 간청하지만 아가멤논은 이를 단호히 거절한다. 그러자 신관은 아폴론에게 부탁하여 전염병을 퍼뜨려 그리스 군을 괴롭힌다. 전염병을 막을 대책을 논의하는 자리에서 아킬레우스는 아가멤논이 크리세이스를 돌려주지 않고서는 전염병을 막을 길이 없다고 말한다. 그러자 아가멤논은 크리세이스를 되돌려 주는 대신 아킬레우스가 전리품으로 받은 브리세이스라는 처녀를 빼앗는다. 아킬레우스의 분노는 바로 여기에서 비롯한다.

화가 난 아킬레우스는 전쟁에서 손을 떼고 자기 군대를 이끌고 철수해 버린다. 전세가 불리해진 아가멤논이 사자를 보내어 그를 설득하지만 아킬레우스는 좀처럼 전쟁에 나오려고 하지 않는다. 그러다가 프리아모스 왕의 아들이자 트로이아 군의 총사령관인 헥토르가, 어렸을 적부터 친구인 파트로클로스를 죽이자 아킬레우스는 비로소 전쟁에 나온다. 그리고 헥토르를 죽인 뒤 그 시체를 전차에 매단 채 끌고 다닌다. 아들의 시체를 돌려받기 위하여 프리아모스 왕이 아킬레우스를 찾아오고, 아킬레우스는 시체를 돌려주며 장례가 끝날 때까지 열이틀 동안 휴전을 약속한다. 『일리아스』는 트로이아 사람들이 슬픔 속에 헥토르를 성대하게 장례 지내며 끝난다.

아킬레우스가 이렇게 분노를 품은 데는 그럴 만한 까닭이 있다. 영웅이라면 누구나 명예를 목숨처럼 소중하게 여기는 명예를 잃었다고 판단하기 때문이다. 아가멤논은 바로 그 명예를 돌이킬 수 없을 만큼 손상시킨다. 아가멤논에게 빼앗긴 브리세이스는 단순한 전리품 이상의 상징적 의미가 있다. 전리품은 전쟁에서 용감하게 싸운 보상이요 군인으로서 최고의 명예다. 그러므로 승전의 전리품을 빼앗는다는 것은 곧 그의 명예를 다시 거두어들이는 것과 같다.

아킬레우스는 아가멤논이 헬레네를 빼앗은 파리스와 크게 다르지 않다고 생각한다. 브리세이스와 헬레네, 그리고 자신과 메넬라오스를 같다고 본다. 아가멤논이 트로이아와 전쟁을 벌이는 것이 마땅하다면, 자신이 그에 대하여 분노하는 것도 마땅하다. 아가멤논은 동생의 불명예를 씻어 주려고 전쟁을 일으키면서도 막상 아킬레우스의 불명예에 대해서는 눈곱만큼도 생각하지 않는다. 사정은 그리스 군대도 마찬가지여서 결혼의 신성함을 깨뜨린 트로이아 사람들을 벌주려고 트로이아를 공격하면서 그들은 트로이아의 가정을 함부로 파괴한다. 이렇듯 『일리아스』에서는 인간 행동이 얼마나 모순되고 역설적인지 잘 보여 준다.

『일리아스』는 언뜻 보면 그리스 군과 트로이아 군의 싸움을 다루는 것처럼 보이지만 좀 더 꼼꼼히 따져 보면 다른 종류의 싸움도 나타난다. 아킬레우스가 겪는 내적 긴장과 갈등이 그것이다. 앞의 전쟁에서 트로이아 들판과 바닷가가 싸움터라면, 뒤의 전쟁에서는 아킬레우스의 마음이 곧 싸움터다. 어찌 보면 두 군대의 싸움은 아킬레우스의 마음속에서 일어나는 내적 갈등을 밖으로 보여 주려는 장치에 지나지 않는다.

아킬레우스의 마음속에도 뭇사람이 칼과 창을 휘두르고 피를 흘리며 쓰러진다.

『일리아스』는 아킬레우스의 분노 못지않게 우정과 동정을 보여 준다. 파트로클로스의 죽음을 알리러 갔던 안틸로코스는 아킬레우스가 자살이라도 할까 봐 걱정할 정도였다. 마지막 장면에서도 드러나듯이 아들의 시체를 찾아가려고 프리아모스 왕이 찾아올 때 아킬레우스는 프리아모스 왕이 겪는 고통을 깨닫는다. 늙은 왕의 모습에서 아킬레우스는 자신의 아버지 펠레우스의 모습을 떠올리고, 늙은 왕은 아킬레우스에게서 죽은 아들 헥토르의 모습을 떠올린다.

이 장면에서 두 사람은 적대 관계에 있는 원수라기보다는 차라리 아버지와 아들에 가깝다. 적어도 마음속 깊이 상처받고 고통과 절망을 느낀다는 점에서 둘은 서로 비슷하다. 그렇다면 이 서사시는 한 인간이 맹목적인 분노에서 시작하여 삶의 통찰력을 배워 나가는 과정을 보여 주는 작품으로 읽을 수 있다. 소크라테스는 사형 선고 재판에서 아킬레우스의 이름을 불렀다고 한다. 그 많은 사람 중에서 하필이면 왜 아킬레우스의 이름을 불렀는지 알 만하다.

그러나 아킬레우스는 이기적이라는 비난을 면하기 어렵다. 공동 사회의 질서나 안녕보다는 개인의 감정에 무게를 싣기 때문이다. 이러한 태도는 어머니 테티스에게 제우스를 설득하여 트로이아 군이 미케나이 군을 무찌르게 해 달라고 부탁하는 데서 단적으로 드러난다. 아가멤논이 다른 선물과 함께 브리세이스를 돌려준다고 하여도 아킬레우스는 그 제안을 거절한 채 여전히 분노를 거두지 않는다. 차가운 이성보다는 뜨거운 감성에 흔들리는 인물이다.

한편 트로이아 군의 총지휘관 헥토르는 개인보다는 공동사회를 먼저 생각하는 인물이다. 자신이 속한 공동사회와 그 구성원에 대한 의무와 책임감을 좀처럼 잊지 않는다. 자신보다는 남을 먼저 생각하고 배려하는 그에게 어떤 개인적인 이해관계가 끼어들 틈이란 없다. 부모에게는 효성을 다하는 아들이요, 아내에게는 헌신적인 남편이요, 자식에게는 자상한 아버지다. 헥토르는 트로이아에 잡혀 와 사람들에게 온갖 냉대를 받는 헬레네에게도 배려를 아끼지 않는다. 남의 아내를 납치해 온 동생 파리스를 호되게 꾸짖는 것도 헥토르다. 이기적이고 개인주의적인 아킬레우스와는 달리 헥토르는 이타적이고 공동사회의 가치를 먼저 생각하는 사람이다. 그래서 호메로스는 아킬레우스보다 헥토르를 이상적인 인물로 여겼다.

『일리아스』에는 다른 그리스 비극처럼 삶의 비극성이 짙게 배어 있다. 호메로스에게 인간 조건은 평화가 아니라 투쟁이다. 더구나 인간은 어디까지나 자유 의지가 없는, 신들의 노리개에 지나지 않는다. 인간의 운명은 하나같이 신들이 결정한다. 아가멤논은 아킬레우스와의 분쟁에 "내가 무슨 일을 할 수 있었단 말인가? 모든 것은 다 신의 손아귀에 놓여 있다"고 절망감을 털어놓는다. 아킬레우스가 프리아모스 왕에게 연민을 느끼는 것도 따지고 보면 모두가 신들의 꼭두각시였다는 사실을 깨닫기 때문이다. 더구나 이 작품에서 호메로스는 죽음을 삶의 종착역으로만 생각한다. 호메로스는 무덤 너머 내세에 어떠한 비전도 제시하지 않는다. 한 등장인물의 입을 빌려 "땅 위에 사는 생물 가운데서 인간처럼 비참한 것은 없다"고 잘라 말하는 것은 바로 그 때문이다.

『일리아스』는 삶의 비극성은 받아들이지만 삶 자체를 부정하지는 않는다는 데 그 위대성이 있다. 호메로스는 무엇보다도 삶의 영속성에 큰 무게를 싣는다. 전쟁이란 명분이 무엇이든 간에 폭력적이고 생명을 앗아가는 일이다. 이렇게 생명을 빼앗는 전쟁을 치르면서도 그리스 사람이나 트로이아 사람들은 삶에 대한 희망의 끈을 놓지 않는다. 작품 곳곳에서 앞으로 태어날 생명에 대한 구절이 자주 나온다. 삶이 끊이지 않고 계속 이어진다는 믿음은 리키아 군의 장군으로서 트로이아의 편에 가담한 글라우코스에게서 가장 뚜렷이 엿볼 수 있다.

8

신곡

단테 알리기에리

서양에는 성(聖) 아우구스티누스, 동양에는 맹자에서 볼 수 있듯이 위대한 성인군자 뒤에는 늘 훌륭한 어머니가 있었다. 한편 뛰어난 예술가 뒤에는 언제나 여성이 자리 잡고 있었다. 이탈리아가 낳은 가장 뛰어난 시인이요 흔히 서양에서 시성(詩聖)으로 일컫는 단테 알리기에리(1265~1321)에게는 그가 짝사랑하던 여성 베아트리체가 있었다. 단테가 베아트리체에게 영감을 받아 『신곡』(1321)을 썼다는 것은 잘 알려진 사실이다.

더구나 서구 문학사에서 단테만큼 내적 갈등을 겪은 작가도 찾아보기 쉽지 않다. 중세의 어두운 터널이 끝나고 르네상스로 진입하던 바로 그 역사의 전환기에 태어난 단테는 신 중심의 세계관과 인간 중심의 세계관 사이에서 갈등을 겪을 수밖에 없었다. 이 무렵 이탈리아의 정치도 매우 어지러워서 로마 교황이 나라를 지배하여야 한다는 교황파와 신성로마제국의 황제가 교황 대신 그 역할을 맡아야 한다는 황제파가 마치 활시위처럼 서로 팽팽하게 맞섰다. 단테는 출신 가문으로 보면 마땅히 교황파에 속하여야 했지만 정치적 성향에서는 황제파 편에 섰다. 단테는 정치적 소용돌이에 휘말려 마침내 반대파에게 화형 선고를 받은 채 평생 유배 생활을 하며 방랑자로 살아야 하였다.

이렇게 『신곡』은 베아트리체에 대한 사랑과 내적 갈등이 빚어낸 산물이다. 조개의 더러운 분비물이 아름다운 진주를 만들어 내듯이 단테는 긴장과 갈등, 절망과 분노 속에서 불후의 명작 『신곡』을 창작하였다. 단테가 언제 이 작품을 썼는지는 정확하지 않다. 다만 1304년경부터 「지옥편」을 쓰기 시작하여 1314년경에 「연옥편」을 완성하고 나머지 「천국편」은 사망하기 바로 직전인 1321년에 모두 마쳤을 것으로 추측할 뿐이다.

단테는 이 작품을 탈고한 뒤 칸 그란데 델라 스칼라에게 이 작품의 원고 일부를 보내면서 "피렌체 사람으로 태어났지만 성격은 피렌체 사람이 아닌 단테 알리기에리의 희극"이라고 불렀다. 여기에서 굳이 '성격은 피렌체 사람이 아니'라고 못 박아 말하는 것은 정치 문제로 피렌체에서 영원히 쫓겨났기 때문이다. 피렌체는 본디 '꽃의 도시'라는 뜻을 지니지만 단테가 살던 무렵은 사랑과 평화의 꽃 대신에 미움과 갈등의 독버섯이 무성한 도시였다. 이처럼 단테는 죽을 때까지 자신을 추방한 피렌체 사람들에게 원망을 품고 살았다.

그런데 칸 그란데에게 보낸 편지에서 눈여겨볼 것은 단테가 이 작품을 '신곡'이라고 하지 않고 그냥 '희극'이라고 불렀다는 점이다. 중세기에 '희극'이니 '비극'이니 하는 말은 오늘날과는 조금 다르게 쓰였다. 비극이란 신분이 높은 주인공이 파멸을 맞이하는 이야기를 뜻하는 반면, 희극이란 고통과 비참한 삶에서 벗어나 해피엔딩으로 끝맺는 이야기를 가리켰다. 『신곡』은 작품 첫머리에 저승 세계를 방문하는 이야기를 다룬다는 점에서 호메로스의 『오디세이아』나 베르길리우스의 『아이네이스』와는 큰 차이가 있다. 단테의 작품과 달리 이 두 작품에서 저승 방문은 작품의 한중간에 나온다. 단테의 작품은 비록 지옥에서 시작하지만 연옥을 거쳐 마침내 천국에 이르는 과정을 다루고 있어 희극의 범주에 넣어 마땅하다.

'희극'이라는 싱거운 제목에 '신성한'이나 '거룩한'이라는 형용사가 붙어 단테의 작품을 '디비나 코메디아', 즉 '신곡'이라고 부른 것은 16세기에 이르러서다. 내용이나 주제가 신성할 뿐 아니라 형식과 기교에서도 걸작이어서 조반니 보카치오가 처음 '신곡'으로 불렀다. 실제로 인간의 구원이라는 성스러운 종교적 주제 외에 놀라운 상상력을 구사하고 보석처럼 반짝이는 아름다운 시구를 지닌다는 점에서도 가히 '거룩한 희극'이라고 할 만하다.

장편 서사시 『신곡』은 구성 방법이 마치 중세의 고딕 건축 양식이 떠오를 만큼 정교하고도 복잡하다. 단테는 지옥과 연옥 그리고 천국을 차례로 여행하는 형식을 취하여 크게 「지옥편」, 「연옥편」, 「천국편」의 세 부분으로 나누었다. 「연옥편」과 「천국편」은 33개의 곡(칸토)으로 되어 있으며, 「지옥편」에는 작품 전체의 서론에 해당하는 곡이 하나 더 붙어 있어 모두 100개의 곡으로 구성된다. 대부분의 곡은 136~151행 정도의 길이고, 운율은 세 행을 반복하는 3운구법(韻句法)을 따른다. 숫자 33과 34는 예수 그리스도가 태어난 지 34년이 되던 해 33세의 나이로 죽은 것을 상징한다. 단테는 7일 동안 지옥과 연옥 그리고 천국을 여행하는데 7이라는 숫자는 하나님이 천지를 창조한 기간과 맞닿아 있다.

『신곡』은 고백체 형식의 자서전으로 읽을 수 있다. 주인공은 어디까지나 단테 자신으로 1인칭 화법을 사용한다는 데서도 잘 드러난다.

우리네 인생길 반 고비에
올바른 길을 잃은 채
나는 어두운 숲속에서 헤매고 있었네.
아, 얼마나 거칠고 사납고 무시무시한 숲이었는지
참으로 입으로 말하기 어렵고,
생각만 하여도 몸서리쳐진다네!

작품의 첫머리에서 "우리네 인생길 반 고비에"라고 말하는 것을 보면 단테의 나이 서른다섯 살 때 여행을 시작한 것으로 보인다. 당시 인간의 수명은 흔히 일흔 정도로 생각하였으니 그 절반은 서른다섯 살이다. 그런데 시적 화자는 왜 '나의 인생'이라고 하지 않고 굳이 '우리네 인생'이라고 했을까? 화자가 '우리네 인생(nostra vita)'이라고 말하는 것은 자신의 경험이 곧 다른 사람들에게도 해당한다고 생각하기 때문이다. 말하자면 그는 독자와 좀 더 친근한 관계를 맺고 싶어 할 뿐 아니라 보편적인 인간 문제를 다룬다는 점을 분명히 한다.

"올바른 길을 잃은 채"에서 '올바른 길'이란 정상적인 인간으로서 반드시 걸어야 할 정도(正道), 특히 신앙인으로 지켜야 할 도리를 말한다. 단테가 길을 잃은 "어두운 숲속"이란 개인적으로나 사회적으로, 물질적으로나 정신적으로 혼미에 혼미를 거듭하던 13세기 말엽과 14세기 초엽의 현실을 가리킨다. 비록 "생각만 하여도 몸서리쳐질" 만큼 말할 수 없이 고통스러웠지만 이러한 경험을 겪으며 비로소 단테는 선에 이를 수 있었다. 바로 이 점에서 단테가 겪는 여행은 곧 영혼의 순례라고 하여도 크게 틀리지 않는다.

『신곡』은 단테에게 영원한 여인상(像)인 베아트리체에 대한 순수한 사랑을 다룬다. 단테는 플라톤의 이데아에 해당한다고 할 베아트리체를 두고 "지상에 기적을 보이려 / 천상에서 내려왔는가"라고 읊는가 하면, 그녀에 대한 사랑을 두고 "해와 그 밖의 별들을 움직이는 사랑"이라고 노래하기도 한다. 단테에게 사랑이란 그의 삶과 문학에서 처음과 끝, 즉 기독교의 성령이나 문학적 영감이었다. 최근 이탈리아의 철학자요 비평가인 조르조 아감벤은 단테에게 사랑이란 '생명의 숨이나 공기'를 뜻한다고 해석하기도 한다. 단테는 베아트리체를 향한 사랑을 『새로운 삶』(1294)에서 좀 더 자세히 밝힌다.

더구나 단테는 『신곡』에서 영적인 기능을 무시한 채 세속적인 탐욕에 빠져 있는 교회의 타락상을 날카롭게 꼬집는다. 단테 자신을 이 작품의 주인공으로 본다면, 이 작품에서 '암이리'나 '바빌론의 창녀' 또는 '도둑'으로 일컫는 교회는 주인공이 무찔러야 할 악한에 해당한다. 적어도 이렇게 작가 자신의 개인 체험이나 내면 성찰을 다룬다는 점에서 이 작품은 성 아우구스티누스의 『참회록』과 비슷하다. 그러나 『신곡』은 단순히 자서전으로 보는 데는 한계가 따른다. 처음에는 시인 자신의 개인 문제에서 시작하지만 그 의미는 마치 물방울의 파문처럼 점점 널리 퍼져나가기 때문이다. 정치, 사회, 문화, 과학, 철학, 신학 등 중세기의 거의 모든 문제를 다루고 있어 가히 백과사전적이라고 할 만하다.

『신곡』에서 단테의 여행은 예수 그리스도의 수난일인 성금요일에 시작한다. 단테가 수난일에 지옥에 내려가는 것은 예수가 십자가에 못 박힌 뒤 승천하기 전 수난일 저녁 지옥에 내려가는 것과 같다. 단테는 지옥에서 하루, 연옥에서 사흘, 그리고 천국에서 사흘을 보낸다. 그러나 천국에서 보내는 사흘은 엄밀히 말해서 밤이 없는 광명의 사흘이기 때문에 하루라고 볼 수도 있다. 그렇다면 단테의 여행은 수난일에서 시작하여 부활절 일요일에 끝나는 셈이다. 무엇보다도 인간의 구원을 주제로 삼았다고 할 때 작품의 시간 설정이 자못 상징적이다.

단테가 지옥과 연옥 그리고 천국을 여행하는 데는 그를 인도해 줄 안내자가 필요하다. 평소 존경하던 로마의 시인 베르길리우스가 지옥과 연옥의 안내를 맡고, 단테가 꿈에도 잊지 못한 이상적인 여성 베아트리체가 천국의 안내를 맡는다. 베르길리우스는 그리스도 교리에 따라 세례를 못 받아 천국에 들어갈 수 없다. 여기에서 베르길리우스는 인간 이성과 황제를 상징하고, 베아트리체는 거룩한 계시와 교회를 상징한다.

지옥문에는 “나를 거쳐서 고통스러운 마을로 가고, 나를 거쳐서 영원한 고통 속으로 가며, 나를 거쳐서 저주받은 무리 속으로 간다”는 유명한 구절이 적혀 있다. 이 구절처럼 지옥은 이승에서 죄를 지은 사람들이 벌을 받는 곳이다. 역삼각형 모습을 한 지옥은 그 정상인 지면에서 시작해 점차 지구 중심으로 내려간다. 그 사이는 죄에 따라 모두 아홉 층으로 나뉜다. 맨 마지막 밑바닥에는 하나님에게 반역하다가 천국에서 추방당한 루치페가 벌을 받는 골짜기가 있다. 루치페 말고도 단테가 지옥에서 만나는 인물들이 무척 흥미롭다. 지옥에서 고통받는 인물로는 어느 편에도 가담하지 않고 중립을 지켰던 기회주의자, 지체 높은 이단자, 성직매매 교황, 그리고 호메로스를 비롯하여 베르길리우스와 호라티우스 같은 작가들이 눈에 띈다.

남쪽 바다에 돌출한 분화산에 자리 잡은 연옥은 죄를 정화하고 언젠가 천국의 부름을 받을 날을 기다리는 영혼이 머무는 곳이다. 연옥의 문을 지키는 천사는 단테의 이마에 죄를 뜻하는 이탈리아어 ‘페카토’의 머릿글자인 'P' 자를 새겨 준다. 시기, 오만, 분노, 태만, 낭비, 탐욕, 사음(邪淫) 등 일곱 가지 죄를 모두 씻어내야만 비로소 천국에 이를 수 있다. 언뜻 이 일곱 가지 죄는 지옥에서 벌받는 사람들이 범한 죄와 비슷하게 보일는지도 모른다. 실제로 지옥에서도 그러한 죄를 저지른 사람들이 벌을 받고 있다. 그러나 지옥의 죄는 뉘우치지 않는 자들의 죄인 반면, 연옥의 죄는 죽기 전에 회개하여 일차적으로 구원받은 죄다. 다시 말해 지옥의 죄는 영원히 씻을 수 없는 '용서받지 못할' 죄이지만 연옥의 죄는 얼마든지 깨끗이 씻을 수 있는 죄다. 말하자면 경범죄에 해당하는 죄를 저지른 사람들이 잠시 머무는 곳이 바로 연옥이다.

인간 승리를 상징하는 천국은 지옥과는 하늘과 땅처럼 큰 차이가 나는 곳이다. 지옥이 '영원한 저주와 증오와 어둠의 세계'라면, 천국은 '믿음과 사랑과 소망의 세계'요 '빛의 세계'다. 또한 지옥이 고통과 신음의 세계라면, 천국은 바로 노래와 춤의 세계다. 『신곡』의 세 편을 각각의 예술 장르에 빗대어 말하는 학자들이 있다. 즉 「지옥편」은 조각, 「연옥편」은 그림, 그리고 「천국편」은 음악에 가깝다는 것이다.

단테는 이 작품을 쓴 목적이 "이승에서 사는 사람들을 비참한 상태에서 건져내어 지복(至福)의 상태로 이끄는 것"이라고 밝힌다. 지옥에서의 무서운 처벌은 지상에서 저지른 죄에 대한 삯이고, 연옥의 고통은 죄를 뉘우치는 참회자가 구원받기 위하여 겪는 과정이며, 천국은 지복 천년의 영화를 누리는 곳이라는 것이다. 보카치오가 왜 이 작품을 굳이 '신곡'이라고 불렀는지 이해가 간다.

단테가 칸 그란데에게 밝히듯이 『신곡』은 알레고리처럼 아주 다의적인 작품이다. 이 복잡한 알레고리를 캐는 것은 『신곡』을 읽으며 느끼는 재미요 도전이다. 이 작품에서 무엇보다도 먼저 읽을 수 있는 의미는 인간이 죽은 뒤 영혼이 겪는 과정, 좀 더 구체적으로 말해서 지옥에서 시작하여 연옥을 거쳐 천국에 이르는 여정이다. 도덕적 알레고리로 보면 죄와 속죄 그리고 영혼이 구원받는 과정으로 읽을 수 있다. 정치적 알레고리로 읽으면 영적 문제를 주관하는 보편적 교회와 세속 문제를 주관하는 보편적 제국을 완전히 나눔으로써 세계 평화를 이룩할 수 있다는 구도를 보여 준다. 이 점에서 『신곡』은 정치사상을 피력하는 단테의 또 다른 책 『군주에 관하여』의 연장선에 있다고 볼 수 있다.

그런가 하면 인간의 죄 때문에 아직 실현되지 않았지만 신의 계획에 대한 신비주의적 비전이라는 관점에서도 읽을 수 있다. 성 베르나르에 따르면 삼위일체는 예수 그리스도가 태어나기 이전과 그가 태어나 인류와 함께 살던 시대 그리고 재림할 때 등 세 단계에 걸쳐 되풀이된다. 보나벤투라는 이 단계를 각각 분노의 시대, 은총의 시대, 그리고 영광의 시대로 보았다.

그런데 여기서 한 가지 눈여겨보아야 할 것은 단테가 『신곡』을 라틴어가 아닌 이탈리아어로 썼다는 점이다. 중세기의 보편 언어라고 할 라틴어를 젖혀놓고 굳이 피렌체의 지방 방언으로 작품을 썼다는 것은 그가 민족 언어에 깊은 애착이 있었다는 사실을 말해 준다. 피렌체 말은 단테의 말대로 "심지어 아녀자들까지도 서로 통할 수 있는" 언어였다.

이렇게 누구나 쉽게 읽을 수 있는 언어로 작품을 썼다는 것은 그만큼 문학을 널리 민중의 차원으로 끌어내린 것과 다름없다. 『향연』에서 그는 시인에게 죽은 언어와 다름없는 라틴어를 버리고 민중의 참다운 언어인 속어를 쓸 것을 권하였다. 방언이나 자국어에 대하여 "이것이 새로운 빛, 새로운 태양이 되리라. 해묵은 태양이 질 때 떠오를 새로운 태양은, 빛을 비추지 않는 낡은 태양 때문에 그늘과 어둠 속에 있는 사람들을 비추리라"라고 밝힌다. 단테는 이러한 주장을 『속어에 관하여』(1302~1305)에서 좀 더 구체적으로 발전시킨다. 단테는 이렇게 라틴어의 굴레에서 문학을 해방시켰다는 점에서도 뛰어난 시인이라고 할 수 있을 것이다.

9

셰익스피어 작품선

윌리엄 셰익스피어

과학자라고 하면 흔히 만유인력의 법칙을 발견한 아이작 뉴턴을 꼽듯이, 문학가라고 하면 영국의 문호 윌리엄 셰익스피어(1564~1616)를 꼽는다. 흔히 '영국의 국민 시인'이요 '세계가 낳은 최고의 극작가'로 일컫는 셰익스피어는 이렇듯 문학가의 대명사로 자주 입에 오르내린다. 스코틀랜드의 철학자요 수필가인 토머스 칼라일은 일찍이 "식민지 인도와 셰익스피어 중에서 하나를 선택하라면 단연 셰익스피어를 택하겠노라"라고 말한 적이 있다. 그만큼 영국 사람들에게 셰익스피어가 차지하는 비중은 무척 크다. 해가 질 날이 없다는 대영 제국은 서서히 몰락하여 빛을 잃었지만, 르네상스 시대에 활약한 이 극작가는 여전히 영국 사람들의 영광이자 자존심으로 남아 있다.

윌리엄 셰익스피어는 1564년 잉글랜드 중부의 스트랫퍼드 어폰 에이번에서 태어났다. 그의 아버지는 비교적 부유한 상인으로 당시의 사회적 신분으로서는 중산계급에 속해 있었기 때문에 셰익스피어는 비교적 풍족한 소년 시절을 보냈다. 그러나 1577년경부터 가운이 기울어져 학업을 중단하고 집안일을 도울 수밖에 없었다. 그래서 셰익스피어는 주로 성경과 고전을 읽으며 혼자서 작가 수업을 쌓았다.

셰익스피어는 고향을 떠나 런던에 가서 조연급 배우로서도 활동하면서 글로브 극단의 전속 극작가가 되었다. 그가 극작가로 활동한 시기는 1590년부터 1613년까지 줄잡아 24년이었다. 이 기간 동안 그는 비극, 희극, 사극, 로맨스 극 등 여러 장르에 걸쳐 모두 37편에 이르는 희곡 작품을 썼다. 셰익스피어는 희곡 작품 말고도 소네트 154편과 서사시 등을 썼다. 그의 희곡 전집은 1623년에 극단 동료의 손으로 편찬되어 세상에 나왔다. 그는 1616년 4월 쉰한 살의 나이로 고향인 스트랫퍼드 어폰 에이번에서 사망하였다. 만약 오늘날처럼 장수를 누렸다면 그는 아마 훨씬 더 많은 작품을 남겼을 것이다. 또한 작중인물이나 플롯도 좀 더 다양하고 정교하게 구성하였다. 이렇듯 셰익스피어는 고대 그리스 시대에 처음 시작한 서양 연극의 수준을 한 단계 올려놓았다는 평가를 받는다.

오늘날 코로나19처럼 16세기 말엽 페스트가 유행하여 극장들이 문을 닫게 되자 셰익스피어는 서사시와 서정시 같은 시 작품을 창작하는 데 관심을 쏟았다. 『비너스와 아도니스』와 『루크레티아의 능욕』은 사랑을 주제로 한 서사시다. 1609년에 출간된 『셰익스피어의 소네트』는 14행 정형시 150여 편을 한데 모은 시집으로 그가 출간한 책 중에서 희곡 작품이 아닌 마지막 책이다.

영국은 섬나라인 까닭에 유럽 대륙에 비하여 문화의 유입이 조금 뒤늦게 일어났다. 이탈리아에서 처음 시작한 문예부흥과 종교개혁도 유럽 본토에서 활짝 꽃을 피운 뒤에야 비로소 영국에 전해졌다. 그러나 비록 이렇게 조금 뒤늦게 전해졌을망정 셰익스피어는 유럽 대륙 어느 곳에서도 볼 수 없는 문예부흥의 꽃을 찬란하게 피워냈다. 그가 여러 작품에서 그려낸 인물들은 인간 해방이라는 르네상스적 인문주의 사상을 가장 설득력 있게 극적으로 구현하였다. 16세기 말엽과 17세기 초엽에 걸쳐 셰익스피어는 신 중심의 중세적 세계관에서 벗어나 인간 중심의 근대적 세계관의 문을 활짝 열어젖혔다는 점에서도 그 의미가 무척 크다.

셰익스피어는 당대 사회의 각계계층을 총망라하여 작품에서 다루지 않는 인물 유형이 거의 없다시피 하다. 왕후장상뿐 아니라 일반 서민들도 등장한다. 더구나 인간 심리를 꿰뚫어 보는 데는 어느 작가도 따를 수 없을 만큼 셰익스피어는 넉넉한 안목의 소유자였다. 그의 희곡은 인간관계에서 비롯하는 여러 문제를 가장 밑바닥에 깔고 있다. 만약 그에게 인간에 대한 흥미와 호기심이 없었더라면 아마 그 작품이 지금처럼 서양과 동양을 가르지 않고 남녀노소의 구별 없이 그렇게 큰 공감을 주지는 못할 것이다. 셰익스피어 작품이 가장 빛을 내뿜을 때는 시대적 한계나 지리적 제약을 훌쩍 뛰어넘는다. 그래서 '셰익스피어적'이라고 하면 이 무렵의 르네상스 정신에 걸맞게 폭넓은 보편적 지식을 가리킨다.

한편 셰익스피어는 제프리 초서 이후 완성 과정에 있던 근대 영어의 잠재력을 최대한으로 살려 영어를 세계 언어로 발전시키는 데도 크게 이바지하였다. 그가 작품에 사용한 낱말은 줄잡아 무려 2만 5,000어가 된다. 앵글로색슨의 토착어를 주로 사용하되 고대 그리스어나 라틴어 같은 외래어도 적절히 사용하여 영어 어휘를 풍부하게 만들었다는 평가를 받는다.

셰익스피어의 작품 중에서 가장 사랑을 받는 것은 역시 비극이다.

물론 희극이나 사극도 뛰어나지만 역시 셰익스피어 하면 곧바로 그의 비극이 떠오를 만큼 비극이 그의 작품에서 차지하는 몫은 무척 크다. 그의 비극 중에서도 네 편이 가장 유명하여 흔히 '셰익스피어의 4대 비극'이라고 부른다. 『햄릿』, 『맥베스』, 『오셀로』, 『리어 왕』이 그것이다. 여기에다 『로미오와 줄리엣』 한 작품을 더 보태어 흔히 '셰익스피어의 5대 비극'이라고 일컫는다.

고대 그리스 비극은 소포클레스의 『오이디푸스 왕』에서 볼 수 있듯이 주로 신탁과 같은 운명에 맞서 싸우는 주인공들을 즐겨 다룬다. 그래서 이 당시의 극은 흔히 '운명극'이라고 부른다. 그러나 셰익스피어의 비극에서 주인공은 외부의 힘보다는 내면적인 힘, 즉 운명보다는 성격의 결함 때문에 비극적 결말을 맺는다. 셰익스피어의 비극을 흔히 '성격극'이라고 부르는 까닭이 바로 여기에 있다. 그의 비극적 주인공은 하나같이 어떤 성격적 결함을 지니고 있다. 이왕 비극 이야기가 나왔으니 말이지만 노르웨이의 극작가 헨리크 입센의 작품은 '환경극'이라고 부른다. 『인형의 집』의 노라 같은 그의 주인공은 흔히 사회경제적 환경의 힘 때문에 비극적 파멸을 맞이하기 때문이다.

『햄릿』에서 덴마크의 왕자 햄릿은 비텐베르크대학에서 유학하던 중 아버지가 사망했다는 소식을 듣고 급히 고국으로 돌아온다. 삼촌이 왕위를 노리고 아버지를 살해하고 어머니를 아내로 맞이한 사실을 알게 된 햄릿은 복수하기로 결심한다. 이 과정에서 햄릿은 줏대 없는 재상 폴로니어스를 살해하고, 애인인 폴로니어스의 딸 오필리어는 자살한다. 우유부단한 햄릿은 복수할 기회를 놓치고 새 왕은 그를 영국으로 유배를 보낸다. 유배 길에서 왕이 자신을 죽이려고 한다는 음모를 알아차린 햄릿은 구사일생으로 위기를 모면하고 다시 고국으로 돌아온다.

아버지와 누이동생 오필리어의 죽음에 격분한 폴로니어스의 아들 레어티스는 햄릿과 결투를 벌이고 두 사람은 모두 사망하고 만다. 햄릿은 한 장면에서 "죽느냐 사느냐, 그것이 문제로다"로 시작하는 그 유명한 대사를 독백한다.

> 죽느냐 사느냐, 그것이 문제로다.
> 가혹한 운명의 돌팔매와 화살을 맞으면서
> 그냥 참고 견디는 것이 더 고귀한 마음일까?
> 아니면 성난 파도처럼 밀려드는 재앙에 맞서
> 무기를 들고 용감히 맞서 싸우는 것이 더 고귀한 마음일까?
> 죽는다는 건 그저 잠드는 것, 오직 그뿐이겠지. (3막 1장)

햄릿은 이렇게 고민하고 갈등만 하지 막상 행동으로 옮기는 데는 주저한다. 햄릿이 파멸을 맞는 것도 궁극적으로는 그의 성격적 결함 때문이라고 할 수 있다. 성격적으로 햄릿은 내성적이고 사변적이며 우유부단하다. 자신의 아버지를 살해하고 왕위에 올라 어머니마저 왕비로 삼은 삼촌 클로디어스를 죽일 수 있는 기회를 여러 번 얻으면서도 좀처럼 실행에 옮기지 못한다. 한번은 삼촌이 기도를 드리는 모습을 목격하고 그를 살해하려고 하지만, 기도를 드리던 중에 죽으면 천국에 간다는 생각 때문에 차마 죽이지 못한다.

스코틀랜드의 장군을 주인공으로 삼은 『맥베스』는 지나친 야심 때문에 파멸한다. 그는 장차 왕이 된다는 마녀의 예언을 듣고 정치적 야심을 품은 나머지 결국 비극적 죽음을 맞이한다. 무어인 장군이 주인공으로 등장하는 『오셀로』에서 주인공은 지나친 질투심 때문에 비극적 파멸을 맞이한다. 한편 『리어 왕』에서 주인공 리어 왕을 파멸로 몰고 가는 원인은 남한테 칭찬 듣는 것만 좋아하여 진실을 제대로 보지 못하는 허영심과 자만심이다. 이렇듯 셰익스피어 비극에서는 주인공의 성격적 결함이 비극을 낳는 데 가장 중요한 역할을 한다.

『로미오와 줄리엣』은 셰익스피어의 다른 네 비극 작품처럼 극작가로서 원숙한 단계에 쓴 작품은 아니지만 그 나름대로 그의 작품 세계에서 독특한 위치를 차지한다. 원수인 두 집안에서 태어난 로미오와 줄리엣이 서로 사랑을 하게 되고 그들의 비극적인 죽음이 마침내 가문을 화해하게 만드는 이야기다. '로미오와 줄리엣'이라고 하면 『춘향전』의 이몽룡과 성춘향처럼 흔히 젊은 연인의 대명사처럼 쓰인다.

이렇듯 『로미오와 줄리엣』은 아름다운 대사와 극적 효과로 많은 칭송을 받는 셰익스피어의 대표작 가운데 하나다. 셰익스피어 당대부터 『햄릿』과 함께 가장 많이 공연된 작품으로 연극 말고도 영화, 연극, 오페라, 교향곡, 뮤지컬 등으로 각색되어 사랑을 받아 왔다. 로미오는 사랑하는 로잘린을 볼 수 없어 의기소침해 있다. 그때 로미오의 친구 벤볼리오가 오늘 밤 캐풀렛 집안의 파티에 로잘린이 올지 모르니 같이 가보자고 권한다. 로미오는 그들을 따라 파티에 가고 발코니에 있는 줄리엣을 보고 첫눈에 반하고 만다. 로미오의 열렬한 구애로 줄리엣은 그의 사랑을 받아들인다. 그러나 서로 원수 집안의 자식인 두 사람은 로마 가톨릭교회 수도자인 로렌스 수사에게 도움을 청하여 결혼하기로 약속하고 헤어진다.

이튿날 길거리에서 두 집안 사이에 싸움이 일어나 캐풀렛 집안의 티볼트는 로미오의 친구 머큐쇼를 죽인다. 이에 격분한 로미오는 줄리엣의 사촌인 티볼트를 죽이고, 이 일로 로미오는 추방된다. 한편 줄리엣은 부모로부터 패리스와의 결혼을 강요받는다. 줄리엣은 로렌스 수사에게 도움을 청하고, 로렌스 수사는 마시면 죽은 것처럼 보이는 약을 만들어 그녀에게 건네준다. 로렌스 수사는 편지를 써서 이러한 사정을 로미오에게 알리려 하지만, 우여곡절 끝에 편지가 그에게 전달되지 못한다. 줄리엣이 죽었다는 소문을 전해 들은 로미오는 슬픔에 빠진 나머지 독약을 먹고 자살한다. 긴 잠에서 깨어난 줄리엣은 로미오의 시체를 안고 오열하다가 마침내 로미오의 단도로 스스로 목숨을 끊는다.

『로미오와 줄리엣』은 셰익스피어의 초기 작품이기 때문에 고대 그리스 비극에서 볼 수 있는 흔적을 엿볼 수 있다. 특히 이 작품에서 주인공이 비극적 파멸을 맞는 데는 우연과 운명이 적잖이 작용한다. 로미오가 줄리엣이 죽었다고 착각하는 것도, 로렌스 수사의 편지를 받지 못하는 것도 하나같이 우연 때문이다.

그러나 흥미롭게 최근 심리학자들은 이 작품에서 심리학의 개념을 찾아내기도 한다. 가령 '로미오와 줄리엣 효과'라고 부르는 개념이 바로 그것이다. 부모가 반대하면 할수록 젊은이들의 애정이 더욱더 깊어지는 현상을 '로미오와 줄리엣 효과'라고 부른다. 이러한 효과는 청소년의 반발 심리 때문에 일어난다. 만약 부모의 반대가 없었다면 로미오와 줄리엣은 그렇게 애절한 사랑을 했을까? 부모들이 그렇게 반대만 하지 않았어도 이 젊은 남녀는 그토록 사랑하지 않았을지도 모른다. 사실 로미오는 바람둥이나 다름없다. 그는 줄리엣을 처음 만나기 전에 이미 로잘린과 사귀고 있었다. 줄리엣을 만나게 된 것도 사랑하는 여인을 만나러 간 파티 모임에서였다. 그렇다면 그는 얼마든지 줄리엣 말고 다른 여성을 만나 사랑에 빠질 가능성이 높다.

10

돈키호테

미겔 데 세르반테스

서양 작가 중에서 가장 대표적인 작가를 두 사람만 꼽으라면 아마 윌리엄 셰익스피어와 미겔 데 세르반테스(1547~1616)를 꼽을 사람이 많을 것이다. 이 두 사람은 서유럽 문학의 집을 떠받드는 두 기둥과 같다. 거의 같은 시기에 태어나 활약했고 같은 해에 사망했다는 점도 흥미롭다. 한 사람은 연극 장르에서 두각을 나타낸 반면, 다른 한 사람은 소설 장르가 태어나는 데 산파 역할을 하였다. 셰익스피어는 '영국의 국민 시인'으로 존경받지만 세르반테스는 '에스파냐(스페인)의 정신'으로 존경받는다. 또 어떤 학자는 세르반테스를 '지혜의 왕자'라고 부르기도 한다.

세르반테스는 손대지 않은 문학 장르가 거의 없다 할 만큼 사실상 거의 모든 장르를 두루 다루었다. 이 무렵 이탈리아에서 유행하기 시작한 '노벨라'라는 단편소설을 쓰고 장편소설도 썼다. 그런가 하면 희곡도 여러 편 썼고 시도 썼다. 그러니까 비평을 빼고는 모든 장르에 손을 댄 셈이다. 그러나 문학가로서 세르반테스의 명성은 역시 『돈키호테』

(1604, 1615)에 달려 있다. 그가 이 작품을 처음 구상한 것은 감옥에 갇혀 있을 때였다. 한때 세금 징수원 노릇을 하던 그는 세금 회계에 차질이 생겨 세비야 왕실 감옥에 갇히는 신세가 되었다.

미겔 데 세르반테스는 스페인의 마드리드의 대학가 알칼라 데 에나레스에서 외과 의사 집안의 일곱 자녀 중 넷째로 태어났다. 집안이 매우 가난하여 그는 제대로 교육을 받지 못하였다. 그의 가족이 여러 도시로 이사 다녔다는 사실 말고는 세르반테스의 어린 시절에 대해서 알려진 것이 거의 없다.

1570년 스무 살 때 세르반테스는 이탈리아의 추기경을 따라 로마로 건너가 군인이 되어 레판토 해전에 참전했지만 평생 왼손을 쓸 수 없는 불구자가 되었다. 1575년에는 해적에게 잡혀 알제리에서 5년 동안 노예 생활을 하였다. 그는 알제리에 노예로 팔렸다가 성삼위일체 수도회의 도움으로 가까스로 풀려난 뒤 마드리드로 돌아와 글을 쓰기 시작하였다.

세르반테스는 1585년 소설 『라갈라테아』를 출간했지만 이렇다 할 인기를 끌지 못하였다. 1605년 『돈키호테』의 1부를 발표하면서 엄청난 인기를 모았지만 생활에는 큰 도움이 되지 않았다. 1615년 그는 『돈키호테』 2부를 완성하였다. 그는 평생 가난하게 살다가 예순아홉 살의 나이로 1616년 4월에 세상을 떠났다. 대표작으로는 『돈키호테』 말고도 『모범소설』 등이 있다. 지그문트 프로이트는 『모범소설』에 수록된 「개들의 대화」를 얼마나 좋아했던지 그 작품을 원어로 읽기 위하여 스페인어를 배울 정도였다.

세르반테스의 『돈키호테』는 원래 제목이 『라만차의 현명한 신사 돈키호테』다. 제1부가 1604년에 출간되었고 제2부는 1615년, 즉 작가가 사망하기 바로 한 해 전에 출간되었다. 제1부가 52장, 제2부가 74장 모두 126장인 방대한 작품으로 등장인물만 무려 650여 명에 이른다. 그런데 한 가지 흥미로운 것은 세르반테스가 속편을 출간하기에 앞서 1614년 알론소 페르난데스 데 아베야네다라는 사람이 먼저 속편을 출간했다는 점이다. 이 위작(僞作)은 세르반테스가 서둘러 속편을 집필하는 계기가 되었다. 아베야네다의 위작 말고도 『돈키호테의 삶』, 『돈키호테의 역사』, 『여성 돈키호테』 같은 돈키호테를 소재로 삼은 작품이 계속 쏟아져 나왔다.

16세기 에스파냐의 라만차라는 작은 마을에 알론소 키하노라는 신사가 살았다. 아름다운 여성들을 위기에서 구해 내고 거인들과 싸우며 용을 죽이는 기사도 로망을 읽는 것이 그의 유일한 즐거움이었다. 그러나 지나치게 책을 많이 읽은 탓에 그는 마침내 현실과 허구의 세계를 구분할 수 없게 되었다. 키하노는 그만 정신이 이상해져 그 이야기들을 실제 일어난 현실로 믿게 된다.

결국 키하노는 자신도 기사가 되어 몸소 행동으로 옮기기로 결심하고 낡은 갑옷과 녹슨 칼 그리고 투구로 무장을 한 다음 늙은 말을 타고 모험을 떠난다. 기사도 로망의 주인공이 이상적인 아름다운 여인을 사랑하듯이 그도 잘 알지 못하는 한 시골 처녀에게 '둘시네아'라는 멋진 이름을 붙이고, 자신의 이름도 '돈키호테'로 바꾼다. 또 산초 판사라는 시골 농부를 하인으로 삼아 함께 모험을 떠난다.

이 작품은 주인공이 겪는 갖가지 모험 이야기로 되어 있다. 풍차를 거인으로 착각하고 공격하다가 말에서 떨어지는가 하면, 풀을 뜯어 먹는 양떼를 군인으로 오인하여 공격하다가 양치기한테 뭇매를 맞기도 한다. 풍차를 공격하는 이야기는 너무 유명하여 '풍차를 공격하다'라는 표현은 이제 서양에서는 "있지도 않은 적에게 무모하게 덤벼드는 행동"을 이르는 관용어가 되었다. 그런가 하면 포도주를 넣은 가죽 부대를 공격하여 붉은 포도주가 쏟아지자 그것을 피로 착각하기도 한다. 자신의 행동이 실수로 드러날 때마다 그는 어김없이 자신을 골탕 먹이려고 마법사가 마술을 걸어 그렇게 만들어 놓은 것으로 생각한다.

『돈키호테』에는 온갖 형태의 인간 군상이 파노라마처럼 그려져 있다. 셰익스피어도 희곡 작품에서 여러 인간 유형을 그려 낸 것으로 유명하지만 세르반테스도 이 영국 작가 못지않다. 프랑스의 문학 비평가 샤를 오귀스트 생트뵈브가 이 작품을 '인간성의 성경'라고 부른 것은 바로 그 때문이다. 그의 이름을 딴 '돈키호테주의(키호티즘)'는 기사인 체하는 태도나 공상에 빠져 현실을 제대로 파악하지 못하는 태도 또는 엉뚱한 생각을 가리키는 용어로 자주 쓰인다.

많은 등장인물 중에서도 주인공 돈키호테와 그의 하인 산초 판사의 성격이 가장 두드러진다. 이 두 인물은 마치 불과 얼음처럼 서로 대조적이다. 공상에 빠지고 엉뚱한 행동을 일삼으면서도 돈키호테는 신념과 의지가 강하고 도덕관이 뚜렷한 모범적인 기사다. 한마디로 이상주의, 꿈, 정신, 환상을 상징하는 인물이다.

한편 하인 산초 판사는 지극히 평범하고 세속적인 인물로 돈키호테의 행동이 광기라는 사실을 잘 알면서도 오직 물질적 보수 때문에 그를 따른다. 산초 판사는 현실주의, 실재, 물질, 사실을 상징하는 인물이다. 이러한 상반된 인물형 때문에 이 작품의 주제를 이상주의와 현실주의의 대립에서 찾으려는 비평가도 있다.

그러나 여기서 찬찬히 눈여겨보아야 할 것은 두 사람이 조금씩 상대방의 성격을 닮아 간다는 점이다. 처음에 산초 판사는 돈키호테가 정신병에 걸린 것으로 생각하고 그에게 따지기도 하고 때로는 말다툼을 벌이기도 한다. 그러나 모험을 하는 동안 그들의 성격은 서로 비슷해진다. 말투만 보더라도 돈키호테는 산초 판사처럼 속담 섞인 시골말을 쓰게 되고, 산초 판사는 돈키호테의 기사다운 고상한 말투를 흉내 낸다. 마침내 두 인물은 서로 구별할 수 없을 만큼 하나로 융합되기에 이른다. 어떤 의미에서 돈키호테와 산초 판사는 서로 다른 두 인물이 아니라 한 인물의 서로 다른 모습이라도 하여도 크게 틀리지 않는다.

인간이라면 정도의 차이는 있을망정 누구나 돈키호테적인 면도 산초 판사적인 면도 지니게 마련이다. 천상의 이상주의를 꿈꾸지만 질퍽한 대지에 뿌리를 박고 살아가는 것이 인간이다. 두 인물은 상상력과 합리성을 뜻하기도 하며 인간의 영혼과 육체를 상징한다고 볼 수도 있다. 중세 말기 문학에는 대화 형식을 취하는 '육체와 영혼의 토론'이 크게 유행하였다. 이상주의와 현실주의, 상상력과 합리성, 그리고 영혼과 육체를 따로 떼어서 생각할 수 없듯이 돈키호테와 산초 판사도 서로 떼어서 생각할 수 없다.

세르반테스가 『돈키호테』에서 다루는 주제가 한두 가지가 아니지만 그중에서도 허구와 사실, 환상과 실재의 관계는 유독 눈길을 끈다. 이 주제는 작가가 상상으로 만들어 낸 시드 아메테 베넨헬리라는 인물에서 잘 드러난다. 세르반테스는 이 이야기의 출처로 이 아랍 역사가를 들면서도 이 역사가의 말을 믿지 말라고 말한다. 세르반테스는 이 역사가의 기록이 실제 사실과는 다른 허구이기 때문에 진실로 받아들여서는 안 된다고 말한다. 독자에게 역사가가 쓴 글을 믿지 말라고 경고하면서도 자신이 쓴 허구는 진실이라고 밝힌다.

허구와 사실, 환상과 실재를 둘러싼 주제는 "돈키호테가 얼마나 광기에 사로잡혀 있는가?"라는 물음에 이르러 좀 더 뚜렷이 드러난다. 정신의학적 측면에서 본다면 돈키호테는 분명히 망상적이고 방향 감각을 상실하지만 다른 각도에서 보면 지극히 정상적인 사람처럼 행동한다. 이러한 상황에서 어느 것이 환상이고 어느 것이 실재인지, 또 어느 것이 허구이고 어느 것이 사실인지 구별하기란 그렇게 쉽지 않다.

위대한 고전이 흔히 그러하듯이 『돈키호테』도 시대를 앞선 작품이다. 이 작품을 읽다 보면 포스트모더니즘의 그림자가 눈앞에 자주 어른거린다. 17세기에 출간된 작품이지만 포스트모더니즘적인 요소를 쉽게 찾아볼 수 있다. 자의식적인 특징을 지닌 이 소설은 메타픽션, 즉 '소설에 관한 소설'의 첫 장을 여는 작품이다. 세르반테스는 작품에서 끊임없이 현실과 허구의 경계선을 무너뜨린다. 그에게 현실에 대한 환상을 가져다주는 사실주의 전통의 작품은 이렇다 할 의미가 없다. 예를 들어 제1부에서 없어진 당나귀 한 마리가 제2부에 아무런 설명 없이 갑자기 다시 나타나자 산손 카라스코라는 작중인물은 플롯에 일관성이 없다고 비판한다. 그러자 제2부 3장에서 산초 판사는 그에게 "그것은 역사를 잘못 알고 있었거나, 아니면 인쇄공이 실수를 저지른 것일 것이다"라고 태연스럽게 대꾸한다.

이 일화를 별로 대수롭지 않은 것으로 돌려 버릴 수도 있지만 소설 기법에서 보면 코페르니쿠스적 전환처럼 큰 의미가 있다. 세르반테스는 『돈키호테』를 읽는 독자에게 현실에 대한 환상을 가져다주기는커녕 오히려 그 환상을 깨뜨리려고 한다. 문학 작품이란 현실의 반영이 아니라 작가가 언어로 만든 인위적인 구성물이라는 사실을 일깨워 준다. 작품 안에서 일어나는 사건을 실제 현실로 받아들이려고 애쓰는 고전주의 미학의 관점에서 보면 이렇게 작가가 직접 나서서 환상을 깨뜨리거나 창작 과정을 밝히는 것은 저주와 다름없다.

이 작품은 또 다른 의미에서 '소설의 소설'이라고 할 만하다. 서구 문학사에서 수많은 작가가 세르반테스한테서 예술적 영감을 받고 작품을 써 왔다. 예를 들어 대니얼 디포, 헨리 필딩, 토비어스 스몰렛, 로렌스 스턴, 월터 스콧, 찰스 디킨스 같은 영국 작가들이 그에게서 힘입은 바가 무척 크다. 귀스타브 플로베르, 페레스 갈도스, 허먼 멜빌, 니콜라이 고골, 표도르 도스토옙스키 같은 작가들도 세르반테스에게서 많은 영향을 받았다. 특히 플로베르는 『마담 보바리』의 여주인공을 "치마를 두른 돈키호테"라고 불렀다. 20세기에도 사정은 크게 다르지 않아서 제임스 조이스와 윌리엄 포크너, 호르헤 루이스 보르헤스 같은 작가들이 세르반테스에게 직접 또는 간접적으로 큰 영향을 받았다.

『돈키호테』는 문학가들뿐 아니라 다른 예술가들에게도 깊은 영감을 불러일으켰다. 17세기 이후 이 소설을 바탕으로 많은 연극, 오페라, 발레, 음악 작품을 만들었으며, 20세기에 들어와서도 영화, 텔레비전 프로그램, 만화 등으로 만들었다. 그런가 하면 윌리엄 호가스, 프란시스코 데 고야, 오노레 도미에, 파블로 피카소 같은 화가들도 세르반테스에게서 큰 영향을 받았다. 바로 이 점에서 세르반테스는 단순히 르네상스 시대의 소설가를 뛰어넘어 '예술가의 예술가'로 대접받는다.

11

실낙원

존 밀턴

각 시대마다 그 시대를 대표하는 작품이 한두 편씩 있게 마련이다. 가령 단테 알리기에리의 『신곡』이 중세 정신을 대변하는 작품이라면 윌리엄 셰익스피어의 희곡 작품이나 미겔 데 세르반테스의 『돈키호테』는 르네상스 정신을 대변하는 작품이다. 그런가 하면 존 밀턴(1608~1674)의 『실낙원』(1667)은 흔히 17세기 근대정신을 대변하는 작품으로 꼽힌다.

밀턴은 단테가 과감하게 라틴어의 굴레를 벗어던지고 이탈리아 방언으로 작품을 쓴 것처럼 과감하게 라틴어를 버리고 영어로 작품을 썼다. 단테가 호메로스와 베르길리우스의 서사시 전통을 이어받았듯이 밀턴도 서사시의 전통에서 작품을 썼다. 그러나 단테의 작품이 로마 가톨릭의 세계관을 다루는 반면, 밀턴의 작품은 프로테스탄티즘의 세계관과 맞닿아 있다. 밀턴은 프로테스탄티즘이 낳은 가장 위대한 시인이라고 하여도 크게 틀리지 않는다.

영문학에서 셰익스피어 다음으로 가장 뛰어난 시인으로 흔히 꼽히는 밀턴은 런던의 칩사이드에서 태어났다. 옥스퍼드셔에서 자영농을 하던 그의 할아버지는 경건한 로마 가톨릭교도였고, 아들이 프로테스탄트로 개종하자 의절하고 말았다. 의절당한 밀턴의 아버지는 런던으로 이주하여 공증과 사채업으로 꽤 많은 돈을 벌었다. 그는 자녀 교육에 무척 깊은 관심을 기울였는데 시인 밀턴은 아버지의 교육열에 큰 영향을 받았다. 일찍이 언어에 천재적인 재능을 보인 밀턴은 런던의 세인트폴 학교에서 라틴어를 비롯하여 히브리어와 그리스어를 배웠고 가정교사에게서 근대 언어를 배웠다. 이때부터 그는 외국어에 대한 뛰어난 능력을 유감없이 드러내었다.

밀턴은 케임브리지대학교의 크라이스트대학에서 문학사와 문학석사 학위를 받았다. 당시 그는 여성처럼 얌전한데다 성실하여 친구들한테서 '귀부인 그리스도'라는 별명을 얻었다. 대학을 졸업한 뒤에는 폭넓게 독서를 하여 제도권 교육에서 얻을 수 없는 지식을 보충하였다. 학문과 문학에 대한 정열이 남달라 밀턴은 평생 손에서 책을 놓는 일이 거의 없었다고 한다.

이 점과 관련하여 밀턴은 "나의 지식욕은 거의 탐욕적이었다. 그래서 나는 연구 생활에서 떠나 본 일이 없으며 자정 전에 잠을 자 본 일이 없다"고 밝혔다. 어렸을 때부터 문학을 비롯한 역사, 철학, 신학 등을 깊이 공부하면서 그의 사상의 초석이 되는 자유주의 사상을 깊이 호흡하였다. 이 무렵 그가 읽지 않은 책은 거의 없었고, 성경은 줄줄 외울 정도였다. 정상적인 상태라면 밀턴은 마땅히 성직자가 되었을 터이지만 영국의 타락한 교회에 환멸을 느낀 나머지 성직자로서의 길을 포기하였다. 그러한 상황에서 성직자가 되는 것은 그의 말대로 '노예의 길'을 걷는 것과 크게 다르지 않기 때문이다. 그리하여 대학을 졸업한 뒤 밀턴은 친척 아이들을 가르치며 책이나 읽으면서 소일하는 쪽을 택하였다.

1638년 밀턴은 유럽 여행길에 오른다. 파리와 제네바, 피렌체, 로마, 나폴리에 머물면서 유럽 문명으로부터 깊은 감명을 받는다. 이때 유럽의 정신적 지주 역할을 하던 문학가들과 사상가들을 만난 것은 그로서는 크나큰 수확이었다. 이 중에서도 천문학자 갈릴레오 갈릴레이를 만난 것은 그에게 소중한 경험이었다. 그러던 중 밀턴은 영국에서 내전이 일어날 것이라는 소문을 듣자 모든 여행 계획을 취소하고 곧바로 영국으로 돌아온다.

세계 문학사를 통틀어 밀턴만큼 불행한 삶 가운데 작품을 쓴 작가도 아마 찾아보기 드물 것 같다. 세 번에 걸쳐 혁명을 겪었을 뿐 아니라 늘 그 혁명의 소용돌이 속에 서 있었다. 1642년 영국 국왕 찰스 1세와 의회 세력이 충돌하는 내란이 일어난다. 올리버 크롬웰이 이끄는 의회파가 승리를 거두어 찰스 1세를 처형하고 공화정을 수립하자 밀턴은 올리버 크롬웰 밑에서 라틴어 비서 자격으로 정치에 참여한다. 청교도 정권의 정당성을 굳게 믿던 밀턴은 찰스 1세를 처형한 크롬웰을 옹호하는 글을 쓴다.

그러나 1660년 프랑스로 유배 갔던 찰스 2세가 돌아오면서 왕정복고가 이루어지자 밀턴은 체포되어 목숨을 잃을 뻔한다. 동료 시인인 앤드루 마블의 도움으로 가까스로 목숨을 건졌지만 한동안 옥살이를 하고 거의 모든 재산을 몰수당한다. 무엇보다도 온갖 정력과 시간을 바쳤던 정치적 이상이 물거품으로 사라지고 만 것은 밀턴에게 크나큰 충격이 아닐 수 없었다.

정치 생활뿐 아니라 개인 생활에서도 밀턴은 큰 어려움과 시련을 겪었다. 왕당파 지주의 딸이었던 아내 메리 파월은 나이도 밀턴의 절반

밖에 되지 않는 데다 이렇다 할 학식이나 경험도 없었다. 결혼 초부터 삐걱거리던 결혼 생활은 몇 달 뒤 별거에 들어가는 지경에 이른다. 오늘날에는 별로 대수롭지 않을 일일 터이지만 오직 간통만이 유일한 이혼 사유였던 시대고 보면 이 사건은 밀턴뿐 아니라 주위 사람들에게도 무척 큰 충격이었다. 한 소설가가 밀턴의 별거를 소재로 삼아 소설을 쓸 만큼 그 당시 아주 큰 화젯거리였다. 그의 아내는 다시 밀턴의 곁으로 돌아오지만 딸 셋을 낳은 뒤 사망하고, 두 번째 부인도 출산 도중 죽어 세 번째 아내를 얻는다.

밀턴의 유명한 「이혼론」은 자신의 실패한 결혼 생활에 근거를 둔 것이다. 이 글에서 그는 애정 없는 결혼을 강요하는 것은 인간 존엄성에 대한 범죄라고 부르짖는다. 부부 사이의 부조화와 갈등이야말로 간통보다도 더 큰 이혼 사유라고 주장한다. 결혼이란 결국 애정과 우정으로 맺어진 능동적인 남녀 관계일 뿐이라고 설파한다. 그러나 밀턴은 왕당파와 장로파 양쪽으로부터 '방탕한 자유주의자'라는 낙인이 찍힌 채 따돌림을 받는다.

밀턴은 정치와 결혼뿐 아니라 자신의 육체에서마저 쫓겨나는 불운을 맞는다. 마흔세 살이 되던 해 앞을 보지 못하는 장님이 된 것이다. 그가 실명한 것은 열두 살이 되던 해부터 매일같이 밤 열두 시가 될 때까지 책을 읽던 습관 때문이었다. 삼십대 중반부터 점차 약화된 시력은 마침내 1652년 겨울에 완전히 실명하기에 이른다. 그런데도 비서의 도움으로 밀턴은 라틴어 비서로서의 임무를 계속 수행했을 뿐 아니라 새 정부의 외교 정책에도 깊이 관여하였다.

웬만한 사람 같으면 아마 깊은 절망의 수렁에 빠져 좀처럼 헤어나지 못했을 터이지만 밀턴은 이제야말로 가장 자유롭다고 외치면서 역사에 길이 남을 문학 작품을 쓰기로 결심한다. 가난과 실명과 절망 그리고 고립 속에서 나온 작품이 바로 대서사시 『실낙원』이다. 밀턴이 언제부터 이 작품을 집필하기 시작했는지는 정확히 알려져 있지 않다. 다만 1655년에서 1658년 사이에 썼을 것으로 추측할 뿐이다.

『실낙원』 제7권의 서문에서 밀턴이 "사악한 시기에 빠져 있다"고 말하는 것을 보면 크롬웰 정권이 실각하고 왕정복고가 이루어진 뒤에 쓴 것 같다. 밀턴은 이 작품을 1665년에 모두 완성했고 초판 10권을 1667년에 출간하였다. 어렸을 때부터 웅장한 서사시를 쓰고 싶었던 그는 처음에는 아서 왕 전설과 관련한 작품을 구상했지만 그 계획을 포기하고 결국 인간의 타락과 관련한 작품을 썼다. 이 밖에도 광야에서 사탄이 예수 그리스도를 유혹하는 장면을 소재로 『복낙원』을 썼으며, 서재극 『투사 삼손』을 쓰기도 하였다.

인간이 태초에 하느님을 거역하고
금단의 나무 열매를 맛보아
그 치명적인 맛 때문에
죽음과 온갖 재앙이 세상에 들어와
에덴동산을 잃었더니,
한층 위대하신 한 분이
우리를 구원하여 낙원을 회복하게 되었나니,
노래하라 이것을 천상의 무사여.

이렇게 밀턴은 『실낙원』의 첫 구절에서 작품의 주제를 한마디로 요약하여 말한다. 넷째 행의 '위대하신 한 분'이란 바로 인류의 죄를 대신하여 십자가에 못 박힌 예수 그리스도를 가리킨다. 마지막 행의 무사(뮤즈)는 흔히 시를 관장하는 여신을 가리키지만 여기서는 모세나 다윗이 영감을 받은 성령을 뜻한다. 이렇듯 이 작품은 기독교적 세계관에 깊이 뿌리를 박고 있다.

『실낙원』의 주제와 관련하여 밀턴은 "인간에게 하느님의 길의 정당성을 증명하기 위해서"라고 분명히 못 박아 말한다. 그의 말대로 이 작품에서 그는 하느님의 법과 인간의 법이 서로 다르지 않음을 지적한다. 제목 그대로 인류가 에덴동산에서 쫓겨나기 이전과 그 뒤의 과정이 이 작품의 뼈대를 이룬다. 하느님을 섬기는 데 싫증을 느낀 사탄은 천국을 지배하려고 천사들을 규합하여 반란을 꾀한다. 그러나 전지전능한 하느님에게 패배하여 지옥에 떨어져 고통을 당한다.

이 작품은 사탄이 지옥에서 다시 한 번 하느님에게 도전하려고 반역을 모의하는 것으로 시작한다. 사탄은 참모 회의를 열어 하느님을 직접 공격하는 것보다 간접적인 방법으로 반역을 꾀할 것을 결정한다. 즉 에덴동산에서 행복하게 살고 있는 아담과 하와를 타락시키기로 한 것이다. 그리하여 가까스로 에덴동산에 도착한 사탄은 하와를 꾀어 금단의 과일을 먹도록 만들고, 아담도 하와의 유혹에 넘어가 선악과를 먹는다. 마침내 하느님의 명령을 어긴 아담과 하와는 낙원에서 영원히 추방당하고 말지만 하느님은 예수 그리스도를 통하여 인류에게 구원받을 수 있는 길을 열어 준다.

밀턴은 『실낙원』을 구약성경의 「창세기」 첫 부분의 내용에 기초를 두되 그것을 좀 더 예술적으로 승화시켰다는 평가를 받는다. 만약 밀턴이 이 작품에서 성경의 내용을 그저 운문으로 옮겨 놓았다면 문학 작품으로서는 이렇다 할 문학적 가치가 없을 것이다. 『실낙원』은 신학이 아니라 문학이요, 종교가 아니라 예술이다. 즉 밀턴은 놀라운 상상력을 발휘하여 「창세기」의 이야기를 예술 작품으로 끌어올리는 데 성공을 거두었다. 선과 악을 둘러싼 도덕적 갈등과 정신적 갈등, 내세의 구원을 향하여 매진하는 선형적인 기독교적 시간관, '존재의 쇠사슬'이 상징하는 계급 질서의 중요성, 덕을 성취하는 수단으로서의 이성, 절대자 하나님에 대한 불순종으로서의 악 등 밀턴이 이 작품에서 다루는 주제는 무척 다양하다.

더 나아가 밀턴은 『실낙원』을 인류 타락의 역사에 그치지 않고 좀 더 구체적으로 영국의 역사와도 연관시킨다. 호메로스가 그리스를 위하여 『일리아스』와 『오디세이아』를 쓰고 베르길리우스가 로마를 위하여 『아이네이스』를 쓴 것과 궤를 같이한다. 『실낙원』에 기록한 낙원 상실은 영국의 국가적 이상이나 포부와 맞닿아 있다. "천국에서 섬기느니 차라리 지옥에서 다스리는 쪽이 더 낫다"고 말하면서 하나님에게 맞서는 사탄의 절규는 절대 군주에 반항하는 자유주의자의 모습이다.

실제로 밀턴은 사탄을 악의 화신보다는 용기 있는 반역아로 긍정적으로 묘사한다. 그래서 낭만주의 시인들에게서 밀턴의 사탄은 용기 있는 영웅으로 대접받았다. 가령 윌리엄 블레이크는 밀턴이 천사와 하나님에 대하여 쓸 때는 족쇄를 찬 채 글을 썼지만, 악마와 지옥에 대하여 글을 쓸 때는 자유의 몸으로 글을 썼다고 하였다. 퍼시 비쉬 셸리도 밀턴이 하나님 못지않게 사탄에게도 도덕적 가치를 부여했다고 지적하였다. 한편 사탄과 달리 이 서사시의 주인공이라고 할 아담은 능동적인 영웅주의를 보여 주기보다는 수동적으로 고통받는 모습을 보여 준다.

밀턴은 작중인물의 성격 형성에 아주 뛰어난 재능을 보인다. 세계 문학사에서 사탄을 그처럼 사실적이고 설득력 있게 묘사한 작품은 찾아보기 힘들다. 거추장스러운 각운의 굴레를 벗어버리고 자유롭게 시를 쓴 것도 『실낙원』이 이룩한 성과 가운데 하나다. 밀턴은 영국 시단에서 처음으로 과감하게 운율의 속박에서 벗어났다. 시 형식에서 보면 약강 5보격(弱强五步格)의 이 작품은 뒷날 자유시가 탄생하는 길을 활짝 열어 놓았다.

밀턴은 『실낙원』의 제9권 첫머리에서 "비록 그 수는 적지만 적임자(適任者)인 청중을 위하여" 이 작품을 쓴다고 밝혔다. 성경에 대한 지식뿐 아니라 인문과학과 사회과학 그리고 자연과학을 총망라하는 폭넓은 지식을 가진 독자야말로 '적임자인 청자'가 될 것이다. 밀턴은 이 작품에서 단순히 문학에 그치지 않고 종교, 철학, 역사, 정치, 과학 등을 유기적으로 결합한다. 세계 문학사에서 이처럼 여러 분야를 하나로 통합하는 작품도 찾아보기 드물다. 바로 이 점에서 밀턴은 냉엄한 청교도라기보다는 참다운 의미에서 계몽주의의 자식이요 종교개혁의 아들이라고 할 수 있다.

12

걸리버 여행기

조너선 스위프트

어느 문화권이나 마찬가지이지만 신문학기에는 자국 문학이 발전하는 데 외국 문학 작품의 역할이 적지 않았다. 일본은 메이지(明治) 시대 서양 문학을 폭넓게 받아들이면서 그 초석 위에 근대 문학의 집을 지었다. 일본보다는 조금 뒤늦게 문호를 개방한 탓에 한국에서는 일본을 거쳐 간접수입 방식으로 외국 문학 작품을 들여왔다. 19세기가 서산마루에 뉘엿뉘엿 걸려 있던 1895년 존 번연의 『천로역정』과 '유옥역전'이라는 제목으로 『아라비안나이트』가, 또한 『아이소피카』가 '이솝이야기'라는 제목으로 처음 소개되었다. 육당(六堂) 최남선(崔南善)이 1908년 《소년》에 조너선 스위프트(1667~1745)의 『걸리버 여행기』(1726)에서 일부를 발췌하여 「거인국 표류기」를 싣고, 이듬해 '걸리버 유람기'라는 제목의 단행본으로 간행하였다. 이렇게 아일랜드 태생의 18세기 영국 풍자 작가 스위프트는 한국 신문학 발전에 자못 중요한 역할을 하였다.

스위프트는 영국의 식민지 지배를 받던 아일랜드의 수도 더블린에서 유복자로 태어났다. 태어나기도 전에 아버지가 사망하는 바람에 삼촌 손에 자랐다. 더블린의 킬케니 스쿨과 트리니티 칼리지를 졸업한 뒤 제임스 2세의 왕위 양위와 그에 따른 아일랜드 침공 때문에 영국으로 이주하였다. 정치에 뜻을 둔 스위프트는 당시 유명한 정치가 윌리엄 템플 경의 비서로 일하며 영국 정치계에서 자리 잡기 위하여 노력하였다. 이 무렵 발표한 글들이 유명세를 타면서 스위프트는 당시 정권을 잡고 있던 토리당을 대표하는 정치 평론가로 활동하였다. 또한 문학에도 관심이 있어 졸업 후 정치 활동과 함께 문필 생활을 시작하였다.

그러나 스위프트는 영국에 머무는 동안 그의 신랄한 비판적인 글을 두려워한 정치가들로부터 적잖이 견제를 받았다. 반대편인 휘그당의 세력이 커지자 그는 아일랜드로 낙향해 더블린의 성(聖) 패트릭 성당 사제장으로 일하였다. 이곳에서 스위프트는 식민지 아일랜드의 기아와 가난이 점령국인 영국의 탓이라고 비난하며 아일랜드 스스로 운명을 개척하기 위하여 노력하여야 한다는 내용의 글을 잇달아 발표하여 '아일랜드의 애국자'라는 칭호를 받았다.

아일랜드의 각박한 현실 속에서 스위프트는 한껏 상상의 나래를 펼쳐 작품을 쓸 수밖에 없었다. 그러나 그의 초기 시 작품은 그다지 좋은 편이 아니었다. 이 무렵 유명한 비평가인 존 드라이든이 그의 작품을 읽어 보고 "여보게 스위프트, 자네는 결코 시인이 되지는 못하겠네"라고 읊었다. 그 뒤 스위프트는 잠시 시 창작을 접고 1704년에 익명으로 풍자 작품 두 편을 발표하여 산문 작가로서의 위치를 확보하였다. 영문학사에서 그는 가장 탁월한 산문 풍자가로 높이 평가받는다. 그의 대표작으로는 『걸리버 여행기』를 비롯하여 『통 이야기』와 『책들의 싸움』, 「겸손한 제안」 등이 있다.

스위프트의 가장 대표적인 작품은 풍자소설 『걸리버 여행기』다.

"왕국에 불이 났을 때 오줌을 누어 화재를 진압한 공을 높이 사서 지금부터 걸리버를 우리 소인국의 국민으로 인정하는 바이다." 이 작품의 한 장면에서 소인국 릴리퍼트의 국왕은 이렇게 말하면서 자신들보다 무려 열두 배나 큰 거인 걸리버를 풀어주라는 명령을 내린다. 한 줄기 소변으로 큰 화재를 진압한다는 것은 여간 놀라운 상상력이 아니다. 이 소설은 주인공 걸리버가 소인국과 거인국 등에서 겪는 온갖 황당무계하고 흥미진진한 이야기를 담고 있다. 그런데 스위프트의 이러한 놀라운 상상력을 따를 만한 작가들이 그다지 많지 않을 듯하다.

『걸리버 여행기』는 모두 4부로 구성되어 있다. 주인공 걸리버는 항해 중에 난파당하거나 해적에게 납치되어 ① 소인국 릴리퍼트, ② 대인국 브롭딩내그, ③ 하늘을 나는 섬나라 라푸타, ④ 말나라 후이넘의 네 지역을 방문하여 이상야릇한 경험을 겪는다. 1부 '릴리퍼트' 소인국에서는 걸리버가 케임브리지에서 의학과 항해술 및 수학 등을 공부한 뒤, 선박의 전속 의사가 되어 항해에 나선다. 그러나 난파한 걸리버는 키가 15센티미터 정도밖에 안 되는 소인들이 사는 릴리퍼트 나라에 표류하게 된다. 그 나라에도 치열한 당파 싸움이 있는 데다 이웃나라 블레퍼스큐와 적대 관계에 있다. 왕비의 궁전에 화재가 날 때 오줌을 누어 불을 끌 뿐 아니라, 이웃나라와의 전쟁에 참가하기를 거부하기 때문에 반역죄에 몰려 재판을 받는다. 걸리버는 가까스로 이웃나라로 탈출하여 그곳에서 영국으로 귀국한다.

2부 '브롭딩내그' 거인국에서는 다시 항해에 나선 걸리버가 이번에는 거인의 나라에 표류하게 된다. 그 나라에서 어느 농부에게 발견되어 그의 딸의 애완동물이 된다. 마침내 농부의 딸과 함께 왕궁에 가는 걸리버는 국왕에게 영국의 정치와 경제를 비롯한 여러 문제에 관해 이야기한다. 놀랍게도 이 거인국에서는 전쟁이 없는 이상적인 사회다. 또한 영국처럼 사소한 법조문을 가지고 다투지도 않는다. 어느 날 큰 새가 걸리버를 넣어둔 새장을 물고 하늘로 날아가다가 그만 바다 위에서 새장을 떨어뜨린다. 때마침 그곳을 지나가는 배에 구출되어 무사히 귀국할 수 있었다.

3부 하늘을 나는 섬나라 라퓨타 왕국에서 걸리버는 이상한 주민들을 만나게 된다. 그들은 음악과 기하학과 과학에 열중하고 사색에 잠겨 있으며, 하인이 몽둥이로 감각 기관을 쳐서 자극을 주지 않으면 사색에서 깨어나지 않았다. 그 섬의 수도 라가드의 아카데미에서는 오이에서 햇빛을 뽑아내고 거미줄에서 실크를 뽑아내며 분뇨를 다시 음식으로 환원하는 연구를 하는 등 비현실적인 연구에 몰두한다. 또한 과거 인물의 망령을 불러낼 수 있는 추장이 사는 그라브다브드립, 불사의 인간이 사는 라그나그 섬 등을 방문한 뒤 걸리버는 세 번째 항해를 끝낸다.

4부 후이넘에서는 언어와 이성을 지닌 말[馬]이 이 나라 주민으로 사람의 형상을 한 야후를 가축으로 사육한다. 처음으로 만난 말을 주인으로 하여 걸리버는 그 비호를 받으며 살게 된다. 허위와 속임이 없는 후이넘의 세계에 마음이 끌려 걸리버는 영주하기를 바라지만, 주인의 친구들과 이웃이 반대하여 할 수 없이 귀국의 길에 오르게 된다. 인간 세계에 다시 돌아온 걸리버는 한편으로는 동료 인간에 환멸을 느끼고, 다른 한편으로는 후이넘의 세계를 그리워하면서 하루하루 힘겹게 살아간다.

세계적인 인터넷 검색 사이트 '야후(Yahoo)'는 바로 『걸리버 여행기』에 등장하는 동물의 이름이다. 이 사이트를 개발한 데이비드 파일로와 제리 양(梁)은 자신들이 스위프트의 작품에 나오는 이상야릇한 짐승처럼 느꼈기 때문에 그렇게 이름을 붙였다고 말한 적이 있다. 미국 영어로 '야후'는 '시골뜨기'나 '무뚝뚝한 사람'을 뜻하기도 한다.

스위프트는 『걸리버 여행기』를 맨 처음 출간할 때 '리뮤얼 걸리버'라는 익명으로 출간하였다. 그만큼 이 책이 몰고 올 파장을 염려하였다. 스위프트는 이 소설을 집필하면서도 검열을 당할 것을 적잖이 걱정하였다. 그는 한 친구에게 보낸 편지에서 "세상이 이 소설을 받아들일 만한 자격을 갖추고 있기를 바라며, 무엇보다도 출판업자가 감옥에 갇히는 것을 각오할 용기를 갖게 되면 출판해 볼 생각이다"라고 밝혔다.

그러나 이 작품은 출간되자마자 엄청난 반응을 불러일으켰다. 영국은 말할 것도 없고 유럽 대륙 전체를 그야말로 뜨겁게 달구었다. 1726년 그의 친구인 존 게이는 스위프트에게 보낸 편지에서 "각료들로부터 유치원 학생에 이르기까지 모든 사람이 이 책을 읽는다"고 말할 정도였다. 스코틀랜드 출신의 영국 작가 월터 스콧은 후세에 길이 남을 유일한 책이라며 "스위프트는 이 소설 한 편만으로도 세계 최고의 작가라는 명성을 얻기에 충분하다"고 칭찬하였다. 실제로 이 책은 출간된 때부터 지금까지 한 번도 절판된 적이 없다.

물론 이 작품에 대한 비판의 목소리도 적지 않았다. 소설이 출판되자마자 몇몇 비평가들은 지나치게 염세주의적이라고 비판하였다. "인간을 신랄하게 비판하고 야유한 마지막 장은 어느 누구도 읽어서는 안 된다"고 지적하는 비평가들이 있었다. 마지막 장이란 제4장 후이넘이라는 말[馬]나라를 말한다. 그런데 스위프트는 이 장에서 인간을 말의 지배를 받는 피조물로 간주한다.

조너선 스위프트는 『걸리버 여행기』에서 무엇보다도 어린이들의 상상력과 호기심을 자극한다. 최근 들어 조앤 롤링의 『해리 포터』 시리즈가 전 세계의 독서계를 한바탕 강타하고 지나갔지만, 상상을 뛰어넘는 환상적 모험으로 말하자면 이미 몇백 년 앞서 스위프트가 이 책에서 시도하였다. 이 작품에서는 인간 상상력의 한계가 과연 어디까지인지 그 가능성을 조심스럽게 탐색한다.

더구나 스위프트는 이 소설에서 인간의 악한 본성을 비롯하여 18세기 당대의 과학, 정치, 경제, 문화 등을 날카롭게 비판한다. 이 책이 시간과 공간을 뛰어넘어 영원한 고전의 자리를 차지할 수 있는 것은 스위프트가 기상천외한 이야기를 빌려 문명사회 전체를 통쾌한 독설로 야유하고 풍자하기 때문이다. 영국 왕실과 부패한 정치를 풍자하고, 도덕적 타락과 정신적 왜소함에 비판의 칼을 들이댄다. 또 종교의 위선적 행동, 권위적 태도, 맹목적인 추종을 신랄하게 비판한다. 그런가 하면 어리석은 과학자들에 대한 풍자가 나오는데 이는 만유인력의 법칙을 발견한 아이작 뉴턴과 영국 왕립학회를 겨냥한 것이기도 하다.

스위프트는 『걸리버 여행기』에서 가공의 모형 사회를 빌어서 궁전의 허례허식, 왕족들의 교만, 고관들의 아첨, 정치의 부패, 정당과 종파의 무의미한 싸움, 학문의 편협성과 폐쇄성, 재판의 불공평, 교육의 무능 등 한마디로 인간이 만들어 낸 모든 제도, 문물, 관습을 송두리째 풍자한다. 또한 노예제도, 인종차별, 인종 말살 같은 문제를 지적하면서 계몽주의와 계몽주의의 도구라고 할 이성에 근본적인 의문을 제기한다.

스위프트의 비판과 풍자는 특히 이 작품의 제4부에 이르러 정점에 이른다. 여기서 그가 묘사하는 야후의 모습은 타락한 인간의 모습 바로 그것이다. 인간 혐오 사상이 뚜렷이 드러나 있을 뿐 아니라 자칫 인간을 창조한 신에 대한 모독으로 읽힐 수도 있다. 월터 스콧은 "조너선 스위프트가 묘사하고 싶었던 야후는 자연 상태의 인간도 아니고, 종교의 힘으로 개화될 그러한 인간도 아니다. 그것은 자기 지성과 본능을 스스로 노예화시켜서 타락한 인간이다. 야만적인 쾌락과 잔인함과 탐욕에 빠진 사람은 야후와 비슷하게 되기 때문이다"라고 말한 적이 있다. 그래서 영국을 비롯한 여러 나라에서는 그동안 신성모독 등을 이유로 제4부를 삭제한 채 출간해 오기도 하였다.

그런데 여기서 한 가지 눈여겨볼 것은 스위프트는 이 기상천외한 이야기에서 자기가 원하는 이상적인 세계의 모습을 그리고 있으면서 인간에 대한 희망과 기대도 동시에 담고 있다는 점이다. 그는 유토피아에 대한 한 가닥 소망을 포기하지 않은 채 새로운 세계의 도래를 굳게 믿고 있었다. 스위프트가 한 시 작품에서 "풍자란 결함을 지적하는 것이 아니라 누구나 고칠 수 있는 것을 말한다"고 노래한 적이 있다. 이 점에서 그는 오히려 인간의 결함을 냉담하게 경멸하기보다는 차라리 건강한 분노를 표현한다고 볼 수 있다. 이러한 건강한 분노 뒤에는 언제나 현실을 개선하려는 강한 의지와 희망을 엿볼 수 있다. "이제 분노가 그 가슴을 괴롭히지 않는 곳에 잠들었노라", 스위프트는 이렇게 스스로 묘비명을 붙인 무덤 속에 고이 잠들어 있다.

13

젊은 베르터의 고뇌

요한 볼프강 폰 괴테

독일 문학 하면 곧 요한 볼프강 폰 괴테(1749~1832)를 떠올리고, 괴테 하면 『젊은 베르터의 고뇌』(1774)를 금방 떠올린다. 이렇듯 괴테와 『젊은 베르터의 고뇌』는 좁게는 독일 문학, 넓게는 세계문학을 대변하는 가장 대표적인 작가와 작품이다. 그는 『파우스트』(1808, 1832)로 세계적인 작가가 되었지만, 이 작품을 쓰기 전에도 이미 유럽 문단에서 작가로서의 명성을 크게 떨쳤다. 그러나 괴테를 이름 있는 작가로 올려놓은 성공적인 작품이 바로 『젊은 베르터의 고뇌』다.

『젊은 베르터의 고뇌』는 괴테가 질서와 조화를 목숨처럼 소중하게 생각하는 고전주의의 세례를 받기 전, 그러니까 '슈트룸 운트 드랑(질풍노도)' 운동의 강풍이 독일 문단에 거세게 몰아치던 시기에 쓴 가장 대표적인 작품이다. 그가 이 작품을 쓴 것은 겨우 스물다섯 살 때였다. 이십대 중반이라면 작품의 원숙미는 떨어져도 그 어느 때보다 창작 에너지가 흘러넘치던 시기다.

거의 모든 문학 장르에 걸쳐 작품을 썼고 문학 외의 분야에도 깊은 관심을 기울였다는 점에서 괴테는 세계 문학사에서 독특한 위치를 차지한다. 시인인가 하면 극작가요 소설가인가 하면 문학 비평가다. 그가 남긴 작품의 양도 엄청나서 자서전과 서간집과 일기 등을 모두 합치면 무려 140여 권에 이른다.

괴테는 문학가로서 이름을 날렸지만 해부학, 식물학, 광학, 색채학 같은 학문 분야에 대한 관심뿐 아니라 연극 연출가와 정치가로서도 한몫을 맡았다. 이렇듯 그가 손을 대지 않은 분야는 거의 없다시피 하다. 19세기 독일 철학자 프리드리히 니체는 "끊임없이 변신하는 사람만이 나의 친척이다"라고 말한 적이 있다. 그렇다면 괴테야말로 니체의 친척이 되기에 조금도 부족함이 없을 것이다.

1749년 프랑크푸르트암마인에서 태어난 괴테는 라이프치히대학과 슈트라스부르크대학에서 법률을 공부하였다. 일찍이 법률 쪽보다는 문학 쪽에 뜻을 둔 그는 법률가들보다는 문인들과 자주 어울렸다. 이 무렵 괴테는 장 자크 루소와 바뤼흐 스피노자에게서 큰 영향을 받았다. 그가 일생 동안 자연과 가까이하며 자연의 소중함을 깨달은 것은 따지고 보면 이 두 사람에게서 받은 영향 때문이다.

괴테는 젊은 시절에는 요한 프리드리히 폰 실러와 함께 '질풍노도' 운동을 벌여 독일 낭만주의의 토대를 다졌다. 독일 문학사에서 '질풍노도'는 계몽주의 사조에 맞서 인간의 감정을 해방하고 자유의 관념에 무게를 싣고 자아의식 등을 내세우려는 운동이었다. 괴테는 바로 이 운동에 입각하여 시대를 이끄는 선두 주자가 되어 활발한 창작 활동을 하였다. 1786년 이탈리아를 여행한 뒤에 괴테는 낭만주의의 젖을 떼고 마침내 고전주의에서 자양분을 섭취하였다. "낭만주의는 병든 문학이고, 고전주의는 건강한 문학이다"라는 그의 말은 무척 유명하다. 그런가 하면 괴테는 만년에는 철학적이고 관념적인 세계에 탐닉하였다.

『젊은 베르터의 고뇌』는 출간되자마자 독일은 말할 것도 없고 유럽 전역에 걸쳐 선풍적인 인기를 끌었다. 이를테면 이 무렵 유럽의 많은 젊은이들이 이 소설 속에 묘사된 주인공 베르터처럼 푸른 연미복에 노란 조끼를 입고 다녔다. 또한 젊은이들은 젊은 지식인 베르터의 우울과 고독을 흉내 내기도 하였다. 그런가 하면 실연당한 뒤 젊은이들은 주인공 베르터처럼 슬픔을 못 이겨 스스로 목숨을 끊는 경우까지 있었다. 가령 1788년 독일의 바이마르에서는 한 젊은 여성이 강물에 뛰어들어 자살을 한 사건이 일어났다. 그런데 그녀의 호주머니 속에는 『젊은 베르터의 고뇌』가 들어 있었다. 이 작품을 읽고 베르터의 자살을 모방하여 스스로 목숨을 끊은 젊은이가 무려 2,000명이 넘는다고 추정된다. 이러한 현상을 두고 심리학에서는 흔히 '베르터 효과' 또는 '베르터 신드롬'이라고 부른다. 그래서 괴테는 독자들에게 제발 베르터를 따르지 말라고 충고할 정도였다.

그러나 『젊은 베르터의 고뇌』는 비단 이러한 이유로 사랑을 받은 것은 물론 아니다. 그토록 젊은이들에게 인기와 사랑을 받을 수 있었던 것은 이 작품이 지닌 뛰어난 문학성과 보편적인 주제 때문이다. 괴테는 이 소설에서 이 무렵 젊은이들이 안고 있는 고뇌를 잘 표현하였다. 그런데 18세기 말엽 독일의 젊은이들이 느낀 고뇌는 컴퓨터와 인터넷에 기반을 둔 21세기 정보화 시대의 젊은이들에게도 마찬가지로 해당한다.

소설 형식에서 보면 『젊은 베르터의 고뇌』는 서간체 소설이다. 서간체 소설이란 편지의 형식을 빌려 쓴 소설 작품을 말한다. 소설 장르란 다른 문학 장르와는 달라서 일기, 편지, 여행기, 모험담 등 주변의 여러 문학 형태를 흡수하여 변형하는 속성이 있다. 서간체 소설에서 독자는 작중인물들의 행동을 직접 목격하는 것이 아니라 그들이 서로 주고받는 편지를 읽으며 그들의 행동과 생각을 간접적으로 경험한다. 서간체 소설에서는 특히 주인공의 내면세계를 좀 더 자세히 들여다볼 수 있다는 이점이 있다. 이 작품에서 주인공 베르터는 친구인 빌헬름과 로테에게 편지를 써 보내는 형식으로 되어 있다.

괴테의 『젊은 베르터의 고뇌』가 서간체 소설이라면 이 작품은 또한 자전적 소설이기도 하다. 이 작품을 쓰게 된 데는 작자 자신의 개인적인 체험이 밑바탕이 되었다. 그는 1772년 5월 베츨라의 고등법원에서 인턴으로 일하면서 법률의 실무를 익히고 있었다. 그런데 이곳에서 괴테는 알베르트의 모델이 된 케스트너와 그녀의 약혼녀 샤를로테를 알게 되었다. 또한 이곳에서 상관의 아내인 헤르트 부인을 사랑하지만 결국 실연당하자 권총으로 스스로 목숨을 끊은 예루잘렘이라는 청년을 알게 되었다. 샤를로테에 대한 사랑 때문에 고민하던 괴테는 그해 9월 베츨라를 떠나 고향으로 돌아가던 중 코블렌츠에서 막시밀리아네를 알게 되었다. 귀향 후 1개월쯤 되어 괴테는 예루잘렘이 자살했다는 소식을 전해 들었다.

괴테는 이러한 일련의 실제 사건을 원자재로 삼아 『젊은 베르터의 고뇌』라는 소설의 집을 지었다. 자신의 경험을 토대로 이 소설을 썼기 때문에 호소력이 훨씬 더 강하다. 허구적인 인물이면서도 베르터의 열정과 감수성은 그 어떤 실존 인물보다도 생생하고 강렬하다. 괴테는 몽유병자와 같은 무의식 비슷한 상태에서 이 소설을 처음 쓰기 시작하였다. 집필한 지 겨우 네 주 만에 독일 문학사, 아니 세계 문학사를 바꾼 위대한 작품을 완성해 냈다.

『젊은 베르터의 고뇌』에 등장하는 작중인물들은 거의 대부분 젊은 이들이다. 젊은 주인공 베르터는 발하임 근처에 머무르던 중 어느 무도회에서 아름답고 순수한 젊은 여성 로테를 처음 만나는 순간 첫눈에 반한다. 로테를 처음 만난 뒤 그녀를 제외한 나머지 온 세계는 그에게 이렇다 할 의미가 없어진다. 베르터의 머릿속은 온통 그녀의 생각으로 가득 차고 또 넘쳐흐른다.

그러나 안타깝게도 로테에게는 이미 알베르트라는 약혼자가 있다는 사실을 알고 베르터는 크게 실망한다. 베르터는 로테에 대한 사랑의 감정을 키워나가는 한편, 그녀의 약혼자인 알베르트와도 진심 어린 우정을 쌓아 나간다. 베르터가 로테와 알베르트와 함께 산책을 할 때, 잠시 알베르트가 자리를 비운 사이 로테는 베르터에게 "우리가 죽은 뒤에도 당신을 다시 만날 수 있을까?"라고 묻는다. 이렇게 그녀는 내세에서는 몰라도 적어도 현세에서 두 사람의 사랑이 불가능하다는 사실을 넌지시 내비친다.

로테에게 아무런 희망도 품을 수 없다고 깨달은 베르터의 고뇌는 날이 갈수록 깊어만 간다. 그래서 그는 한겨울에 꽃을 꺾으러 산을 헤매는 미치광이를 부러워하고, 과부를 사랑하다가 자신의 연적을 살해한 하인을 변호해 줄 정도다. 더 이상 자신의 실연을 감당하지 못하고 이룰 수 없는 사랑으로 절망에 빠진 베르터는 마침내 알베르트에게서 빌린 권총으로 자살하기에 이른다. 스스로 목숨을 끊을 때 그는 로테를 처음 만날 때 입었던 푸른 연미복에 노란 조끼를 입는다.

사랑이 결혼으로 승화되지 못하고 죽음으로 끝난다는 점에서 이 작품은 희극이라기보다는 비극에 가깝다. 희극 작품이 행복한 결혼으로 끝을 맺는다면, 비극 작품은 하나같이 죽음으로 끝을 맺는다. 『젊은 베르터의 고뇌』는 영국의 대문호 윌리엄 셰익스피어의 『로미오와 줄리엣』과 여러모로 비슷하다. 소설 작품으로 이렇게 젊은 남녀의 애틋한 사랑과 비극적 죽음을 설득력 있게 다룬 작품도 아마 찾아보기 드물 것이다.

괴테의 『젊은 베르터의 고뇌』는 젊은이들의 사랑의 아름다움과 실연의 아픔을 다룬 작품이다. 젊은이들이 느끼는 사랑의 아픔과 진실을 한 편의 수채화처럼 아름답게 그리는 반면, 사랑을 이루지 못할 때 느끼는 좌절감과 절망감을 생생하게 묘사한다. 젊은이들에게 사랑만큼 소중한 것은 아마 없을 것이다. 예술가들에게 사랑이 흔히 창조의 에너지가 되듯이 젊은이들에게도 사랑은 삶의 원동력이 된다. 젊은이들에게 사랑은 흔히 꿈과 야망의 불길을 더욱 활활 타오르게 하는 바람과 같다.

베르터는 그 누구보다도 사랑의 의미를 깊이 깨닫고 있다. 그는 "정말이지 이 세상에서 사랑만큼 인간에게 없어서 안 되는 것은 없을 것이다"라고 잘라 말한다. 십여 년 전 한 국내 여성 작가가 『지금 사랑하지 않는 자, 모두 유죄』라는 에세이집을 출간하여 관심을 끈 적이 있다. 그녀의 말대로 사랑하지 않는 것이 유죄라면 그것은 아마 인간의 자연스러운 감정을 표현하지 않고 억압하기 때문일 것이다.

『젊은 베르터의 고뇌』를 좀 더 깊게 들여다보면 괴테는 좀 더 보편적이고 추상적인 문제를 다루고 있음을 알 수 있다. 주인공 베르터를 빌려 그는 모든 틀에 박힌 사회적 통념과 인습에 비판의 칼날을 들이댄다. 또 각질처럼 굳을 대로 굳어진 인습과 전통 그리고 귀족 사회의 편견과 통념에 반기를 든다. 각질로 굳어진 살갗에 피가 통하지 않듯이 고루한 인습과 전통 그리고 사회적 통념의 감옥에 갇혀 있는 젊은이들도 제대로 힘을 발휘하지 못한다.

더구나 괴테는 『젊은 베르터의 고뇌』에서 인간 본연의 자연스러운 감정이 얼마나 소중한지 부르짖는다. 그가 이 작품을 쓸 무렵에는 이성과 합리성을 중시하는 고전주의가 유럽을 휩쓸고 있었다. 로테의 약혼자 알베르트는 다름 아닌 이성의 화신이라고 할 만하다. 적어도 이성과 합리로 굳게 무장한 계몽주의자들의 눈으로 보면 스스로 목숨을 끊는 베르터의 행동은 좀처럼 받아들이기 어렵다. 베르터는 격정에 사로잡힌 젊은이거나 현실에 적응하지 못하는 나약한 인간으로 비칠 수밖에 없다. 한마디로 병적이고 비정상적인 인물에 지나지 않는다.

이러한 상황에서 개인의 자발적인 감성과 상상력은 어쩔 수 없이 억압될 수밖에 없다. 괴테는 인간의 삶에서 이성 못지않게 소중한 것이 감성이라는 진리를 새삼 일깨워 준다. 이성은 얼음처럼 차갑지만 감성은 오월의 훈풍처럼 따뜻하다. 다른 비유를 사용한다면, 이성이 죽은 삭정이처럼 뻣뻣하다면 감성은 초록색 나뭇가지처럼 풋풋하다. 인간은 이성의 힘을 무시하면서 살아갈 수 없지만 그렇다고 감성을 무시하고서도 살아갈 수 없다.

이렇듯 괴테는 자연스럽고 따뜻하며 열정적인 베르터의 감정이야말로 알베르트의 이성과 합리성 못지않게 무척 소중하다고 생각하였다. 계몽주의가 부르짖는 이성과 합리성의 그늘에 가려 힘을 쓰지 못하던 감정이야말로 젊은이들에게 무엇보다도 소중하다. 비단 젊은이들에 그치지 않고 모든 인간에게 필요하다. 생물이 햇빛을 받지 않고 생장할 수 없는 것과 마찬가지로 인간은 사랑이라는 영양분으로 살아가게 마련이다.

오늘날 현대인들이 겪고 있는 불안감이나 불행도 따지고 보면 감성을 멀리한 채 지나치게 이성의 힘을 믿는 데서 비롯된 것으로 보아 크게 틀리지 않는다. 감성을 비롯한 직관과 상상력 그리고 정열은 젊은이들이 받아들여야 할 소중한 덕목이다. 순수하고 열정적이며 예술가적 감수성을 지닌 베르터가 아직도 젊은이들에게 우상으로 존경받는 까닭이 바로 여기에 있다.

1952년도 노벨 평화상을 수상한 알베르트 슈바이처는 괴테를 평생 정신적 지주로 삼고 살았다. 괴테 사후 100주년을 맞아 괴테를 회고하는 강연에서 그는 "물질적 편리함을 위하여 정신적 고귀함을 간단히 양보해 버리고, 집단의 목적을 위하여 개인의 순수성을 쉽게 배제해 버리는 세태 속에서 우리는 자신의 혼을 가진 인간으로 살기 위하여 노력하여야 한다"고 지적하였다.

그러면서 슈바이처는 계속하여 이 점에서 순수하고 고결한 인간성을 부르짖는 괴테의 외침이야말로 인간 자체를 존중하는 마음이 사라져 가는 오늘날의 심각한 병폐를 함께 치유하려는 '세계사적 선서'의 의미가 있다고 밝혔다. 슈바이처의 말대로 모든 사람들이 근본적으로 지니고 있는 사랑하는 마음과 선량한 마음을 잃지 않고 저마다 '진정한 인간성'을 행동으로 옮긴다면, 현대 사회의 비극은 상당 부분 극복할 수 있을 것이다.

14

안데르센 동화

한스 크리스티안 안데르센

동화란 글자 그대로 주로 어린이를 독자층으로 삼고 있는 이야기를 일컫는다. 서양에서는 오래전부터 문학의 한 장르로 취급해 왔지만, 한국에서는 흔히 어린이를 위한 옛날이야기를 동화라고 이해하였다. 물론 어린이를 대상으로 하는 옛날이야기도 얼마든지 동화라고 부를 수 있을 것이다. 이렇듯 동화는 한 민족이나 나라에서 여러 세대를 거치면서 자기 나라말로 구전된 사실에 그 뿌리를 둔다. 그러나 그것은 어디까지나 동화의 한 갈래에 속할 뿐 '동화'라는 문학 장르 전체를 아우르지는 못한다.

좀 더 넓은 의미에서 동화는 입에서 입으로 전해 내려온 옛날이야기는 말할 것도 없고 작가가 직접 쓴 '창작 동화'를 포함한다. 특히 문학 장르가 다양하게 분화되면서 동화는 문학에서 한 독특한 양식으로 인정받고 있다. 서양에서는 흔히 '동화의 아버지'요 '덴마크가 낳은 세계 최고의 동화 작가'로 평가받는 한스 크리스티안 안데르센(1805~1875)을 비롯하여 독일 언어학 분야에서 큰 업적을 쌓은 야코프 그림과 빌헬름 그림 형제 같은 작가들이 동화를 문학 장르의 반열에 올려놓는 데 크게 이바지하였다.

한국으로 범위를 좁혀 보더라도 20세기에 들어와 방정환(方定煥), 마해송(馬海松), 윤석중(尹石重), 이원수(李元壽), 강소천(姜小泉), 권정생(權正生) 같은 유명 작가들이 동화를 많이 창작하였다. 최근 들어서는 이청준(李淸俊), 박범신(朴範信), 최성각(崔性珏), 공선옥(孔善玉)을 비롯한 소설가들이 이 동화 장르에도 관심을 기울였다. 아예 어린이들을 위한 창작 동화만을 집중적으로 출간하는 전문 출판사들까지 등장하고 있는 실정이다.

세계 문학사를 보면 문학 작품을 집필함으로써 자신의 심리적 부담이나 가벼운 정신질환을 치료하려는 작가들이 적지 않다. 실제로 지그문트 프로이트는 현실에서 구하지 못하는 것을 창작 행위를 통하여 대리만족을 느끼는 작가나 예술가를 일종의 정신질환자로 간주하였다. 안데르센도 흔히 그러한 작가 중의 한 사람으로 꼽힌다. 안데르센은 "나에게 동화는 구원이었다"고 말한 적이 있다. 그의 고백처럼 그는 현실에 대한 절망감과 상처를 동화라는 수단을 빌려 치유하려고 하였다.

한스 크리스티안 안데르센은 덴마크의 오덴세에서 가난한 구두 수선공의 아들로 태어났다. 이 이름은 안데르센이 루터교회에서 세례를 받을 때 대부모가 붙여준 것이다. 안데르센의 집안은 할머니가 병원에서 청소부로 일할 정도로 가난했지만 안데르센의 성장 과정에 큰 영향을 끼쳤다. 독실한 루터교회 신자인 어머니는 안데르센에게 예수 그리스도를 공경하는 순수한 기독교 신앙을 심어주었고, 아버지는 아버지대로 인형극을 관람하게 해 주고 책을 많이 읽도록 도와주었다. 특히 안데르센의 아버지는 어린 아들에게 옛날이야기와 『아라비안나이트』

를 자주 들려주면서 상상력을 키워주었다. 그러나 어린 시절 아버지가 갑작스럽게 사망하자 안데르센은 어린 나이에 공장에서 일하고, 어머니는 남의 빨래를 대신해 주는 등 온갖 궂은일을 하였다.

안데르센은 1819년에는 연극배우의 꿈을 품고 코펜하겐으로 갔지만, 변성기 이후 목소리가 탁해지면서 그 꿈을 접어야 하였다. 이번에는 극작가로서의 꿈을 키웠지만 가난 때문에 정규 교육을 제대로 받지 못한 탓에 그는 문법과 맞춤법이 엉망이었다. 그의 연극 대본을 읽은 극단 주인들은 원고를 반송하기 일쑤였고, 안데르센은 한때 자살을 생각할 정도로 극심한 고통에 시달렸다.

안데르센은 다행히 작가로서의 재능을 알아본 국회의원 요나스 콜린의 후원으로 라틴어 학교에 입학할 수 있었다. 그러나 안데르센이 시를 쓰는 것을 싫어하는 교장 선생과 갈등을 빚고 5년 만에 학교를 그만두고 1828년 코펜하겐대학교에 입학하였다. 몇 편의 희곡과 소설을 쓰면서 작가로서의 재능을 보인 안데르센은 1834년 『즉흥시인』으로 문학계의 호평을 받았다. 그러나 일부 문학 비평가들은 "『즉흥시인』을 쓸 정도로 뛰어난 작가가 어린아이들을 속이는 이야기나 쓴다"고 혹독하게 비난하였다. 안데르센은 예순두 살 때 고향 오덴세의 명예시민이 되었고, 1875년 질병으로 코펜하겐에서 세상을 떠났다. 그의 장례식에 덴마크 국왕과 왕비가 참석할 정도로 온 국민의 추앙을 받았다.

안데르센이 남긴 동화 작품은 무려 200여 편에 이르고 그 중 대부분이 150여 개 언어로 번역되어 전 세계에서 널리 읽힌다. 한국에서도 170편 가까운 작품이 번역되었다. 그중에서도 「즉흥시인」, 「분홍신」, 「인어공주」, 「미운 새끼오리」, 「성냥팔이 소녀」, 「벌거숭이 임금님」, 「엄지공주」, 「빨간 구두」, 「나이팅게일」 등이 그의 대표작으로 꼽힌다.

그 밖에도 그가 쓴 훌륭한 동화는 열 손가락이 모자라 모두 꼽을 수 없을 정도다.

어렸을 적에 「성냥팔이 소녀」, 「벌거숭이 임금님」, 「인어공주」 같은 안데르센의 동화를 읽지 않고 성장한 사람은 아마 거의 없을 것이다. 이러한 동화는 어린이용 세계문학전집은 말할 것도 없고 초등학교 교과서에서도 단골 메뉴로 등장하기 때문이다. 어린 시절에 읽은 안데르센의 동화를 우리는 대부분 아름다운 동화로 기억한다. 그러나 우리가 어린 시절에 읽은 대부분의 동화는 어린이의 수준과 시각에 맞게 각색한 것이기 때문에 원전과는 적잖이 다르다. 실제로 안데르센 동화의 원전을 살펴보면 우리가 알고 있는 것처럼 그렇게 아름답고 행복한 이야기보다는 오히려 슬프고 불행한 이야기가 훨씬 더 많다.

그렇다면 안데르센은 왜 슬프고 불행한 동화를 많이 썼을까? 파란만장하다고 할 그의 삶을 보면 이 질문에 대한 답이 나온다. 안데르센은 앞에서도 잠깐 언급했듯이 무엇보다도 불우한 집안에서 태어나 궁핍한 가정환경에서 자라났다. 또한 사회 계층에서 가장 낮은 신분에 속한 안데르센은 심한 신분 차별을 겪으며 살았다. 지금과는 또 달라서 19세기 초엽 유럽에서는 신분에 따른 차별이 여간 심하지 않았다. 안데르센이 열한 살이 되던 해 아버지가 정신병으로 갑자기 사망한 뒤 안데르센의 가정 형편은 더욱더 어려워졌다. 이러한 이유로 감수성이 매우 예민한 그는 좀처럼 다른 아이들과 어울리지 못하였다. 혼자서 공상하거나 이야기를 쓰거나 하며 대부분의 시간을 보냈다. 안데르센의 작품에는 그가 살아 온 고단한 삶의 궤적이 깊게 아로새겨져 있다.

더구나 안데르센은 볼품없는 외모에 대한 콤플렉스도 적지 않아서 친구들과 어울리지 못하고 외톨이 신세일 때가 많았다. 더구나 안데르센은 여러 여성을 좋아했지만 그때마다 번번이 실패하였다. 사랑에 실패하고 난 뒤 그는 칠십 평생 독신으로 살았다. 이처럼 서양에서나 동양에서도 적지 않은 독자들이 세계적인 동화 작가라는 화려한 이미지에 가려 그의 참모습을 제대로 보지 못하였다.

문학은 아무리 상상력이 빚어내는 찬란한 우주라고는 하지만 작가가 겪은 구체적인 경험이 밑바탕이 될 때 더욱더 설득력이 있게 마련이다. 안데르센 동화가 설득력 있고 가슴이 와 닿는 것은 그가 겪은 경험을 소재로 작품을 썼기 때문이다. 이렇듯 문학에서 작가의 전기적 사실과 경험이 차지하는 몫은 흔히 생각하는 것보다 아주 크다.

예를 들어 「성냥팔이 소녀」 같은 작품은 집안이 가난한 탓에 길거리에서 성냥을 팔거나 구걸까지 하여야 했던 안데르센의 어머니를 소재로 한 작품이다. 또한 「눈[雪]의 여왕」은 어렸을 때 나폴레옹 전쟁에 참전했다가 돌아온 아버지가 서리가 내리던 추운 밤에 신경쇠약증으로 사망하는 바람에 하루아침에 고아가 되자 그를 '눈의 여왕'이 데려가는 것으로 상상한 어린 시절의 기억이 소재가 되었다. 그런가 하면 「미운 새끼오리」는 안데르센이 작가로 데뷔한 뒤에도 가난한 구두 수선공의 아들이라는 출신 때문에 여러 모로 홀대를 받으며 입은 정신적 상처를 동화 작품으로 형상화한 작품이다.

안데르센의 전기를 쓴 재키 울슐라거는 "안데르센은 성공한 '미운 오리새끼'이며, 고결한 '인어공주'다. '꿋꿋한 양철 병정'이자, 왕의 사랑을 받는 '나이팅게일'이며, 악마 같은 '그림자'다. 우울한 '전나무'이기도 하고, 불쌍한 '성냥팔이 소녀'이기도 하다"고 지적한다. 어떤 의미에서 안데르센은 그가 겪은 신산한 삶의 경험이 없었더라면 쓰지 못했을지도 모른다. 비록 썼다고 하여도 그렇게 가슴 뭉클한 감동을 주지는 못했을 것이다.

지금까지 한스 안데르센은 주로 동화 작가로 잘 알려져 왔다. 그래서 그런지 '동화' 하면 곧 안데르센이, '안데르센' 하면 곧 동화가 자연스럽게 떠오른다. 그만큼 그는 독일의 동화 작가 그림 형제와 더불어 동화 문학 장르에 그야말로 굵직한 획을 그은 작가로 평가받는다. 그러나 안데르센은 동화뿐 아니라 시도 썼고 소설도 썼다. 한국에서는 주로 동화 작가로서만 알려져 있지만 그의 고국 덴마크를 비롯한 서양에서는 그의 시나 소설도 꽤 자주 읽힌다. 실제로 안데르센은 동화 작가로 이름을 떨치기 전에 희곡, 소설, 시를 써서 문단에 데뷔하였다.

안데르센이 어린이들에게 무한한 기쁨을 주었다면 그는 또한 여러 작가들의 탄생에도 크게 이바지하였다. 예를 들어 찰스 디킨스, 헨리 제임스, 헤르만 헤세, 토마스 만을 비롯한 많은 작가가 어린 시절 안데르센의 동화를 읽으며 예술적 상상력을 키웠다고 고백한다. 이렇듯 「눈의 여왕」이나 「미운 새끼오리」, 「분홍신」 같은 작품은 단순한 동화가 아니라 뭇사람을 꿈과 환상 세계로 이끄는 마술과 같은 힘을 지닌다. 또한 유네스코는 세계에서 가장 널리 번역된 열 명의 작가로 영국의 대문호 윌리엄 셰익스피어, 『자본론』의 저자인 카를 마르크스와 함께 안데르센을 꼽았다.

안데르센이 문학에서 이룩한 무엇보다도 가장 큰 업적이라면 동화를 본격적인 문학 장르에 올려놓았다는 점이다. 그가 동화를 쓰기 전만 하여도 요정 이야기나 옛날부터 전해오는 민담이나 전설 따위가 동화 역할을 했을 뿐이다. 이러한 문학 풍토에서 안데르센은 처음으로 창작 동화를 출간함으로써 동화를 진지한 문학으로 끌어올렸다. 이로써 그는 19세기 전반기에 활약한 찰스 디킨스, 오노레 드 발자크, E. T. A. 호프만, 니콜라이 고골, 에밀 졸라 등 19세기 거장들의 작품과 어깨를 나란히 하고 있다.

15

제인 에어

샬럿 브론테

지금은 남성 작가들 못지않게, 아니 남성 작가들보다도 오히려 여성 작가들의 활약이 두드러지지만 겨우 200여 년만 하여도 여성이 작가로 활약하기란 무척 어려웠다. 동양은 말할 것도 없고 서양에서도 아직도 작가는 으레 남성이어야 한다는 편견이 출판계나 독자들의 머릿속에 굳게 자리 잡고 있었다. 그래서 여성이 작품을 출간할 때는 흔히 필명을 사용하거나 아예 남자 이름으로 바꾸기도 하였다. 가령 19세기 빅토리아 시대에 활약한 영국 작가 조지 엘리엇만 하여도 실제 이름은 메리 앤 에번스였다. 그러나 여성의 이름으로 소설을 출간하면 독자들이나 비평가들이 편견을 갖거나 아예 읽지도 않을 것이란 생각이 들어 '조지 엘리엇'이라는 가장 흔해 빠진 남자 이름을 작가의 이름으로 삼았다.

이러한 사정은 『제인 에어』(1847)의 작가 샬럿 브론테(1816~1855)도 크게 다르지 않다. 브론테는 이 소설을 처음 출간할 때 '커러 벨'이라는 남자 이름을 필명으로 삼았다. 이 소설을 출간하기 일 년 전 샬럿, 에밀리, 앤 브론테 세 자매는 자비로 시집을 발간한 적이 있다. 이때 그들은 저마다 '커러 브론테', '엘리스 브론테', '액튼 브론테'라는 필명을 사용하였다. 그런데 흥미롭게도 그들은 첫머리 글자만은 자신들의 본명과 똑같게 하였다. 한편 '벨'이라는 성(姓)은 그들 아버지의 밑에서 부목사로 있던 아서 벨 니콜스의 중간이름에서 빌려 왔다. 뒷날 샬럿은 별다른 애정을 느끼지 않으면서도 벨 목사와 결혼하게 된다. 이 무렵 여성은 혼자 살아가기가 무척 어려웠고 결혼하는 것만이 궁핍한 생활에서 벗어날 수 있는 유일한 방법이었기 때문이다.

샬럿 브론테는 영국 요크셔주의 손턴에서 영국 국교회 목사의 셋째 딸로 태어났다. 다섯 살에 어머니를 여의고 자매들과 함께 잠시 기숙학교에 다녔는데, 학교의 열악한 환경 때문에 영양실조와 폐렴에 걸려 두 언니마저 잃었다. 1825년부터 5년 동안 그녀는 뒷날 『폭풍의 언덕』을 쓰게 될 동생 에밀리와 함께 집에서 독학으로 공부를 했고, 이 시기부터 샬럿은 시를 쓰기 시작하였다.

1831년에 샬럿 브론테는 에밀리와 함께 로헤드에 있는 사립 기숙학교에 들어갔지만 에밀리는 심한 향수병에 시달려 3개월 만에 집으로 돌아갔다. 그곳에서 3년 동안 교사 생활을 한 샬럿은 결국 건강을 해쳐서 그만두고 만다. 스물여섯 살 되던 해에 샬럿은 공부를 더 하려고 에밀리와 함께 브뤼셀에 있는 에제 기숙학교에 들어갔는데, 샬럿은 기숙학교의 교장인 에제에게 매력을 느끼게 된다. 1843년부터는 혼자 에제 기숙학교에 남아 조교로 일하기 시작한 샬럿은 우울하고 고독한 생활을 하였다. 에제를 향한 순수하고 열정적인 마음은 깊어져 가지만, 그는 그녀를 받아들이지 않았고 그의 아내로부터 시샘을 당하던 샬럿은 결국 1844년 영국으로 돌아오고 만다. 이 경험은 그녀에게 정서적으로나 내면적으로 큰 영향을 미쳤으며, 뒷날 에제는 『제인 에어』에서 로체스터의 모습으로 등장하게 된다.

샬럿은 여동생 에밀리와 앤 그리고 남동생까지 모두 잃어 크게 상심하였다. 또한 그 사이에 몇몇 남성들로부터 청혼을 받지만 모두 거절하였다. 그러다가 아버지의 부목사인 아서 벨 니콜스로부터 네 번째로 청혼을 받고 서른여덟 살에 그와 결혼하였다. 그러나 이듬해 봄, 늦은 나이에 임신한 상태에서 여러 병이 겹쳐 결국 결혼 아홉 달 만에 세상을 떠났다. 작품으로는 브론테 자매의 공동 시집인 『커러, 엘리스, 액턴 벨의 시집』과 소설로는 『제인 에어』 말고는 『셜리』, 『빌레트』, 유작 『교수』 등이 있다.

시인으로 문학에 처음 관심을 기울이던 샬럿 브론테가 『제인 에어』를 쓴 것은 1845~1846년이었다. 목사로 있던 아버지가 백내장 수술을 받으려고 맨체스터에 갈 때 동행한 샬럿은 그곳에서 이 소설을 집필하기 시작하였다. 실제 경험이 많지 않은 그녀는 자신의 집안과 그 주변에서 일어난 사건에 의존하여 작품을 썼기 때문에 자전적 요소가 짙다. 그 이듬해 『제인 에어』는 스미스엘더 출판사에서 출간되자마자 예상 밖으로 큰 호응을 얻으며 그녀에게 작가로서의 성공을 안겨다 주었다. 그래서 브론테는 출판사 사장에게 처음으로 자신의 진짜 이름을 밝히고 두 번째 작품부터는 본명으로 작품을 출간하기 시작하였다.

그런데 이 소설은 장르에서 볼 때 성장소설(빌둥스로만)과 고딕소설에 속한다. 이 두 가지 장르는 모두 독일에서 처음 꽃을 피운 뒤 영국을 비롯한 유럽 대륙으로 점차 퍼져나가 큰 인기를 끌었다. 성장소설이란 이름 그대로 나이 어린 주인공이 온갖 역경을 견뎌내며 정신적으로 성장하는 과정을 그리는 소설을 말한다. 『제인 에어』에서도 볼 수 있듯이 성장소설에서는 흔히 유복한 집의 자녀보다는 부모를 일찍 여의고 친척 집에서 얹혀사는 고아가 등장한다. 남성 주인공을 다룬 대표적인 성장소설로는 찰스 디킨스의 『위대한 유산』이 손꼽히고, 여성 주인공을 다룬 성장소설로는 『제인 에어』가 손꼽힌다.

성장소설에서는 흔히 주인공이 여러 장소를 이동하면서 삶의 경험을 쌓는다. 『제어 에어』의 주인공만 하여도 고아로 오갈 데 없는 제인은 다섯 장소나 계속 옮겨 다닌다. 열 살 때 장티푸스로 부모를 잃고 고아가 된 그녀는 게이츠헤드에 있는 숙모집 리드 집안에서 숙모와 그 자녀들로부터 학대를 받으며 자란다. 그 뒤 제인은 고아 자선학교인 로우드로 옮겨 학생으로 6년, 교사로 2년 이곳에서 모두 8년을 보낸다. 그 뒤 제인은 어린 프랑스 소녀를 돌보는 가정교사로서 고용되어 손필드의 에드워드 로체스터 집안으로 들어간다. 로체스터와 결혼식을 올리기 직전 그의 정신병에 걸린 아내의 존재를 알게 된 제인은 큰 충격을 받고 손필드를 뛰쳐나온다.

길거리에서 헤매다 가까스로 세인트 존 리버스 목사에게 발견된 제인 에어는 그의 집에 몸을 의지하게 되어 1년쯤 그곳에서 보낸다. 존의 구혼을 받기 전 제인은 로체스터가 자신을 부르는 소리를 듣고 집을 나온다. 그 후 로체스터를 방문한 제인은 로체스터 부인이 저택에 불을 지르고 옥상에서 떨어져 자살하고 로체스터는 한 팔과 한 쪽 눈을 잃은 것을 알게 된다. 제인은 마침내 로체스터가 머물고 있는 펀딘의 시골집으로 그를 찾아가 그와 결혼하기에 이른다.

제인 에어가 고아에서 결혼하기까지의 성장 과정을 도표로 그려보면 '게이츠헤드(리드 가문) → 로우드 자선학교 → 손필드(로체스터의 장원 저택) → 무어 하우스(리버스 목사의 집) → 펀딘(로체스터의 시골집)'이다. 그런데 여기에서 한 가지 눈여겨보아야 할 것은 주인공 제인에게 이 다섯 집이나 학교는 단순한 공간적 의미를 뛰어넘는다는 점이다. 다시 말해서 그녀에게 지리적 이동은 곧 심리적 여정이요 정신적 여행이라고 할 수 있다. 이렇게 여러 장소를 옮겨 다니면서 제인은 정신적으로 조금씩 성장하면서 세상에 대해 눈을 떠 나간다.

한편 공포소설에 로맨스 요소를 가미한 문학 장르인 고딕소설은 역시 이름 그대로 중세의 고딕식 옛날 성을 배경으로 삼는 작품을 말한다. 이 장르의 소설에서는 굳이 고딕식 고성이 아니어도 흔히 멀고 외딴곳에 위치한 음산하고 황폐한 저택, 어두운 숲, 구불구불한 계단, 비밀 통로, 고문실이나 괴물의 형상, 저주 등 초자연적이고 기괴한 사건을 다루기 일쑤다. 신비스러운 비밀과 초자연적 사건을 다루고 공포를 자아낸다는 점에서 『제인 에어』도 이 소설 장르에 속한다.

이 무렵의 작품이 흔히 그러하듯이 샬럿 브론테는 『제인 에어』에서 사랑과 결혼이라는 보편적인 문제를 다룬다. 그러나 이러한 소재를 다루되 좀 더 구체적으로 낭만적 사랑과 개인의 자유, 애정과 의지 사이의 긴장, 소속감과 자율성 사이의 갈등의 문제에 초점을 맞춘다. 인간은 자신의 자유를 상실하지 않은 채 상대방을 마음껏 사랑할 수 있을까? 다시 말해서 누군가에게 애정을 아낌없이 주면서도 상대방에 굴복하지 않고 내 의지를 그대로 유지할 수 있을까? 주인공 제인 에어는 언뜻 모순적이고 상충되는 것처럼 보이는 이러한 문제에 맞부딪치면서 적잖이 고민에 빠진다.

제인은 로우드 학교에 다닐 무렵 헬렌 번스 선생에게 누군가로부터 진정으로 사랑을 받기 위해서는 자신의 팔뼈를 부러뜨리는 등 자신을 희생하여야 한다고 말한다. 그러나 시간이 흐르면서 그녀는 자신을 희생시키지 않고서도 사랑을 얻을 수 있는 방법을 조금씩 터득해 나간다. 제인이 이러한 방법을 터득하는 데 촉매 역할을 하는 사람이 바로 에드워드 로체스터와 세인트 존 리버스다. 로체스터는 정열적인 남성으로 쉽게 감정에 휩싸이는가 하면 경솔하고 인습과 전통에 좀처럼 사로잡히지 않는다. 한마디로 그는 낭만적 성격의 소유자라고 할 만하다.

한편 로체스터와는 거의 모든 면에서 대립되는 리버스는 차갑고 과묵하고 때로는 이해타산에 밝고 야심적인 남성이다. 제인은 로체스터한테서 구혼을 받지만 만약 그와 결혼한다면 자신의 자율성이 적잖이 침해된다고 생각한다. 로체스터는 정신병에 걸린 여성인 버사와 이미 법적으로 결혼한 상태에 있기 때문에 그와 결혼한다는 것은 곧 그의 정부(情婦)가 되는 것을 뜻한다. 그러나 그보다도 더 심각한 문제는 감정적인 욕구를 충족시키려고 자신의 성실성이나 자율성을 저버린다는 점이다. 감정에 휘둘리는 열정의 노예가 된다는 것은 그녀로서는 도저히 받아들일 수 없다.

제인은 리버스 목사로부터 청혼을 받지만 로체스터의 경우와는 정반대 이유로 선뜻 응할 수 없다. 물론 그와 결혼하면 경제적으로 독립할 수 있고 자신이 바라던 대로 가난한 사람들을 위하여 보람 있는 일을 할 수도 있다. 그러나 제인은 지나치게 이성적이고 계산적인 리버스 목사로부터는 감정적인 자양분을 얻을 수 없다고 판단한다. 다시 말해서 그와의 결혼은 '사랑 없는 결혼'이 될 가능성이 아주 크다.

제인 에어가 마침내 선택하는 길은 리버스 목사의 곁을 떠나 다시 로체스터에게로 돌아가는 것이다. 이미 장원 저택이 불에 타 한쪽 팔을 잃은 데다 한쪽 눈이 먼 채 시골에 살고 있는 로체스터는 이제 옛날의 그 로체스터가 아니다. 제인과 마찬가지로 그 역시 대장간의 불 속에서 무쇠가 연단되듯이 고통과 시련을 겪으면서 다른 인간으로 변모하였다. 제인이 그와 결혼하기로 결심하는 것은 이제 섬겨야 할 '주인'이 아닌 동등한 반려자로서 받아들일 수 있기 때문이다. 이 점과 관련하여 제인은 이 소설의 38장에서 이렇게 밝힌다.

> 내 남편이 내 인생인 것과 꼭 마찬가지로 나는 이제 그 사람의 인생이다. […] 서로 함께 있다는 것은 곧 우리 두 사람이 혼자 있을 때처럼 자유로운 동시에 같이 있을 때처럼 즐겁다는 것을 뜻한다.

샬럿 브론테가 소설가로 활약한 무렵에는 연애와 사랑과 결혼을 사회적 사건으로 간주하여 주로 객관적으로 취급하였다. 즉 작가들은 작중인물의 내면세계와 심리에는 좀처럼 깊숙이 들어가지 않고 외부적 문제로만 주로 다루었다. 그러나 브론테는 다른 소설가들과는 달리 여주인공 제인 에어의 섬세한 심리와 내적 갈등에 좀 더 무게를 실었다. 가령 제인이 에드워드 로체스터를 사랑하면서도 정신병에 걸린 그의 아내 버사 때문에 번민하는 모습 등이 바로 그러하다.

『제인 에어』는 최근 페미니즘과 탈식민주의 이론의 새로운 물결을 타고 비평가들한테 새로운 관심을 받고 있다. 페미니즘의 관점에서 보면 제인 에어가 어린 시절을 보내는 고아 기숙학교 로우드의 교장 브로클허스트, 이 학교를 졸업한 뒤 가정교사로 일하는 손필드 저택의 괴팍한 주인 에드워드 로체스터, 그리고 세인트 존 리버스 목사는 여성을 억압하는 가부장적 사회 제도를 상징하는 대표적인 남성이다.

19세기 영국의 고아원과 자선학교는 '훈육'이라는 그럴듯한 이름으로 아동을 합법적으로 학대하기 일쑤였다. 또 이 무렵의 사회 관습은 여성의 재능과 개성을 제도적으로 억압하였다. 이 소설의 12장에서 제인은 "여자들이란 일반적으로 아주 조용하도록 요구받고 있다. 하지만 여자들이나 남자들이나 느끼는 것은 꼭 마찬가지지다"라고 말한다. 리어왕의 입을 빌려 "[코딜리어의] 목소리는 언제나 부드럽고 상냥하고 나지막했지.—그게 여자의 미덕이 아닌가"(5막 3장)라고 말한 윌리엄 셰익스피어와 비교해 보면 큰 차이가 난다. 이 무렵 기준으로 보자면 제인은 여기에서 급진적인 페미니즘 철학을 부르짖는 것과 같다. 빅토리아 시대의 억압적인 사회 제도에 맞서 이렇게 능동적이고 적극적으로 여성의 권익을 부르짖고 자신의 운명을 스스로 개척해 나간다는 점에서 제인 에어는 가히 페미니즘의 선구자로 볼 수 있다.

한편 탈식민주의 이론가들은 샬럿 브론테가 로체스터의 정신병에 걸린 아내 버사 메이슨이 영국 출신 여자가 아닌 서인도 제도 여자로 설정한 것에 주목한다. 로체스터가 막대한 돈을 벌고 장원 저택에서 편안하게 살 수 있었던 것도 식민지 주민을 착취하여 돈을 벌었기 때문이다. 또 피식민지 여성인 아내를 다락방 속에 가둔다는 것은 영국 제국주의가 식민지 주민에게 얼마나 잔인하게 폭력을 행사하는지 보여 주는 더할 나위 없이 좋은 예라고 할 수 있다.

16

폭풍의 언덕

에밀리 브론테

세계 문학사를 가만히 들여다보면 오직 한 작품으로 작가로서의 명성을 얻고 있는 사람이 더러 있다. 가령 『독일인의 사랑』을 쓴 19세기 독일 작가 막스 뮐러가 그러하다. 대중문학이라는 꼬리표가 늘 붙어 다니지만 미국 작가 마거릿 미첼의 『바람과 함께 사라지다』도 그러하다. 미국 청년 문화의 기수 제롬 데이비드 샐린저도 중편소설과 단편소설을 제외하면 『호밀밭의 파수꾼』 한 권으로 작가로서의 명성을 유지하였다. 사망 직전 첫 작품 원고를 『파수꾼』이라는 제목으로 출간한 작품을 제외하고 나면 하퍼 리도 『앵무새 죽이기』 한 권으로 미국 문단에서 융숭한 대접을 받았다.

백여 년 전 거슬러 올라가 보면 『폭풍의 언덕』(1847)을 쓴 19세기 영국의 여성 작가 에밀리 브론테(1818~1848)를 만나게 된다. 이 소설은 브론테의 단 하나밖에 없는 유일한 작품이다. 서른 살의 젊은 나이에 요절한 탓도 있지만 그녀가 이 세상에 남긴 것은 이 단 한 편의 소설과 완성되지 않은 190여 편의 시에 지나지 않는다. 그런데도 그녀가 문학사에서 불후의 문학적 명성을 얻게 된 것은 바로 『폭풍의 언덕』에서 보여준 빛나는 감수성과 시적이고 강렬한 필치 때문이다. 백 년이 지난 오늘날 비평가들은 그 비극성이나 시적 특성 때문에 이 소설을 윌리엄 셰익스피어의 『리어 왕』이나 허먼 멜빌의 『백경』과 곧잘 견주곤 한다.

에밀리 브론테는 영국 요크셔주의 손턴에서 영국 국교회 목사의 넷째 딸로 태어났다. 세 살 때 어머니를 여의고 잠시 자매들과 함께 기숙학교에 다녔지만 어린 시절의 대부분은 황량한 황야의 사제관에서 책을 읽거나 글을 쓰면서 보냈다. 1835년 언니 샬럿이 미스 울러 학교에 교사 자리를 구하자 에밀리는 학생으로 따라갔다가 고향에 대한 그리움을 이기지 못해 세 달 만에 돌아왔다. 1838년에는 에밀리 자신이 미스 패칫 학교에서 여섯 달 동안 교사 생활을 하였다.

그 뒤 샬럿과 에밀리는 가족들이 집에서 함께 지낼 수 있도록 호어스에 여학교를 열 계획을 세우고, 외국어와 학교 운영을 배우려고 1842년 2월 브뤼셀의 에제 기숙학교에 들어갔지만 10월 이모가 사망하자 에밀리는 호어스로 아주 돌아왔다. 샬럿과 에밀리, 앤 세 자매는 1846년 필명을 써서 『커러, 엘리스, 액턴벨의 시집』(1846)을 함께 펴냈다. 이 시집에는 에밀리의 시 21편이 실렸는데, 후대의 비평가들은 한결같이 에밀리에게서 참다운 시인으로서의 재능이 엿보인다고 평가한다. 1847년 『폭풍의 언덕』을 출간한 뒤 에밀리의 건강이 급속히 나빠지기 시작하여 결국 이듬해 12월 결핵으로 숨을 거두었다.

에밀리 브론테의 『폭풍의 언덕』은 시대에 역행하는 이단적인 작품이다. 다시 말해서 이 작품은 처음 출간된 19세기 중엽의 시대정신이나 지적 풍토에는 걸맞지 않았다. 이 무렵 영국에서는 빅토리아 여왕이 재위하던 시절로 산업혁명과 그에 따른 경제 발전이 성숙기에 도달하여 그야말로 대영제국은 절정기에 이르렀다. "대영제국에 해질 날이 없다"는 말이 나온 것도 바로 이 무렵이었다. 그러나 도덕적으로나 윤리적으로는 그 어느 때보다도 까다롭고 엄격하였다. 그래서 '빅토리아적'이라고 하면 자칫 위선적이다 싶을 만큼 엄격한 도덕 기준에 따라 행동하는 태도를 말한다. 실리보다는 명분을 내세우는 동양의 유교 질서와 비슷하다.

문학으로 좁혀 보면 빅토리아 시대에는 찰스 디킨스나 조지 엘리엇 같은 작가들이 활약하던 무렵으로 그들은 주로 권선징악적인 경향이 강한 소설을 많이 출간하였다. 이러한 기준에 비추어 볼 때 황량한 들판 위의 외딴 저택 '워더링 하이츠'를 중심 무대로 벌어지는 캐서린 언쇼와 히스클리프의 비극적인 사랑, 에드거 린턴과 이사벨을 향한 히스클리프의 증오와 잔인한 복수를 그린 에밀리 브론테의 『폭풍의 언덕』은 이 당시의 시대정신에 그다지 걸맞지 않은 작품이었다. 이 작품에서 작가는 동료 인간에 대한 너그러운 이해나 관용보다는 복수, 이성적이고 합리적인 원만한 인간관계보다는 격정적이고 비극적인 사랑을 다루기 때문이다.

그래서 『폭풍의 언덕』이 처음 출간되어 나왔을 때 비평가들로부터 비도덕적이고 비윤리적이라는 이유로 적잖이 비난을 받았다. 가령 이 소설의 등장인물에 대하여 한 비평가는 "하나같이 흉측하고 음산하다"고 혹평하였다. 심지어 에밀리의 언니 샬럿 브론테마저도 1850년에 출간한 한 소설의 서문에서 "어쭙잖은 작업장에서 간단한 연장으로 하찮은 재료를 다듬어 만든 작품"이라고 말하면서 동생의 작품에 이렇다 할 의미를 부여하지 않았다.

에밀리 브론테는 『제인 에어』를 출간한 샬럿 브론테의 두 살 어린

동생이다. 또 『애그니스 그레이』라는 소설을 출간한 앤 브론테보다는 두 살 위인 언니다. 이처럼 브론테 세 자매는 보기 드물게 소설가로서 이름을 떨쳤다. 언니 샬럿의 『제인 에어』와 비교해 보아도 『폭풍의 언덕』은 사뭇 다르다. 언니의 작품이 조용한 미풍과 같은 작품이라면, 에밀리의 작품은 그야말로 폭풍이 휘몰아치는 격정적인 작품이다. 전자가 구체적인 현실에 뿌리를 두고 있다면, 후자는 현실을 초월한 경험을 다룬다. 또 샬럿의 소설이 이성과 합리성에 무게를 싣는 반면, 에밀리의 소설은 감정과 본능에 무게를 싣는다. 문학사의 관점에서 본다면 샬럿의 작품은 사실주의 전통에 속하고, 에밀리의 작품은 낭만주의 전통에 굳게 서 있다.

아버지가 성공회 사제였던 가정환경 때문에 브론테 자매들은 사제관이 있던 영국 요크셔의 황량한 벌판에서 어린 시절을 보내면서 작가로서의 상상력을 키웠다. 샬럿 브론테가 기숙사 학교에 살면서 그 경험을 바탕으로 『제인 에어』를 썼다면, 에밀리는 어른이 된 뒤 요크셔 벌판에 위치한 '톱 위튼스'라는 폐가에서 영감을 얻어 『폭풍의 언덕』을 썼다. 비현실적이고 몽상적인 세계를 다룬다는 점에서 이 작품은 장르에서 고딕소설로 규정지을 수 있다. 실제로 이 작품에서는 음산한 분위기를 배경으로 죽은 캐서린의 유령이 등장하는 등 현실을 초월한 사건이 일어나고 무덤을 파헤치는 등 광기적인 사건이 벌어진다.

언니 샬럿이 가명으로 『제인 에어』를 출간했듯이 에밀리도 『폭풍의 언덕』을 출간할 때 '엘리스 벨'이라는 가명을 사용하였다. 에밀리가 이렇게 가명을 사용한 것은 목사의 딸로 자못 비현실적이고 낭만적인 작품을 출간한다는 부담에서 벗어날 수 있을 뿐 아니라 여성 작가의 작품이라는 편견에서 벗어나기 위해서였다. 아니나 다를까 처음 출간되었을 당시에는 그 음산한 분위기와 등장인물들이 드러내는 악마적이고 야만적인 성격과 격정과 증오와 광기 같은 이상 심리 때문에 반도덕적이라는 비난을 받았다.

요크셔 지방의 황야를 무대로 펼쳐지는 거칠고 악마적인 격정과 증오의 드라마인 『폭풍의 언덕』은 시골 언덕 위의 저택 '워더링 하이츠'에 들어와 살게 된 고아 히스클리프와 그 집 딸 캐서린 언쇼의 운명적이고 불운한 사랑, 그리고 그 사랑이 언쇼 집안과 린턴 집안에 몰고 온 비극을 다룬다. 두 집안을 파멸시킬 만큼 강렬한 애정과 증오와 격정에 못 이겨 히스클리프가 죽은 캐서린의 무덤을 파헤치는 섬뜩한 광기는 인간 상식의 영역에서 벗어나도 한참 벗어난다. 물론 비이성적이고 가공할 이 사랑은 가장 순수하고 아름다운 정념을 표현한 것이기도 하다.

그런데 이 작품에서 무엇보다 눈길을 끄는 것은 지리적 배경이다. 이 소설만큼 배경이 주제와 잘 맞아떨어지는 작품도 그다지 많지 않다. 육체와 영혼을 불태운 주인공들의 증오와 사랑은 요크셔 지방의 황량한 원시적 자연과 적잖이 닮았다. '비바람이 몰아치는' 모습을 뜻하는 '워더링(wuthering)'이라는 형용사가 암시하듯이 이 황야에는 사납게 휘몰아치는 폭풍이 그칠 날이 없으며, 그 때문에 그 거센 북풍에 나무들이나 풀들이 모두 한쪽으로만 가지를 뻗고 자란다.

이렇게 혹독하고 강한 폭풍 속에서 눈을 보고 귀로 듣고 느낄 수 있는 것이라고는 오직 강렬한 삶의 의지와 자연적이고 원초적인 본능뿐이다. 이러한 분위기에서 인위적인 것이라고는 아무리 눈을 씻고 보아도 찾아볼 수가 없다. 그러고 보니 '히스(황야)'와 '클리프(절벽)'라는 두 낱말을 결합하여 만들어 낸 '히스클리프'라는 주인공의 이름도 예사롭지 않다. 그의 심정은 아마 폭풍이 휘몰아치는 황야의 절벽에 매달린

듯한 느낌이었을 것이다.

『폭풍의 언덕』은 캐서린과 히스클리프의 격렬한 사랑을 다루기 때문에 자칫 낭만적인 사랑을 중심적인 주제로 생각하기 쉽다. 실제로 에밀리 브론테는 사랑을 이 작품의 중심에 놓고 있는 것이 사실이다. 그러나 이 두 주인공이 추구하는 것은 단순한 세속적인 사랑이 아니라 좀 더 높은 차원의 영적인 사랑이다. 지상의 사랑은 덧없이 사라지지만 그들이 추구하는 영적인 사랑은 인간의 한계를 초월하고 이 세계를 넘어서는 영원불변한 것이다. 캐서린은 린턴에 대한 사랑을 계절에 빗대는 반면, 히스클리프에 대한 사랑은 바위에 빗댄다. 계절은 일 년에 네 번씩이나 변하지만 바위는 좀처럼 변하는 법이 없다. 마침내 캐서린은 죽음을 통하여 이러한 상태에 도달하려고 한다.

이 작품의 중심 주제는 서로 대립되는 두 힘에서 삶의 원동력이 비롯한다는 사실이다. 이 소설의 두 지리적 배경인 언쇼 저택과 린턴 저택, '워더링 하이츠'와 '스러시크로스 그레인지'는 단순히 사건이 전개되는 지리적 무대 이상의 의미가 있다. 한쪽은 언덕 위에 위치해 있고 다른 한쪽은 들판에 위치해 있다는 데서도 엿볼 수 있듯이 서로 상반되는 두 가치관의 충동이요 두 힘의 대립이다.

에밀리 브론테는 우주란 이렇게 서로 대립되고 상반되는 두 힘, 즉 폭풍과 평온으로 구성되어 있다고 생각한다. 두말할 나위 없이 언쇼 저택인 '워더링 하이츠'는 폭풍을 상징한다. 그 세계는 열정과 낭만과 심지어 악의 세계라고 할 수 있다. 한편 린턴 저택인 '스러시크로스 그레인지'는 평온을 상징한다. 그 세계는 이성과 합리성과 선을 상징하는 세계다. 이 두 세계 중에서 어느 하나만이 좋고 다른 쪽이 나쁘다고 판단하는 것은 바람직하지 않다.

삶이란 궁극적으로 선과 악 중에서 어느 한쪽을 선택하기보다는 오히려 “선이며 악이요 악이면서 선”이라는 받아들이는 것이 중요하다. 인간은 개인과 사회, 정열과 의지, 결정론과 자유의지 사이에서 마치 광대가 줄타기를 하듯이 절묘하게 균형과 조화를 꾀한다. 현대의 문명인들은 합리적이고 세련되고 교양 있는 것처럼 보인다. 그러나 그들은 실제로 인간의 원시적 본능을 억압하고 있는 경우가 의외로 많다.

그래서 정신분석학자 지그문트 프로이트는 문명한 나라에서 사는 사람일수록 삶에 대한 불만이 훨씬 많다고 지적한다. 문명인들은 교양이나 문화의 이름으로 그만큼 원시적 본능을 억압하여야 하기 때문이다. 현대 독자들이 히스클리프에게서 더없이 큰 매력을 느끼는 것은 아마 억압되지 않은 인간의 본연의 모습을 지닌 인물이기 때문일 것이다. 지성이니 교양이니 하는 거추장스러운 문명의 옷을 훨훨 벗어버리고 원초적인 감정에 솔직한 히스클리프는 어쩌면 현대 문명인이 적어도 마음속으로 갈구하는 모습일지 모른다.

빅토리아 시대의 대표적인 작품인 『폭풍의 언덕』은 내용뿐 아니라 그 형식에서도 눈길을 끈다. 이 작품은 당시에 유행하던 전지적 3인칭 서술자와는 달리 등장인물이 직접 서술하는 형식을 취한다. 이 소설에서는 록우드 씨가 화자로 등장하여 가정부 넬리의 이야기를 전해 듣는 것으로 되어 있다. 과거의 사건을 목격한 넬리가 현재의 사건을 목격하는 록우드에게 자신의 회고담을 들려주는 형식으로 플롯을 진행한다. 겉에 드러난 이야기 속에 이야기가 있고, 그 이야기 속에 또 다른 이야기가 들어 있다. 이 작품은 액자(록우드와 넬리의 이야기) 속에 또 다른 액자(캐서린과 히스클리프의 이야기)가 들어 있는, 말하자면 ‘이중 액자소설’이라고 할 수 있다.

이 소설은 두 집안의 역사를 삼대에 걸쳐 이야기하고 있기 때문에 에밀리 브론테는 한 작중인물이 다른 작중인물에게 이야기를 전달하도록 하는 방법이 가장 좋다고 생각했던 것 같다. 이방인이며 도시 출신인 록우드가 이 소설의 문을 활짝 열어젖히지만 막상 문 안에서 벌어지는 이야기는 가정부 넬리가 맡고 있는 셈이다.

더구나 에밀리 브론테는 이 소설에서 록우드와 넬리라는 두 인물을 통하여 사건과 일정한 거리를 시종일관 유지할 수 있다. 다시 말해서 이러한 이중 구조 형식을 빌려 이성을 중시하는 빅토리아 시대의 정서와는 전혀 다른 분위기를 전달할 수 있는 데다 당시로서는 금기시되다시피 한 내용을 다룰 수도 있었다.

만약 화자인 록우드를 단순히 이 소설의 화자가 아니라 이 작품의 주인공으로 본다면『폭풍의 언덕』은 의사소통의 어려움이나 그 단절을 중심 주제로 다룬다고도 볼 수 있다. 록우드는 넬리의 이야기를 제대로 이해하지 못한다. 또한 넬리는 넬리대로 캐서린과 히스클리프의 비극적 사랑의 의미를 제대로 파악한다고 보기 어렵다. 결국 이 소설에 등장하는 작중인물이든 서술 화자든 자신의 아집과 편견 그리고 지식과 정보의 한계 때문에 어쩔 수 없이 동료 인간을 제대로 이해할 수 없다는 한계를 지닐 수밖에 없을 것이다.

17

독일인의 사랑

막스 뮐러

고대 로마 시대의 서사시인 베르길리우스는 한 목가시에서 “사랑은 모든 것을 정복한다(Omnia vincit Amor)”는 유명한 말을 남겼다. 이 세상에서 사랑보다 더 힘이 있는 것은 없다는 말이다. 기독교에서도 “내가 예언하는 능력이 있어 모든 비밀과 모든 지식을 알고 또 산을 옮길 만한 모든 믿음이 있을지라도 사랑이 없으면 내가 아무것도 아니요”(「고린도전서」 13장 2절)라고 말하지 않는가. 그동안 카라바조를 비롯한 많은 예술가가 앞다투어 이 명제를 예술 작품으로 형상화해 왔다. 베르길리우스의 이 명제를 문학 작품으로 구체화한 것 중에서는 19세기 독일 작가 막스 뮐러(1823~1900)의 『독일인의 사랑』(1866)이 아마 첫 손가락에 꼽힐 것이다.

비교 언어학의 세계적 권위자였던 막스 뮐러는 독일 베를린에서 태어났다. 그는 프란츠 슈베르트의 유명한 연가곡 「아름다운 물방앗간의 처녀」나 「겨울 나그네」의 노랫말을 쓴 독일의 낭만주의 서정시인 빌헬름 뮐러의 아들이다. 학자이자 시인인 아버지의 영향으로 어릴 때부터

어학에 뛰어난 소질을 보인 막스 뮐러는 고전적인 교육을 받고 성장하였다. 1841년 라이프치히대학에서 언어학을 전공함으로써 학자의 길로 들어선 그는 파리와 런던에 유학하여 동양학의 대가가 되었다. 베토벤대학에서 프란츠 보프, 프리드리히 셸링, 파리에서 외젠 뷔르노프 등을 사사한 뮐러는 1850년에 옥스퍼드대학의 교수로 임명되었으며 인도-게르만어의 비교언어학, 비교종교학 및 비교신화학의 과학적 방법론을 확립하였다.

한평생 성실한 학자였던 막스 뮐러는 그의 생애에 오직 한 편의 소설을 남겼는데, 그 작품이 바로 『독일인의 사랑』이다. 이기적인 격정은 이미 사랑이 아니라는 사실을 나지막한 목소리로 전하는 이 철학적 사랑 이야기 말고도 그는 『고대 산스크리트 문학가』, 『신비주의학』, 『종교의 기원과 생성』, 『동양 고대 성전전집』 등의 저서를 남겼고 옥스퍼드대학에서 『리그베다』를 출간하였다.

뮐러의 『독일인의 사랑』은 백여 년 전에 출간된 요한 볼프강 폰 괴테의 『젊은 베르터의 고뇌』와 더불어 사랑을 중심 소재로 다룬 대표적인 작품이다. 사랑을 한 마디로 정의 내릴 수는 없지만 이 두 소설가는 그들 나름대로 사랑의 의미에 남달리 깊은 관심을 기울였다. 특히 뮐러는 사랑의 슬픔과 고통뿐 아니라 더 나아가 사랑의 기쁨과 환희를 함께 다루었다. 또한 이기적 사랑이 아닌 이타적인 사랑을 역설한다.

더구나 『독일인의 사랑』은 직업적인 작가가 쓴 작품이 아니라 학자가 쓴 작품이라는 점에서도 눈길을 끈다. 방금 앞에서 언급했듯이 뮐러는 넓게는 동양학, 좁게는 인도학을 전공하는 학자요, 문헌학자이며 언어학자로 비교 종교학을 창시한 학자이기도 하다. 물론 이 점에서는 괴테도 크게 다르지 않아서 그를 단순히 문학가라는 이름으로 부르기에는 그의 관심 영역이 무척 넓다.

『독일인의 사랑』은 막스 뮐러가 출간한 유일한 장편소설이다. 학술적인 저서와 일반 독자들을 위한 책을 같이 집필했지만 문학 작품을 출간한 것은 이 소설이 처음이자 마지막이다. 이 작품은 한때 꽤 인기가 있어서 그는 이 책으로 받은 인세 수입으로 생활하면서 연구 활동을 할 수 있었다. 그러고 보니 『독일인의 사랑』은 영국 소설가 에밀리 브론테의 『폭풍의 언덕』과 비슷하다. 작가의 유일한 소설 작품이라는 점에서도 그러하고, 시대적 상황에 역행하여 작품을 썼다는 점에서 그러하다. 그런가 하면 브론테처럼 뮐러도 사실주의 시대에 낭만주의적인 작품을 쓰기도 하였다. 1860년대라면 독일에서는 이미 낭만주의가 서서히 자취를 감추던 시기였다. 카를 마르크스와 프리드리히 엥겔스가 독일 관념론에 맞서고 '청년 독일파들'이 사회 참여를 부르짖던 시기요, 사실주의와 실증주의가 고개를 쳐들기 시작하던 시기였다.

그래서 그런지는 몰라도 『독일인의 사랑』은 직업 작가의 작품에서는 좀처럼 볼 수 없는 현학적인 냄새가 짙게 풍긴다. 어딘지 모르게 감미로운 설탕 맛보다는 사카린 같은 인공감미료 맛이 난다. 예를 들어 뮐러는 이 작품 곳곳에서 소설의 플롯과는 직접 관련이 없는 것 같은 철학이나 신학 등에 관한 내용을 삽입하여 때로는 철학서를 읽는 듯한 느낌을 준다.

뮐러는 이 작품에서 마리아라는 한 소녀의 죽음을 두고 1인칭 서술 화자인 소년 '나'가 회상하는 형식을 취한다. 즉 이 작품의 플롯을 '나'의 회상 형식으로 전개해 나간다. 작가는 짤막한 서문에 이어 여덟 개의 회상을 기록한다. 그림에 빗대어 말하면 여덟 개 화폭으로 만든 동양화 병풍과 같다. 서양화에 빗댄다면 아마 수채화와 가장 가까운 이 작품은 한 가지 소재로 그린 수채화 여덟 작품을 한데 모아놓은 것으로 볼 수 있다. 그러므로 유화에서 흔히 볼 수 있는 드라마틱한 사건을 기대할 수는 없을지 모른다.

첫 번째 회상에서 소년은 어린 시절 자신의 소중했던 기억의 의미를 찾아 떠나기 시작한다. 두 번째 회상에서 소년은 사랑의 감정을 때로는 절제해야 한다는 사실을 경험을 통해 겪게 되면서 타인과의 관계 그리고 순종에 대한 의문과 의미를 찾아 나간다. 세 번째 회상에서 소년은 순수한 영혼을 지니지만 시한부 삶을 사는 소녀 마리아를 만나 동경을 느끼게 된다. 네 번째 회상에서 소년은 어느새 자라나 청년이 되고 다시 고향을 찾아가고, 어린 시절 잔상을 남긴 마리아와 재회한다. 다섯 번째 회상에서 두 사람은 서로의 공통점을 찾아 나가는 대화가 시작되고 그 안에서 사랑과 진리, 운명에 대한 깊은 생각을 나누게 된다. 여섯 번째 회상에서 마리아의 담당 의사 호프라트는 그들의 만남이 결코 쉽지 않다는 사실을 알려 주면서 청년에게 그녀를 더 이상 만나지 말고 여행을 떠나라고 권고한다. 일곱 번째 회상에서 여행을 통해 청년은 마리아에 대한 자신의 사랑을 더욱 확신한다. 마리아를 다시 만나는 소년은 그녀에게 자신의 순수한 사랑을 고백한다. 마지막 여덟 번째 회상에서 마리아는 청년의 사랑을 받아들이고 이튿날 결국 삶을 마감한다. 호프라트 의사는 청년에게 마리아와의 특별한 인연을 이야기해 준다.

영국의 문호 윌리엄 셰익스피어는 일찍이 "사랑은 영원히 고정된 이정표로 세월의 어리석은 장난감이 아니다"라고 말한 적이 있다. 또 괴테는 "사랑이 없는 삶, 사랑하는 생활이 없는 삶은 환등기가 비쳐 주는 쇼에 지나지 않는다"고 하였다. 막스 뮐러도 『독일인의 사랑』에서 인간의 삶에서 사랑이 얼마나 소중한지 새삼 일깨워 준다. 그는 “우리는 서서 걷는 법, 읽고 말하는 법을 배운다. 하지만 어느 누구도 우리에게 사랑을 가르쳐 주지는 않는다. 꽃 한 송이도 햇빛이 없으면 만개하지 못하듯이, 인간도 사랑 없이는 한 순간도 살아갈 수 없다”고 말한다. 더 나아가 뮐러는 사랑이란 측정할 수도, 비교할 수도 없는 것이라고 밝힌다.

> 사랑은 어떤 추를 사용하여도 그 밑바닥을 측정할 수 없는 깊은 우물이며, 영원히 마르지 않는 샘이다. 사랑에는 척도라는 것이 없고 크고 작음도 비교할 수 없다. 오로지 온몸과 마음을 다하고 온 정성과 힘을 모두 기울여야만 사랑할 수 있다는 것을 깨닫게 된다.

그러나 이 소설의 중심 주제를 여는 열쇠는 작품 첫머리에서 소년 ‘나’가 하는 말 속에 들어 있다. 그는 “어린아이는 ‘타인’이 존재한다는 사실을 처음 알게 되면서부터 이미 어린아이가 아니다”라고 잘라 말한다. 다시 말해서 어린아이가 어른이 된다는 것은 곧 이 세상에는 ‘나’ 아닌 ‘다른’ 사람들이 존재한다는 사실을 깨닫는 데 있다는 것이다. 적어도 이 점에서 사회화란 타인의 존재를 깨달아가는 과정이라고 정의 내릴 수 있다. 소년은 마리아에게 “너의 오빠라도 좋고, 너의 아버지라도 좋다. 아니, 너를 위해 세상 무엇이라도 되고 싶다”고 고백한다. 이러한 고백은 비단 한 소년이 가슴속에 깊이 품고 있는 오롯한 감정을 한 소녀에게 표현하는 것에 그치지 않고 더 나아가 자신의 존재를 타인을 향하여 활짝 드러내고 있는 것이다.

더구나 마리아가 사망한 뒤 호프라트 의사는 소년에게 자신이 한때 마리아의 어머니를 사랑했다는 비밀을 털어놓는다. 의사는 사랑하는 그녀가 사회적인 신분에서나 재정적인 면에서나 가난한 자신보다는 여유 있는 남편을 만나 행복하기를 바랐기 때문에 사랑을 포기했다고 고백한다. 그러면서 의사는 소년에게 이렇게 부탁한다. "헛된 슬픔에 잠겨 하루라도 헛되게 보내지 말고, 아는 사람들을 도와주고, 그들을 사랑하면서 마리아 같은 성품의 사람을 만나 알고 지냈으며, 사랑했던 사실을 신에게 감사하라. 마리아의 죽음까지도 말이다."

노의사의 이 말은 사랑의 대상은 유일하지만 그 유일한 대상이 죽고 나면 어떻게 살아야 하는지를 두고 그동안 선지자들이 설교해 온 내용과 크게 다르지 않다. 이 지상에서 사라진 대상에게 해 주었어야 할 사랑을 아직 살아 있는 다른 사람들에게 대신 쏟으면서 사랑의 슬픔을 승화시키라는 것이다. 그렇게 사랑하는 것이 곧 삶의 의미를 깨닫는 것이고, 그가 사랑하려고 한 대상을 진정으로 사랑하는 것이다. 또 그것이야말로 신이 인간에게 선물한 영혼에 대한 보답인 것이다. 뮐러는 괴테의 젊은 베르터처럼 자살로 끝나는 이기적인 격정은 진정한 사랑이 아니라고 말하는 것 같다.

이 노의사의 마지막 고백을 한발 더 미루어 나가면 사랑의 대상을 특정한 인간에게만 국한하지 말고 그 범위를 좀 더 넓히라는 말이 된다. 즉 뮐러는 노의사의 입을 빌려 보편적 사랑의 중요성을 역설한다. 사랑은 남자와 여자, 평민과 귀족, 건강한 사람과 병든 사람, 삶과 죽음 등을 구별 짓지 않는다. 베르길리우스의 말대로 사랑은 모든 것을 정복할 수 있기 때문이다. 어떤 의미에서 사랑은 벌어지고 갈라진 틈을 메우고 채우는 역할을 하는지도 모른다.

18

에드거 앨런 포 단편선

에드거 앨런 포

세계 문학사를 보면 천재 작가들이나 예술가들이 요절하는 경우가 적지 않다. 흔히 '현대 단편소설의 아버지'로 일컫는 미국 작가 에드거 앨런 포(1809~1849)도 그러한 사람 중의 하나다. '작가'라고 그냥 뭉뚱그려 불렀지만 그는 시인이자 소설가요, 문학 비평가이자 문학 이론가요 또한 잡지 편집자였다. 어느 직함으로 불러도 부족함이 없을 정도로 여러 분야에 걸쳐 두각을 나타낸 천재 문인이다. 한창 작품 활동을 할 마흔 살의 젊은 나이에 아깝게 일찍 사망하였다. 그래서 그는 이제 '요절한 천재 작가'의 대명사가 되다시피 하였다.

에드거 앨런 포는 미국 매사추세츠주 보스턴에서 배우 엘리자베스 포와 배우 데이비드 포의 아들로 태어났다. 아버지는 그가 한 살도 되기 전에 집을 떠나 행방불명이 되고 어머니도 세 살 때 결핵으로 세상을 떠났다. 버지니아주 리치먼드의 성공한 사업자인 존 앨런의 양자로 입양되지만 양아버지와 갈등을 겪었다. 버지니아대학과 육군사관학교에 입학하지만 졸업하지 못하고 메릴랜드주 볼티모어로 이주하여 잡지 편집자 노릇을 하면서 작품 활동을 시작하였다. 포는 장편소설 『아서 고든 핌의 이야기』와 단편집 『그로테스크와 아라베스크의 이야기』 등을 남겼다.

미국 낭만주의 문학을 대표하는 인물로 포에게는 흔히 '개척자'니 '선구자'니 하는 꼬리표가 붙어 다닌다. '예술을 위한 예술'의 깃발을 높이 쳐들고 문학을 윤리 도덕이나 실용성의 굴레에서 해방시켰다. 포는 시에서 음악성을 중시한 것으로도 유명하다. 추리소설과 탐정소설, 괴기소설과 고딕소설을 창시한 작가이기도 하다. 여러모로 시대를 앞선 작가라고 할 포는 실용적인 면이 강한 미국보다는 예술적으로 관대한 프랑스에서 훨씬 더 일찍 인정을 받았다. 샤를 보들레르와 스테판 말라르메 같은 상징주의 시인들에게 포야말로 가장 본받아야 할 예술가였다. 보들레르는 포의 작품을 읽고 나서 "여기에 내가 쓰고 싶었던 모든 것이 들어 있다"고 말할 정도였다.

에드거 앨런 포가 작가로서 이룩한 가장 뛰어난 업적은 그동안 문학 장르로서 어정쩡한 위치에 있던 단편소설을 본격적인 문학 장르의 반열에 올려놓았다는 점이다. 단편소설이 문학 장르의 서자가 아니라 장편소설이나 시처럼 당당한 적자의 위치에 오른 것은 누구보다도 포의 덕분이었다. 그는 단편소설을 직접 창작했을 뿐 아니라 더 나아가 단편소설의 이론을 체계적으로 만들었다. 이처럼 그가 단편소설사에서 차지하는 몫은 무척 크다.

포가 처음 내세운 단편소설 이론은 150여 년이 지난 지금에도 좀처럼 세월의 풍화작용을 받지 않고 여전히 유효하다. 그가 주창한 단편소설 이론은 크게 다섯 가지로 요약할 수 있다. 첫째, 단편소설은 길이가 짧아야 한다. 소금이 짜다는 말처럼 자칫 진부하게 들릴지 모르지만 길이가 짧은 것이야말로 단편소설의 가장 중요한 특징이다. 그러나 짧다는 것은 어디까지나 상대적인 기준일 뿐이다. 그래서 포는 좀 더 구체적으로 “앉은 자리에서 다 읽을 수 있을 정도의 분량”이어야 한다고 규정짓는다. 물론 이러한 규정도 엄밀히 따지고 보면 상대적이라고 할 수밖에 없다. 겨우 십 분만 앉아 있어도 엉덩이를 들썩이는 사람이 있는가 하면, 한 시간 이상 끄떡하지도 않고 앉아서 책을 읽는 사람도 있기 때문이다. 어떻든 단편소설은 장편소설이나 중편소설과 비교하여 그 길이가 짧아야 한다. 이렇게 길이가 짧아야 한다고 주장하는 것은 다름 아닌 ‘인상의 통일성’을 얻기 위해서다.

둘째, 단편소설에서는 오직 한 가지 효과를 노려야 한다. 이를 달리 바꾸어 표현하면 ‘단일한 효과’를 추구해야 한다는 말이 된다. 훌륭한 단편소설이라면 시작부터 끝날 때까지 일관성 있는 사건이나 단일한 행위를 다루어야 한다. 단편소설의 이러한 특성을 가리키기 위하여 어떤 이론가들은 ‘삶의 단면’ 또는 ‘삶의 조각’이라는 표현을 자주 사용한다. 삶의 모습을 다루되 오직 한 조각의 삶만을 다루어야 한다. 단편소설 작가는 하나의 일화나 사건, 상황을 사용함으로써 단일한 효과를 얻어야 한다. 단편소설에서 실타래처럼 얽히고설킨 플롯은 저주와 다름없다.

셋째, 단편소설은 경제적이고 압축적이어야 한다. 단편소설에서는 장편소설에서처럼 사건을 자세하고 길게 묘사할 여유가 없다. 모든 사건은 결말을 향하여 치닫기 때문에 낱말 하나하나가 소중하다. 극단적으로 말하면 한 낱말을 빼서도 안 되고 더 넣어서도 안 된다. 단편소설에서도 “최소한의 자재로 최대한의 효과를 거둔다”는 경제 원칙을 따른다. 그러므로 단편소설에서는 낱말을 한 마디도 낭비해서는 안 된다.

단편소설에서 모든 요소나 세부 사항은 서로 유기적으로 관련을 맺어야 하기 때문이다. 적어도 이 점에서 단편소설은 소설보다는 차라리 시에 가깝다.

넷째, 단편소설은 논리적 진실을 담고 있어야 한다. 그런데 여기에서 포가 '과학적 진실'이라고 하지 않고 '논리적 진실'이라고 하는 점을 눈여겨보아야 한다. 과학자의 실험과 관찰보다는 작가의 상상력과 직관에 의존하는 만큼 단편소설에서는 사건의 논리적 인과관계가 무엇보다도 중요하다. 과학적 진실과 논리적 진실은 서로 일치할 수도 있지만 서로 상충할 때도 있다.

다섯째, 단편소설은 독자들이 모든 사건이 종결되었다는 느낌을 받도록 끝내야 한다. 문장 부호를 빌려 표현하자면 대시(—)나 줄임표(…)로 끝을 맺어서는 안 되고 마침표(.)로 끝을 맺어야 한다. 요즈음 소설이론에서 흔히 말하는 용어를 빌려 표현한다면 단편소설은 '닫힌 결말'이어야 한다. 물론 포가 말하는 이 다섯 번째 조건은 현대 단편소설에서는 그렇게 썩 잘 들어맞지는 않는다. 사건을 종결하지 않는 대신 독자의 판단에 맡기는 '열린 결말'을 사용하는 작가들이 적지 않기 때문이다.

에드거 앨런 포는 단편소설에 이론적 토대를 마련했을 뿐 아니라 더 나아가 실제로 단편소설을 많이 창작하였다. 그런데 포가 창작한 단편소설은 크게 두 갈래로 나뉜다. 하나는 괴기소설이고 다른 하나는 탐정소설이다. 그런데 이 갈래 단편소설은 얼핏 보면 서로 모순적인 것 같다. 괴기스럽고 섬뜩하여 등골이 서늘해지는 초자연적인 공포소설은 비합리적이고 감성적인 요소에 기대는 반면, 추리적인 성격이 강한 탐정소설은 합리적이고 이성적인 요소에 기대기 때문이다. 그러나 극과

극은 서로 통한다고 포의 작품에서 이 두 가지는 언뜻 보이는 것처럼 그렇게 어긋나지 않는다.

포는 인간의 의식보다는 무의식이나 잠재의식에 더 깊은 관심을 기울였다. 그에 따르면 인간의 정신은 절반은 광기 상태에 있고 아무리 정상적인 사람이라도 언제든지 광기로 변할 수 있는 잠재력을 지닌다. 그래서 포의 작품에 등장하는 작중인물들은 거의 대부분 신경질환자이거나 자신의 정체성에 혼란을 느끼거나, 부모도 이름도 일정한 거처도 없이 이곳에서 저곳으로 떠도는 유랑인이다. 이렇게 사회로부터 고립되고 소외된 작중인물들은 주로 광기, 원초적인 본능, 괴팍한 비이성적인 힘에 좌우된다.

포의 단편소설 중에서 「어셔가의 몰락」이나 「검은 고양이」 같은 작품은 괴기소설이나 공포소설에 속한다. 한편 「모르그가의 살인」이나 「도둑맞은 편지」 같은 작품은 추리소설이나 탐정소설에 속한다. 물론 이 밖에도 포는 오늘날의 'SF'에 해당하는 공상과학소설을 썼지만 넓은 의미에서 후자에 넣을 수 있다.

포는 눈에 보이는 가시적 세계보다는 눈에 드러나지 않는 불가시적 세계에 관심을 기울였기 때문에 그의 작품에서 상징이 차지하는 몫이 무척 크다. 사물을 표상하는 언어도 그 의미가 표면에 드러나 있지 않고 그 밑에 숨어 있다고 믿었다. 그러므로 포의 작품을 제대로 이해하기 위해서는 겉에 드러난 표층적 의미보다도 심층적 의미에 주목하여야 한다. 그냥 무심코 지나치기 쉽지만 그의 작품을 읽을 때는 하찮게 보이는 물건이나 소품 하나하나에도 세심하게 관심을 기울여야 한다.

예를 들어 지은 지 오래되어 허물어져 가는 집이나 외딴 산이나 들판에 자리 잡고 있는 성곽은 감수성 예민한 주인공이 의식 세계에서 벗어나 무의식이나 환상의 세계로 들어가 있음을 뜻한다. 동굴이나 지하실은 주인공의 무의식이나 잠재의식을 상징한다. 또 집안에 있는 꾸불꾸불한 복도는 주인공의 복잡다단한 정신 활동과 관련이 있다. 호화롭게 치장한 가구나 커튼은 주인공의 풍부한 상상력이나 세속적 시간을 초월한 영원성을 뜻한다.

포의 가장 대표적인 소설이라고 할 「어셔가의 몰락」은 그의 단편소설 이론을 유감없이 발휘한 작품이다. 공포소설의 갈래에 속하는 이 작품에서는 그가 말하는 '인상의 통일성'과 '단일한 효과' 등이 잘 드러나 있다. 포는 공포소설답게 주인공 로더릭 어셔가 느끼는 우울증, 죄의식, 공포감, 파멸에 대한 두려움 등을 잘 묘사한다. 더구나 아직 숨을 거두지 않은 여동생 매들린을 산 채로 매장하는 행위에서 독자들은 이루 말할 수 없는 공포감과 전율을 느끼게 된다.

포가 이 작품의 제목으로 삼고 있는 '어셔가'는 작품의 지리적 배경인 집을 가리킬 뿐 아니라 어셔 가문을 일컫는다. 그런가 하면 이 '어셔가'는 더 나아가 주인공의 영혼이나 정신 상태를 상징하기도 한다. 그는 비단 신체적으로 질병을 앓고 있는 것에 그치지 않고 심리적으로나 도덕적으로도 불구자다. 건물 외벽에 나 있는 균열은 곧 주인공의 심리적·도덕적 결함을 보여 주는 더할 나위 없이 좋은 상징이다. 그러므로 이 작품의 끝 장면에서 어셔가가 허물어지는 것은 한 가문의 몰락을 상징할뿐더러 주인공이 심리적 파산 상태를 맞는 것을 상징한다.

「검은 고양이」도 「어셔가의 몰락」과 마찬가지로 죄의식, 광기, 분노, 악마성 같은 인간의 어두운 내면세계를 파헤친 공포소설이다. 검은 고양이를 죽이려다가 그만 실수로 자신의 아내를 죽인 주인공은 시체를 벽 속에 집어넣고 발라 버린다. 그런데 그만 실수로 고양이까지 벽

속에 집어넣은 것이다. 수사관이 벽을 치자 고양이가 울음소리를 내는 바람에 모든 것이 밝혀지고 결국 주인공은 교수형을 당한다.

초자연적인 공포소설의 반대쪽에는 추리소설이나 탐정소설이 자리 잡고 있는데, 「모르그가의 살인」과 「도둑맞은 편지」는 후자에 속하는 가장 대표적인 작품이다. 「모르그가의 살인」에서는 제목 그대로 프랑스의 한 마을에서 일어난 괴상한 살인 사건을 소재로 삼는다. 잔학한 살인 행위로 세상 사람들을 전율시키면서 온 도시에 충격을 준 이 사건을 파리 경찰국의 형사들은 수사의 실마리도 찾지 못한 채 제자리걸음만 되풀이한다. 이때 관찰력이 뛰어나고 분석력이 탁월한 명탐정 오귀스트 뒤팽이 나타나 사건을 순간적으로 해결 짓는다. 치밀한 구성, 오싹하고 음산한 분위기를 자아내는 묘사, 사물에 대한 놀라운 관찰과 분석이 한데 어우러져 이 작품은 추리소설의 선구자로 평가받는다.

「도둑맞은 편지」는 프랑스 궁정의 한 귀부인이 아주 소중한 편지를 도둑맞았다가 되찾는 내용이다. 상대방이 그것을 가져가는 것을 두 눈으로 지켜보면서도 주변 상황 때문에 꼼짝 못 하고 당한다. 편지를 훔친 D 장관은 정치적으로 중요한 그 편지를 이용해 횡포를 부리고, 편지를 되찾으려는 온갖 노력은 수포로 돌아간다. 이 사건을 넘겨받은 G 경시총감은 오귀스트 뒤팽을 찾아가 도움을 청하고, 뒤팽은 사건을 말끔히 해결한다. D 장관은 훔친 편지를 누구나 다 볼 수 있는 곳에 놓아두었고, 뒤팽은 그 사실을 역이용하여 찾아냈던 것이다.

앞에서 잠깐 프랑스 상징주의에 끼친 포의 영향을 언급했지만, 그가 세계문학에 끼친 영향은 참으로 크다. 아서 코난 도일의 탐정소설에 등장하는 셜록 홈스는 「모르그가의 살인」에서 영감을 얻어 창조한 인물이다. 그런가 하면 표도르 도스토옙스키가 그의 작품에서 묘사하는 인간의 강박관념 역시 포의 작품에서 영향받은 바 무척 크다. 이태준(李泰俊)의 유명한 단편소설 「까마귀」도 포의 작품에서 힌트를 얻어 쓴 작품이다. 이 밖에도 포가 세계문학에 끼친 영향은 하나하나 열거할 수 없을 정도로 무척 많다.

19

주홍 글자

너새니얼 호손

미국 문학이 세계문학의 호적에 오르게 된 것은 비교적 최근의 일이다. 미국은 지금은 정치적으로나 경제적으로나 세계의 맏형으로 막강한 힘을 떨치고 있지만 불과 250여 년 전만 하더라도 한낱 영국의 식민지에 지나지 않았다. 오랫동안 정치적 예속 상태에 있었기 때문에 문화적으로도 독립하기가 어려웠다. 독립전쟁에서 승리한 뒤 문학가와 지식인을 중심으로 "칼로 영국을 무찔렀으니 이제 펜으로 영국을 무찌를 때가 되었다"는 생각이 널리 퍼졌다. 그러나 말은 이렇게 하여도 실제 행동으로 옮기기란 매우 어려웠다.

미국이 문화적으로 독립하는 데 견인차 역할을 맡은 작가 가운데 한 사람이 바로 너새니얼 호손(1804~1864)이다. '미국의 문예부흥'으로 일컫는 19세기 중엽에 활동한 그는 허먼 멜빌과 함께 이 운동에서 주도적 역할을 맡았다. 호손은 좁게는 미국 소설사, 넓게는 미국 문학사에서 첫 장을 연 사람으로 꼽힌다. 그가 태어나기 20여 년 전에 미국은 가까스로 영국 식민주의의 굴레에서 벗어났지만 문화적으로는 여전히 영국이라는 어머니의 치맛자락을 붙잡고 있었다. 호손은 그 치맛자락을 놓고 당당히 첫걸음을 내디딘 최초의 미국 작가였다.

호손은 마녀재판으로 악명 높은 매사추세츠주 세일럼에서 태어났다. 청교도인 그의 선조는 1630년 존 윈스롭의 지도 아래 '아벨러' 호를 타고 대서양을 건너 오늘날의 보스턴에 도착했고 법조인으로 군인으로 이름을 떨쳤다. 선조 중 마녀재판에서 주도적 역할을 담당한 사람도 있었는데 호손은 이 때문에 적잖이 죄의식에 시달렸다. 네 살 때 아버지를 여읜 호손은 외가에서 홀어머니와 함께 쓸쓸한 유년 시절을 보냈다. 그가 평생 동안 짊어지고 다녔던 멍에, 즉 '저주받은 고독의 습관'은 이러한 우울한 가정환경에서 비롯하였다.

호손은 메인주에 있는 사립 보든대학을 졸업한 뒤 12년 동안 세상과 거의 담을 쌓은 채 은둔 생활을 하다시피 하였다. 저녁 산책을 하고 어쩌다 매사추세츠 근교를 여행하는 것을 제외하고는 거의 집 밖으로 나오지 않았다. 만년에 유럽에서 몇 년을 보낸 것 말고는 거의 평생 동안 세일럼과 콩코드 등 뉴잉글랜드 지방에서 살았다.

대학 졸업을 앞두었을 무렵 호손은 어머니에게 쓴 편지에서 "남의 병으로 밥을 먹고 사는 의사도 싫고, 남의 죄로 밥을 먹고 사는 목사도 싫고, 그렇다고 남의 싸움거리로 밥을 먹고 사는 변호사도 싫습니다. 그러니 작가밖에 남은 것이 없지요"라고 밝혔다. 대학 교육이 보편화된 오늘날과는 달리 19세기 초엽에 대학을 다닌다는 것은 여간 드문 일이 아니었으며 대학을 졸업한 뒤에는 목사나 의사 또는 법조인 같은 전문인이 되는 것이 상례였다. 어찌 보면 내성적인 호손에게 작가는 타고난 운명이었다. 호손은 세관에서 잠시 일하고 대통령에 출마한 동창생 프랭클린 피어스의 전기를 집필한 대가로 영국 영사로 활동한 것을 제외하고는 작가로서의 삶에 충실하였다.

호손은 『주홍 글자』(1850)를 출간하면서부터 미국의 대표적 작가로 대접받기 시작하였다. 이 소설을 발표하기 전만 하더라도 그는 무명작가와 다름없었다. 그때까지 출간한 작품이라고는 고작 자비를 들여 익명으로 출간한 어린이를 위한 『팬쇼』와 『두 번 들은 이야기』라는 단편집뿐이었다. 그러나 『주홍 글자』를 출간하고 잇달아 『일곱 박공의 집』과 『브라이드데일 로맨스』 같은 소설을 내놓으면서 미국 문학을 세계 문학의 반열에 올려놓는 데 크게 이바지하였다.

호손은 『주홍 글자』를 '소설'이라고 부르지 않고 '로망스'라고 불렀다. 밝은 햇빛 속에 드러난 삶은 소설의 소재가 되지만 호젓한 달빛이나 난롯불에 드러난 친근한 모습은 로망스의 소재가 된다고 밝힌다. 전자가 일상 경험을 있는 그대로 충실하게 묘사한다면, 후자는 일상생활에서 볼 수 없는 신기하고 환상적인 일을 즐겨 다룬다는 것이다. 실제로 이 작품은 이 무렵 영국을 비롯한 유럽 대륙을 휩쓸었던 사실주의 소설과 여러모로 다르다. 그는 구체적인 역사적 사건에서 소재를 취해오되 한껏 상상력의 나래를 펴서 그 소재를 다루었다.

『주홍 글자』는 19세기 중엽에 출간되었지만 이 작품의 시대 배경은 200여 년 전, 즉 17세기 중엽으로 거슬러 올라간다. 17세기 중엽은 윌리엄 브래드포드의 지도 아래 청교도들이 '메이플라워' 호를 타고 대서양을 건너와 오늘날의 플리머스 항구에 도착하여 식민지를 개척한 지 20년 정도 지난 때다. 이 무렵 청교도 사회는 극도로 신(神) 지향적이었기 때문에 인간의 모든 사고와 행동은 하느님을 떠나서는 이루어질 수 없었다. 청교도들은 영국에서 종교적 박해를 견디다 못하여 네덜란드로 건너갔고, 다시 거기에서 미개척지인 신대륙으로 건너온 만큼 포부가 남달랐다. 신대륙에 '새로운 가나안 땅'이나 '새로운 예루살렘'을 건설하려는 원대한 꿈을 간직하고 있었고, 이 꿈을 실현시키기 위하여 온갖 희생을 무릅썼다.

주인공 헤스터 프린은 남편보다 먼저 대서양을 건너 보스턴에 도착한다. 2년이 넘도록 남편은 오지 않고 그녀는 교회의 젊은 목사 아서 딤스데일과 은밀한 관계를 맺어 사생아 펄을 낳는다. 이 무렵의 엄격한 청교도 사회의 법에 따른다면 "간음하지 말지니라"라는 십계명 가운데 일곱 번째 계명을 어긴 것이다. 헤스터는 마땅히 죽음으로 속죄하여야 하였다. 청교도들이 목숨처럼 소중히 여기는 성경에도 "욕심이 잉태한즉 죄를 낳고 죄가 장성한즉 사망을 낳는다"(「야고보서」 1장 15절)고 기록되어 있지 않은가. 여기서 '욕심'은 세속적 욕심이 아니라 육체적 욕망을 말한다.

그러나 남편이 항해 도중 조난당하여 죽었을 가능성과 헤스터가 아직 젊다는 점을 감안하여 가까스로 극형은 면한다. 그 대신 감옥에서 형을 살고 감옥에서 나온 뒤에 평생 동안 가슴에 주홍색으로 만든, 간음을 뜻하는 영어 'Adultery'의 첫 글자인 'A'자를 달고 다니는 처벌을 받는다. 이러한 이유로 호손은 작품 제목을 '주홍 글자'라고 달았다. 이 무렵 청교도 사회에서는 술주정뱅이에게는 'Drunked의 첫 글자인 'D'자를, 근친상간을 범한 사람에게는 'Incest'의 첫 글자인 'I'자를 가슴에 달고 다니도록 벌하였다.

『주홍 글자』는 헤스터가 3개월 된 갓난아이 펄을 가슴에 안고 감옥문을 나서는 장면으로 시작한다. 대중의 인기를 노리는 통속 작가라면 헤스터가 딤스데일 목사와 정교를 맺는 과정에 초점을 맞추었을 것이다. 누가 먼저 상대방을 유혹했는지, 몇 번이나 육체관계를 가졌는지,

어디에서 애정 행각을 벌였는지 따위의 동기나 과정에 깊은 관심을 쏟았을 것이다. 즉 통속 작가라면 주인공이 감옥에 들어가기 이전의 사건을 중심 플롯으로 삼았을 것이다.

그러나 호손은 헤스터가 감옥에 들어가기 이전의 사건에 대해서는 좀처럼 언급하지 않는다. 작가의 관심은 죄를 저지른 뒤 헤스터와 딤스데일 목사가 어떻게 행동하는가에 있기 때문이다. 작가는 두 주인공이 죄를 범하는 과정보다 오히려 죄의 결과에 초점을 맞춘다. 그렇다고 이 작품의 주제를, 간음은 죄이며 죄를 저지른 사람은 육체적으로나 정신적으로 고통을 받아야 한다는 점에서 찾는 것은 좁은 생각이다.

호손은 무엇보다도 인간의 죄나 악 그리고 그 죄나 악의 대가를 둘러싼 문제에 관심을 둔다. 19세기 미국의 시인이요 비평가인 제임스 러설 로월은 "만약 호손이 시적 상상력 없이 이 세상에 태어났더라면 악의 기원에 관한 논문을 썼을 것"이라고 밝힌 적이 있다. 이 무렵 활약한 어느 작가보다도 호손은 이처럼 죄나 악의 문제에 깊은 관심을 기울였다.

호손에게 죄란 어디까지나 상대적인 것일 뿐 절대적인 것이 아니다. 인간은 신, 자연법칙, 공동사회가 정한 법규, 관습, 개인의 도덕적 규범이나 양심 따위에 어긋나게 행동함으로써 죄를 범할 수 있다. 그러나 그러한 행동은 오직 주관적 판단에 따라 죄가 될 수도 있고 죄가 되지 않을 수도 있다. 가령 딤스데일 목사는 간음으로 무서운 죄의식에 시달리며 말할 수 없는 고통을 받는다. 그러나 헤스터는 "인간 마음의 존엄성을 해친 로저 칠링워스의 행동과 비교해 볼 때 자신들의 행동은 오히려 그 자체로서 신성함을 간직하고 있다"고 생각한다. 그러므로 그녀에게 가슴에 달고 있는 주홍 글자 'A'는 치욕의 상징이 아니라 소박한 청교도 의상을 꾸며주는 정교한 장식품일 뿐이다.

호손은 죄의 결과에 대해서도 새로운 해석을 내려 전통적인 기독교 가치관을 무너뜨린다. 헤스터에게 죄는 죽음에 이르는 길이 아니라 인간을 좀 더 깊이 이해하고 동정할 수 있는 계기가 된다. 죄를 범하고 난 뒤 그녀는 자신이 속한 사회에서 좀 더 유용한 인간이 된다. 가령 헤스터는 자신처럼 가슴속에 죄를 간직한 채 괴로워하는 사람들을 동정하는가 하면, 병들고 의지할 데 없는 사람들을 위하여 헌신적인 노력을 아끼지 않는다. 주위 사람들은 그녀의 가슴에 달려 있는 'A'자를 'Adultery'가 아닌 능력을 뜻하는 'Able'이나 천사를 뜻하는 'Angel'로 받아들인다. 정도는 다르지만 딤스데일 목사도 죄의식에 시달리고 있기 때문에 인간의 연약함에 대하여 그 어떤 목사보다도 설득력 있는 설교를 하여 회중에게 깊은 감동을 줄 수 있었다.

이렇듯 호손은 헤스터와 딤스데일 목사에 동정적인 태도를 보인다. 소설의 첫 장면에서 갓난아이 펄을 가슴에 안고 단두대에 서 있는 헤스터의 모습은 마치 아기 예수를 안고 있는 성모 마리아의 그것을 떠올리게 한다. 르네상스 시대 이탈리아에서 활약한 산드로 보티첼리의 성화 한 폭을 바라보는 듯하다. 아무리 눈을 씻고 찾아보아도 헤스터에게서는 죄의식에 시달리는 죄인의 모습을 좀처럼 찾을 수 없다. 헤스터는 종교적·사회적 계율의 쇠사슬을 끊어버리고 본능에 따라 개인의 자유를 누리고자 한 전형적인 인물이다. 즉 사회법보다 인간 본능에 귀를 기울이는 자연법에 따라 행동하려는 헤스터는 낭만주의적 개인주의를 잘 보여 준다.

한편 호손은 인간의 본성과 자유를 억압하는 청교도 사회를 비판한다. 청교도들은 억압과 압제에서 벗어나려고 구대륙을 등지고 왔지만 신대륙에서 또 다른 형태의 억압과 압제를 만들어 내었다. 신대륙에 세상 사람이 모두 바라볼 수 있는 '언덕 위의 도시'를 건설한다는 그럴듯한 이름 아래 개인의 자유를 구속하고 억압하였다. 소설의 화자는 시대적 배경인 17세기 중엽을 두고 '무쇠 같은 시대'라고 부른다. 청교도 사회에서 종교라는 무쇠 같은 힘이 개인의 자유를 무참히 짓밟았다.

소설의 첫 장면에서 호손은 감옥을 묘사한 뒤 감옥 문 옆에 아름답게 피어 있는 들장미를 언급한다. 육중한 참나무에 쇠못을 박아 지은 감옥은 준엄한 청교도주의나 인위적인 문명사회를 상징하는 반면, 들장미는 자연 세계나 인간의 본성을 상징한다. 호손은 문명사회의 가치관에서 벗어나 좀 더 자발적이고 자연스러운 인간 본성에 따를 것을 주장한다. 이러한 태도는 그와 같은 무렵에 활약한 랠프 월도 에머슨의 초월주의 사상과 맞닿아 있다. 에머슨은 인위적인 것에 억압받지 않는 개인의 본성을 무엇보다도 소중하게 생각하였다.

헤스터 프린은 남성 중심의 청교도 사회에 정면으로 맞서 여성의 권리를 주장한 최초의 페미니스트로 보아 크게 틀리지 않는다. 그녀를 두고 여성을 성적으로 억압하는 사회로부터의 해방을 요구하다가 희생당한 순교자로 일컫는 비평가들이 있다. 여성 해방론자로서 그녀는 남녀가 수직적 관계가 아니라 수평적 관계를 맺게 될 날, 호손의 말을 빌리면 "서로의 행복이라는 좀 더 굳건한 발판 위에 서게 될, 좀 더 밝은 시대"가 올 날을 기다린다. 헤스터는 성 문제를 비롯한 여성 문제를 상담한 최초의 여성 상담사이기도 하다. 펄과 함께 유럽에서 지내다 만년에 다시 보스턴으로 돌아오는 그녀는 자신과 같이 "잘못을 저지르고 죄 많은 열정" 때문에 고통받는 여성을 위로하고 조언을 해 주며 여생을 보낸다. 또 헤스터는 남편 없이 혼자서 자식을 키우는 한 부모 여성 가장의 모습을 보여 주기도 한다.

20

월든

헨리 데이비드 소로

19세기 미국의 시인이요 비평가인 제임스 러설 로웰은 헨리 데이비드 소로(1817~1862)를 두고 "에머슨의 과수원에서 낙과나 줍는 사람"이라고 혹평하였다. 독창성 없이 선배 작가의 사상을 그대로 모방한다는 말이다. 소로가 랠프 월도 에머슨한테서 초월주의의 세례를 받은 것은 사실이다. 그의 작품을 읽다 보면 초월주의의 경전이라고 일컫는 에머슨의 글의 흔적을 쉽게 찾아볼 수 있다. 그러나 소로가 단순히 선배 문인을 모방했다는 주장은 지나친 평가다. 150여 년이 지난 지금 독자들은 어떤 의미에서는 에머슨의 과수원보다 소로의 과수원에서 더 탐스럽고 먹음직스러운 과일을 얻는다. 또한 먹물 냄새가 나는 에머슨보다 흙냄새 물씬 풍기는 소로의 사상이 훨씬 더 피부에 와 닿는다.

소로는 1817년 매사추세츠주의 콩코드에서 태어났다. 출생에 대하여 그는 "나는 지구상에서 가장 사랑받는 곳에서 또한 가장 알맞은 시기에 태어났다"고 밝힌다. 콩코드를 두고 '지구상에서 가장 사랑받는 곳'이라고 부르는 것은 미국 독립전쟁에 처음 불을 붙인 것이 바로 이

곳이기 때문이다.

그러나 그가 왜 1817년을 가장 알맞은 시기라고 부르는지는 분명하지 않다. 인간이 자연을 파괴하고 환경을 오염하기 전에 태어났다는 말로 받아들일 수도 있고, 미국의 문학사가 밴 윅 브룩스가 '뉴잉글랜드 개화기'라고 일컫고, F. O. 매티슨이 '미국의 문예부흥'이라고 일컬은 문화적 황금기에 태어났다는 말로 받아들일 수도 있다. 이 시기에 에머슨을 비롯한 너새니얼 호손, 허먼 멜빌, 에드거 앨런 포, 월트 휘트먼 같은 문학가들이 눈부신 활약을 보이며 영국 문학에서 젖을 떼고 미국 문학을 본궤도에 올려놓았다.

콩코드에서 고등학교 과정을 마친 소로는 하버드대학에 입학하여 스무 살 때 졸업하였다. 대학을 졸업하고 고향에 돌아와 일정한 직업 없이 빈둥거렸다. 이 무렵 대학에 다닌다는 것은 보기 드문 특권이었으며, 대학을 졸업하면 목사나 변호사, 교수 같은 전문 직종에 종사하는 것이 보통이었다. 전문직에 뜻이 없는 젊은이라면 사업가가 되거나 서부로 가서 새로운 운명을 개척하였다. 그런데 소로는 고향집에서 아버지를 도와 연필을 만들며 시간을 보내거나, 형과 함께 세운 사립학교에서 학생들을 가르쳤다. 에머슨의 집에서 일꾼 노릇을 하거나 뉴욕시 근처 스테이튼 아일랜드에 있는 에머슨의 친척집에서 가정교사 노릇을 하기도 하였다. 시간이 나면 뉴잉글랜드 지방을 도보로 여행하고, 때때로 강연을 했으며, 초월주의자들의 기관지인 《다이얼》에 시와 수필을 발표하였다.

그래서 소로는 마을 사람들로부터 '괴짜' 또는 '낙오자'로 통하였다. 그의 방황은 새로운 삶을 모색하기 위한 의도적인 행동이었지만 마을 사람들은 그것을 알 리 없었다. 이 무렵 콩코드로 이주한 에머슨을 비롯한 마거릿 풀러, 오리스티스 브라운슨, 브론슨 앨콧, 시어도어 파커 같은 초월주의자들과 친교를 맺은 것은 소로로서는 큰 소득이었다. 건강이 악화된 뒤 캐나다와 미네소타주를 여행한 것을 빼고는 좀처럼 뉴잉글랜드를 떠나지 않고 거의 평생 이곳에서 살았다. 1862년 5월 마침내 그는 마흔다섯의 젊은 나이로 집안의 유전병인 폐결핵으로 사망하였다.

소로가 처음 출간한 책은 『콩코드강과 메리맥강에서 보낸 일주일』이라는 짧은 여행기다. 출판사마다 출간을 꺼린 탓에 자비를 들여 1,000부를 출간했는데, 이 가운데서 75권 남짓은 아는 사람들에게 나누어 주고, 겨우 100여 권만이 시중에 팔렸다. 출판사에서 창고를 정리하기 위하여 나머지 700여 권을 저자에게 보냈는데, 이 책을 받은 소로는 다락방에 처박아 두었다. 이 무렵 쓴 일기에 자조 섞인 말투로 "나에게는 지금 900권에 가까운 장서가 있는데, 그 가운데 700권 이상이 내가 쓴 책이다"라고 적었다.

소로는 '숲속의 생활'이라는 부제가 붙은 『월든』(1854)을 출간하면서부터 작가로서 명성을 얻었다. 처음 출간되었을 때는 별다른 관심을 받지 못했지만 그가 사망한 뒤 점차 학자들과 일반 독자들로부터 관심을 받았다. 이 책은 인도의 성인 마하트마 간디와 미국의 인권 운동가 마틴 루서 킹 목사에게 깊은 영향을 끼친 책 『시민 불복종』(1849)과 함께 미국 문학의 고전으로 평가받는다. 환경 문제가 첨예한 관심사로 떠오르는 1960년대에 이르러 『월든』은 자연의 소중함을 일깨우는 생태주의 복음서로도 각광받기 시작하였다.

1845년 7월 4일 콩코드 주민들은 폭죽을 터뜨리고 성조기를 흔들며 독립 기념일의 축제 분위기에 한껏 들떠 있었다. 이날 소로는 부모의 집에서 얼마 안 되는 소지품을 손수레에 싣고 월든 호숫가로 거처를 옮겼다. 에머슨이 소유한 숲속 호숫가에 소로는 28달러를 들여 손수 오두막을 짓고 손수 농사를 지어 자급자족하면서 2년 이상 이곳에서 살았다. 정확히 말하자면 1845년 7월 4일부터 1847년 9월 6일까지 2년 2개월 2일을 이곳에서 보냈다. 그가 미국 독립 기념일에 호숫가 오두막으로 거처를 옮긴 것은 자못 상징적 의미가 있다. 그에게 참다운 미국의 독립은 부도수표처럼 한낱 약속에 지나지 않으며 아직 이루어지지 않았다. 마음속으로 그는 폭죽을 터뜨리고 성조기를 흔들며 독립을 축하하는 주민들이 어리석다고 생각했을 것이다.

『월든』의 첫머리에서 "나는 우울에 대한 시를 쓰고 싶지 않고, 내 이웃들을 깨울 수 있다면 새벽의 수탉처럼 홰에 서서 한껏 뽐내며 소리 지르고 싶다"고 밝힌다. 그는 여전히 깊은 잠을 자고 있는 동시대 미국인들을 깨우기 위하여 『월든』을 썼다. 그리스 시대의 철인 디오니게스는 밝은 대낮에도 등불을 들고 다녔다고 한다. 디오니게스처럼 소로도 동료들이 정신적으로 어둠에 갇혀 있거나 깊은 잠에 들어 있다고 생각하였다. 이렇듯 소로는 동료들의 정신적 각성을 촉구하려고 『월든』을 썼다.

그런데 여기서 한 가지 눈여겨보아야 할 것은 소로가 "우울에 대한 시"를 쓰고 싶지 않다느니 "수탉처럼 홰에 서서 한껏 뽐내며" 소리 지르고 싶다느니 하고 말한다는 점이다. 이처럼 낙관적이고 자신에 찬 어조는 19세 중엽 초월주의자들의 목소리기도 하다. 현세를 '눈물과 죽음의 골짜기'로 본 청교도들과 달리 초월주의자들은 현세의 삶을 무한한 가능성으로 보았다. 에머슨처럼 소로도 장밋빛으로 삶을 바라보았다.

문명사회를 떠나 숲속에 사는 것에 대하여 소로는 "나는 의도적으로 살고 싶었고 삶의 필수적인 사실만을 직면하고 싶었기 때문에 숲속에 들어갔다"고 말한다.

> 삶이 소중하기 때문에 삶이 아닌 것을 살고 싶지 않다. 꼭 필요한 경우가 아니고서는 체념을 하고 싶지도 않다. 나는 심오하게 살고 싶고 삶의 골수를 모두 빨아먹고 스파르타식으로 강건하게 살아서 삶이 아닌 모든 것을 몰아내고 싶다.

이 무렵 인간들의 삶에 대해서 소로는 "그들 대부분은 조용하지만 결사적인 삶을 살고 있다"고 지적한다. 그들의 '결사적인 삶'과 소로의 '의도적인 삶' 사이에는 큰 차이가 있다.

소로가 문명사회를 박차고 나와 월든 호숫가에서 홀로 산 것은 '위대한 실험'이었다. 첫째, 이러한 상징적 몸짓을 빌려 그는 산업혁명의 부정적 결과에 과감하게 맞서려고 하였다. 급속히 사라져가는, 소박하고 원시적인 농경 생활로 시곗바늘을 되돌려 놓으려고 하였다. 소로는 발전과 진보를 신앙처럼 믿는 동시대 사람들에게 원시적 자연의 복음을 전하고 싶었다. 그가 "삶을 코너에 몰아넣고 싶었다"고 밝히는 것은 바로 그 때문이다. 물질적 풍요와 경제적 성공을 삶의 최대 목표로 삼는 인간에게 "소박하라, 소박하라, 소박하라"라고 외친다. 거추장스러운 문명의 짐을 훌훌 벗어던지고 대지에 발을 박고 소박한 삶을 영위할 때 인간은 참다운 자아를 찾을 수 있기 때문이다. 소로가 실천에 옮긴 낭만적 개인주의나 자기 의존은 문명과 등을 돌릴 때 비로소 가능하다.

둘째, 물질적 생활을 최소화함으로써 정신적 여유를 얻으려고 하였다. 소로는 '여백이 많은 삶'을 원한다고 하였다. 이것을 달리 말하면 19

세기 중엽의 미국 사람들이 '여백 없이' 빡빡한 삶을 살았다는 것이 된다. 여백 없는 삶은 물질적으로는 풍요롭지만 정신적으로는 메마른 삶을 뜻한다. 월든 호숫가에서 사는 동안 소로는 자연을 관조하고 명상하고 자신을 되돌아보는 소중한 기회를 얻는다.

셋째, 자연과 교감하면서 신성을 경험하였다. 에머슨을 비롯한 초월주의자들에 따르면 눈에 보이는 외부 세계는 눈에 보이지 않는 세계를 반영한 것에 지나지 않는다. 자연 곳곳에서 신의 존재를 느낄 수 있다고 생각한 점은 범신론과 비슷하다. 전통적인 기독교에 관심을 두지 않았던 소로는 초월주의자들처럼 자연 속에서 거룩한 신을 발견하였다.

『월든』에서 소로는 새벽을 알리는 '수탉처럼' 정신적 개혁을 부르짖는다. 그는 정신적 개혁을 가져오는 원동력 가운데 하나로 사랑을 꼽는다. 소로에게 사랑은 개인과 세계를 개혁할 수 있는 유일한 힘이다. 이에 대하여 "사랑은 불이 없어도 따뜻하게 할 수 있고, 고기가 없어도 배를 채울 수 있고, 의복이 없어도 몸을 덮을 수 있고, 지붕이 없어도 하늘을 가릴 수 있고, 밖에 천국이 없이 마음속에 천국을 만들 수 있다"고 밝힌다. 평생 독신으로 살았으면서도 소로는 이렇게 사랑의 복음을 외치는 것이 의외라면 조금 의외다.

『월든』은 장르를 규정짓기가 어렵다. 몇몇 학자는 수필집으로 간주하고, 어떤 학자들은 자서전의 테두리에 넣는다. 이 책은 자연에 관한 수필 18편을 모아놓은 수필집 이상의 의미를 지닌다. 수필집으로 보기에는 글들 사이에 유기성이 너무 강하다. 마찬가지로 한 인간의 삶을 기록한 자서전으로 읽는 데도 적잖이 한계가 있다. 이 책에는 1인칭 대명사 '나'가 유난히 많이 나온다. 책을 출간할 때 인쇄소에서 영어 1인칭 대명사 'I'의 활자가 부족할 정도였다고 한다. 이 책에 등장하는 일인칭 화자 '나'는 헨리 데이비드 소로 자신이라기보다 가면을 쓴 화자로 보아야 한다. 초판이 나온 뒤 소로는 편집자에게 더 이상 '숲속의 생활'이라는 부제를 사용하지 말아 달라고 부탁하였다. 이를 보면 이 책을 수필집이나 자서전으로 받아들이기를 바라지 않은 것 같다.

『월든』은 문학 작품으로 보는 쪽이 더 옳을 듯하다. 이 책을 읽으면 읽을수록 뛰어난 문학성에 새삼 놀란다. 구성부터 유기적이어서 2년 남짓한 생활을 1년 동안 일어난 것으로 처리한다. 여름부터 가을과 겨울을 거쳐 봄에 이르는 계절의 순환성에 상징적 의미를 부여한다. 비유나 이미지 또는 상징을 구사하는 솜씨는 시인을 무색하게 한다. 가령 소로는 호숫가에 오두막을 짓는 것을 낡은 자아를 버리고 새로운 자아를 발견하는 것에 빗댄다. 즉 그는 오두막을 지으면서 새로운 자아의 집, 새로운 삶의 집을 지었다. 오두막을 짓는 동안 서서히 녹는 월든 호수의 얼음은 굳은 영혼이나 비활성적인 영혼을 상징하며, 호수에 몸을 씻는 것은 정신적 개안을 위한 세례 행위를 의미한다. 즉 소로는 호숫가 오두막 생활을 하며 영혼을 완성하려고 하였다.

몇몇 비평가는 소로의 행동이 위선적이거나 사기 행위에 가깝다고 몰아세운다. 남의 땅에 오두막을 지었으며 '숲속의 생활'도 나무가 우거진 뒷마당에서 캠핑을 한 것과 크게 다르지 않다는 것이다. 실제로 월든 호수는 콩코드 마을에서 겨우 1,600미터쯤밖에 떨어져 있지 않았으며, 자기 집 부엌에 쉽게 드나들 수 있는 거리였다. 2년 동안 줄곧 오두막에서만 산 것도 아니었으며 날마다 마을에 내려오다시피 하였고 메인주에 여행하기도 하였다. 인두세를 내지 않아 콩코드 감옥에 갇힌 것도 오두막에 살 때였다. 그를 비판하는 사람들은 물고기를 잡아 굽다가 산불을 내 숲을 잿더미로 만든 사건을 들어 생태주의자나 환경론자이기는커녕 오히려 환경을 훼손한 주범이라고 날카롭게 비난한다.

그러나 이는 악의에 찬 비난에 지나지 않는다. 소로를 비판하는 사람들은 중요한 점을 놓쳐 버린다. 오두막을 지은 땅이 누구의 소유인가는 별로 중요하지 않다. 여기서 중요한 것은 소로가 토지란 개인이 소유할 수 없다는 원시 공동체적인 태도를 지녔다는 점이다. 콩코드 마을과 월든 호수가 얼마나 떨어져 있는가도 중요하지 않다. 소로에게 중요한 것은 콩코드 마을과 월든 호수의 지리적 거리가 아니라 심리적 거리요 정신적 거리다. 그는 월든 호수에서 자신이 사는 시대를 관조하고 명상하였다. 숲에 불을 낸 것도 어디까지나 우발적인 실수였을 뿐 전혀 의도한 것은 아니었다.

『월든』의 마지막 부분에 "만약 한 사람이 행진할 때 다른 동료와 발을 맞추지 않는다면, 그는 다른 고수(鼓手)의 북소리에 귀를 기울이기 때문일지도 모른다"고 밝힌다. 소로야말로 '다른 고수의 북소리'에 발을 맞춰 행진한 사람이다. 그가 살던 시대의 가치관에서 보면 그는 분명히 낙오자요 이단자였다. 19세기 중엽의 북소리가 아니라 앞으로 다가올 새 시대의 북소리에 발을 맞추어 행진하던 사람이었다. 자신이 살던 시대보다 몇십 년, 아니 몇백 년 앞서 살았던 예언자요 선각자였던 것이다.

21

레 미제라블

빅토르 위고

작품에 대해서도 잘 알고 있어도 막상 그 작품을 쓴 작가에 대해서는 잘 모르는 경우가 가끔 있다. 『레 미제라블』(1862)이 바로 그러하다. 빅토르 위고(1802~1885)를 모르는 사람은 있을지 몰라도 『레 미제라블』을 모르는 사람은 거의 없다시피 했다. 굶주린 누이와 그 자식을 위하여 빵 한 조각을 훔쳤다는 이유로 19년이나 감옥살이를 하고, 감옥에서 풀려난 뒤에도 평생 동안 쫓겨 다니는 장발장의 파란만장한 삶은 아직도 뭇사람의 뇌리에 깊이 아로새겨져 있다. 주인공 장발장의 이름으로 더욱 유명해진 『레 미제라블』은 19세기 프랑스 문학사는 물론이고 세계 문학사에서도 우뚝 서 있는 높은 봉우리 가운데 하나다.

세계 문학사를 통틀어 『레 미제라블』처럼 인기를 끈 작품도 찾아보기 힘들다. 파리에서 출간된 지 24시간 안에 초판본이 모두 팔려나갈 정도였다고 하니 그 인기가 어떠했는지 미루어 짐작하고도 남는다. 프랑스에서는 말할 것도 없고 영국을 비롯한 다른 나라에서도 선풍적인 인기를 끌었다. 미국이 내전을 벌이던 무렵 이 소설이 병사들에게서 큰 인기를 얻었다는 것도 무척 흥미롭다. 위고는 미국의 노예 폐지론자 존 브라운을 지지하는 글을 쓰기도 하였다. 이 소설 한 권으로 위고는 거의 평생 동안 다른 일을 하지 않고서도 생계를 유지할 수 있을 정도의 수익을 올렸다고 한다.

지금은 조금 빛이 바랬지만 19세기에 위고는 프랑스 문단을 이끈 거장 중의 거장이었다. 시인에다 극작가, 문학 비평가와 저널리스트, 그리고 정치가로서 그의 활약은 눈이 부실 정도였다. 특히 그는 프랑스 낭만주의 운동에 처음 불을 지핀 소설가로 평가받는다. 희곡 작품 『크롬웰』에 붙인 서문은 낭만주의 운동의 선언서로 평가받는가 하면, 시극 『에르나니』는 낭만주의자들과 고전주의자들 사이에 열띤 논쟁을 불러일으켰다. 그러나 지금 위고가 평가받는 것은 역시 소설가로서다.

직업 군인이었던 레오폴 위고의 셋째 아들로 태어난 빅토르 위고는 아버지를 따라 프랑스 여러 지방과 이탈리아와 스페인 등을 옮겨 다니며 어린 시절을 보내야만 하였다. 그러기 때문에 체계적인 교육을 받을 수 없었지만, 오히려 그러한 경험은 작가로서 상상력을 키우는 데는 더할 나위 없이 좋은 밑거름이 되었다. 특히 어머니와 함께 보낸 파리는 그의 말대로 '영혼의 출생지'와 다름없었다. 그는 프랑스의 심장이라고 할 파리에 남다른 관심을 기울였고 애정을 지니고 있었다.

거의 같은 시기에 살았던 독일의 문호 요한 볼프강 폰 괴테처럼 위고는 법률을 공부했지만 이미 문학에 뜻을 두고 있었다. 언어에 천재적인 재능을 보인 위고는 일찍부터 시를 쓰기 시작하여 열다섯 살 때는 프랑스 한림원이 주관하는 시 콘테스트에 응모하기도 하였다. 곧 위고는 시뿐 아니라 희곡과 소설 등 문학의 모든 장르에 걸쳐 관심을 쏟기 시작하였다. 그리하여 서른 살 때 그는 이미 시인·극작가·비평가로서 이름을 크게 떨쳤다.

위고는 존 밀턴처럼 문학뿐 아니라 정치에도 깊은 관심을 기울였다. 위고는 처음에는 군주제를 열렬히 지지했지만 나중에는 공화주의자가 되었다. 정치가로서 사형 제도를 반대했는가 하면, 형벌 제도를 개선할 것을 주장하였다. 시대에 앞서 무상 교육과 여성의 참정권을 주장하기도 하였다. 1851년 루이 나폴레옹 3세가 쿠데타를 일으키자 그에 반대한 위고는 무려 20년에 가까운 세월을 유배지에서 보냈다. 이 당시 그는 전제 군주에 저항하는 프랑스의 양심으로 인정받았다. 처음에는 타의에 의한 유배였지만 사면된 뒤에도 계속 유배지에 남아 있어 유배는 자의적인 제스처였고 자부심을 과시하는 행동이라는 혐의가 짙었다.

어쨌든 이 무렵 위고의 상상력은 최고조에 이르렀고, 독창적인 작품은 거의 대부분 유배 생활을 할 때 집필한 것들이다. 1870년 파리에 돌아온 위고는 영웅 대접을 받았다. 1882년 여든 번째 맞은 생일날에는 무려 60만 명이 이르는 사람들이 여섯 시간이나 그의 집 앞을 행진하며 "공화국 만세! 빅토르 위고!"를 외쳤다. 그로부터 3년 뒤 마침내 사망했을 때는 국장(國葬)이 엄숙히 거행되었고, 파리의 개선문에서 팡테옹에 이르는 장례 행렬에는 무려 200만 명의 사람이 그의 운구를 뒤따랐다.

위고는 다른 작품과는 달리 『레 미제라블』을 오랜 시간을 두고 조금씩 집필하였다. 1845년에 갓 결혼한 딸 레오폴딘이 남편과 함께 익사한 사건이 일어났다. 이에 크게 상심한 그는 『레 미제라블』을 집필하면서 슬픔을 달래려고 하였다. 처음에 '레미제레'라는 작품을 쓰기 시작하다가 정치에 발을 들여놓으면서 손을 놓고 말았다. 위고가 이 작품에 다시 손을 댄 것은 1860년에 이르러서였다. 결코 완성할 수 없을 것 같은 이 방대한 작품을 단숨에 써 내려가다시피 하였다. 위고는 이 작품을 쓰면서 자신의 정치적 견해를 피력하는 부분을 여기저기에 삽입하였다. 마지막 워털루 전쟁 장면은 실제 격전지에서 대포 소리를 직접 들으면서 집필했다고 전해진다. 『레 미제라블』이 마침내 햇빛을 본 것은 집필을 시작한 지 무려 20년 남짓한 세월이 지난 1862년, 그러니까 작가의 나이 예순 살 때였다.

『레 미제라블』은 주인공 장발장이 오랜 세월 동안 감옥 생활을 하다가 마침내 풀려나는 장면으로 시작한다. 빵 한 조각을 훔쳤다는 죄목으로 5년 선고를 받지만 탈옥을 시도했다는 죄목이 추가되어 무려 19년 동안이나 감옥에서 보낸다. 인생의 황금기를 거의 대부분 감옥에서 보내고 풀려난 뒤 장발장은 사람들에게 냉대를 받지만 한 주교의 호의로 그의 집에 잠시 머문다.

장발장이 주교의 호의를 저버리고 은그릇을 훔치지만 주교는 그를 너그럽게 용서하고 오히려 그에게 은촛대를 선물로 준다. 마침내 죄를 뉘우친 장발장은 그 뒤 마들렌 신부로 변신하여 어느 낯선 도시에서 사업을 벌여 크게 성공하고 마침내 그 마을의 시장에 뽑힌다. 그러나 자신 때문에 죄 없이 체포당한 죄수를 구하려고 자신의 신분을 고백하고 다시 감옥에 갇힌다. 또다시 감옥을 탈출한 그는 자베르 형사한테 쫓기고 악한한테 배반당한다. 평생을 돌보며 살아온 고아 코제트에게 옛날에 주교가 선물로 준 은촛대를 주며 마침내 숨을 거둔다.

이 작품은 다분히 감상적이고 극적일 뿐만 아니라 폭풍 같은 격렬한 인간의 감정을 다루고 있어 독자를 끌어들이기에 충분하다. 탐정소설 전통의 이 작품에서 작가는 박진감 있게 사건을 몰고 간다. 한 인간이 다른 인간에게 쫓기는 흥미진진한 모험담을 읽으며 독자는 19세기 파리의 지하 세계에 깊이 빠지지 않을 수 없다. 장발장을 비롯하여 자베르 형사, 딸을 위하여 몸을 파는 창녀 팡텡, 팡텡의 사생아 코제트, 그리고 코제트를 사랑하는 마리위스 같은 인물은 아직도 독자의 뇌리에 깊이 새겨진 흔적을 남긴다.

이 무렵 『레 미제라블』를 비롯한 위고의 작품에 대한 인기는 실로 대단하였다. 프랑스의 자연주의 소설가 에밀 졸라는 "나는 빅토르 위고의 작품들이 10상팀(프랑스와 스위스, 벨기에의 화폐 단위. 1상팀은 1프랑의 100분의 1이다)의 가격으로 출판되면 그것들을 사기 위하여 담배 피우는 것까지 절제하는 노동자들을 잘 알고 있다. 그들은 그 작품들을 읽는 것이 아니라, 제본해서 마치 고급 가구처럼 집에 보관하며 자랑스럽게 여긴다"고 밝혔다.

그러나 이 작품은 흥미 위주의 멜로드라마 이상의 깊은 의미가 있다. 주인공 장발장은 온갖 고통을 겪고 좌절하면서도 마침내 악에 맞서 승리를 거둔다. 그가 이렇게 악에 맞설 수 있는 무기는 바로 사랑과 관용이다. 그는 사랑과 관용으로 자신 속에 숨어 있는 악은 말할 것도 없고 다른 사람의 악까지 무찌른다. 세계 문학사에서 이 소설처럼 설득력 있게 사랑의 복음을 전하는 작품도 흔하지 않다. 위고는 이 작품에서 장발장을 통하여 인간은 아무리 악을 저지를지라도 선행을 함으로써 얼마든지 구원받을 수 있다는 소중한 메시지를 전한다. 작가가 이 소설을 '종교적' 작품이라고 부르는 것은 바로 그 덕분이다. 선과 악 그리고 사랑은 이 작품의 주제 가운데서도 단연 첫손가락에 꼽힌다.

그런데 장발장이 이렇게 남을 사랑하고 관용을 베풀 수 있는 것은 자신이 몸소 말할 수 없이 큰 고통을 겪었기 때문이다. 고통을 받으면 쉽게 좌절하는 사람들과 달리 그는 고통을 받으면 받을수록 사랑과 관용이 용솟음친다. 말하자면 손에 닿는 것이라면 무엇이든지 황금으로 만들어 버린다는 저 그리스 신화의 미다스처럼 그는 고통과 절망을 사랑과 관용으로 바꾸어 놓는 놀라운 힘을 지닌다. 유대인들과 마찬가지로 위고에게도 절망은 삶의 끝이 아니라 구원의 출발점이다.

『레 미제라블』에서 위고는 운명이나 숙명의 문제도 다룬다. 장발장에게 운명이나 숙명은 늘 어두운 그림자처럼 그의 뒤를 따라다니며 괴롭힌다. 작가의 말대로 주인공은 삶이라고 하는 '신비스러운 돌덩어리'를 끌로 쪼으려고 하지만 끊임없이 '숙명의 검은 암맥'에 부딪힌다. 인간은 마지막 숨을 거둘 때까지도 어떤 운명이나 숙명이 자신을 기다리고 있는지 알 수 없다. 이 점에서 『레 미제라블』에서는 몇십 년 뒤 에밀 졸라의 자연주의 소설이 떠오른다. 이 작품에서 운명이나 숙명은 자베르 형사의 모습으로 드러난다. 자베르는 오직 자신의 관점에서만 사물을 바라볼 뿐 결코 남의 관점에서 바라보려고 하지 않는다. 의무라는 추상적 개념에만 집요하게 매달리는 인물이다. 그러므로 그의 손에서 정의는 형체를 알아볼 수 없을 만큼 일그러지고 왜곡된다.

더구나 『레 미제라블』은 당대 사회를 날카롭게 비판한 사회 저항 소설로서도 큰 의미가 있다. 나폴레옹 시대와 그 이후 프랑스의 사회상과 정치 현실을 마치 거울처럼 적나라하게 보여 준다. 특히 위고는 이 무렵 헐벗고 굶주린 아이들, 가난 때문에 육체와 영혼을 팔아야 하는 젊은 여성들, 한 번 잘못을 저지른 탓에 평생 전과자의 낙인이 찍힌 채 살아가야 하는 죄수들에게 깊은 관심을 기울였다. 그리고 이러한 인간의 비극에 눈을 감은 여러 비인간적 제도, 이러한 제도를 묵인하거나 조장하는 정치 권력에 날카로운 비판의 화살을 퍼부었다. 저자는 초판본 서문에서 "무지와 불행이 이 지구상에 남아 있는 한, 이러한 책은 여전히 쓸모가 있을 것이다"라고 밝힌다.

물론 『레 미제라블』이 모든 사람들에게서 사랑을 받은 것은 아니다. 특히 영국 비평가들은 이 소설이 지나치게 선정적이고 감상적인 데다가 창녀와 창녀촌 같은 점잖지 못한 내용을 다룬다는 점을 들어 비판하였다. 한편 문학 비평가들은 소설의 구성이나 플롯을 문제 삼기도 하였다. 중심 플롯과는 이렇다 할 만한 관계가 없는 곁플롯을 지나치게 많이 사용하여 작품의 통일성을 떨어뜨린다는 것이다. 실제로 이 작품에서 유리 공장, 픽퓌 수녀원, 돈, 파리의 속어, 혁명 정신, 파리의 하수도 시설 따위를 설명하는 장면은 중심 플롯을 진행하는 데 걸림돌이 되면 됐지 별로 도움이 되지 않는다. 워털루 전쟁과 1832년의 민중 봉기에 관한 장면은 그 자체로서는 흥미롭지만 작품 전체의 구성에는 한낱 사족에 지나지 않는다. 그리하여 최근에는 방대한 원본보다도 중심 플롯에서 벗어난 장면을 빼버린 축약본이 더 널리 읽히고 있다.

이러한 비판에도 지금까지 많은 사람이 이 소설에 대하여 입에 침이 마르도록 칭찬을 해 왔다. 가령 테오필 고티에는 이 작품을 "인간의 손으로 쓰인 작품이라기보다는 자연적 힘에서 나온 현상"이라고 불렀다. 장발장이 마지막 숨을 거두는 장면을 언급하면서 19세기 영국의 계관 시인 앨프리드 테니슨은 위고를 '인간 눈물의 제왕'이라고 불렀다. 조지 메러디스는 이 작품을 '19세기의 최대 걸작'이라고 격찬을 아끼지 않았는가 하면, 월터 페이터는 단테의 『신곡』과 존 밀턴의 『실낙원』, 심지어 『성경』에 견주기도 하였다. 20세기에 들어와서 이 작품은 영화나 뮤지컬로도 각색되어 큰 인기를 끌었다.

가장 훌륭한 프랑스 시인으로 누구를 꼽겠느냐는 질문에 앙드레 지드는 서슴지 않고 "아 슬프게도, 그 사람은 빅토르 위고이지요"라고 대답하였다. 굳이 '슬프게도'라고 사족을 단 데는 그럴 만한 까닭이 있다.

지드는 위고가 가장 뛰어난 시인의 반열에 올라 있다는 사실이 프랑스 문단으로서는 애석한 일이지만 그가 프랑스 최고의 시인인 것만은 틀림없다고 생각하기 때문이다. 특히 지드는 이 작품에서 작가가 사용하는 상징과 이미지 그리고 언어 구사력을 높이 평가하였다. 지드의 이 말은 시인으로서의 위고에 그치지 않고 나아가 소설가로서의 위고에게도 마찬가지로 해당할 것이다.

22

오만과 편견

제인 오스틴

중세기에 가톨릭에서는 '칠죄종(七罪宗)'이라고 하여 신자들에게 온갖 죄 중에서도 특히 일곱 가지 죄를 경계할 것을 가르쳤다. 분노, 시기, 음란, 탐식, 나태, 탐욕, 오만이 바로 그것이다. 그중에서도 오만은 가장 저지르기 쉬우면서도 지옥에 떨어질 만한 가장 무서운 죄다. 우리는 자신이 겸손하다고 생각하는 바로 그 순간 이 오만의 죄를 범하는 것이 된다. 세속으로 범위를 좁혀 보면 오만 못지않게 심각한 것이 편견이다. 우리는 편견의 색안경을 쓰고 세상을 바라보기 일쑤다. 오만과 편견에 눈이 가려 사물의 참모습을 제대로 보지 못하고 잘못 판단할 때가 참으로 많다.

칠종죄 중 특히 오만과 편견을 둘러싼 문제를 다룬 작품이 영국 여성 소설가 제인 오스틴(1775~1817)의 대표작 『오만과 편견』(1813)이다. 위대한 작품이 흔히 그러하듯이 이 작품도 처음 출간되었을 때는 별로 환영을 받지 못하였다. 가령 『제인 에어』를 쓴 샬럿 브론테는 조지 헨리 루이스라는 비평가에게 보낸 편지에서 "오스틴의 소설을 왜 그토록 좋아하세요? 저는 그 점이 이해되지 않습니다. 저 같으면 오스틴의 소설에 나오는 신사 숙녀들과 우아하지만 폐쇄적인 그들의 집에서 같이 살고 싶지는 않을 것 같습니다"라고 불평을 털어놓았다. 19세기 미국의 지성인 중의 지성인이라고 할 랠프 월도 에머슨도 "오스틴의 소설은 어조가 거칠고 예술적 창의성도 형편없으며 영국 사회의 관습에 갇혀 있는 데다 재능이나 기지, 또는 세계에 대한 인식도 부족하다"고 날카롭게 비난하였다. 마크 트웨인은 이보다 한발 더 나아가 서가에 오스틴의 작품이 한 권도 꽂혀 있지 않은 도서관이야말로 가장 이상적인 도서관이라고 말한 적이 있다.

제인 오스틴은 『오만과 편견』에서 섬세한 감정 묘사와 재치 있는 대화 그리고 산뜻한 문체로 18세기 영국 중류층과 상류층 여성의 삶을 다루어 영국 소설에서 '위대한 전통'을 창시하였다. 여섯 편의 소설로 200년 가까운 세월 동안 전 세계의 독자들을 매료시켰다. BBC가 '지난 천년 동안 최고의 문학가'를 묻는 설문 조사에서 오스틴은 영국의 대문호 윌리엄 셰익스피어에 이어 두 번째 자리를 차지하였다.

오스틴의 『오만과 편견』이 세상에서 빛을 보기까지는 여러 우여곡절을 겪었다. 말하자면 온갖 난산을 겪은 뒤에 비로소 이 세상에 태어난 셈이다. 그녀는 켄트의 오빠 집에서 머물던 1796년 '첫인상'이라는 작품을 쓰기 시작하여 그 이듬해에 완성하였다. 이때 오스틴의 나이 겨우 스무 살밖에 되지 않았다. 오스틴은 여러 출판사에 이 작품의 원고를 보냈지만 출판사마다 출간을 거절하였다.

그러던 중 오스틴은 두 번째 소설 『이성과 감성』을 썼고, 이 작품은 생각보다 쉽게 출간되었다. 이 작품이 인기를 얻자 출판사는 그녀의 처녀 작품의 원고에 관심을 기울이기 시작하였다. 그래서 10년 넘게 먼지를 뽀얗게 뒤집어쓴 채 사장(死藏)되어 있다시피 한 첫 작품 『오만과 편견』이 마침내 빛을 보게 되었다. 오스틴은 이 원고를 수정하면서 '첫인상'이라는 너무 흔하여 자칫 혼동을 줄 수 있는 제목도 '오만과 편견'으로 바꾸었다.

『오만과 편견』은 18세기 말엽에서 19세기 초엽을 시대적 배경으로, 영국의 시골 지방을 공간적 배경으로 삼는다. 그래서 이 작품을 제대로 이해하려면 이 무렵의 영국 사회에 대하여 알아야 한다. 첫째, 이 무렵의 영국은 여전히 신분에 따른 계급이 지배하는 사회였다. 상류 계급은 크게 귀족원에 의석을 가지고 작위를 가지는 귀족과 그 밖에 '젠트리'라는 대지주 계급으로 나뉘었다. 그러나 젠트리 계급 안에서도 역사적 혈통이나 친족, 재산 따위에 따라 차이가 많았다.

『오만과 편견』에 등장하는 작중인물 가운데서 피츠윌리엄 다시와 빙리 집안은 젠트리 계급이다. 주인공 피츠윌리엄 다시는 작위는 없지만 지주 출신인데다 예로부터의 명문가인 백작 가문과 인척 관계가 있고 연수입 1만 파운드의 재산이 있다. 빙리는 다시처럼 그다지 명문 가문은 아니지만 그래도 연수입이 5,000파운드나 되는 부유한 사람이다. 한편 베닛 집안은 비록 지주지만 상류 계급보다는 중류 계급에 속한다. 연수입도 다시의 5분의 1, 빙리의 절반에도 미치지 못하는 2,000파운드 정도밖에는 되지 않는다.

둘째, 이 무렵 '한사 상속(限嗣相續)'이라는 제도 때문에 영국 여성에게 결혼은 무엇보다도 중요하고 절실하였다. 한사 상속이란 아들이 없는 집안의 재산이 가장 가까운 남자 친척으로 상속되는 제도를 말한다. 그러므로 베닛 집안처럼 아들이 없고 오직 딸밖에 없는 집안은 그 재산이 다른 남자 친척으로 넘어갈 수밖에 없다. 그렇게 된다면 다섯 명이나 되는 딸은 부모가 사망한 다음에는 결국 양로원에서 생활하거나 길거리로 쫓겨나야 한다. 『오만과 편견』에서 베닛 부인이 조금 지나치다 싶을 만큼 딸들을 결혼시키려고 안달하는 까닭이 바로 여기에 있다.

『오만과 편견』은 문학 장르로 보면 '풍속소설'에 속한다. 풍속소설이란 글자 그대로 한 시대의 인정과 사회 풍속을 묘사하는 데 초점을 맞추는 소설을 말한다. 한 시대의 세태를 다룬다고 하여 흔히 '세태소설', 시정에서 벌어지는 일을 다룬다고 하여 '시정소설'이라고도 부른다. 이 소설 장르에서는 작중인물의 성격이나 심리 또는 사상보다는 작중인물을 에워싸고 있는 환경적 요소에 관심을 기울이고 인간의 약점이나 사회의 풍속을 날카롭게 꼬집는 풍자적 측면이 강하다.

제인 오스틴은 『오만과 편견』에서 베닛 부부와 그들의 다섯 딸 그리고 딸의 애정과 결혼을 둘러싼 문제를 중심 플롯으로 삼는다. 구애와 결혼은 이 소설의 집을 떠받치고 있는 기둥이다. 앞에서 이미 밝혔듯이 베닛 부인은 다섯 딸을 시집보내는 것이 삶의 유일한 목적이요 즐거움이다. 그래서 당사자의 감정이나 의사와는 거의 상관없이 귀족 출신의 돈 많은 젊은이에게 어떻게 해서라도 잘 보여 결혼시키려고 애쓴다.

바로 이때 이웃 마을에 젊고 부유한 신사인 빙리 씨가 별장을 빌려서 이사를 오자 베닛 부인은 딸들을 결혼시킬 수 있는 더할 나위 없이 좋은 기회라고 판단하고 한껏 들떠 있다. 베닛 부인은 딸을 시집보낼 목적으로 무도회에 참가하게 한다. 다섯 딸 중에서 얼굴이 제일 예쁘고 마음씨 상냥한 큰딸 제인은 빙리를 만나 서로 호감을 품는다.

한편 엘리자베스는 빙리의 친구인 다시 씨에게 관심이 있다. 그는 사회적 지위가 높고 경제적으로도 부족함이 없을뿐더러 외모도 수려하고 예의바른 태도를 갖추었다. 그러나 언뜻 거만하고 차가운 듯한 성격으로 남에게 좋은 첫인상을 주는 사람은 아니다. 더구나 베닛 집안 딸들을 처음 만나는 무도회 장면에서 그는 베닛 가족을 무시하고 업신여기는 듯한 말을 하게 된다. 이 말을 우연히 엿들은 엘리자베스는 다시의 오만함에 적잖이 반감을 품는다. 그러나 다시는 실제로는 남에 대한 사려가 깊고 배려가 많은 사람이다.

점차 엘리자베스의 지적인 매력과 유머 감각에 끌리는 다시는 그녀와 가까이 사귀고 싶어 하지만, 그녀는 좋지 않은 첫인상 때문에 그를 멀리한다. 성격이 활달한 데다 지혜롭고 합리적인 그녀가 이렇게 편견에 사로잡혀 있다는 사실이 자못 뜻밖이다. 그러고 보니 작가가 왜 처음에 이 소설의 제목을 '첫인상'으로 정했는지 알 만하다. 그녀는 다시에 대한 첫인상 때문에 그에 대해 나쁜 편견을 품는다. 그래서 다시가 마침내 엘리자베스에게 청혼을 하자 그녀는 그 청혼을 거절하기에 이른다.

오스틴은 『오만과 편견』에서 제목 그대로 오만과 편견이 어떠한 결과를 낳는지 설득력 있게 보여 준다. 다시의 '오만'과 엘리자베스의 '편견' 때문에 두 사람은 눈이 멀어 상대방의 진실을 제대로 보지 못한다. 그러나 여기서 다시에게 오만의 죄를 씌우고 엘리자베스에게 편견의 덧을 씌우는 것은 옳지 않다. 따지고 보면 다시도 엘리자베스 못지않게 편견에 사로잡혀 있는가 하면, 엘리자베스 또한 다시 못지않게 오만한 성격을 지니기 때문이다. 바꾸어 말해서 귀족 가문인 다시는 베닛 같은 중산층 집안사람들이라면 으레 교양 없고 천박하다는 편견을 품고 있다. 엘리자베스는 엘리자베스대로 자신이 남보다 똑똑하여 좀처럼 판단이 틀리지 않는다고 오만하게 생각하는 경향이 있다.

크고 작은 문제로 갈등을 겪고 고통을 받으면서 엘리자베스는 마침내 자신이 그동안 오만과 편견의 노예에 지나지 않았다는 사실을 깨닫는다. 이 소설의 한 장면에서 그녀는 다시에게 "저는 얼마나 혐오스럽게 행동했던가요? 분별력이 있다고 자랑스럽게 생각해 온 제가—제 능력을 높이 평가해 온 제가 말입니다"라고 자신의 실수를 솔직하게 고백한다. 비록 늦게나마 엘리자베스는 자신의 과오를 깨닫고 인정한다.

이렇게 오만과 편견은 진리를 인식하는 데 적잖이 걸림돌이 된다. 이 두 걸림돌을 제거하지 않는 이상 진리에 이르는 길은 참으로 멀고도 험난하다. 만약 다시가 남에게 자칫 오만하게 보일지 모르는 태도를 버리고 좀 더 겸손했더라면, 그리고 엘리자베스가 귀족이란 으레 오만하고 허영심이 많다는 편견이나 선입관에서 벗어나 그의 겉모습 뒤에 숨어 있는 참모습을 발견했더라면, 아마 두 사람은 필요 이상으로 고통받지 않고 좀 더 일찍 달콤한 사랑의 열매를 맛보았을 것이다. 한편 베닛 집안의 셋째 딸 메리는 오만과 허영심을 엄격히 구분 짓는다.

> "전에 책에서 읽었는데 오만은 가장 일반적으로 드러나는 결함이래. 인간의 본성이 워낙 오만하기 쉽기 때문이지. 실제로 자만심이 없는 사람은 거의 없거든. 허영과 오만은 흔히 같은 뜻으로 쓰이기도 하지만 그 뜻은 전혀 달라. 허영심이 강하지 않더라도 오만할 수 있지. 오만은 스스로 자신을 어떻게 생각하느냐와 관련이 있고, 허영심은 다른 사람들이 자신을 어떻게 생각해 주길 바라는 것과 관계가 있거든."

메리는 오만함과 허영심을 비교해 볼 때 전자가 후자보다는 조금 낫다고 말한다. 옆에서 이 말을 듣고 있던 엘리자베스도 메리의 말에

동의한다. 그러면서도 엘리자베스는 오만이 남에게 상처를 줄 수 있다는 가능성을 내비친다.

오스틴은 『오만과 편견』에서 엘리자베스와 다시의 구애와 결혼 말고도 다양한 형태의 구애와 결혼을 묘사하기도 한다. 예를 들어 엘리자베스의 언니 제인은 빙리를 사랑하면서도 자신의 감정을 제대로 표현하지 못하는 나머지 잠시나마 이별의 아픔을 겪는다. 세속적인 이해타산에 밝고 무엇보다도 안정된 생활을 중요하게 생각하는 엘리자베스의 친구 샬럿 루카스는 콜린스 목사의 청혼을 받아들여 곧바로 그와 결혼한다. 여러모로 어머니를 닮은 베닛 집안의 막내딸 리디아는 일시적 충동에 따라 결혼한다. 브라이튼에 주둔하는 청년 장교 위컴은 부유한 여자와 결혼하여 단단히 한몫을 잡으려는 목적으로 배우자를 선택한다. 이렇게 오스틴은 여러 모습의 구애와 결혼을 보여 줌으로써 독자들에게 과연 어떤 사랑과 결혼이 가장 이상적인지 판단하도록 유도한다.

오스틴은 『오만과 편견』에서 인간 내면에 깊숙이 자리 잡고 있는 오만과 편견을 둘러싼 주제에 그치지 않고 더 나아가 외견(外見)과 실재(實在), 겉모습과 참모습의 차이를 다루기도 한다. 즉 그녀는 베닛 집안 사람들과 그 주변의 인물들을 빌려 삶의 겉모습과 참모습 사이에 얼마나 깊은 심연이 가로놓여 있는지 새삼 일깨워 준다. 오스틴은 겉모습을 보고 쉽게 판단하지 말고 그 뒤에 숨어 있는 참모습을 꿰뚫어 볼 것을 제안한다. 엘리자베스는 다시의 겉모습과 소문만을 근거로 그가 오만하고 버릇없는 사람으로 판단을 내린다.

또한 엘리자베스는 뛰어난 말솜씨와 잘생긴 미모에 깜박 속아 넘어가 위컴을 잘못 판단하기도 한다. 이러한 실수나 과오는 비단 엘리자베스나 다시에 그치지 않고 이 작품의 거의 모든 작중인물들한테서도 두루 찾아볼 수 있다. 그들은 겉으로 드러난 행동이 그럴듯하다고 하여 좋은 성격의 소유자로 판단하는가 하면, 외모가 준수하다고 하여 영혼도 순수하다고 착각하기 일쑤다.

티 없는 옥이 없다고 『오만과 편견』에도 문제가 없지 않다. 가령 오스틴이 이 작품의 시간적 배경으로 삼고 있는 18세기 말엽과 19세기 초엽은 세계사에서 격변기요 역사의 전환기였다. 예를 들어 프랑스에서는 왕정을 무너뜨린 대혁명이 일어났고, 미국에서는 영국 식민주의에 맞서 독립을 쟁취하기 위한 전쟁이 일어났다. 이렇게 대서양 양쪽에서 대포 소리가 요란하게 울려 퍼지는데도 오스틴은 이 작품에서 오직 한적한 시골을 배경으로 젊은이들의 연애 이야기에 관심을 기울인다. 그러므로 적어도 이 점에서 오스틴의 소설은 역사 의식과 사회 인식이 결핍되어 있다는 비판을 면하기 어렵다.

또한 오스틴은 상류 계급에 대하여 중류 계급이 느끼는 불만을 토로하고 은근히 계급 사회를 비판하면서도 하류 계급에 대해서는 좀처럼 입을 열지 않는다. 상류 계급을 시중드는 하인들의 열악한 삶이나 부당한 대우는 유럽이나 미국에서 들리는 대포 소리처럼 그녀의 관심에서 비켜 간다. 이렇게 하류 계급에 대해 침묵을 지킴으로써 오스틴은 비록 간접적일망정 계급 구조를 계속 유지하거나 더욱 굳게 다지는 결과를 낳는다.

23

여자의 일생

기 드 모파상

한국 속담에 "여편네 팔자는 뒤웅박 팔자"라는 것이 있다. 뒤웅박이란 박을 쪼개지 않은 채 꼭지 근처에 구멍만 뚫거나 꼭지 부분을 베어내고 속을 파낸 바가지를 뜻한다. 그런데 이러한 바가지의 쓰임새가 다양하여 부잣집에서는 쌀을 담아 두는 그릇으로, 가난한 집에서는 여물을 담아 두는 그릇으로 사용하였다. 그래서 이 속담은 여자가 부잣집으로 시집을 가느냐, 아니면 가난한 집으로 시집을 가느냐에 따라 그 여자의 팔자가 결정된다는 뜻으로 쓰였다. 지금은 사정이 다르지만 불과 몇십 년 전만 하여도 여성의 삶은 이렇게 운명이나 환경에 따라 크게 달라질 수밖에 없었다.

그래서 동양에서나 서양에서나 이러한 여성의 삶을 다룬 작품을 그다지 힘들이지 않고 쉽게 찾아볼 수 있다. 가령 한국 근대 문학의 아버지라고 할 춘원(春園) 이광수(李光洙)는 1934년부터 《조선일보》에 『그 여자의 일생』이라는 소설을 연재하였다. 그 뒤 영화로 만들어져 더욱 잘 알려진 이 소설에서 이광수는 불행한 가정 형편 때문에 한 여성이 걸어야 하는 파란만장한 삶의 여정을 그려 당시 독자들의 마음을 사로잡았다.

그런데 이광수는 이 소설을 쓰면서 직간접적으로 19세기 프랑스 작가 기 드 모파상(1850~1893)의 처녀 장편소설 『여자의 일생』(1883)에서 적잖이 영향을 받았다. 작중인물과 배경을 한국으로 옮겨왔을 뿐 제목이나 내용에서 『그 여자의 일생』은 모파상의 『여자의 일생』과 비슷하다. 두 작품의 주인공은 여성으로 아직도 가부장적 질서가 서슬 퍼렇게 힘을 떨치던 근대기에 온갖 고통과 설움을 겪으면서 신산스러운 삶을 살아간다.

기 드 모파상은 노르망디의 미로메닐에서 태어났다. 열두 살 때 부모가 별거하자 어머니 밑에서 문학적 감화를 받으면서 성장하였다. 1869년부터 파리에서 법률 공부를 시작했지만 1870년에 보불(普佛) 전쟁이 일어나자 학업을 중단하고 군에 자원입대하였다. 보불전쟁이 끝난 뒤 1872년 해군성 및 문부성에서 근무한 적이 있지만 곧 문학에 뜻을 두었다. 귀스타브 플로베르에게서 문학 지도를 받았고, 1874년 플로베르의 소개로 에밀 졸라를 알게 되면서 당시의 젊은 문학가들과도 친분을 쌓았다. 1880년 젊은 작가 여섯 명이 쓴 단편 모음집 『메당 야화』에 「비곗덩어리」를 발표하면서 문단에 정식 데뷔하였다.

모파상은 비교적 짧은 생애에 300여 편에 이르는 단편소설과 기행문, 시집, 희곡 등을 발표하였다. 또한 『여자의 일생』 말고도 『벨아미』와 『피에르와 장』 등의 장편소설을 출간하여 프랑스 사실주의와 자연주의 문학 전통을 굳건히 하였다. 모파상은 일간신문에 이 작품을 연재하다가 1883년에 단행본으로 출간하였다. 이듬해 초에 벌써 25쇄를 거듭할 만큼 큰 호평을 받으면서 그는 일약 전 유럽에 걸쳐 명성을 떨쳤다.

러시아의 문호 레프 톨스토이는 삶의 어두운 면을 즐겨 그리는 모파상의 작품 경향을 못마땅하게 생각하면서도 『여자의 일생』에 대해서만은 찬사를 아끼지 않았다. 톨스토이는 이 소설이야말로 빅토르 위고의 『레 미제라블』 이후 프랑스에서 나온 가장 훌륭한 작품으로 평가하였다. 독일의 철학자 프리드리히 니체는 『이 사람을 보라』에서 독일의 문학자들을 혹평한 뒤 프랑스의 문학자를 높이 평가하였다. 특히 모파상을 그중에서도 가장 뛰어난 천재로 꼽았다. 실제로 『여자의 일생』은 귀스타브 플로베르의 『보바리 부인』과 함께 가히 프랑스 리얼리즘 문학의 최고봉으로 일컬을 만하다.

『여자의 일생』은 그 제목에서도 잘 알 수 있듯이 한 여자의 기구한 인생 여정을 그린 작품이다. 원래 제목은 'Une Vie'로 '어떤 삶' 또는 '어떤 인생'이라는 뜻이다. 그러나 주인공이 잔이라는 여성이기 때문에 영미 문화권이나 동양 문화권에서는 지금까지 흔히 '여자의 일생'이라는 제목으로 번역되어 왔다. 그러나 엄밀히 말하자면 '한 여자의 일생'이라고 하여야 맞는다. 물론 잔이라는 한 여성의 삶은 궁극적으로 이 세상의 모든 여성의 삶을 축소해 놓은 것이라고 하여도 크게 틀리지 않을 것이다. 다시 말해서 잔은 특정한 여성이라기보다는 여성 전체를 가리키는 일종의 제유에 해당하기 때문이다.

한편 모파상이 『여자의 일생』의 부제로 삼고 있는 '조그마한 진실'이라는 표현도 좀 더 찬찬히 눈여겨볼 필요가 있다. 작가의 상상력이 빚어낸 허구의 세계인 소설은 흔히 진실과는 거리가 먼 '거짓말'이라고 일컫는다. 특히 낭만주의 작품은 삶을 지나치게 미화한다고 하여 '아름다운 거짓말'이라고 부른다. 그러나 모파상은 비록 허구적 형식인 소설이라는 그릇을 빌려 오되 어디까지나 그 그릇 안에 삶의 진실을 담아내려고 노력하였다. 실제 사실에 입각한 역사나 객관적 사실과 비교해 보면 '작다' 할지 모르지만, 상상력에 의존하는 소설은 어떤 의미에서는 그것들보다 더 설득력 있는 '진실'이 될지도 모른다.

모파상은 문학적 스승인 귀스타브 플로베르한테서 '생각하는 것'보다는 정확히 '바라보는 것'을 훈련받았다. 그래서 모파상은 무엇보다도 작품에서 정확한 관찰과 정확한 표현에 무게를 실었다. 모파상은 그의 작품에서 자신이 겪은 일상 체험과 관찰한 것을 직접 독자에게 말해 주는 것 같다. 소재도 작가 자신이 직접 귀와 눈으로 접한 세계로 제한하여 고향 노르망디 지방의 농어민, 직장이었던 파리의 공무원 세계, 스스로 겪었던 질병에 따르는 불안과 공포, 그리고 그것으로부터의 탈출 시도 등을 일관되게 다룬다.

『여자의 일생』의 내용은 자칫 진부하다 싶을 만큼 우리 주위에서 쉽게 볼 수 있는 사건이다. 귀족의 외동딸로 태어나 순진무구하게 자란 주인공 잔은 열일곱 살 때까지 5년 동안 수도원 기숙사에서 엄격한 교육을 받는다. 기숙사를 나오면서 자유를 누릴 꿈에 부푼 그녀는 인생에서 첫발을 내디디면서 장밋빛 꿈에 부풀어 있다. 행복한 처녀 시절을 거쳐 외모가 뛰어난 쥘리앵이라는 청년과 결혼하게 된다.

그러나 잔은 첫날밤 남편의 난폭한 야수성을 보게 되자 환멸과 비애를 느낀다. 난봉꾼인 남편 쥘리앵은 하녀 로잘리에게 아이를 낳게 하고, 백작의 부인과 간통하여 마침내 그 남편에게 살해되고 만다. 잔은 남은 외아들인 폴에게 모든 희망을 걸지만, 아들마저 감당할 수 없는 방탕아가 되어 집을 떠나 그녀를 절망시킨다. 이제 주인공 잔에게 남아 있는 것이라고는 삶에 대한 회의와 좌절과 절망뿐이다.

한편 『여자의 일생』은 19세기 초엽의 시대적 상황을 정확하게 묘사한 풍속소설로도 읽힌다. 사실주의자답게 모파상은 이 소설에서 19세기 초엽의 프랑스 사회를 비교적 충실하게 묘사한다. 이 소설을 읽고 있노라면 시대 의상을 보는 것처럼 이 무렵의 역사적 사실이 고스란히 드러난다. 작가가 이야기 첫머리에 1819년이라는 시대를 명시하는 것만 보아도 잘 알 수 있다. 잔과 쥘리앵이 신혼여행으로 코르시카를 건너갈 때는 기선이 다니기 시작했는데, 잔이 아들을 찾아 파리로 갈 때는 철도가 부설되어 파리와 르아브르 사이를 왕래하고 있다.

모파상의 『여자의 일생』은 사실주의자 못지않게 자연주의 전통에도 굳건히 서 있는 작품이다. 그는 순진하고 아무 방어 능력이 없는 한 여성이 부르주아 가치관이 지배하는 사회에서 어쩔 수 없이 희생당하는 과정을 그린다. 자신이 제어할 수 없는 어떤 외부적 힘에 희생당한다는 점에서 보면 이 작품은 자연주의의 전통에 서 있다. 자연주의 전통에 속한 작품이 으레 그러하듯이 이 작품도 비극적이고 염세주의적인 그림자가 짙게 드리워 있다.

그러나 이 작품을 지나치게 자연주의의 굴레에 가두는 것은 그렇게 바람직하지 않다. 모파상은 에밀 졸라와는 달리 자연주의에 뿌리를 박되 좀 더 보편적인 삶의 문제에 관심을 기울인다. 모파상은 『여자의 일생』에서 19세기 프랑스 노르망디 지방에 살고 있는 한 여성의 삶을 뛰어넘어 좀 더 보편타당한 주제를 다룬다. 이 작품에서 그는 낭만적 이상과 누추한 현실 사이에서 빚어지기 마련인 갈등과 긴장의 문제를 다룬다.

주인공 잔은 수녀원에서 세상 밖으로 나올 때 지나치게 낭만적 꿈에 도취해 있다. 바깥세상은 수녀원과는 아주 다른 세상일 것으로 착각하는 것이다. 꿈과 이상이 크면 클수록 누추한 현실과 부딪쳤을 때 더 더욱 절망하지 않을 수 없다. 만약 잔이 현실을 좀 더 냉정하게 직시했더라면 지금보다는 훨씬 덜 불행했을지 모른다. 잔이 삶에서 쓰디쓴 잔을 마시는 것은 사회경제적 요인의 탓도 있지만 그녀의 실수 탓이 오히려 크다.

이 소설의 결말 부분에서 여주인공 잔과 함께 늙어가는 하녀 잘리는 그녀에게 "인생이란 사람들이 생각하는 것처럼 그렇게 즐거운 것도, 그렇게 불행한 것도 아닙니다"라고 말한다. 삶이란 그렇게 장밋빛처럼 낙관적인 것은 아니지만 그래도 살 만한 가치가 있다는 말로 받아들일 수 있다. 만약 현실을 좀 더 정확하게 꿰뚫어 볼 수 있다면 삶은 훨씬 더 살 만할 가치가 있을 것이다.

모파상을 자연주의 작가라는 좁은 틀 속에 가두어두는 것은 그렇게 바람직하지 않다. 유전에 따른 생물학적 결정론과 환경에 따른 사회경제적 결정론에서 작품을 쓴 것은 부정할 수 없지만, 그는 앞으로 다가올 문학을 미리 준비하고 있었다. 예를 들어 모파상은 『여자의 일생』에서 주인공의 비극적 운명을 보여 주기 위하여 비의 상징을 아주 효과적으로 사용한다. 소설의 첫 장이 시작되면서부터 줄기차게 비가 내린다. 가령 "비는 계속해서 내리고 있었다"느니 "밤새도록 억수 같은 비가 지붕과 유리창을 뒤흔들며 쏟아지고 있었다"느니 하는 문장은 여주인공의 운명이 어떻게 될지 미리 예고한다. 뒷날 미국 작가 어니스트 헤밍웨이도 『무기여 잘 있어라』에서 비를 재앙과 비극의 상징으로 사용하지만, 모파상은 그에 앞서 이미 『여자의 일생』에서 비를 상징적 이미지로 사용하였다.

더구나 모파상은 『여자의 일생』에서 때로는 시인을 무색하게 하는 서정적 문체를 구사할 뿐 아니라 현대적인 감수성을 보여 준다. 그는 노르망디 지방의 산과 들, 바다 같은 자연을 작중인물들의 감정에 걸맞게 다채롭게 묘사한다. 플로베르는 일찍이 "아무것에도 의지하지 않고 오직 문체의 힘으로만 지탱되는 책을 쓰고 싶다"고 문학적 이상을 밝혔다. 그의 충실한 제자인 모파상이 스승의 이러한 이상을 구현하려고 애쓴 흔적이 작품 곳곳에서 보인다.

24

이상한 나라의 앨리스

루이스 캐럴

훌륭한 문학 작품을 말할 때마다 사람들은 걸핏하면 “성경 다음으로 가장 많이 읽히는 책” 운운하고 말하기 일쑤다. 영국의 문호 윌리엄 셰익스피어의 희곡은 이러한 테두리에 들어가는 가장 대표적인 작품이다. 그런가 하면 18세기 영국 작가 존 번연이 쓴 『천로역정』을 두고도 그렇게 말하고, 또 비교적 최근에 들어와서는 미국의 여성 작가 하퍼 리가 쓴 『앵무새 죽이기』를 두고도 그렇게 말한다. 영국의 수학자이자 논리학자이며 작가인 찰스 럿위지 도지슨(1832~1898)이 ‘루이스 캐럴’이라는 필명으로 발표한 작품 『이상한 나라의 앨리스』(1865)도 흔히 “성경 다음에 가장 많이 읽히는” 작품으로 자주 입에 오르내린다.

루이스 캐럴의 본명은 찰스 럿위지 도지슨이다. 1832년 영국 체셔 데어스버리의 성직자 집안에서 열한 명의 자녀 중 셋째이자 장남으로 태어났다. 열한 살 때까지는 집에서 교육을 받았는데 일곱 살 때 존 번연의 『천로역정』을 읽을 정도로 대단히 총명했다고 한다. 열두 살 때부터 다니게 된 리치먼드 스쿨에서는 학자로서의 천재적인 재능을 인정받으며 안정적이고 행복한 나날을 보낸다. 이후 옥스퍼드대학교 크라이스트처치에서 공부한 뒤 1855년 옥스퍼드대학교 수학 교수로 임명되어 그곳에서 평생을 보냈다.

그뿐 아니라 캐럴은 빅토리아 시대 유명 인사들과 아이들을 찍은 사진에서 선구적인 업적을 남긴 아마추어 사진작가이기도 하다. 1898년 원고를 마무리하던 중 길포드에서 숨을 거두었다. 캐럴의 대표작으로 『이상한 나라의 앨리스』와 이 작품의 후속편인 『거울 나라의 앨리스』가 있다. 이 두 작품으로 그는 당대의 가장 유명하고도 중요한 아동문학가가 되었다.

캐럴은 본디 『이상한 나라의 앨리스』를 어린이들을 위한 동화로 썼지만 이 작품은 어른들이 읽어도 전혀 손색이 없다. 단순히 어른들을 위한 동화일 뿐 아니라 더 나아가 삶에 대한 깊은 성찰을 담고 있는 철학 동화이기도 하다. 19세기에 나온 작품 가운데 가장 독창적이고 실험적인 이 작품은 문학과 문화 전반에 걸쳐 크나큰 영향을 끼쳤다.

『이상한 나라의 앨리스』가 사회 전반에 끼친 영향은 참으로 엄청나다. 예를 들어 철학, 수학, 물리학, 심리학에 종사하는 학자들이 이 작품에서 직간접적으로 크고 작은 영감을 받았다. 특히 물리학자들이 상대성 이론을 비롯한 양자역학, 빅뱅 우주론, 카오스 이론 등을 설명할 때면 『이상한 나라의 앨리스』와 그 자매편이라고 할 『거울 나라의 앨리스』를 자주 입에 올린다. 그 밖에도 진화생물학 같은 과학 분야에서도 이 두 작품을 폭넓게 인용한다.

오죽하면 '이상한 나라의 앨리스 증후군'이라는 질환도 있을까. 앨리스가 커지고 작아짐에 따라 물체가 크고 작게 보이는 것처럼 어떤 물체가 실제보다 작아 보이거나 크게 보이는 등 형태적으로 왜곡되어 인식되는 질환을 말한다. 측두엽의 문제로 시각 정보가 왜곡되어 전해져 보이는 것으로 추측되지만 실제로 뇌병변과는 무관한 것으로 알려져 있다.

『이상한 나라의 앨리스』가 끼친 영향은 어느 분야보다도 문학에서 좀 더 뚜렷이 엿볼 수 있다. 가령 러시아 태생의 미국 작가 블라디미르 나보코프는 이 책을 러시아어로 옮겼고, 초현실주의자들은 프랑스에서 초현실주의 꿈을 설명할 때 이 책을 교본으로 삼았다. 또한 T. S. 엘리엇, 버지니아 울프, 제임스 조이스, W. H. 오든 같은 모더니즘 계열의 시인들이나 작가들도 이 책을 즐겨 읽었다. 철저한 난센스 정신과 언어의 유희 그리고 신조어 구사는 오늘날까지도 세계문학에 엄청난 영향을 끼친다.

이웃나라 일본에서는 그동안 이 작품의 원작만 무려 100쇄 가까이 출간될 정도로 엄청난 인기를 끌었다. 앨리스 시리즈는 영화, 드라마, 오페라 등 다양한 장르로 다시 탄생하기도 하였다. 1951년 월트 디즈니에서 제작한 만화영화를 포함하여 영국의 BBC와 미국의 NBC 등 전 세계 방송매체에서 30편이 넘는 드라마 시리즈를 선보였으며, 최근에는 독특한 미장센으로 유명한 팀 버튼 감독이 3D 영화로 만들어 화제를 모으기도 하였다.

『이상한 나라의 앨리스』라는 작품의 원래 제목은 『앨리스가 이상한 나라에서 겪은 모험』이다. 그러나 제목을 짧게 줄여 보통 '이상한 나라의 앨리스'라고 부른다. 작가 루이스 캐럴은 천성적으로 수줍음이 많아 사람들과 어울리기 싫어했고, 한쪽 귀도 잘 들리지 않았지만 어린이들을 좋아하고 어린이들과 이야기하는 것을 즐겼다. 그는 어느 날 같은 대학의 학장 딸인 세 소녀, 즉 앨리스와 로리나와 이디스와 함께 보트를 타고 템스강을 거슬러 올라가며 여행을 한 적이 있다. 잉글랜드 옥스퍼드 근교의 폴리 브리지에서 시작하여 그곳에서 8킬로미터쯤 떨어진 고드스토 마을까지 가는 여행이었다. 소녀들이 재미난 이야기를 들려 달라고 졸라대자 캐럴은 그 자리에서 즉흥적으로 이야기를 지어 들려주었다.

그런데 이 이야기를 들은 자매들은 무척 즐거워했으며 특히 마음에 들어 한 앨리스는 글로 남겨 달라 부탁하였다. 마침내 도지슨은 1863년 2월 『땅속 나라의 앨리스의 모험』이라는 작품의 원고를 완성하였다. 도지슨은 그 이듬해 자필 사본에 삽화를 곁들여 한 권의 책으로 만들어 앨리스 리델에게 크리스마스 선물로 주었다.

캐럴은 이 원고를 단행본으로 만들면 좋겠다는 주위 사람들의 권고를 받아들여 마침내 책으로 출간하기로 마음먹었다. 그래서 원고를 좀 더 고치고 다듬은 뒤 전문 삽화가인 존 테니얼의 삽화를 추가하여 '루이스 캐럴'이란 필명으로 『이상한 나라의 앨리스』를 출판하기에 이르렀다. 템스강에서 즉흥적으로 이야기를 지어낸 지 3년 뒤인 1865년의 일이었다.

『이상한 나라의 앨리스』는 제목 그대로 앨리스라는 소녀가 꿈속에서 토끼 굴에 떨어져 이상한 나라로 여행하면서 겪는 신기한 모험을 그린 작품이다. 귀엽고 예쁜 소녀 앨리스는 어느 날 나무 아래 앉아서 책을 읽고 있다가 그만 잠이 들어 꿈을 꾼다. 엘리스가 있는 쪽으로 토끼가 말을 하며 달려가자 엘리스도 그 토끼의 뒤를 따라간다. 그 토끼를 따라가던 엘리스는 갑자기 어떤 굴속으로 들어가게 된다. 토끼를 따라가자 작은 문이 하나 나타났고, 엘리스가 그 작은 문으로 들어갈 수가 없어서 울음을 터뜨리자 눈물로 모든 바닥이 홍수로 변해 버린다.

모험을 하는 도중 엘리스는 그때그때의 형편에 맞게 몸이 커지기도 하고 작아지기도 한다. 이 밖에도 이 이상한 나라에서는 예쁘게 피어 있는 하얀 장미를 페인트로 빨갛게 칠하고 있는 트럼프 정원사, 재판을 여는 트럼프 카드들, 영원히 계속되는 이상한 다과회, 걸핏하면 "저 자(者)의 목을 쳐라!"라고 명령을 내리는 하트 여왕 등 그야말로 '이상한' 일이 많이 일어난다. 하나같이 지상의 현실 세계에서는 도저히 일어날 수 없는 기상천외한 일들이 벌어진다. 이상한 무리 속에서 앨리스는 여기저기 끌려다니다가 마침내 꿈에서 깨어나면서 현실 세계로 다시 돌아온다.

지상 세계가 이성과 합리와 현실의 세계라면 지하 세계는 패러독스와 부조리와 환상의 세계다. 바꾸어 말하면 지상 세계가 어른들의 세계인 반면, 지하 세계는 어린이들의 세계다. 이해관계에 얽혀 있거나 사리사욕에 때 묻지 않은 어린이들의 세계에서는 무슨 일이든지 일어날 수 있다. 캐럴은 단순히 어린이들이 어른들에게 속한 것으로 간주하지 않고 어디까지나 독립된 존재로 인정한다. 기발하고 상상력이 풍부하고 신바람 나는 이상한 나라는 곧 어린이들의 창조적인 세계다. 그는 어린이들이 그러한 창조적인 새로운 세상에서 마음껏 상상의 나래를 펼치며 어른들의 세계와는 전혀 다른 세계를 만들어 내기를 바랐다.

『이상한 나라의 앨리스』가 시간과 공간을 뛰어넘어 널리 사랑받는 이유는 전통적인 일반 동화와는 적잖이 다르기 때문이다. 캐럴은 이제까지 출간된 동화들과는 전혀 다른 방식으로 사람들을 사로잡았다. 18세기 빅토리아 시대까지만 하여도 동화 작가들은 착하고 아름다운 인물이 온갖 시련을 극복해 가는 과정을 보여 줌으로써 어린이들에게 도덕적 교훈이나 윤리적 메시지를 전달하려고 하였다.

그러나 캐럴은 비단 어린이들에게 꿈과 환상과 모험을 말하는 것에 그치지 않고 더 나아가 '이상한 나라'라는 비현실적인 공간을 빌려 현실 세계의 온갖 부조리한 일을 풍자한다. 그것은 마치 지구 밖의 인물과 사건을 다루는 공상과학 소설이 여전히 지구의 현실 세계와 맞닿아 있는 것과 같은 이치다. 다시 말해서 앨리스가 모험을 펼치는 지하 세계는 지상 세계를 축소해 놓은 소우주에 해당한다.

예를 들어 "이거 늦겠는걸!"이라느니 "어서 서둘러!"라느니 "시간이 없어!"라느니 하고 늘 외치면서 우왕좌왕 맴돌며 어디로 가야 할지 모르는 하얀 토끼는 영락없이 오늘날 자본주의 사회에서 시간에 쫓기며 살아가는 샐러리맨의 모습이다. 늘 체크무늬 슈트 차림에 고장 난 회중시계를 들고 어디론가 달려가는 '안쓰러운' 인물인 토끼와 거대한 기계의 부속품처럼 스케줄에 따라 움직이는 현대 사회의 샐러리맨과 닮았다. 캐럴은 '무대 위의 앨리스'라는 글에서 하얀 토끼에 대하여 "그는 한마디로 매우 심약하고 소심한 어른이다. 눈이 나빠 안경을 쓴데다 목소리와 두 무릎은 가늘게 떨린다"고 말한다.

걸핏하면 "저 자의 목을 쳐라!"라고 고함지르는 하트 여왕은 권위적인 지배자나 독재자를 상징적으로 보여 준다. 둥근 원을 그리며 빙빙 도는 코커스 경기는 인간의 어리석은 정치를 풍자하고, 여왕의 장미 정원을 관리하는 카드 정원사는 별다른 창조성이 없이 시키는 대로 일을 하는 공무원들을 비유한 것으로 볼 수 있다. 이 밖에도 캐럴은 이 작품에서 자유로운 동화 형식을 빌려 아동들의 강제적인 암기 수업 방식을 비롯한 교육 문제나 정치와 사회 문제 등을 날카롭게 꼬집기도 한다.

한편 캐럴은 앨리스가 이상한 나라에서 겪는 온갖 모험을 겪으며 자신이 과연 누구인지, 또 자신이 놓여 있는 곳이 어디인지 깨달으면서 진정한 자아를 찾아가는 모습을 묘사한다. 작가는 무엇보다도 앨리스의 정신적 성장이나 각성에 초점을 맞춘다. 유난히 호기심이 많고 모험심이 강한 앨리스는 바로 유년에서 소년으로, 동심의 세계에서 성인의 세계로 들어가는 과정을 다루는 일종의 입문소설이다.

앨리스가 이렇게 자아 정체성을 찾는 과정은 몸집이 크고 줄어드는 현상에서 단적으로 엿볼 수 있다. 작품에서 모두 열두 번에 걸쳐 그녀는 '변용' 또는 '변태' 과정을 겪는다. 굳이 심리학자들의 이론을 들먹이지 않더라도 몸집이 작고 큰 것은 아이와 어른을 나누는 가장 기본적인 기준이다. 앨리스는 '이상한 나라'의 여러 동물을 만나면서 점차 자신의 정체성을 찾고 의젓한 어른으로 성장한다. 앨리스를 불멸의 사랑스러운 소녀로 창조한 루이스 캐럴은 "앨리스는 젊음, 진보, 활기 같은 단어를 상징한다"고 말한 적이 있다.

25

인형의 집

헨리크 입센

"내가 노예가 아닌 자유인으로, 여자가 아닌 남자로 태어나게 해 준 신의 은혜에 감사드린다." 좀처럼 믿기지 않지만 흔히 '서양 철학의 할아버지'로 일컫는 플라톤이 한 말이다. 영국의 철학자 앨프리드 노스 화이트헤드가 "2000년에 걸친 서양 철학은 모두 플라톤의 각주에 지나지 않는다"고 말했으며, 미국 철학자요 시인인 랠프 월도 에머슨도 "철학은 곧 플라톤이고, 플라톤은 곧 철학이다"라고 평한 적이 있다. 그만큼 여성과 노예에 대한 편견은 무척 뿌리가 깊다.

그런데 이렇게 뿌리 깊은 여성에 대한 편견과 차별에 처음 쐐기를 박은 문학가가 바로 노르웨이의 극작가 헨리크 입센(1828~1906)이다. 그는 『인형의 집』(1879)을 발표함으로써 근대 페미니즘 운동에 처음 불을 댕겼다. 좁게는 노르웨이, 넓게는 유럽을 대표하는 가장 중요한 극작가 중의 한 사람인 입센은 근대 시민극과 현대의 현실주의 연극을 세우는 데 크게 이바지하였다. 그래서 그를 흔히 '현대극의 아버지'라고 부른다. 서구 모더니즘 문학의 대부(代父)라고 할 제임스 조이스는 입센의 작품을 읽으려고 노르웨이어를 배울 정도였으니 그가 현대 문학에 끼친 영향이 과연 어떠한지 쉽게 미루어볼 수 있다.

헨리크 입센은 노르웨이의 텔레마르크주 시엔에서 태어나 불행한 소년 시절을 보냈다. 여덟 살 때 부유한 상인이었던 부친이 도산하여 어렵게 생활하다 열다섯 살 때 그림스터라는 조그마한 읍에서 약제사 조수가 되었다. 입센은 의학에 뜻을 두고 크리스티아니아의 저명한 예비학교에 다녔지만 학업을 중도에 포기하였다. 천성적으로 반항적인 성격이 강한 데다가 소년 시절의 역경으로 모진 고생을 한 탓에 사회에 대한 반항심이 컸다. 한때 입센은 저널리스트로서 활동하고 조합 운동에 관여했지만 정치 활동에서 완전히 손을 떼고 그 뒤 문학에 전념하였다. 입센은 『인형의 집』 말고도 『브랜드』, 『페르귄트』, 『유령』, 『민중의 적』 같은 희곡 작품을 많이 남겼다. 말년에는 병마에 시달려 몇 차례의 발작까지 치른 입센은 제대로 걸을 수도 없고 작품 집필도 할 수 없게 되었다. 그러던 중 1906년 5월 세상을 떠났으며, 그의 장례는 노르웨이 국장으로 성대하게 치러졌다.

『인형의 집』은 문제극이나 관념극 중에서도 가장 대표적인 작품으로 꼽힌다. 1879년 겨울에 스칸디나비아의 여러 도시에서 『인형의 집』을 처음 공연했을 때 관객들 사이에서 뜨거운 화제가 된 것도 바로 사회 문제를 다루었기 때문이다. 이 무렵 이 작품이 너무나 논란거리가 되자 스톡홀름에서는 사교 모임 초대장에 "입센의 『인형의 집』을 언급하지 않기를 부탁드립니다"라는 구절을 적어 놓을 정도였다. 독일에서는 노라 역을 맡은 배우가 문제가 된 부분을 고치지 않으면 배역을 맡지 않겠다고 우기는 바람에 입센은 결국 작품의 결말을 고쳐야 하였다. 입센은 이 『인형의 집』 때문에 그의 또 다른 작품 제목 그대로 '인민의적'이 되다시피 하였다. 노르웨이와 세계 곳곳에서 그를 비난하는 목소리가 빗발쳤다. 이처럼 빅토리아 시대의 중산층 독자들과 관객들에게 이 작품은 아주 큰 충격이었다.

『인형의 집』은 변호사의 아내인 노라가 남편 토르발트 헬머의 비겁한 행동에 반발하여 집을 뛰쳐나온다는 내용이다. 세 아이의 어머니인 노라는 남편에게 사랑을 받으며 평범하게 살아가는 가정주부다. 그러나 어느 날 자신이 한낱 인형 같은 노리개에 지나지 않았다는 사실을 깨달은 노라는 자신이 남편의 아내요 아이들의 어머니이기 전에 개성을 지닌 한 인간이라고 생각한다. 그래서 그녀는 개성을 지닌 한 인간으로 살아가기 위하여 남편과 아이들을 남겨 두고 집을 박차고 나서는 것이다.

입센은 『인형의 집』에서 남편(남성)에게 매여 있던 아내(여성)가 자신의 삶을 찾아 스스로 가정을 박차고 나오는 행동을 보여 줌으로써 여성 해방을 부르짖었다. 이 무렵 입센의 이러한 태도는 남성 중심주의에 대한 크나큰 도전이었다. 아직도 가부장적 질서가 큰 힘을 떨치고 있던 19세기 말엽 이 작품은 남성들의 반발이 커서 무대에 올리지 못할 정도였다.

노라의 각성은 남편 토르발트 헬머가 은행장에 취임하게 되면서 시작된다. 결혼한 지 얼마 되지 않아 남편은 큰 병에 걸리게 되고 치료비가 부족했던 노라는 고리 대금업자인 크로그시타트에게 돈을 빌리게 된다. 돈을 빌리기 위해서는 보증인이 필요했지만 노라의 친정아버지는 임종을 앞두고 있었기 때문에 그의 서명을 위조하여 돈을 빌린다. 한편 헬머의 은행장 취임으로 해고될 위협에 놓여 있는 크로그시타트는 보증서로 노라를 협박하게 되고 마침내 헬머가 이 사실을 알게 된다. 헬머는 노라에게 "당신은 내 행복을 엉망으로 만들었어. 내 장래를 망가뜨렸어. […] 그것도 모두 무책임한 여자 때문이야!"라고 소리친다.

노라는 아내에 대한 사랑보다 자신의 명예를 더 소중하게 생각하는 남편 헬머에게 무척 실망한다. 잠시 뒤 노라의 친구인 린데 부인의 도움으로 문제가 해결되자 남편은 전혀 다른 모습으로 돌변한다. 헬머는 노라에게 이렇게 말한다.

> "일이 끝났어. 모두 끝났다고! […] 아, 귀여운 노라 […] 당신에게는 믿어지지 않는 거지? 내가 당신을 용서했다는 것이 […] 나에 대한 애정 때문에 당신이 그랬다는 걸 나는 잘 알고 있어."

그러나 이 말을 들은 노라는 지금껏 자신이 아버지와 남편으로부터 한낱 인형에 지나지 않았다는 사실을 깨닫는다. 즉 자신은 죽어가고 있는 아버지에게 걱정을 끼쳐 드리지 않을 권리도, 병에 걸려 죽어가는 남편의 목숨을 구해 줄 권리도 없었던 것이다. 그래서 노라는 마침내 지금까지 자신이 사랑과 배려의 가정이 아닌, '인형의 집'에서 살아왔다는 사실을 깨닫고 가출을 결심한다.

서양의 연극은 크게 세 단계로 발전해 왔다. 첫 번째 단계는 고대 그리스 비극을 중심으로 한 운명극이다. 소포클레스의 『오이디푸스 왕』에서 볼 수 있듯이 이 무렵의 극에서는 주로 신탁에 의한 운명과 맞서 싸우는 주인공을 그린다. 두 번째 단계는 르네상스 시대의 성격극이다. 윌리엄 셰익스피어의 비극이 흔히 그러하듯이 이 무렵의 극에서 주인공은 성격적 결함 때문에 비극적 파멸에 이른다. 그러나 세 번째 단계에 속하는 입센의 작품에서 주인공은 운명의 노리개도, 성격적 결함의 희생자도 아니다. 대부분의 주인공은 노라처럼 외부 환경 때문에 파멸을 맞는다. 다시 말해서 입센은 연극을 운명이나 성격의 굴레로부터 해방시켰다. 그래서 입센의 연극은 흔히 환경극이라고 부른다.

입센은 환경이 인간의 성격과 행동에 얼마나 큰 영향을 끼치는지 설득력 있게 보여 준다. 여기에서 환경은 사회적 환경과 경제적 환경으로 크게 나뉜다. 노라와 헬머의 삶도 이 두 환경적 요인 때문에 영향을 받는다. 결혼 초에 남편이 아프지만 않았어도, 그녀에게 돈이 넉넉했어도 친정아버지의 서명을 위조해서까지 남한테서 돈을 빌리지 않았을 것이다. 이렇게 사회경제적 환경의 힘 때문에 주인공의 삶이 영향을 받는다는 점에서는 입센의 작품은 자연주의적 전통에 서 있다고 볼 수도 있다.

『인형의 집』은 남자 주인공인 헬머가 아내 노라에게 하는 대사로 시작한다. 노라를 두고 남편은 "밖에서 재잘거리는 게 내 종달새인가?"라고 묻는다. 또한 그는 "거기서 뛰어다니고 있는 게 내 다람쥐인가?"라고 묻는다. 언뜻 보면 헬머는 노라를 다정하고 사랑스럽게 부르는 것처럼 들릴지도 모른다.

그러나 이 짤막한 대사에서 이 무렵 여성에 대한 남성의 시각이 과연 어떠했는지 쉽게 미루어볼 수 있다. 좁게는 노라, 더 나아가 이 무렵 모든 여성에게 부여된 사회적 분위기는 남성과 동등한 인간이 아니라, 어디까지나 남성에게 종속된 부속품에 지나지 않았다. 자신의 아내를 '종달새'라고 부르는 것은 비록 목소리가 아름다울망정 인간이 아닌 한낱 동물로 간주하는 태도다. 마찬가지로 '다람쥐'로 부르는 것도 귀엽고 앙증맞다는 의미의 껍데기를 벗기고 나면 역시 남성의 노리개나 애완용 동물과 크게 다르지 않다는 알맹이만 남는다.

그런가 하면 남편은 아내 노라를 '인형'이라고 부르기도 한다. 인형은 사람처럼 생기고 귀엽기는 하지만 인간처럼 생각할 수도, 어떤 판단을 내릴 수도, 또 행동할 수도 없는 장남감일 뿐이다. 즉 개성을 지닌 한 인간이 아니라 한낱 가부장적 질서에서 남편을 즐겁게 해 주는 노리개에 지나지 않는다. 그것도 어른들이 갖고 노는 노리개가 아니라 아이들이 갖고 노는 노리개다. 좀 더 꼼꼼히 따져보면 노라를 인형으로 부르는 것은 종달새나 다람쥐로 부르는 것보다도 훨씬 더 심각하다. 인형은 살아 숨 쉬는 생물이 아니라 무생물이기 때문이다.

입센의 『인형의 집』은 현대 페미니즘의 대모(代母)라고 할 프랑스의 시몬 드 보부아르가 쓴 『제2의 성』과 함께 20세기 여성 운동사의 바이블이 되다시피 하였다. 이 두 작품은 여성을 남성 중심주의의 가부장적 질서에서 해방시키는 데 크게 이바지했기 때문이다. 여성 문제를 이론적으로 주장하는 보부아르의 저서와는 달리, 입센의 작품은 주인공이 놓여 있는 구체적인 상황을 직접 무대 위에 올린 연극 작품이기 때문에 훨씬 더 피부에 와 닿는다.

이제 '노라'라는 이름은 남성의 편견과 억압에서 해방되려는 여성을 가리키는 일종의 상징이나 기호가 되다시피 하였다. 가령 근대 계몽기와 일제 강점기에도 몇몇 신여성들은 '조선의 노라'로서 여성의 권익을 신장하는 데 앞장섰다. 그중에서도 이화학당 교사를 지낸 뒤 미국 유학을 마치고 "가정을 떠나 사회로"를 선언하며 이혼을 한 박인덕(朴仁德)은 일제 강점기의 대표적인 '조선의 노라'였다.

입센의 『인형의 집』을 지나치게 페미니즘의 주제에서만 읽으려는 것은 주인공 노라를 '인형의 집'에 가두는 것과 크게 다르지 않다. 문학 작품의 의미는 시대마다, 또 독자마다 달라지기 때문이다. 물론 여성 해방 문제를 중요한 주제로 다루는 것은 사실이지만 입센은 이 작품에서 다른 문제도 다룬다.

노라 헬머가 가출하는 이유는 단순히 가부장적 질서의 남성 중심주의 때문만은 아니다. 그녀가 가출하는 데는 성별 말고도 또 다른 요인이 있다. 노라는 자아의 정체성을 위협받고 그것을 지키기 위하여 가출하는 것이다. 다시 말해서 그녀는 자아 정체성을 정립하는 데 온 힘을 쏟는다. 이렇게 자아 정체성을 찾으려고 집을 떠나는 것은 서구 문학사에서 쉽게 볼 수 있는 현상이다. 비단 자아 정체성만이 아니다. 사회적 편견과 인습의 굴레를 박차고 나와 새로운 삶의 방식을 찾는 사람들도 하나같이 노라와 같은 인물이다.

그러므로 자아 정체성을 위협받고 있거나 사회적 편견이나 인습의 속박에서 해방되려는 사람이라면 피부 색깔이나 성별 그리고 국적에 관계없이 누구나 "나는 노라다!"라고 선언할 만하다. 그렇다면 노라를 단순히 여성으로만 한정시키려는 것도 좁은 생각이다. 남성도 얼마든지 노라가 될 수 있기 때문이다.

『인형의 집』의 마지막 장면에서 노라는 결혼반지와 집 열쇠를 남편에게 돌려준 뒤 문을 '쾅' 하고 세차게 닫고 집을 나간다. 이 '쾅' 소리에 놀라 서구 남성들은 말할 것도 없고 전 세계의 남성들은 비로소 남성 중심주의의 깊은 잠에서 깨어나기 시작하였다. 또한 이렇게 노라가 거세게 문을 닫는 바람에 헬머의 집과 가부장 제도의 집이 거세게 흔들리기도 하였다. 노라가 처음 흔들어 놓은 가부장 제도의 집은 지금도 계속 내려앉고 있다. 또한 노라가 세차게 문을 닫는 그 소리는 100여 년의 세월이 훨씬 지난 지금도 여전히 뭇사람의 귓가에 메아리친다.

26

지킬 박사와 하이드 씨

로버트 루이스 스티븐슨

속과 겉이 다른 이중인격자를 가리킬 때 흔히 쓰는 표현으로 '지킬 박사와 하이드 씨'라는 것이 있다. 유명 은행의 모범 사원이 억대의 회사 공금을 가로채 카지노에서 탕진했을 때, 명망 높은 국회의원이 간첩으로 판명되어 세상을 깜짝 놀라게 했을 때, 우수 표창을 받은 모범 경관이 강도로 둔갑했을 때, 신앙심 깊은 종교인이 엽색 행각 끝에 붙잡혔을 때, 무역회사 사장이 국제 금괴 밀수단의 한국 책임자 노릇을 하다 발각되었을 때 사람들은 흔히 '지킬 박사와 하이드 씨'라는 표현을 자주 사용한다.

이렇게 '지킬 박사와 하이드 씨'는 겉으로 보이는 모습과 진짜 속마음이 서로 다른 사람을 두고 일컫는 표현이다. 그런데 이 표현은 바로 19세기 영국 작가 로버트 루이스 스티븐슨(1850~1894)이 쓴 작품 『지킬 박사와 하이드 씨』(1886)의 제목에서 빌려 온 말이다. 지킬 박사와 하이드 씨는 서로 다른 인물이 아니라 이름만 다를 뿐 동일한 인물이기 때문이다.

로버트 루이스 스티븐슨은 스코틀랜드 에든버러에서 태어났다. 어릴 때부터 폐결핵을 앓은 그는 바다와 모험을 사랑했으며 독서를 좋아하였다. 열일곱 살 때 에든버러 대학에 입학하여 아버지의 뒤를 이어 공학을 전공했지만 얼마 뒤 공학을 포기하고 법률을 공부하였다. 대학을 졸업한 뒤 변호사 자격증을 딴 뒤에도 그는 여전히 변호사 개업보다는 글쓰기를 더 좋아하여 1870년대 중반부터 단편소설과 수필을 쓰기 시작하였다. 카누를 타고 프랑스와 벨기에를 여행하면서 경험한 내용을 담은 수필집 『내륙 여행』, 걸어서 프랑스를 여행한 경험을 묘사한 『당나귀와 떠난 여행』은 스티븐슨이 작가로서 유명해지는 계기가 된 작품이다.

스티븐슨은 1880년 열한 살 연상의 미국인 여성 패니 오스번과 결혼했고, 1888년 남태평양 사모아 아피아에 정착해 행복한 시절을 보내다가 1894년 뇌일혈로 세상을 떠났다. 스티븐슨의 대표작으로는 『지킬 박사와 하이드 씨』 말고도 해적소설의 전형으로 여러 작가들의 상상력을 자극한 『보물섬』을 비롯하여 『납치』, 『잘못된 상자』, 『약탈자』, 『썰물』 등이 있다.

『지킬 박사와 하이드 씨』를 집필하게 된 동기에 대하여 스티븐슨은 이 작품의 서문에서 "인간 내부에는 선과 악이 언제나 대립하고 투쟁하면서 조화를 이루어내어 균형을 유지하게 된다. 그렇지만 이러한 평형관계가 깨질 때 성격 분열이 일어나 이중인격자가 되고 마침내 파멸의 길을 걷게 된다는 것을 보여 주고 싶었다"고 밝힌다. 이렇듯 이 작품은 인간의 내면에 도사리고 있는 선과 악의 극단적인 두 성향이 충돌하고 갈등을 불러일으키는 과정을 심리학적인 측면에서 다룬 작품이다.

스티븐슨은 스코틀랜드 에든버러에서 살던 1700년쯤 일어난 사건을 바탕으로 『지킬 박사와 하이드 씨』를 집필하였다. 이 무렵 시의원으로 재직하고 있던 윌리엄 브로디라는 사람이 불의에 타협하지 않는 청렴결백한 태도로 시민들로부터 존경을 한 몸에 받고 있었다. 또한 그는 독신으로 근검절약하여 생활했기 때문에 뭇 여성들로부터 늘 관심의 대상이 되기도 하였다.

그런데 이러한 외형적인 모습과는 달리 브로디는 남몰래 정부(情婦)를 두 명씩이나 두고 있을 뿐 아니라 공금을 빼내 도박을 벌여 막대한 재산을 축적했음이 밝혀져 큰 화제가 되었다. 또한 불량배들과 어울려 온갖 나쁜 짓을 일삼고 다녔다는 사실도 폭로되었다. 이 사건을 보고 스티븐슨은 결국 인간이란 선과 악, 아름다움과 추함을 동시에 지니고 있다는 사실을 깨달았다. 그래서 스티븐슨은 이 인물과 그의 행동을 모델로 삼아 이 소설을 썼던 것이다.

이 작품의 원래 제목은 『지킬 박사와 하이드 씨의 이상한 경우』다. 'Strange Case'를 '이상한 경우'라고 번역했지만 '이상한 사례'로 옮길 수도 있다. 그러나 'Case'가 환자를 가리키는 말이기도 하므로 이 작품의 내용으로 미루어보자면 '이상한 환자'로 옮길 수도 있다. 그러나 영미 문화권에서나 동양 문화권에서는 그냥 줄여서 『지킬 박사와 하이드 씨』라고 부른다.

이 작품을 쓸 무렵 스티븐슨은 지방 병원에서 맥각이라는 버섯으로 치료를 받고 있었다. 그런데 이 버섯에는 LSD라는 환각 성분이 들어 있어 그가 환각 상태에서 이 작품을 썼다는 주장도 있다. 이 작품에 나오는 약품과 주인공의 이상 심리를 생각해 보면 그러한 주장에도 일리가 없지 않다.

독실하고 덕이 있는 학자로 추앙을 받고 있는 헨리 지킬 박사는 인간성의 본질을 탐구하기 위하여 오랫동안 연구에 몰두한다. 그러던 어느 날 악마적인 본성을 발휘하게 되는 신비한 물질을 만들어 내는 데 성공한다. 지킬 박사는 약의 효험을 알아보려고 자신을 직접 실험 대상으로 삼는다. 약을 복용한 뒤 오래지 않아 추한 외모를 갖고 세상의 온갖 악한 성격을 갖고 있는 에드워드 하이드 씨로 변신할 수 있다.

지킬 박사는 이처럼 자신의 본래 모습과 정반대의 성향을 갖고 있는 괴물의 출현에 마음속으로는 희열을 느낀다. 자신이 지금껏 명성을 얻고 그것을 유지하기 위하여 온갖 사회적인 압력에 굴복하고 주위 사람들의 눈치를 보며 살아왔기 때문이다. 그러나 그러한 억압에서 완전히 벗어나 본능대로 마음껏 행동할 수 있는 하이드 씨에 적잖이 쾌감을 느꼈다.

하이드 씨는 밤에만 움직이면서 온갖 못된 짓을 벌이고 다니지만 일단 집에 돌아와 다시 해독제를 복용하면 원래의 근엄하고 품위 있는 지킬 박사로 되돌아온다. 매일 밤 이러한 행동을 반복하면서 지킬 박사는 밤의 쾌락에 점점 더 깊이 빠져들어 간다. 한편 해독제의 양도 점차 많이 사용하게 되어 이제는 하이드 씨의 본성이 더욱 강하게 자리를 잡게 된다.

그러던 어느 날 지킬 박사로 되돌아와 잠을 잔 뒤 깨어 보니 약을 먹지도 않았는데 자신이 하이드 씨로 변해 있는 사실을 발견하고는 소스라치게 놀란다. 더구나 이런 예기치 못한 사태에서 벗어나기 위하여 지킬 박사로 돌아갈 수 있는 환원제를 찾았지만 약은 이미 고갈된 상태에 있다. 마침내 하이드 씨는 살인을 저지르고 경찰에게 쫓겨 체포되려는 순간 모든 사실을 유서에서 고백하고 스스로 목숨을 끊는다.

모든 문학 작품은 그것이 쓰인 역사적 시간과 사회적 공간에서 완전히 벗어날 수 없다. 이 점에서는 스티븐슨의 『지킬 박사와 하이드 씨』도 예외가 아니다. 이 작품에서 그는 자신이 살고 있던 영국 빅토리아 시대를 날카롭게 풍자하였다. 빅토리아 시대란 영국의 빅토리아 여왕이 통치하고 있던 1837년부터 1901년까지의 기간을 뜻한다. 이 시대는 영국 역사에서 산업혁명의 경제 발전이 성숙기에 도달하여 대영제국이 절정기에 이른 시기였다. "대영제국에 해질 날이 없다"는 슬로건도 바로 이 무렵의 영국을 가리키는 말이었다.

그러나 빅토리아 시대는 경제력과는 달리 그 어느 때보다도 도덕적으로 타락하고 위선적인 시대였다. 겉으로는 근엄하고 체면을 차리면서도 속으로는 온갖 탐욕과 욕정으로 가득 차 있었다. 그렇기 때문에 '빅토리아풍'이나 '빅토리아적'이라고 하면 겉으로 엄격하고 점잔빼는 태도나 인습에 젖어 있거나 편협하고 위선적인 태도 등을 가리키는 형용사로 자주 쓰인다.

물론 이렇게 위선적인 모습은 비단 빅토리아 시대 사람들한테서만 찾아볼 수 있는 것은 아니다. 인공위성을 타고 달나라를 탐색하고 정보를 돈을 주고 사고판다는 정보화 시대인 오늘날에도 이중적이고 위선적인 모습은 여전하다. 이처럼 『지킬 박사와 하이드 씨』는 체면과 명성과 허위의식에 사로잡혀 하루하루를 살아가는 대다수 인간들의 슬픈 자화상이다. 체면이나 문화라는 그럴듯한 이름으로 얼마나 많은 현대인이 위선의 가면을 쓰고 살아가고 있는가. 지킬 박사와 하이드 씨의 변신은 모든 인간의 내면에 깊숙이 도사리고 있는 위선을 적나라하게 보여 준다.

그러나 스티븐슨이 이 작품에서 다루는 핵심적 주제라면 역시 선과 악을 둘러싼 문제라고 할 수 있다. 지킬 박사는 선을 상징하는 한편, 하이드 씨는 악을 상징한다. 전자가 이성에 따라 행동한다면 후자는 본능에 따라 행동한다. 인간성이란 본질적으로 선과 악, 이성과 본능처럼 양면적이다. 다시 말해서 인간은 선한 존재만도 아니고, 그렇다고 악한 존재만도 아니다. 마치 육체와 영혼을 서로 분리할 수 없듯이 선과 악도 서로 분리해 낼 수 없다. 그러므로 인간의 본성을 선과 악 중에서 어느 한쪽으로만 보려고 할 때 인간성을 잘못 파악하게 되고 그 결과 비극이 비롯된다.

이 소설의 한 장면에서 지킬 박사는 "인간성이란 참으로 하나가 아니라 참으로 둘이다"라고 잘라 말한다. 그는 인간의 영혼이야말로 '천사'와 '악마', 즉 선과 악이 서로 치열하게 싸움을 벌이는 전쟁터로 간주한다. 지킬 박사가 마침내 자살을 택하는 것은 궁극적으로 이러한 싸움에서 패배했기 때문이다.

지킬 박사의 비극은 자신이 개발한 약이 선과 악을 분리해 낼 수 있다고 순진하게 믿은 데 있다. 선과 악은 서로 떼려야 뗄 수 없을 만큼 서로 얽혀 있어 어느 한쪽을 분리하는 순간 나머지는 그 기능을 발휘하지 못하게 된다. 더구나 그의 약은 선과 악을 분리시키기는커녕 인간 본성의 어두운 면, 즉 악만이 더욱 힘을 발휘하게 한다. 그것은 지킬 박사가 점점 힘을 잃고 오직 하이드 씨만이 더욱 큰 힘을 얻는다는 사실에서도 알 수 있다.

그렇다면 "인간성이란 참으로 하나가 아니라 참으로 둘이다"라는 지킬 박사의 말도 액면 그래도 믿을 것이 못 된다. 어떤 면에서는 "인간성이란 참으로 둘이 아니라 참으로 하나다"라고 말하여야 할 것 같다. 선과 악의 싸움에서 승리를 거두는 쪽은 거의 언제나 선이 아니라 악이기 때문이다. 이 작품에서 '천사'는 늘 '악마'에게 패배하게 마련이다.

만약 이러한 가정이 맞는다면 지킬 박사가 개발한 약은 단순히 문명의 겉껍질만을 제거할 뿐 선과 악 사이를 오가게 할 수는 없다. 즉 약은 오직 인간의 본성을 폭로할 따름이다. 악은 문명, 법, 양심 따위에 따라 임시로 통제받고 있을 뿐 인간의 본성 깊은 곳에 숨어 호시탐탐 기회를 넘보고 있다.

27

파브르 곤충기

앙리 파브르

인간은 이 지구 생물계에서 벌레가 차지하는 몫을 쉽게 간과해 버리기 일쑤다. 오죽하면 사람 구실을 하지 못하는 인간을 두고 "벌레(버러지) 같은 인간"이니 "벌레(버러지)만도 못한 인간"이니 라고 하겠는가. 그러나 벌레가 지구 생물계에서 차지하는 비중은 상상을 뛰어넘을 만큼 무척 크다. 한 곤충학자에 따르면 지구에 살고 있는 개미의 몸무게를 합치면 무려 인간 몸무게의 100배가량이 될 것이라고 한다. 그런데 개미는 전체 곤충의 100분의 1정도밖에 되지 않으니 지구상 곤충의 무게는 인간 몸무게의 1만 배가 넘는 셈이다.

그런데 지금으로부터 100여 년도 넘게 일찍이 프랑스의 곤충학자요 박물학자인 장 앙리 파브르(1823~1915)는 『곤충기』(1907)를 써서 곤충이 지구 생태계에서 얼마나 중요한 구성원인지 밝혀내어 관심을 끌었다. 갑충류 170종, 벌류 130종을 비롯한 곤충의 생태를 자세히 관찰하고 자전적 회상을 곁들여 기록한 책이 바로 그 유명한 『파브르 곤충기』다. '곤충의 본능과 습성에 대한 연구'라는 부제에서도 엿볼 수 있듯이 파브르는 이 책에서 온갖 곤충의 타고난 본능과 성격과 습관을 새롭게 밝혀내었다. 그래서 찰스 다윈은 그를 '곤충의 호메로스'라고 부르면서 칭찬을 아끼지 않았다.

파브르는 프랑스 남부의 아베롱주 생레옹에서 가난한 농부의 아들로 태어났다. 집안은 가난했지만 공부에 대한 의욕이 남달라 고학으로 사범학교를 졸업하여 열아홉 살 때 초등학교 교사가 되었다. 그 뒤에도 독학으로 수학, 물리학, 생물학 등을 공부하여 의학사 자격과 박사학위를 받았다.

어려서부터 곤충에 깊은 관심을 기울인 파브르는 서른한 살 때부터 본격적으로 곤충을 연구하기 시작하여 이듬해인 1854년 레옹 뒤프르가 쓴 논문을 읽고 박물관 연보에 「노래기벌에 관한 논문」을 쓰면서 곤충 연구에 전념하여 곤충과 식물, 동물을 관찰하고 연구하였다. 쉰다섯 살이 되던 1878년에 『곤충기』 제1권을 출간하기 시작하여 여든여섯 살인 1907년까지 모두 10권을 완성하였다. 그러므로 이 방대한 책은 무려 30년에 걸친 고된 작업의 결과였다. 이러한 공로를 인정받아 파브르는 프랑스 정부가 수여하는 레종도뇌르 훈장을 두 번씩이나 받았다. 파브르는 아흔한 살의 나이로 사망하였다.

파브르가 곤충에 관심을 기울이기 시작한 것은 어린 시절로 거슬러 올라간다. 농부의 아들로 시골에서 가난하게 자란 그는 어느 날 밤 잠을 자려고 자리에 누웠다. 그런데 바로 그때 방 밖에서 귀뚜라미가 요란스럽게 울어대는 소리가 들려왔다. 그래서 파브르는 밖으로 나가 귀뚜라미를 바라보다가 호기심을 느끼고 집안으로 가지고 들어와 자세히 살펴보기 시작하였다. 어렸을 때 겪은 이 작은 사건이 계기가 되어 파브르는 뒷날 곤충에 깊은 관심을 기울였다.

그러나 파브르가 좀 더 체계적으로 곤충에 관심을 기울이기 시작한 것은 프랑스 남부의 프로방스에서 중학교 교사로 근무할 때였다. 이 무렵 그는 타란튤라거미와 전갈 같은 곤충을 연구하기 시작하였다. 모두 10권으로 된 『파브르 곤충기』는 남프랑스 지방을 중심으로 곤충의 생활을 정확하고도 객관적으로 관찰하여 기록한 책이다.

『파브르 곤충기』의 제1권에는 벌에 관한 이야기, 제2권에서 제4권까지는 과변태(過變態)에 관한 연구, 제5권 전반부에서는 다시 벌에 관한 이야기를 다루고, 후반부에서는 매미와 사마귀에 관한 연구를 다룬다. 제6권에서는 여러 가지 꽁지벌레의 생활과 쇠똥구리에 관한 연구를, 제7권과 8권에서는 도롱이벌레, 꿀벌, 파리 등 여러 곤충에 대하여 비교적 짧게 기술한다. 제9권에서는 거미와 전갈의 생활을 기록하고, 마지막 제10권에서는 쇠똥구리를 비롯한 곤충을 기록한다.

파브르가 『곤충기』에서 기록하는 많은 곤충 중에서도 쇠똥구리에 관한 기록은 관심을 끌기에 충분하다. 쇠똥구리는 이름 그대로 쇠똥을 굴린다고 하여 붙은 이름이다. 들판의 청소부라고 할 쇠똥구리는 쇠똥을 비롯한 말똥이나 낙타똥을 닥치는 대로 먹어 치운다. 쇠똥구리는 쇠똥으로 동그란 구슬을 만들어 굴리며 가는데, 이것을 본 파브르는 오랫동안 관찰했지만 쇠똥구리의 특별한 본능이나 습성은 잘 알아내지 못하였다.

그러던 어느 해 파브르는 우연히 양치기들과 생활하게 되었다. 들판에 양똥이 많아서 쇠똥구리를 관찰할 수 있는 더할 나위 없이 좋은 기회였다. 하루는 양치기가 그에게 달려와 쇠똥구리가 나오는 곳을 파 보았더니 땅속에서 꼭지 달린 과일처럼 생긴 매끄러운 갈색 구슬이 나왔다고 일러주었다. 그런데 실수로 깨진 구슬 속을 살펴보니 하얀 밀알 같은 알이 있었다고 하였다. 이튿날 아침 파브르는 양치기와 함께 쇠똥구리의 집을 찾아갔다. 주먹만 한 쇠똥구리의 집에서는 전날 들었던 구슬들이 나뒹굴고 있었다.

파브르는 여러 개의 쇠똥구리 집에서 여름 동안 무려 백 개가 넘는 쇠똥구리 구슬을 찾아냈다. 이 구슬은 쇠똥구리가 쇠똥으로 동그랗게 만든 뒤 겉에 묽은 흙을 발라 만든 것으로, 이 흙이 마르면 손톱도 들어가지 않을 만큼 딱딱해서 새끼를 보호한다는 사실을 알아내었다. 구슬 속의 알은 애벌레가 되어 구슬을 조금씩 파먹고 자라고 있었다. 파브르가 조심스럽게 구슬을 쪼개 보았더니 알은 숨을 쉴 수 있도록 꼭지처럼 볼록 튀어나온 곳에 있었다. 쇠똥구리가 위대한 과학자이며 예술가라는 사실을 깨닫고 파브르는 여간 감탄하지 않았다.

이렇게 쇠똥구리는 동물의 똥을 땅속에 묻어 두고 식량으로 삼는 곤충이기 때문에 쇠똥이 분해되면 아주 훌륭한 자연 비료로 거듭난다. 당연히 파리 같은 귀찮은 벌레들도 들끓지 않고서도 땅이 비옥해지게 마련이다. 그러므로 쇠똥구리가 많은 나라일수록 환경을 오염시키지 않는 청정 농업을 경영할 수 있다.

파브르가 『곤충기』에서 이룩한 가장 큰 업적 중 하나는 동물 행동학에 이론적 토대를 마련했다는 점이다. 본격적인 분과학문으로서 동물 행동학은 그 역사가 겨우 몇십 년밖에 되지 않는데 파브르는 이미 100여 년 전에 『곤충기』를 썼다. 파브르는 곤충의 행동을 면밀히 관찰하여 종(種)마다 다른 특성이 있음을 밝혀내어 동물 행동학에 선구자적 역할을 맡았다.

『곤충기』에는 파브르가 곤충 채집과 관찰에 빠져 있다가 마을 아낙들한테서 정신이 모자라는 사람이라고 취급받은 일화가 나온다. 개나 말 같은 큰 짐승도 아니고 인간이 하찮게 여기기 일쑤인 벌레를 수집하고 관찰하는 일이 시골 여성들에게는 '미친' 짓으로 보인 것도 그렇게 무리는 아닐 것이다. 그러나 파브르는 그러한 험담이나 비난에 아랑곳하지 않고 연구를 계속하였다. 어떤 일에서든지 대가가 되려면 '미치지' 않고서는 불가능하다는 사실을 다시 한 번 깨닫게 된다.

자연과학자들이 으레 그러하듯이 파브르는 자연 현상을 객관적으로 정확하게 관찰하고 실험하였다. 『곤충기』는 그가 60여 년 동안 끈질긴 관찰과 실험을 통해 곤충의 본능과 습관을 깊이 있게 파헤친 곤충학의 대표적인 저서다. 파브르는 이렇게 자신이 몸소 체험하고 관찰한 것만을 과학적 진리로 믿었다.

파브르가 곤충을 관찰하는 과학자로서의 자세는 곤충의 독소를 실험하는 부분에서도 엿볼 수 있다. 그는 자신의 팔에 독성 물질을 바르고 그 결과를 추적해 가곤 하였다. 이러한 실험에는 참기 힘든 고통이 뒤따랐으며, 한 차례 실험을 할 때마다 한 달 정도 후유증을 겪어야 하였다. 또한 심한 고통과 함께 발진, 수포, 진물, 가려움증, 화끈거림, 열독 등 피부 질환을 앓아야 하였다. 이러한 과정을 무려 일곱 차례나 되풀이했으니 그가 겪은 고통이 어떠했을지 쉽게 짐작하고도 남는다.

『파브르 곤충기』는 단순한 벌레를 관찰하여 그 행태를 기록한 책이 아니다. 물론 곤충의 본능과 생태에 대한 숨은 비밀을 기록하고 있지만 그 이상의 깊은 의미가 있다. 자연의 가장 작은 생명체를 통하여 바라본 인간 세계에 대한 깊은 통찰이 배어 있다. 파브르의 시선을 따라가다 보면 이 책에는 인간의 다양한 모습이 그대로 드러난다. 삶과 죽음의 질서에 대한 소중한 교훈과 지혜를 배울 수도 있다.

파브르는 이 책에서 곤충의 생태를 설명하되 한순간도 인간의 행동을 잊는 법이 없다. 파브르는 인간이 흔히 한낱 미물에 지나지 않는다고 생각하는 벌레들에게서도 규칙적인 질서와 생활, 자신의 책임을 꿋꿋이 지켜나가는 의무, 일에 대한 가치가 있다는 사실을 발견하고 인간도 그것을 본받아야 한다고 역설하였다.

더구나 『곤충기』에서 파브르는 과학자의 글이라고는 좀처럼 믿어지지 않을 만큼 수려한 문체를 구사한다. 시적 운율에다 생기 넘치는 비유적 표현, 고전에서의 인용, 우화 등을 사용함으로써 자칫 지루할 수 있는 글을 문학적 차원으로 끌어올린다. 예를 들어 『파브르 곤충기』에는 갈피마다 파브르의 문학적 표현들이 살아 숨 쉰다. 이를테면 10권에서 유럽 장수금풍뎅이가 굴을 파는 것을 관찰하며 파브르는 크레타 미궁에서 아리아드네의 실을 붙잡고 빠져나온 테세우스의 이야기를 들려준다. 그 신화 속 이야기와 장수금풍뎅이가 살아남는 방식이 서로 비슷하다는 것이다.

이렇듯 파브르는 곤충학자 못지않게 시인이요, 박물학자 못지않게 철학자라고 할 만하다. 그는 곤충들을 과학자의 눈으로 바라보았을 뿐 아니라 더 나아가 시인과 철학자의 눈으로도 바라보았다. 그러고 보니 왜 한 학자가 "파브르는 철학자처럼 사색하고, 예술가처럼 관찰하며, 시인처럼 표현한다"고 평가했는지 알 만하다.

『파브르의 곤충기』는 출간된 지 100여 년이 지났지만 동시대나 후대에 큰 영향을 끼쳤다. 가령 진화론으로 유명한 찰스 다윈에 직접 또는 간접으로 영향을 주었는가 하면, 창조적 진화론과 생철학을 부르짖은 프랑스의 철학자 앙리 베르그송에게도 깊은 영향을 끼쳤다.

파브르는 평생 한눈팔지 않고 오직 한 분야에만 깊이 파곤 든 학자로도 유명하다. 어린 시절부터 아흔한 살로 사망할 때까지 곤충 연구와

『파브르의 곤충기』를 집필하는 데 온몸을 바쳤다. 곤충을 탐구할 때면 파브르는 특유의 검은색 모자에 소박한 옷차림으로 길가에 엎드려 곤충을 관찰하는 바람에 주위 사람들로부터 미치광이 취급을 받을 때도 있었다. 이러한 집념으로 파브르는 오늘날 세계적인 곤충학자로 우뚝 서 있다. 곤충 분류학이나 곤충 진화학에 대한 연구는 파블로 이후 많이 발전했지만 곤충 생태학에 관한 연구는 그 이후로 발전한 것이 없다시피 하다.

28

적과 흑

스탕달

동양이나 서양을 가르지 않고 예로부터 색깔은 흔히 사회적 신분을 나타내었다. 가령 중국을 비롯한 동양에서 황색은 황제나 왕의 신분을 나타내는 존귀한 색깔이었다. 한편 흰색은 관직을 맡지 않는 일반 평민을 상징하였다. 벼슬 없이 군대를 따라 싸움터로 가는 것을 가리키는 '백의종군(白衣從軍)'이라고 할 때의 그 백의가 다름 아닌 흰옷이라는 뜻이다. 잿빛 승복에서 볼 수 있듯이 회색은 흔히 승려 계급을 상징하는 색깔이다.

이러한 사정은 서양에서도 크게 다르지 않아서 붉은색은 군인을 상징하고 검은색은 종교적 사제를 상징하는 색깔이었다. 스탕달(1783~1842)의 『적과 흑』(1830)은 바로 이러한 색깔의 상징성을 염두에 두고 붙인 제목이다. 그는 젊은 시절의 거의 대부분을 군대에서 보냈지만 사제 생활을 한 적은 한 번도 없었다. 나폴레옹 이후의 프랑스 사회에서 평민은 수도사가 되는 것 말고는 출세의 길이 별로 없었다. 한편 룰렛의 회전판 색이 붉은색과 검은색인 것에서 착안하여 주인공 쥘리앵 소렐의 삶을 도박에 비유했을지 모른다는 이론도 만만치 않다. 어느 쪽이든 스탕달 자신은 제목에 대하여 정확하게 밝힌 적이 없다.

스탕달의 본명은 마리 앙리 베일이다. '스탕달'은 그가 사용한 170여 개에 이르는 필명 가운데 하나다. 1817년 이탈리아의 유명한 도시에 관한 여행기를 출간하면서 프로이센의 작은 도시 이름을 따서 필명으로 삼았다. 마리 앙리 베일은 1783년 프랑스의 남부 도시 그르노블에서 태어났다. 아버지는 평민 출신의 법정 변호사였고, 어머니는 가농 가문 출신의 귀족이었다.

스탕달은 평생 부르주아 계층의 가치관과 귀족 계층의 가치관 사이에서 갈등을 겪으며 살았다. 이러한 갈등은 부모에게서 물려받은 유산이었다. 아버지는 개인적이고 천박하며 물질주의적인 중산층을 대변하는 인물인 반면, 그가 여덟 살이 되던 해에 사망한 어머니는 고상함과 우아함을 자랑하는 귀족층을 대변하는 인물이었다. 어머니를 일찍 여읜 탓에 어머니에 늘 애틋한 감정을 느낀 반면, 아버지를 두고는 '짐승'이라고 부를 만큼 경멸하였다. 이처럼 첨예하게 대립되는 두 가치관 사이에서 느낀 갈등은 뒷날 '그르노블의 마리 앙리 베일'이 '파리의 스탕달'로 탈바꿈하는 데 창조적 원동력이 되었다.

스탕달은 자신이 이 세상에 너무 늦게 태어났다는 사실을 평생 동안 괴로워하였다. 그가 성인이 되었을 때는 이미 그가 그토록 바라던 '영웅의 시대', 즉 프랑스 대혁명과 나폴레옹 원정 시대가 이미 막을 내렸거나 막을 내리려고 하는 순간이었다. 그러나 스탕달이 살던 시대는 비록 규모는 작지만 그 나름대로 프랑스 역사에서 큰 격변기여서 작가가 되는 데 한몫을 톡톡히 하였다. 스탕달은 나폴레옹 전쟁, 총재 정부, 집정 정부, 제1제정, 백일천하, 부르봉 왕정복고, 7월 혁명 등 하나같이 프랑스 정치사에 굵직한 획을 그은 사건들의 소용돌이 속에서 살았다.

위대한 작품이 흔히 그러하듯이 스탕달도 우연하게 『적과 흑』을 썼다. 마르세유에 머물던 1827년 12월 한 지방신문에서 흥미로운 기사 한 토막을 읽었다. 앙투안 베르테라는 스물다섯 살 난 청년이 기혼 여성을 살해한 혐의로 체포되어 재판을 받았다. 청년의 정부(情婦)였던 기혼 여성은 청년에게 새 애인이 생기자 과거를 폭로하였다. 이 사건을 흥미롭게 지켜보던 스탕달은 이 젊은이를 주인공으로 소설을 쓰기로 마음먹었다. 대표적인 프랑스 소설 가운데 하나인 『적과 흑』이 탄생하는 순간이었다.

비록 작품의 플롯은 신문 기사에서 빌려 왔다고 하지만 인물들은 그동안 갈등을 겪었던 스탕달의 내적 경험을 바탕으로 탄생하였다. 주인공 쥘리앵 소렐은 여러모로 작가의 분신으로 보아 크게 틀리지 않는다. 『마담 보바리』를 쓴 뒤 플로베르는 “마담 보바리는 나다”라고 천명했지만 쥘리앵이야말로 스탕달 자신이라고 할 수 있다. 살인 사건이라는 육체에 자신의 삶이라는 영혼을 불어넣어 마침내 위대한 작품을 창조해 냈다.

실제 사건에서 취해 온 만큼 『적과 흑』의 플롯은 비교적 단순하다. 목수의 아들로 태어난 주인공 쥘리앵 소렐은 비천한 신분에서 벗어나려고 온갖 노력을 아끼지 않는다. 나폴레옹에게 매력을 느끼면서도 그가 몰락하자 쥘리앵은 군대보다는 성직이 권력을 얻을 수 있는 지름길이라고 깨닫는다. 신학교로 진학한 그는 프랑스의 작은 도시 베르에르의 시장인 레날 집안에서 가정교사 노릇을 한다. 곧 레날 부인과 사랑에 빠졌으나 그녀를 흠모하던 발레노라는 관리의 투서로 애정 행각이 들통난다.

쥘리앵은 브장송에 있는 신학교로 옮겨 가고, 그가 떠난 뒤 레날 부인은 심한 죄의식으로 종교에 심취한다. 피라르 사제의 도움으로 라 몰 백작의 비서가 된 쥘리앵은 백작의 딸 마틸드를 유혹한다. 마틸드가 임신한 사실을 안 백작은 가문의 명예를 지키기 위하여 두 사람을 결혼시키기로 결심한다. 쥘리앵이 바라던 권력과 명예와 돈을 한꺼번에 얻으려는 순간 레날 부인은 마틸드의 아버지에게 쥘리앵의 과거를 낱낱이 적은 편지를 보낸다. 모든 것이 물거품으로 돌아간 사실을 깨달은 쥘리앵은 복수심에 레날 부인을 총으로 쏘고, 곧 체포되어 형장의 이슬로 사라진다.

세계 문학사에서 『적과 흑』은 흔히 '최초의 부르주아 소설'이라는 꼬리표가 붙어 다닌다. 부르주아의 이상은 자유주의 정신이고, 그것은 프랑스 대혁명의 지적 의상이었다. 자유주의 정신은 프랑스 혁명의 자식이라고 부르는 나폴레옹에게서 가장 잘 드러난다. 자유주의자들은 본질적으로 이성적 존재인 인간이 완벽할 수 있다고 굳게 믿었다. 이는 그동안 귀족 계층에 억눌려 온 중산층에게 복음과 같은 소식이었다. 쥘리앵이 자유주의 정신에 매력을 느끼는 것은 바로 그 때문이다.

한편 스탕달은 부르주아 계층의 가능성 못지않게 그 한계에도 관심을 보인다. 모든 계급적 질서를 부정하는 부르주아 계층은 자칫 사회를 무정부주의에 빠뜨릴 위험을 안고 있다고 생각하였다. 인간 사회에서 어느 정도의 질서와 계급은 불가피하다고 믿고 있었다. 이 점에서 쥘리앵 소렐과 애정 행각을 벌인 두 여성은 자못 상징적 의미를 지닌다. 레날 부인이 프랑스 부르주아 계층을 대변하는 인물이라면, 마틸드는 프랑스 귀족 계층을 대변하는 인물이다. 그가 마침내 파멸을 맞이하는 것은 근대 부르주아 자유주의와 전통적 귀족의 보수주의가 갈등을 빚기 때문이다.

세계 문학사를 샅샅이 뒤져보아도 쥘리앵 소렐처럼 복잡하고 미묘한 성격을 지닌 인물은 좀처럼 찾아보기 어렵다. 쥘리앵은 악한이면서 영웅이고, 영웅이면서 악한이다. 철면피인가 하면 예민하고, 위선적인가 하면 자신의 감정에 솔직하다. 대지에 굳건히 발을 디딘 철저한 현실주의자인 동시에 천상의 별을 향하여 고개를 쳐든 낭만주의자다. 이중적이고 자기 모순적인 주인공은 나폴레옹이 추구하는 부르주아 이상에 매력을 느끼면서도 성직에서 구원을 찾으려고 한다. 이러한 이유로 스탕달은 소설 제목을 '적과 흑'으로 삼았다. 붉은색은 군대를 상징하고, 검은색은 성직을 상징한다. 작품 제목을 '적이냐 흑이냐'라고 달지 않고 '적과 흑'이라고 한 점을 눈여겨보아야 한다. 쥘리앵은 새 편에도 쥐 편에도 들 수 없는 박쥐처럼 붉은색에도 만족하지 못하고 검은색에도 만족하지 못하였던 것이다.

세계 문학사에서 쥘리앵처럼 복잡한 성격의 소유자는 19세기 미국의 소설가 헨리 제임스의 소설에서나 가까스로 찾을 수 있다. 스탕달은 제임스보다 몇십 년이나 앞서 인물의 심리가 차지하는 몫이 사건이나 플롯 못지않게 중요하다는 사실을 보여 주었다. 이와 관련하여 스탕달은 "인간의 마음을 분석하지 않는 작품을 쓰는 것은 지루하기 짝이 없다"고 털어놓았다.

작가가 인물의 심리적 측면에 주의를 기울인다는 것은 그만큼 소설에서 독자가 차지하는 몫이 크다는 것을 뜻한다. 작품을 세심하게 읽지 않으면 인물의 미묘한 심리나 감정을 놓쳐 버리기 쉽다. 그렇기 때문에 독자는 찰스 디킨스나 귀스타브 플로베르의 작품을 읽을 때보다 스탕달이나 제임스의 작품을 읽을 때 훨씬 더 긴장한다. 스탕달은 "소설은 마치 바이올린의 활과 같다. 소리를 내는 바이올린의 몸체는 독자이다"라고 밝힌다. 활 없이 바이올린을 켤 수 없지만 활보다도 더 중요한 것이 바이올린의 몸체이기 때문이다.

『적과 흑』은 심리적 차원 못지않게 사회적 차원에서도 큰 의미가 있다. '19세기의 연대기'라는 부제에서도 엿볼 수 있듯이 스탕달은 19세기 초엽의 프랑스 사회를 객관적으로 기록한다. 이 소설에서 두 번이나 인용하는 것처럼 작가는 소설이란 "한길을 따라 움직이는 거울"임을 여실히 보여 준다. 작품에는 유례를 찾아보기 드문 대혁명을 겪고 난 뒤 프랑스 사회의 온갖 모습이 거울 속의 이미지처럼 고스란히 담겨 있다. 스탕달은 부르봉 왕정이 복귀한 1820년대 프랑스의 정치와 사회를 이 작품에서 마치 거울에 사물을 비추어 내듯이 생생하게 그렸다. "가장 선하다는 것도, 가장 위대하다는 것도, 모든 것이 위선이다. 아니면 적어도 사기다"라는 쥘리앵의 말은 그 시대에 대한 준열한 심판으로 읽힌다.

『적과 흑』은 사실주의 전통이 꽃을 피우는 데 비옥한 밑거름이 되었다. 스탕달은 낭만주의가 프랑스에서 큰 힘을 떨치던 1830년에 이 소설을 출간하였다. 당시 음악에서 엑토르 베를리오즈가, 미술에서 페르니당 빅토르 들라크루아가, 그리고 문학에서 프랑수아 샤토브리앙과 빅토르 위고가 낭만주의의 기치를 높이 쳐들고 고전주의 전통을 타파하는 데 힘을 모았다.

이러한 예술 풍토에서 스탕달은 프랑스 소설을 낭만주의에서 해방시키는 데 크게 이바지하였다. 그는 어느 문학 장르보다 구체적인 역사적 시간과 사회적 공간을 배경으로 하는 소설은 낭만주의 전통과는 걸맞지 않다고 생각하였다. 스탕달에게 소설과 가장 어울리는 문학 전통은 역시 사실주의였다. 그는 소재나 플롯뿐 아니라 문체에서도 사실주의 전통을 표방하였다. 샤토브리앙류의 수사적이고 장식적이며 수사적인 문체를 피하고 좀 더 직접적이고 진솔한 문체를 쓰려고 애썼다. 『적과 흑』을 비롯한 작품을 읽노라면 마치 나폴레옹 법전을 읽는 것 같다. 군더더기 없는 명징한 문체가 맑은 시냇가에서 갓 꺼낸 조약돌처럼 반짝거리기 때문이다.

29

카라마조프가의 형제들

표도르 도스토옙스키

러시아 소설을 말할 때마다 "톨스토이인가, 도스토옙스키인가?"라는 물음을 자주 듣는다. 두 사람 모두 19세기 러시아 소설의 최고봉이라 일컫지만 비평가들은 누가 더 높은 봉우리를 차지하고 있는지를 따지려고 든다. 비슷한 시기에 활동했는데도 이 두 작가는 기질적으로나 예술적으로나 아주 큰 차이를 보인다. 레프 톨스토이가 옛 도시 모스크바와 깊은 관련이 있다면, 도스토옙스키(1821~1881)는 새로 건설한 도시 상트페테르부르크와 관련이 있다. 톨스토이가 서사시 풍의 웅장한 역사 드라마에 관심을 두었다면, 도스토옙스키는 소외되거나 자아 분열을 겪는 인간의 내면세계에 관심을 기울였다. 전자의 작품은 온실처럼 밝고 따뜻한 반면, 후자의 작품은 지하실처럼 을씨년스럽고 어둡다.

그런데 "톨스토이인가, 도스토옙스키인가?"라는 물음에 답하기란 그렇게 쉽지 않다. 두 사람 모두 만만한 작가가 아닐뿐더러 저마다 독특한 성격을 지니고 있기 때문이다. 문학의 사회적 기능에 무게를 싣는 비평가들은 톨스토이를 더 뛰어난 작가라고 내세우고, 문학의 예술적 기능에 무게를 싣는 비평가들은 도스토옙스키를 더 위대한 작가로 꼽는다. 예를 들어 영국의 비평가 조지 스타이너는 톨스토이를 뽑았고, 러시아의 문학 이론가 미하일 바흐친은 도스토옙스키의 손을 들어주었다. 두 작가에 대한 평가는 시대에 따라 다르며, 어느 작가 쪽으로 형평이 기우냐에 따라 그 시대의 문학관을 가늠해 볼 수도 있다.

표도르 도스토옙프키는 1821년 10월 모스크바에서 군의관의 아들로 태어났다. 열여섯 살 때 어머니가 폐결핵으로 사망하고 그로부터 2년 뒤에 아버지가 살해되었다. 기숙사 학교를 다닌 뒤 상트페테르부르크에 있는 공병 학교를 졸업하고 1843년 장교로 임관하였다. 군 생활을 하던 무렵 『가난한 사람들』이라는 소설을 발표하여 하루아침에 유명해졌다. 1849년 '페트라솁스키 서클'에 참가했다가 반정부주의자로 지목되어 체포되면서 그의 삶에 일대 전환점을 맞이하였다.

'페트라솁스키'는 공상적 사회주의자들의 모임으로 샤를 푸리에나 피에르 프루동의 책을 읽는 독서회였지만 정부는 이 서클을 반정부 단체로 몰아세웠다. 사형 선고를 받고 총살당하기 몇 분 전에 가까스로 사면된 도스토옙스키는 발목에 쇠사슬이 묶인 채 4년 동안 시베리아에서 강제 노역에 종사해야 하였다. 1854년 강제 노역에서 풀려난 뒤에도 몽골 국경 근처 시베리아 전선에서 6년 동안 군인으로 복무하였다. 1859년 도스토옙스키는 유배 생활이 끝나자 육체적으로나 정신적으로 망가질 대로 망가진 몸을 이끌고 모스크바로 돌아왔다. 벌써 그의 나이 서른여덟 살이었다. 10년 동안의 유배 생활은 그에게 말할 수 없이 깊은 상처를 남겼다.

그 뒤에도 노름빚에 쪼들리고 간질병과 싸우는 등 도스토옙스키의 삶은 순탄하지 않았지만 작품 활동을 계속하였다. 현실이 어려우면 어려울수록 그의 예술혼은 더욱더 찬란하게 불탔다. 『사자(死者)의 집』을 비롯하여 『지하 생활자의 수기』, 『죄와 벌』, 『백치』, 『악령』, 『카라마조프가(家)의 형제들』(1880) 같은 대작을 잇달아 출간하였다. 그처럼 개인의 삶과 예술 세계 사이에 엄청난 괴리가 있는 작가도 드물다. 지그문트 프로이트는 도스토옙스키의 변화무쌍한 성격에서 창조적 예술가, 신경 질환자, 도덕가, 그리고 죄인의 모습을 발견하였다. 토마스 만은 그를 두고 아예 "죄인이며 동시에 성자"라고 불렀다.

도스토옙스키의 마지막 소설인 『카라마조프가의 형제들』은 그의 작품 중에서 가장 길 뿐 아니라 플롯이 가장 복잡하다. 음산하면서도 정교한 이 작품은 고딕 양식의 중세 교회당을 떠올리게 한다. 이 작품은 그의 예술과 철학 그리고 사상을 집대성해 놓은 결정체다. 처음 이 소설을 구상할 때 도스토옙스키는 어린이와 유년기를 염두에 두고 있었다. 철학자이며 신학자인 블라디미르 솔로브요브에게 보낸 한 편지에서 "저는 일곱 살에서 열다섯 살에 이르는 소년들이 중심 역할을 하는 방대한 소설을 구상해 왔고 곧 집필하려고 합니다"라고 밝히면서 유년과 소년 시절에 관한 정보를 요청하였다.

이 작품에서 도스토옙스키는 범죄소설이나 탐정소설에서 그 형식을 빌려 온다. 소설의 기본적인 뼈대는 카라마조프 가문의 가장이 살해당한 사건이다. 작가는 범인을 추적하는 탐정소설의 골격에 형이상학의 옷을 입힌다. 미국 소설가 허먼 멜빌이 고래잡이 모험담을 형이상학적 작품으로 끌어올린 것처럼 도스토옙스키도 한 가문의 갈등에 관한 이야기를 철학적 작품으로 승화시켰다. 이에 많은 작가와 철학자가 『카라마조프가의 형제들』에 찬사를 보낸다.

가령 언어 철학자 루트비히 비트겐슈타인은 이 소설, 특히 「종교재

판소장의 전설」을 암기할 정도로 여러 번 읽었다고 한다. 마르틴 하이데거는 이 작품의 영향으로 『존재와 시간』을 썼고, 프리드리히 니체를 비롯한 장 폴 사르트르와 알베르 카뮈 같은 실존주의자들은 이 작품에서 철학적 자양분을 얻었다. 톨스토이가 임종할 때 침대 머리맡에 있던 책도 『카라마조프가의 형제들』이었다.

지금까지 비평가들이나 학자들은 이 작품을 지나치게 도식적으로 읽어 왔다. 가령 프로이트는 이 작품에서 정신분석 이론을 끌어낸다. 이 작품은 소포클레스의 『오이디푸스 왕』이나 윌리엄 셰익스피어의 『햄릿』처럼 여성을 둘러싸고 일어나는 부친 살해를 다루기 때문이다. 또한 카라마조프 집안의 세 아들은 프로이트가 말하는 인간 성격의 세 기구, '이드'와 '에고' 그리고 '슈퍼에고'를 잘 드러낸다.

어떤 비평가는 카라마조프 집안의 네 아들을 인간 본성을 보여 주는 알레고리로 읽는다. 첫째 아내에게서 태어난 드미트리는 환희·슬픔·격정·분노·죄의식 등 인간의 온갖 감정을 잘 보여 주는 감정적 인간을 뜻한다. 둘째 아내에게서 태어난 이반과 알료샤는 각각 지적 인간과 종교적 인간을 상징한다. 특히 조시마 신부의 영향을 크게 받은 알료샤는 자아를 뛰어넘어 신성한 세계에 이르려고 애쓴다. 그런가 하면 사생아로 태어난 스메르자코프는 아버지 표도르 파블로비치처럼 육감적 인간이다.

그러나 이러한 관점에 치중하여 읽다 보면 구체적이고 극적인 작품을 자칫 추상적 명제로 단순화하는 과오를 범하기 쉽다. 도스토옙스키는 인간 영혼의 네 차원은 확고부동한 것이 아니라 끊임없이 변화한다고 보았다. 인간이라면 누구나 네 차원을 지녔고 그 때문에 내적 갈등을 겪는다. 독일 작가 슈테판 츠바이크는 "모든 규범을 마음껏 뛰어넘은 도스토옙스키가 없었더라면 인류는 지금까지 자신들이 타고난 비밀들을 지금보다 훨씬 적게 알고 있을 것이다"라고 말한 적이 있다.

이 작품은 카라마조프 집안의 몰락 과정을 다룬다. 카라마조프 집안의 가장(家長) 표도르 파블로비치는 사업가로서는 유능하나 부모로서는 실격이다. 두 아내가 사망한 뒤에도 그가 아이들을 돌보지 않자 하인 그리고리는 친척들이 아이들을 양육하도록 주선한다. 같은 읍내에 사는 백치 소녀 리자베타가 표도르 파블로비치의 사생아를 낳다가 사망한다. 표도르 파블로비치의 아들로 인정받지 못하고 하인 취급을 받으며 자라는 사생아 스메르자코프는 그루셴카를 두고 드미트리와 경쟁을 벌인다. 비인도적인 가장 표도르 파블로비치는 자식에게 살해당하는 불운을 맞는다. 아버지나 자식 사이에서뿐 아니라 형제들 사이에서도 반목과 불화가 끊이지 않는다. 이반이 드미트리의 약혼녀 카테리나를 사랑하면서 갈등이 빚어지기도 한다.

가문의 몰락이나 붕괴는 서구 문학 전통에서 꽤 낯익은 주제다. 구약성경이나 그리스 비극으로부터 르네상스 시대의 작품을 걸쳐 윌리엄 포크너 같은 20세기 작가의 작품에 이르기까지 많은 작가가 이 문제를 다루었다. 가족의 붕괴나 몰락은 비단 그것으로 그치지 않고 상징적 의미를 지닌다. 사회의 최소 단위인 가족은 사회의 핵이다. 핵이 건강하지 않으면 사회도 건강할 수 없다. 『카라마조프가의 형제들』에서 가족의 붕괴는 곧 19세기 말엽의 러시아 사회의 몰락, 나아가 19세기 유럽의 몰락을 뜻한다. 즉 도스토옙스키는 카라마조프 집안의 몰락에서 19세기 러시아와 유럽의 몰락을 보여 주려고 하였다.

가족 공동체의 붕괴와 사회 공동체의 몰락을 막을 수 있는 길은 과연 없을까? 도스토옙스키는 인간의 제도가 아니라 인간의 마음에서 그

답을 찾으려고 한다. 그 답을 찾기 위해서는 작가가 제사(題詞)로 삼고 있는 신약성경 「요한복음」의 한 구절을 찬찬히 살펴보아야 한다. 예수는 안드레와 빌립에게 "내가 진실로 너희에게 이르노니 한 알의 밀이 땅에 떨어져 죽지 아니하면 한 알 그대로 있고, 죽으면 많은 열매를 맺느니라"(12장 24절)라고 가르친다.

예수는 죽음을 통한 삶의 원리가 식물뿐 아니라 인간에게도 적용된다고 말한다. 그다음 구절에서 예수는 "자기의 생명을 사랑하는 자는 잃어버릴 것이요, 이 세상에서 자기의 생명을 미워하는 자는 영생하도록 보전하리라"(12장 25절)라고 말한다. 현세의 성공에 집착하지 말고 내세에 소망을 두라는 뜻으로 받아들일 수도 하지만, 달리 생각해 보면 남을 사랑하라는 뜻으로도 받아들일 수 있다. 자신의 목숨만 사랑한다는 말은 뒤집어 보면 남을 사랑하지 않는다는 말이 된다. 남을 사랑하지 않고 오직 자신만을 사랑하는 이기적인 사람은 결국 멸망하게 마련이다.

예수는 이 두 구절에서 사랑의 복음을 전한다. 사랑의 열매를 맺기 위해서 자신을 희생하고 남을 먼저 사랑해야 한다고 가르친다. 도스토옙스키는 이를 제사로 삼아 사랑의 중요성을 강조한다. 사랑이 없었기 때문에 카라마조프 집안은 무너진다. 식구들 사이에 사랑이나 애정 같은 정신적 교감은 눈을 씻고 찾아보아도 찾아볼 수 없다. 사랑이 아니라 증오, 애정과 배려가 아니라 반목과 불화, 그리고 희생이 아니라 탐욕이 난무하고 판친다. 바로 이 점에서 세상 만물을 아낌없이 사랑하라는 조시마 신부의 가르침이 찬란한 빛을 내뿜는다.

형제여, 인간의 죄를 두려워 마라. 심지어 죄를 범한 인간도 사랑하라. 이것은 이미 거룩한 사랑을 닮은 것이요, 이 지상에서 가장 고귀한 사랑이기 때문이다. 하나님의 모든 피조물을 사랑하라. 전체를 사랑하고 모래알 하나를 사랑하라. 나뭇잎 하나, 하나님의 빛 한 줄기를 사랑하라. 동물을 사랑하고 식물을 사랑하라. 만물을 사랑하라. 만약 그대가 모든 종류를 사랑한다면, 그대가 어디에 있던 하나님의 신비가 드러날 것이다.

도스토옙스키는 작품을 쓰면서 한 번도 수정해 본 적이 없다. 형이 사망한 뒤 형의 식구들까지 부양해야 했던 그는 일사천리로 작품을 써 내려갔다. 『도박사』를 겨우 26일 만에 끝낼 정도였으니 얼마나 빨리 작품을 썼는지 쉽게 미루어볼 수 있다. 빚을 갚기 위하여 작품을 쓴 오노레 드 발자크는 교정쇄가 나오는 즉시 수정과 가필을 했지만 도스토옙스키는 아예 가필과 수정도 하지 않았다. 이렇게 급하게 서둘러 작품을 썼는데도 하나같이 깊은 감동을 주는 것은 문학가로서 타고난 그의 천재성 덕분이다.

30

안나 카레니나

레프 톨스토이

미국의 심리학자 윌리엄 제임스는 1872년 소설가인 동생 헨리 제임스에게 보낸 한 편지에서 레프 톨스토이(1828~1910)의 작품을 읽고 "그가 그린 삶의 모습이 실제 삶보다 더욱 사실적이다"라고 말하였다. 제임스는 톨스토이가 그의 소설에서 어떤 심리학자보다도 인간 심리를 더 정확하게 꿰뚫고 있다고 보았다. 그런가 하면 『전쟁과 평화』에서 톨스토이가 어떤 역사가보다도 나폴레옹 전쟁을 더 실감나게 그렸다고 지적하는 역사학자도 있다. 이렇듯 톨스토이는 상상력의 산물인 문학을 심리학이나 역사보다 높은 반열에 올려놓는 데 크게 이바지한 작가다. 이반 투르게네프와 표도르 도스토옙스키와 함께 톨스토이는 19세기 러시아 소설을 이끄는 삼두마차다.

흔히 '러시아의 양심' 또는 '러시아의 호메로스'로 일컫는 톨스토이는 야스나야 폴랴나에서 귀족 집안의 아들로 태어났다. 나폴레옹 전쟁이 일어난 지 얼마 되지 않아 태어나서, 1차 세계대전과 볼셰비키 혁명이 일어나기 직전에 사망하여 그야말로 엄청난 역사적 소용돌이를 겪으며 살았다. 유복한 어린 시절을 보냈으나 일찍 부모를 여읜 탓에 친척집에서 자랐다.

톨스토이는 1844년 카잔대학에 입학했지만 학업에 별다른 흥미를 느끼지 못하여 3년 만에 중퇴하고, 모스크바와 상트페테르부르크에서 방탕한 생활을 일삼다가 러시아 군대에 입대하여 크림 전쟁에 참여하였다. 그가 처음 작품을 쓰기 시작한 것은 군대에 있을 때로, 어린 시절의 경험을 기록한 『유년 시절』과 군대 생활을 소재로 한 『세바스토폴 스케치』를 발표하여 그런대로 관심을 모았다. 군대 생활을 그만둔 뒤에는 프랑스·스위스·독일 등 유럽 여러 나라를 여행하면서 경험을 쌓았다.

1862년 소냐 베르스와의 결혼은 톨스토이의 삶에서 일대 전환점이 되었다. 그는 무려 열세 명의 자식을 낳으며 평탄하지 않은 결혼 생활을 하는 한편 인생 수업을 쌓으며 작가로서의 길을 넓혀 나갔다. 1883년에 만난 제자 블라디미르 체르코프와 함께 1910년 11월 가출한 며칠 뒤 톨스토이는 어느 시골 기차역 근처 오두막집에서 폐렴으로 숨을 거두었다. 그가 사망하자 러시아 전국 곳곳의 교회에서는 조종소리가 울렸고, 길을 가던 사람들은 길 위에 우뚝 서서 묵념을 올렸다. 누가 죽었는지 모든 사람들이 알고 있었기 때문이다.

모든 예술가를 통틀어 톨스토이처럼 이중적이고 모순적인 삶을 산 사람도 찾아보기 드물다. 개인주의를 목숨처럼 소중하게 여기는 지주 계급이면서도 가난한 농부처럼 소박한 삶을 살려고 노력하였다. 정욕에 쉽게 사로잡히는 육감적인 사람이면서도 청교도적인 윤리와 엄격한 도덕을 내세웠고, 남다른 건강과 정력을 가지고 태어났으면서도 삶의 고비마다 죽음에 대한 공포에서 좀처럼 벗어나지 못하였다. 그런데 이러한 이중적이고 모순적인 성격은 그의 예술 세계에서 동력과 같은 구실을 하였다.

『안나 카레니나』(1878)는 『전쟁과 평화』와 함께 톨스토이의 가장 대표적인 작품으로 꼽힌다. 1873년에 집필하기 시작하여 1875~1877년에 잡지에 연재했고, 연재가 끝난 이듬해 단행본으로 출간하였다. 이 기간 동안 톨스토이는 작품의 내용과 플롯, 구성, 스타일을 정교하게 다듬었다. 『안나 카레니나』를 읽노라면 마치 균형과 조화를 갖춘 고전주의 건축을 바라보는 느낌이 든다. 실제로 톨스토이는 이 작품의 구성을 문제 삼는 한 비평가에게 "이 소설의 건축학에 대하여 자부심을 느낀다"고 적어 보냈다.

『안나 카레니나』는 서술 방법이나 형식이 『전쟁과 평화』와 비슷하지만 표현이 좀 더 정교하고 주제도 좀 더 복잡하다. 『전쟁과 평화』가 삶을 긍정하는 낙관적 세계관을 보여 준다면, 『안나 카레니나』는 염세적이고 비극적인 세계관을 보여 준다. 문학 전통에서 보더라도 전자가 역사적 리얼리즘에 가깝다면, 후자는 심리적 리얼리즘에 가깝다. 나폴레옹 전쟁을 다루는 전자가 파노라마처럼 폭이 넓다면, 1860년대의 러시아 사회를 다루는 후자는 심리적으로 깊이가 있다. 그래서 이 작품은 뒷날 심리소설이 발달하는 데 초석을 마련해 주었다는 평가를 받는다.

『안나 카레니나』는 "행복한 가정은 모두 똑같지만 불행한 가정은 저마다의 방식에 따라 불행하다"는 그 유명한 문장으로 시작한다. 진화생물학자인 재레드 다이아몬드는 『총·균·쇠』에서 이 문장에서 힌트를 얻어 '안나 카레니나 법칙'을 만들어 내기도 하였다. 한 가정이 행복한지 행복하지 않은지는 가정의 핵심인 남편과 아내의 관계에서 결정된다. 이 작품에서 행복한 가정은 콘스탄틴 레빈과 키티 쉬체르바츠카야의 결혼 생활에서 엿볼 수 있다. 반면 안나 카레니나와 알렉시 카레닌의 결혼은 불행한 가정을 보여 주는 좋은 예에 해당한다. 레빈과 키티의 결혼이 행복할 수 있는 것은 두 사람의 관계가 사랑과 믿음에 깊이 뿌리를 두고 있기 때문이다. 그들은 걱정거리나 갈등이 없어서 행복한 것이 아니라 서로를 이해하고 희생하고 용서하기 때문에 행복하다. 자신보다는 오히려 상대방의 행복과 안녕을 먼저 생각하는 사람들이다.

한편 카레닌과 안나의 결혼 생활이 불행한 것은 두 사람 사이에 진정한 애정이 없기 때문이다. 안나의 외도를 잘 알고 있으면서도 공무원으로서 오직 출세에만 눈이 어두운 카레닌은 그 추문이 가져올 파장만을 걱정할 뿐 부부 관계에는 별다른 관심이 없다. 카레닌은 안나가 왜 외도를 할 수밖에 없는지에 대해서는 조금도 관심을 기울이지 않는다. 영국의 소설가 서머싯 몸은 한 작품에서 "사랑의 비극은 증오가 아니라 무관심이다"라고 말한 적이 있는데 이 말은 바로 안나와 카레닌을 두고 말한 것처럼 읽힌다. 심지어 카레닌은 안나에게 질투심조차 느끼지 않는다.

합법적인 가정이라고는 할 수 없지만 안나와 브론스키 백작과의 관계도 불행한 가족을 보여 주는 좋은 예다. 처음에는 안나의 미모에 마음이 끌리지만 브론스키는 점차 안나에게서 멀어져 간다. 이 점과 관련하여 소설의 화자는 "그녀는 그가 처음 보았을 때의 여자와는 완전히 달랐다. 도덕적으로나 육체적으로 나쁜 쪽으로 변해 있었다. […] 그는 자신이 꺾은 시든 꽃을 바라보는 사람처럼 그녀를 바라보았다"고 말한다. 브론스키가 그녀에게 진정한 애정이나 믿음보다는 그녀의 겉모습에 무게를 두었다는 증거다. 안나는 브론스키 백작의 아이까지 낳지만 그의 사랑에 의심이 들자 기차에 뛰어들어 스스로 목숨을 끊는다. 사랑과 믿음보다 오로지 정열에 기초를 둔 간음은 가정을 불행하게 한다는 사실을 여실히 보여 준다.

이처럼 『안나 카레니나』에서 톨스토이는 정열에 기초를 둔 불륜이나 간통이 가져오는 비극적 결과를 다룬다. 브론스키와의 사랑을 위하여 안나는 가정과 명성, 건강, 그리고 목숨까지 지푸라기처럼 버린다. 안나가 자살한 뒤 브론스키도 삶에 대한 의욕을 모두 상실한 채 불가리아 전쟁에 자원하여 목숨을 버리려고 한다. 그러나 위대한 예술가인 톨스토이는 이렇게 진부한 이야기로 만족하지 않는다. 두 부부나 연인의 대조는 겉으로 보이는 것처럼 그렇게 단순하지 않다. 회의적이고 불가지론적인 태도를 취하는 레빈과, 사도 바울처럼 남녀의 결혼을 그리스도와 교회에 견주는 키티의 관계가 언제나 평탄한 것만은 아니며 그들 사이에는 늘 긴장과 갈등이 끊이지 않는다. 이와는 반대로 안나와 브론스키는 비록 간음을 범하여 사회 규범을 깨뜨리지만 때로는 키티와 레빈에게서는 좀처럼 볼 수 없는 뜨거운 정열과 예리한 통찰 그리고 놀라운 지력을 보여 준다. 적어도 그들에게서 위선이나 가면을 쓴 행동은 찾아볼 수 없다.

제목에서도 분명히 드러나듯이 톨스토이는 이 소설에서 어느 인물보다도 안나 카레니나에 초점을 맞춘다. 작가는 이 작품을 처음 구상할 무렵에는 성적으로 타락한 여성을 경고할 생각이었다. 안나를 통하여 "죄의 값은 곧 죽음"이라는 기독교의 가르침을 보여 주려고 하였다. 그러나 작품을 고쳐 쓰면서 톨스토이는 점점 안나에게 매력을 느끼면서 그녀를 동정하게 되었다. 도덕적으로 타락한 요물이 아니라 오이디푸스 왕처럼 운명의 덫에 걸린 불쌍한 비극적 주인공으로 느끼게 되었기 때문이다. 톨스토이는 「로마서」의 "원수 갚는 일은 내가 할 일이니 내가 갚겠다"(12장 19절)는 구절을 이 작품의 제사(題詞)로 삼는다. 사도 바울이 구약성경 「민수기」의 구절에 대하여 말하는 이 구절은 톨스토이가 안나를 두고 한 말로 보아 크게 틀리지 않는다. 이 제사에서 안나에 대한 작가의 애틋한 마음을 엿볼 수 있다.

이 작품은 플롯과 구조뿐 아니라 지리적 배경도 거의 완벽에 가까울 만큼 균형과 조화를 지닌다. 톨스토이는 이 작품에서 러시아의 대표적인 두 도시를 중심 배경으로 삼는다. 하나는 모스크바고, 다른 하나는 상트페테르부르크다. 유구한 역사를 자랑하는 모스크바가 종교적 분위기를 자아내는 신성한 도시라면, 새로 건설한 도시 상트페테르부르크는 세속적인 도시다. 전자가 믿음과 화해와 용서의 도시라면, 후자는 화려한 겉모습에 가치를 두는 위선과 타락의 도시다. 안나와 카레닌이 상트페테르부르크 사회가 만들어 낸 인물이라면, 레빈과 키티는 바로 모스크바 사회가 만들어 낸 인물이다.

이 작품에서 시골과 도시의 대조도 찬찬히 눈여겨볼 필요가 있다. 모스크바와 상트페테르부르크가 대조를 보이는 것처럼 시골과 도시도 뚜렷한 대조를 보인다. 안나는 도시의 인물로 주로 거실, 내실, 연회장 같은 인위적인 환경 속에서 살아간다. 또한 그녀는 계절의 순환과는 관계없이 오직 공적인 행사의 달력에 따라 살아가며, 자신과 같은 사회 계층에 속한 사람들과 함께 어울린다. 한편 레빈은 어디까지나 시골 인물이다. 들판과 숲 같은 자연에서 살아가는 그는 계절의 달력에 따라 살아간다. 씨앗을 뿌리고 사냥을 하고 추수를 하며 살아가는 그의 삶에서는 인위적인 것은 아무리 눈을 씻고 찾아보아도 찾아볼 수 없다. 그런가 하면 자신의 농장을 돌보는 노동자들 옆에서 함께 땀 흘리며 노동의 신성함을 즐기기도 한다. 이처럼 도시의 삶이 다분히 병적이라면 시골의 삶은 건강하다.

톨스토이는 『안나 카레니나』에서 당대 독자들이 관심 갖는 문제를 다루기도 한다. 이혼의 도덕성과 지주와 농노의 관계, 그리고 이 무렵에 일어난 불가리아 전쟁을 그린다. 이와 동시에 이 작품은 위대한 문학 작품이 으레 그러하듯이 구체성과 일반성, 보편성과 특수성 사이에서 절묘한 조화와 균형을 꾀한다. 작가는 시간과 공간을 뛰어넘어 삶에서 궁극적 의미와 목표가 과연 무엇인가 하는 문제를 다시 한 번 곰곰이 생각하게 해 준다.

도스토옙스키는 『작가 일기』에서 『안나 카레니나』를 두고 "완벽한 작품"이라고 칭찬을 아끼지 않는다. 특히 유럽 합리주의의 한계를 지적한 러시아 특유의 작품으로 높이 평가한다. 무엇이 악이고 무엇이 선인지 그 경계를 구분 짓기란 그렇게 쉬운 일이 아니라는 사실을 이 작품은 보여 주기 때문이다. 『톨스토이와 소설』이라는 책에서 존 베일리는 "자신에게 관심이 없는 사람은 어느 누구도 위대한 소설에 관심을 가질 수 없다. 어느 다른 소설가보다도 톨스토이는 우리가 좀 더 자기 인식에 이르도록 우리 자신을 깨닫게 한다"고 밝힌다.

19세기 말엽은 말할 것도 없고 21세기의 문턱을 넘어서서 4반세기 가까운 지금도 많은 독자는 아직도 『안나 카레니나』를 역작이라고 말한다. 예술가로서의 톨스토이와 사회 개혁가나 도덕주의자나 신비 철학자로서의 톨스토이 사이에는 큰 차이가 난다. 100여 년의 세월이 지난 지금 톨스토이의 사회 개혁 사상이나 도덕, 신비 철학은 빛을 잃었지만 『안나 카레니나』 같은 소설 작품은 아직도 예술 작품으로 진주처럼 찬란한 빛을 내뿜는다. 막심 고리키가 톨스토이를 두고 '세계 전체'라고 말한 까닭도 아마 여기에 있을 것이다.

31

모비 딕

허먼 멜빌

독일 격언에 “속도보다는 올바른 방향”이라는 말이 있다. 무작정 속도를 내는 것보다는 올바로 방향을 설정하는 것이 훨씬 더 중요하다는 말이다. 온갖 희생을 무릅쓰고 애써 달려온 길이 자신이 추구하던 목표가 아니라면 어떻게 될까? 더구나 계획하던 길과 정반대 방향이라면 어떻게 될까? 지친 몸을 이끌고 출발점으로 돌아와 다시 시작해야 할 것이다. 목표를 올바로 설정한 뒤 비록 느리지만 꾸준히 나아가는 쪽이 궁극적으로는 훨씬 더 좋은 결과를 낳을지도 모른다. 그래서 우리 속담에도 “천리 길도 한 걸음부터”라고 하지 않던가. 물론 무슨 일이든지 시작이 중요하다는 말이지만, 첫걸음에서부터 방향을 제대로 올바르게 설정했는지 점검해야 한다는 말로 받아들여도 크게 틀리지 않는다. 삶의 여정에서 시행착오를 거듭하기에는 우리의 삶이 너무 짧다.

더구나 목표가 과연 옳은지 제대로 확인하지도 않고 무조건 앞만 보고 달리다 보면 자신은 말할 것도 없고 그 주위 사람들까지 피해를 입게 된다. 앞만 보고 매진하는 것보다 더 위험천만한 일은 없다. 그것은 마치 앞을 보지 못한 장님이 고속도로에서 자동차를 질주하는 것과 같다. 아니면 브레이크가 고장 난 자동차를 운전하는 것에 빗댈 수도 있다. 어느 쪽이든 자신은 말할 것도 없고 주위 사람들까지 부상을 입거나 심하면 목숨을 잃기도 한다. 이렇듯 집념이 지나치면 아집이 된다.

19세기 미국 작가 허먼 멜빌(1819~1891)은 그의 대표작 『모비 딕』(1851)에서 한 인간의 아집이 어떠한 결과를 낳는지 웅변적으로 말해 준다. 1819년 미국 뉴욕시에서 부유한 상인의 아들로 태어난 멜빌은 열한 살 때 아버지가 사업에 실패하고 2년 뒤 정신착란증으로 사망하면서 신산스러운 삶의 길을 걷게 되었다. 어머니는 남편이 남기고 간 엄청난 빚을 떠맡은 채 무려 여덟 명이나 되는 자식을 양육해야 하였다. 나이 어린 멜빌은 멜빌대로 아버지의 갑작스러운 죽음으로 정신적 불안과 상실감, 친척에게 의지해 살아야 하는 데서 오는 굴욕감과 수치심을 느끼며 살아야 하였다. 아버지의 파산과 죽음으로 학업을 중단한 멜빌은 은행 사환에서 농부, 상점 점원, 측량사, 엔지니어, 임시직 초등학교 교사에 이르기까지 온갖 직업에 종사했지만 그 어느 일에서도 이렇다 할 만족을 느끼지 못하였다.

그래서 멜빌은 1837년 영국을 항해하는 상선의 선실 사환으로 선원 생활을 시작하여 곧이어 고래잡이배를 타고 희망봉과 대서양을 횡단하였다. 그 뒤 해군 수부로 근무하는 등 줄잡아 5년 동안 바다를 삶의 터전으로 삼아 살았다. 뒷날 멜빌은 젊은 시절을 보낸 이 드넓은 바다를 두고 "나의 하버드대학이요, 예일대학"이라고 말한 적이 있다. 실제로 이렇다 할 제도 교육을 받지 못한 멜빌에게 드넓은 바다야말로 인생 경험을 쌓고 삶의 의미를 터득한 교육 기관과 크게 다름없었다.

스물다섯 살 때 선원 생활을 모두 청산하고 다시 미국에 도착한 멜빌은 선원 생활 경험을 바탕으로 소설을 쓰기 시작하였다. 마키서스 군도에서 식인종의 포로가 되었던 경험을 살려 쓴 첫 장편소설이 『타이피』라는 작품이었다. 남태평양 타이티 섬에서 보낸 목가적 생활을 바탕으로 『오무』를 출간했고, 영국 상선에서 겪은 경험과 해군 수부 생활의 경험을 살려서는 『레드번』과 『화이트 재킷』이라는 소설을 각각 잇달아 출간하였다. 상업적으로는 그런대로 성공을 거두었지만 문학적으로는 그렇게 가치 있는 작품이 아니었다.

멜빌은 동시대 작가 너새니얼 호손처럼 늘 마음속으로 예술적으로 승화된 작품을 쓰고 싶어 하였다. 그는 이번에는 바다 생활을 소재로 작품을 쓰되 좀 더 철학적인 내용을 담아 예술성 높은 작품을 쓰기로 마음먹었다. 그래서 집필한 작품이 바로 『모비 딕』이었다. 멜빌은 마침내 미국 문학의 기념비적인 작품이라고 할 이 소설을 출간함으로써 호손과 함께 '미국 문예부흥' 시대를 이끈 작가로 평가받는다.

멜빌은 미국 문학이 영국 문학이나 유럽 문학에서 젖을 떼고 비로소 민족 문학을 정립하는 데 크게 이바지하였다. 이 무렵에 활약한 어느 작가보다도 그는 드넓은 바다를 배경으로 펼쳐지는 온갖 인간 드라마를 감동적으로 그려내어 큰 관심을 끌었다. 그래서 멜빌에게는 '해양작가'라는 꼬리표가 늘 붙어 다닌다. 그러나 그의 작품의 진면목을 깨닫기 위해서는 이 꼬리표를 떼어주어야 한다. 비록 바다를 배경으로 삼고 바다에서 펼쳐지는 사건을 소재로 삼되, 그가 다루는 이야기는 어디까지나 인간 실존에 관한 형이상학적인 근본 문제이기 때문이다.

멜빌의 『모비 딕』은 부제에 따라 흔히 '백경(白鯨)' 또는 '흰고래'라고도 일컫는다. 그 부제에서도 엿볼 수 있듯이 이 작품은 엄청나게 큰 흰고래 '모비 딕'을 추적하는 이야기를 다룬다. 젊은 시절의 멜빌처럼 육지에서 별로 할 일이 없던 이 소설의 서술 화자요 주인공인 이슈메일은 마침내 선원이 되어 포경선을 타고 고래잡이를 떠난다. 이 포경선에서 이슈메일은 선장 에이해브를 만나는데 선장은 고래잡이를 하다가 모비 딕한테 한쪽 다리를 잃어버리고 흰고래에 대한 복수심에 불타는 광적인 인물이다. 이슈메일은 이러한 에이해브 선장을 두고 "신을 인정하지 않는 신 같은 사람"이라고 부른다.

에이해브 선장은 오직 흰고래를 추적하기 위하여 선원 여덟 명의 안전은 조금도 아랑곳하지 않고 대서양을 거쳐 태평양, 그리고 일본 근해까지 온다. 마침내 일본 근해에서 흰고래를 발견한 에이해브 선장은 고래를 잡기 위하여 사투를 벌인다. 사흘 동안 이어지는 이 사투에서 첫날에는 보트가 부서져 선원 한 명이 사망하고, 둘째 날에는 보트 세 척이 한꺼번에 침몰한다. 그리고 셋째 날에는 고래가 포경선에 직접 달려든다.

에이해브 선장은 작살을 고래에게 던져 명중시키지만, 그 작살을 끝까지 잡고 있었던 그는 고래와 함께 바닷속으로 끌려가 죽음을 맞는다. 포경선은 침몰하고, 선원들은 모두 익사하게 된다. 선원 중에서 유일하게 살아남는 인물은 이 소설의 화자요 주인공인 이슈메일뿐이다. 그가 살아남게 된 것도 나무판자로 만든 관을 붙잡고 있었기 때문이다.

그렇다면 작가 멜빌은 왜 에이해브 선장을 파멸시키고 이슈메일만을 살아남게 했을까? 에이해브의 죽음과 이슈메일의 생존을 보여 줌으로써 무엇을 말하고 싶었던 것일까? 흰고래를 추적하는 과정에서도 잘 드러나듯이 에이해브 선장은 일단 목표가 정해지면 수단과 방법을 가리지 않고 그 목표를 추구하려는 인물이다. 앞만 보고 달려가는 에이해브에게는 과정이나 수단과 방법 따위는 눈곱만큼도 관심이 없고 오로지 모비 딕을 죽이는 목표에만 몰두한다. 자신의 아집이나 무모한 집념 때문에 타인이 희생되는 것에도 전혀 양심의 가책을 느끼지 않는다.

한편 이슈메일은 아무리 정해진 목표라도 상황에 따라 얼마든지 궤도를 수정할 수 있다고 생각한다. 앞만 보고 달려가는 에이해브와는 달리, 이슈메일은 목표나 결과 못지않게 그것을 이루어가는 과정도 무척 중요하다고 판단한다. 또한 이슈메일은 다른 선원들과 화합을 도모하고 어떤 상황에서도 희망을 포기하지 않는다.

만약 우리가 추구하는 목표가 옳은 것이 아니라면 그 목표를 향해 매진하는 것보다 더 위험한 것도 없을 것이다. 목표를 잘못 상정하고 그것을 달성하려고 앞만 보고 달려가다 보면 이렇게 본인은 말할 것도 없고 주위 사람들까지 화를 입게 된다. 목표를 달성하려고 매진하는 것 못지않게 목표가 올바르게 설정되었는지를 판단하는 것이 중요하다. 속도보다 올바른 방향에 무게를 실어야 한다.

그런가 하면 에이해브 선장은 모비 딕이 상징하는 인간이 뛰어넘을 수 없는 불가사의한 목표에 도전하려는 인물이다. 앞에서 이슈메일이 그를 두고 "신을 인정하지 않는 신 같은 사람"이라고 부른다고 말하였다. 이슈메일의 말대로 에이해브는 인간이면서도 인간의 한계를 벗어나 신을 닮으려는 인물이다.

고대 그리스 비극에서는 이렇게 주인공이 인간의 한계를 뛰어넘어 신이 되려는 태도를 '휴브리스(hubris)'라고 불렀다. 지나친 자만심이라는 뜻이다. 에이해브 선장이야말로 휴브리스를 지닌 인물이다. 한편 이슈메일은 인간의 한계를 깊이 깨닫고 좀처럼 그렇게 무모한 목표에 도전하려고 하지 않는다. 인간의 범위 안에서 최선을 다하려는 균형 잡힌 인물이다. 작가 멜빌이 지나치게 자만한 에이해브 선장보다는 균형 잡힌 시선으로 삶을 바라보는 이슈메일의 손을 들어주는 까닭이 바로 여기에 있다.

한마디로 에이해브 선장이 본질주의자요 확신주의자라면, 이슈메일은 상황주의자요 회의론자다. 전자가 절대주의자요 일원론자라면, 후자는 상대론자요 다원론자다. 전자에게 진리란 크리스토퍼 콜럼버스가 아메리카 대륙을 찾아낸 것처럼 '발견하는' 것이지만, 후자에게 진리란 토머스 에디슨이 백열전등이나 전화기를 발명한 것처럼 '만들어내는' 것이다.

이슈메일은 편집광적이고 광기에 가까운 성격을 지닌 에이해브 선장보다 훨씬 더 절제되고 균형 잡힌 태도를 취한다. 불가사의한 삶의 의미와 우주의 신비를 캘 수 있다고 믿는 광신적 절대주의자 에이해브와 달리, 그는 삶과 우주의 궁극적 의미를 찾는 것은 처음부터 아예 불가능할 뿐 아니라 또한 바람직하지도 않다고 생각한다. 그처럼 인간의 한계를 깨닫고 그 안에서 최선을 다하는 것이 현명한 삶의 방식이요, 성공의 지름길일 것이다.

32

허클베리 핀의 모험

마크 트웨인

흔히 '미국의 셰익스피어'요, '미국 문학의 링컨'으로 일컫는 마크 트웨인(1835~1910)은 미국 작가뿐 아니라 세계의 모든 작가를 통틀어서도 가장 폭넓은 독자층을 확보하는 작가에 속한다. 그의 작품은 유치원 학생에서 대학원 박사과정에 있는 학생들에 이르기까지 글을 읽을 줄 아는 사람이라면 누구나 다 즐겨 읽는다. 『허클베리 핀의 모험』(1884)이나 『톰 소여의 모험』 또는 『왕자와 거지』 같은 작품을 읽지 않고 어린 시절을 보낸 사람은 아마 거의 없을 듯하다. 그중에서도 『허클베리 핀의 모험』은 청소년들이라면 반드시 겪어야 하는 일종의 통과의례 같은 작품이다.

어니스트 헤밍웨이는 "미국의 모든 현대 문학은 마크 트웨인이 쓴 『허클베리 핀의 모험』이라는 책 한 권에서 비롯했다"고 말한 적이 있다. 헤밍웨이와 같은 시대에 활약한 윌리엄 포크너도 셔우드 앤더슨이 자기 세대 작가들의 아버지라고 한다면, 트웨인이야말로 앤더슨 같은 선배 세대 작가들의 아버지라고 밝혔다. 그러면 20세기 중엽에 활약한 헤밍웨이나 포크너 같은 작가들에게 트웨인은 '미국 문학의 할아버지'에 해당하는 셈이다.

그러나 훌륭한 작품들이 대개 그러하듯이 트웨인의 『허클베리 핀의 모험』도 제대로 빛을 보기까지는 갖가지 어려움을 겪었다. 이 소설은 '불건전한' 내용 때문에 처음 출간되었을 때부터 비난의 화살을 받았다. 특히 청소년들이 읽기에는 여러모로 부적절하다는 판정을 받았다. 무엇보다도 주인공 허클베리 핀(헉 핀)은 거짓말을 밥 먹는 듯이 하는 소년이라는 것이다. 실제로 그는 기회 있을 때마다 거짓말을 일삼는다. 물론 헉 핀의 거짓말은 고아와 다름없는 소년으로서 살아남기 위한 생존 전략이거나 어려운 위기를 모면하기 위한 임기응변이라고 할 만하다. 말하자면 '악의 없는 거짓말'이라고도 할 수 있다. 이 점을 염두에 두더라도 그의 거짓말은 지나친 데가 없지 않다.

헉 핀은 미시시피강을 따라 여행하면서 남의 집 수박이나 닭 같은 물건들을 자주 '빌려 오기도' 한다. 더글러스 과부댁의 말대로 이 '빌려 온다'는 표현은 '훔쳐온다'는 표현을 완곡하게 표현한 것에 지나지 않는다. 심지어는 톰 소여조차도 헉 핀이 검둥이 밭에서 수박을 훔쳐 먹자 그를 심히 나무라며 10센트를 가져다주라고 야단이다. 남의 집 부엌에 들어가 양초 몇 개를 슬쩍 가지고 나올 때 5센트 동전을 식탁에 놓고 나오는 톰과 비교해 보면 헉 핀의 이러한 행동은 크게 차이가 난다.

더구나 헉 핀은 이 무렵 미국 사회의 주춧돌이라고 할 제도화된 기독교와 도덕성 그리고 윤리관을 가차 없이 조롱하고 모멸한다. 17세기 초엽 메이플라워호를 타고 대서양을 건너온 식민지 개척자들의 청교도 정신이 점차 그 빛을 잃었고 남북전쟁 이후에는 급격히 쇠퇴했다고는 하지만 이 무렵 아직도 미국 사회를 떠받치고 있는 정신적 지주는 기독교 윤리였다. 그런데도 헉 핀은 아무 거리낌 없이 천국보다는 오히려 지옥에 가고 싶다고 내뱉는다. 이 밖에도 왕과 공작 같은 사기꾼들은 여러 장면에서 기독교인들의 위선과 기만을 신랄하게 꼬집는다.

그런가 하면 이 소설이 배척받은 데는 헉 핀이 사용하는 말투도 톡톡히 한몫하였다. 남서부 지방의 사투리를 비롯하여 비어나 속어를 자주 쓰는 것은 물론이고 소년으로서는 도저히 입에 담기 어려운 상스러운 말이나 욕설까지도 서슴지 않고 내뱉는다. 그뿐 아니라 헉 핀을 비롯한 다른 작중인물들이 사용하는 어법도 제도 교육에서 가르치는 표준어와는 꽤 거리가 멀다.

『허클베리 핀의 모험』이 처음 출간된 19세기 말엽과 20세기 초엽의 독자들은 헉 핀이 불량소년이며 그의 행동거지나 말버릇은 청소년들에게 해를 끼친다고 생각하였다. 그리하여 이 책이 처음 출간되었을 때《라이프》지는 이 작품을 두고 '피를 굳게 하는 유머'라느니 '하수구의 리얼리즘'이라느니 또는 '천박하고 지루한 농담'이라느니 하고 신랄히 비판하였다. 매사추세츠주의 콩코드 도서관 위원회는 이 작품을 '쓰레기' 같은 작품으로 간주하여 도서관의 장서 목록에서 삭제해 버렸다. 그 뒤를 이어 미국 전역에 걸쳐 적지 않은 학교에서도 이 작품을 학생들에게 읽혀서는 안 되는 금서로 지정하기도 하였다.

『허클베리 핀의 모험』은 그 제목 그대로 허클베리 핀이라는 열세네 살 된 한 소년이 겪는 갖가지 모험담으로 되어 있다. 기본적인 플롯을 살펴보면 헉 핀은 미주리주 세인트 피터스버그 마을의 술주정뱅이의 아들로서, 이 소설이 시작하기 전에 이미 같은 마을의 더글러스 과부댁의 양자가 되었다. 그러나 헉 핀은 더글러스 과부댁과 그녀의 동생인 노처녀 왓츤의 훈육에 때로는 염증을 느끼기도 하지만 그런대로 잘

적응해 나간다. 이 무렵 헉 핀이 뜻하지 않게 돈을 손에 넣었다는 소문을 전해 듣고 아버지가 나타나 그를 다시 괴롭히기 시작한다.

아버지로부터 유괴를 당하는 헉 핀은 마침내 아버지로부터 탈출하여 미시시피강의 한복판에 있는 잭슨 섬에 숨는다. 그곳에서 우연히 도망쳐 나온 왓츤 아줌마의 흑인 노예 짐을 만나며, 이 두 사람은 홍수에 떠내려온 뗏목을 타고 미시시피강을 따라 남쪽으로 여행을 한다. 백인 소년과 흑인 노예가 뗏목을 타고 여행하면서 강과 강변에서 겪는 갖가지 사건들이 이 소설의 핵심적인 뼈대를 이루고 있다. 이 소설은 마침내 아칸소주 파이크스빌 마을에 도착한 헉 핀과 짐이 마침 친척집에 찾아온 톰 소여와 함께 벌이는 희극적 사건으로 끝을 맺는다.

이렇듯 이 작품은 넓은 의미에서 전통적인 악한소설(피카레스크 소설)의 형식을 취한다. 신분이 낮은 서민 출신의 인물들을 주인공으로 삼는다는 점에서 그러하고, 주인공이 여행이나 길거리에서 겪는 온갖 경험을 주요한 모티프로 사용한다는 점에서 그러하다. 트웨인은 미시시피강을 두고 '움직이는 길'이라고 말한 적이 있는데, 실제로 이 강은 악한소설의 주인공이 경험을 겪는 노상과 크게 다름없다. 노상에서 벌어지는 사건을 다루는 만큼 이 작품에서는 주인공의 외부 행동에 초점을 맞춘다.

그러나 『허클베리 핀의 모험』을 단순히 악한소설로만 읽는다면 트웨인이 이 작품에서 의도하고 있는 바를 놓치기 쉽다. 비록 헉 핀은 얼핏 불량소년처럼 보일지 모르지만 '공작'이나 '왕' 같은 다른 작중인물과는 근본적으로 다르다. 헉 핀에게는 부정적인 측면에 못지않게 긍정적인 측면도 많기 때문이다. 한 마디로 그는 병적인 인물이라기보다는 오히려 건강한 인물이라고 할 수 있다.

무엇보다도 헉 핀은 전형적인 악한(피카로)과는 달리 풍부한 감수성과 인간성의 소유자로서 심한 내적 갈등과 긴장을 겪으며, 동료 인간들이 받고 있는 고통에 남다른 동정심을 보여 준다. 예를 들어 살인자들을 난파한 '월터 스콧' 호에 남겨두고 탈출할 때 헉 핀은 그들이 놓여 있는 처지를 생각하며 무척 가슴 아파한다. 그는 "비록 사람을 죽인 범인이라고는 하지만 그런 곤경에 빠지게 되면 얼마나 무서울까 하고 생각하기 시작했던 겁니다. 나라고 사람을 죽이는 살인자가 되지 말라는 법도 없을 텐데, 내가 그런 꼴이 되면 내 기분이 어떻까 하고 혼자 마음속으로 생각해 보았지요"라고 고백한다. 그래서 그는 근처에 있던 거룻배 선원에게 이 사실을 알려 범인들을 구출하도록 한다.

서커스 장면에서도 크게 다르지 않다. 한 서커스 단원이 술주정꾼을 가장하고 말을 타고 갖은 묘기를 보이는 모습을 보고 다른 관객들은 하나같이 배꼽을 쥐며 웃어댄다. 그러나 헉 핀은 술주정꾼의 묘기보다는 오히려 그의 안전을 먼저 생각한다. 아칸소주의 포크스빌에서 사기 행각을 벌이던 왕과 공작이 마침내 마을 사람들한테 붙잡혀 곤욕을 치를 때도 헉 핀은 그들에게 큰 동정심을 보인다. 마을 사람들은 '왕'과 '공작'의 몸에 타르를 칠하고 깃털을 꽂아 철봉대에 싣고 다니며 정신적 모멸감과 함께 심한 육체적 고통을 준다. 이 끔찍한 광경을 바라보며 헉 핀은 "인간이란 다른 인간에 대해 이렇게 잔인할 수 있는 겁니다"라고 절망을 털어놓는다.

헉 핀이 이렇게 다른 사람들의 고통에 아주 민감한 반응을 보이는 것은 짐에 대한 태도에서 가장 단적으로 엿볼 수 있다. 뗏목을 타고 미시시피강을 따라 여행하는 동안 짐은 어느 날 멀리 두고 온 아내와 자식들을 생각하며 비통한 감회에 젖는다. 이러한 모습을 지켜보고 헉 핀은 흑인도 백인과 똑같은 감정을 가지고 있다는 사실을 처음으로 깨닫는다.

한번은 헉 핀은 짐의 노예주 왓츤 아줌마에게 짐이 펠프스 농장에 체포되어 있다는 편지를 띄우기로 결심한다. 그러나 그는 그동안 짐이 자기에게 베풀어 준 온갖 행동과 그의 착한 본성을 생각하며 마침내 그 편지를 북북 찢어 버린다. 그러면서 헉 핀은 "좋아, 난 지옥에 떨어지겠어!"라고 내뱉는다. 이 말에 대하여 그는 "그것은 끔찍스러운 생각이었고 무서운 말이었지만 벌써 입 밖으로 내뱉고 말았습니다. 그리고 나는 내뱉은 말을 취소하지 않고 그냥 그대로 내버려 두었지요"라고 말한다. 그의 말대로 나이 어린 소년이 지옥에 떨어지겠다고 말한다는 것은 당시 기독교가 큰 힘을 떨치던 미국 사회에서 좀처럼 상상하기 힘들다. 헉 핀의 이 절규는 종교나 도덕, 사회 규범보다는 개인의 직관과 참다운 양심에 따라 행동할 것을 천명하는 일종의 양심선언이다.

여행의 모티프를 지니고 있는 대부분의 소설이 으레 그렇듯이 『허클베리 핀의 모험』 또한 여행 그 자체보다는 그러한 여행을 통하여 주인공이 얻게 되는 정신적 또는 도덕적 경험이 중요한 주제로 부각되어 있다. 이 작품에서 미시시피강을 따라 이루어지는 기나긴 여행은 곧 헉 핀과 짐이 추구하고 있는 자유에의 여로이자 여정이다. 짐이 추구하고 있는 자유는 두말할 나위 없이 노예제도가 부여하는 구속과 속박의 멍에로부터의 자유다. 한편 헉 핀이 추구하는 자유는 짐이 추구하고 있는 신체적 자유와는 달리 좀 더 정신적이고 형이상학적인 면이 강하다.

헉 핀은 문명사회가 부여하는 모든 제약이나 구속에서 벗어나 개인의 참다운 자유를 찾아 헤맨다. 좀 더 구체적으로 말한다면 그가 추구하고 있는 자유나 해방은 더글러스 과부댁과 왓츤 아줌마, 폴리 아줌마와 샐리 아줌마로 대변되는 칼뱅주의와 빅토리아 시대의 낡은 도덕률과 윤리, 그리고 미시시피강 강변 여러 마을에서 그가 목격하는 악으로부터의 자유와 해방이다. 한마디로 헉 핀은 종교·도덕·법률·문화라는 온갖 이름으로 사회의 모든 구성원에게 요구하는 편견과 그릇된 가치관에서 벗어나 직관적인 자아와 자연스러운 내적 충동에 따라 살기를 바라는 인물이다.

헉 핀이 보여 주고 있는 자연과 문명, 개인과 사회, 그리고 선천적으로 물려받은 양심과 후천적으로 습득한 도덕과의 갈등이나 긴장은 서로 상반되는 두 지리적 배경으로 펼쳐진다. 헉 핀과 짐이 마치 자신들의 고향집처럼 느끼는 미시시피강과 뗏목, 그리고 강변과 그 주위에 여기저기 흩어져 있는 마을이 바로 그것이다. 이 두 지리적 배경은 단순한 외형적인 물리적 조건에 그치지 않고 주인공들이 겪고 있는 경험의 유형을 상징적으로 나타낸다. 좀 더 구체적으로 말해서 미시시피강과 뗏목은 자유·안정·행복·평화·자연과의 조화 따위를 상징하는 한편, 강변과 그 주위 마을은 속악·악의·기만·위선·탐욕·폭력 따위를 상징한다. 이 두 경험 사이를 헉 핀과 짐은 마치 괘종시계의 추처럼 끊임없이 서로 오가고 있다. 그렇다면 미시시피강과 그 강변 마을은 물리적 공간보다는 오히려 주인공의 정신적 공간이요 내면 풍경과 크게 다르지 않다고 할 수 있다.

33

말테의 수기

라이너 마리아 릴케

컴퓨터와 인터넷 또는 휴대전화 같은 통신 수단의 발달로 요즈음에는 종이에 펜으로 편지를 쓰는 사람이 거의 없다시피 하다. 심지어는 컴퓨터를 켜고 이메일 우편함을 여는 것조차 귀찮아 트위터나 페이스북 같은 소셜미디어에 의존하는 사람들이 점점 늘어난다. 젊은이들 중에는 아예 소셜미디어에만 의존하는 사람이 많다. 그러나 불과 몇십 년 전만 하여도 의사소통 수단은 종이에 펜으로 적는 편지였다. 특히 연애편지처럼 글 쓰는 사람의 감정을 한껏 표현하기 위해서는 종이에 펜으로 적는 편지만큼 좋은 것도 없었다.

흔히 20세기가 낳은 가장 위대한 시인 중의 한 사람으로 평가받는 독일의 시인 라이너 마리아 릴케(1875~1926)는 남달리 편지를 많이 쓴 것으로 유명하다. 사망한 뒤 서간집이 출간되는 것을 보면 대부분의 문인들은 일반 사람들보다는 훨씬 편지를 많이 쓰는 것 같다. 이러한 문인들 중에서도 릴케는 유난히 편지를 많이 쓴 것으로 유명하다. 평생 많은 사람과 편지를 주고받은 그는 사망할 때까지 무려 수천 통에 이르는 편지를 썼다. 릴케에게 편지는 자신의 생각과 사상을 남에게 전달할 수 있는 가장 효과적인 수단일 뿐 아니라 상대방과 정신적으로 교류하고 소통할 수 있는 가장 좋은 방법이었다.

릴케는 언젠가 자신을 두고 "편지를 가장 멋있고 가장 효과적인 교제 수단으로 여기는 구시대적인 사람 중의 하나"라고 고백한 적이 있다. 편지라는 표현 수단은 내성적인 그의 성격에 잘 들어맞았고, 남과 어울리기보다는 홀로 고독을 즐기는 그에게 더할 나위 없이 좋은 소통 수단이었다. 모르긴 몰라도 지금 같은 소셜미디어 시대에 살았어도 릴케는 아마 여전히 펜에 잉크를 찍어 종이에 편지를 썼을 것이다. 릴케에게 편지는 예술적으로도 적잖이 도움이 되었다. 그가 파리에서 지내던 시절 편지는 예술가로서의 존재를 확인할 수 있는 유일한 수단이었다. 또한 1912년부터 1922년까지 십 년 동안 시인으로 오랜 세월 침묵을 지킬 때도 편지는 그에게 마음의 벗으로 큰 위안이 되기도 하였다. 릴케는 무려 1만 편이 넘는 편지를 쓴 것으로 알려져 있다.

라이너 마리아 릴케는 당시 오스트리아 제국의 지배 아래 있던 체코의 프라하에서 태어났다. 본명은 르네 카를 빌헬름 요한 요세프 마리아 릴케였다. 연인이었던 루드레아스 살로메의 조언에 따라 지금의 이름으로 바꾸었다. 1886년부터 1891년까지 육군유년학교에서 군인 교육을 받았지만 적성에 맞지 않아 중퇴하였다. 그 뒤 릴케는 프라하, 뮌헨, 베를린 등의 여러 대학에서 공부하였다. 일찍부터 꿈과 동경이 넘치는 섬세한 서정시를 썼지만 1896년 뮌헨에서 살로메를 만나면서 시의 경향이 크게 달라졌다.

릴케는 "한 줄의 시를 쓰기 위해서는 수많은 도시들, 사람들, 그리고 사물들을 보아야만 한다"고 말한 적이 있다. 독서에 탐닉했던 것만큼이나 그는 여행을 좋아하였다. 그래서 그는 스위스, 이탈리아, 러시아, 아프리카 등지로 여행을 다니며 문학적 영감을 얻었다. 특히 살로메 부부와 함께 떠난 러시아 여행에서는 레프 톨스토이와 보리스 파스테르나크를 만나기도 하였다. 그 밖에도 릴케는 브룹스베데의 화가촌에서 하인리히 포겔러를 만나고 1902년에는 파리를 방문하여 오귀스트 로댕을 만나 그의 비서가 되었다. 루 살로메를 만난 뒤부터 한층 성숙한 시를 쓰기 시작한 릴케는 르네를 라이너로 바꾸어 라이너 마리아 릴케라는 이름으로 작품을 발표하였다. 또한 프랑스 문학에 심취한 그는 폴 발레리의 작품을 독일어로 번역하여 소개하기도 하였다.

1차 세계대전이 끝나고 릴케는 스위스의 뮈조트 성에 머물렀다. 이곳에서 그는 폴 발레리 등과 교유하며 여생을 보낸다. 직접 프랑스어로 시를 쓰던 릴케는 발레리와 앙드레 지드의 작품을 독어로 번역하였다. 릴케는 장미꽃 가시에 찔려 죽은 세상에서 가장 낭만적인 시인으로 알려져 있지만, 1926년 백혈병으로 쓰러져 스위스의 발몽 요양소에서 죽었다.

여러 도시와 국가의 여행은 릴케에게 시를 쓰는 소재가 되었을 뿐 아니라 더 나아가 소설을 쓰는 데도 비옥한 밑거름이 되었다. 가난과 고독 속에서 지내던 무명 작가 시절 그는 1902년 로댕의 전기 작업을 위하여 파리로 갔다. 그때 혼돈과 퇴폐의 도시 파리를 방황하면서 느낀 우울한 삶과 존재의 불안을 기록한 소설이 다름 아닌 『말테의 수기』(1910)다. 본래 제목이 '말테 라우리츠 브리게의 일기'인 이 작품은 허구적 자서전이라고 해야 할지, 자전적 소설이라고 해야 할지 장르가 애매하다. 장르야 어찌 되었든 이 작품의 주인공 말테를 두고 릴케는 "나의 정신적 위기에서 태어난 인물"이라고 말한다. 이 말에서도 엿볼 수 있듯이 이 작품은 문학가로서 릴케의 내면세계를 기록한 글임에는 틀림없다. 시인이 쓴 소설답게 감각적인 문장으로 가득한 작품이다. 이 소설은 시집 『두이노의 비가』와 함께 릴케의 대표작으로 평가받는다. 《르몽드》지는 『말테의 수기』를 '20세기 100대 작품' 중 하나로 선정하였다.

『말테의 수기』에서 무엇보다도 눈에 띄는 것은 전통적인 소설과는 달리 일정한 줄거리나 사건의 진행이 없다는 점이다. 릴케는 삶의 복잡한 모습을 시작과 중간과 종말을 지닌 서사로 만들어 내는 대신 주인공 말테에게 떠오르는 온갖 기억과 눈으로 직접 본 것과 몸소 겪은 경험을 열거하는 형식을 취한다. 잘 짜인 플롯에 따른 일련의 사건이 아니라 일기체의 형식으로 상상과 기억의 단편으로 삶의 본질과 인간의 실존 문제를 탁월하게 다룬다. 전통적인 소설 문법에 익숙한 독자들에게는 이렇다 할 질서나 연관성이 없이 산만하고 지리멸렬한 이러한 방식이 무척 낯설게 느껴질 것이다.

이러한 특성은 '아우프차이히눙엔(aufzeichnungen)'이라는 제목에서 엿볼 수 있다. 이 어휘는 기록이나 노트, 수기를 가리키는 말이다. 한국어 사전에는 '수기(手記)'란 일정한 형식을 따르지 않고 삶이나 자연 또는 일상생활에서 느낀 것이나 체험을 생각나는 대로 쓴 산문 형식의 글이라고 풀이되어 있다. 엄밀하게는 날짜별로 적은 일기나 저널을 가리키지만 좀 더 넓은 의미에서 수필 등도 이 범주에 들어간다.

적어도 이렇게 플롯에서 좀처럼 인과관계를 따르지 않는다는 점에서 릴케는 유럽의 모더니즘에 초석을 세운 작가 중 한 사람이라고 할 수 있다. 삶과 경험은 선형적(線形的)이 아니라고 생각한다는 점, 좀 더 창조적인 표현을 살려내려면 언어는 전통적인 서사와 언어적 제약에서 벗어나야 한다고 생각한 점에서 릴케는 모더니즘의 기본 개념을 받아들였다. 릴케는 말테가 작가로서 실패한 것은 예술가로서의 능력 부족 때문이라기보다는 오히려 전통적인 서사에 그 원인이 있다고 판단한다. 이 작품에 '실험적'이니 '표현주의적'이니 하는 수식어가 흔히 붙는 것은 이러한 이유에서다.

『말테의 수기』의 주인공은 제목 그대로 말테 라우리츠 브리게라는 긴 이름의 덴마크 귀족 출신 시인이다. 스물여덟 살의 나이에 허름한 하숙집에서 홀로 생활하는 그는 파리의 이곳저곳을 돌아다니며 보고 느낀 인상을 글로 기록하고 있다. "나는 지금 이곳 작은 방에 앉아 있다. 나, 브리게는 스물여덟 살이 되었고, 아무도 나를 모른다. 나는 지금 여기 앉아 있고, 아무것도 아닌 별 볼 일 없는 인간이다. 그런데 이 아무것도 아닌 별 볼 일 없는 인간이 지금 생각을 시작했다. 파리의 흐린 오후 6층 방에 앉아 이런 생각을 하고 있다"고 말한다.

릴케가 화려한 도시 이면에 독버섯처럼 도사린 암울한 인상과 고독한 일상을 시인의 서정적 문체로 옮겨 놓은 것이 이 작품이다. 릴케가 말테라는 분신을 빌려 기록하는 내용은 파리의 온갖 풍경을 비롯하여 유년 시절에 관한 회상, 실존의 불안과 내면세계의 동요, 사랑과 고독에 대한 성찰, 신앙과 종교, 질병과 빈곤, 독서 경험, 문학과 역사와 예술 등 열 손가락이 모자라 나열할 수 없을 정도로 아주 많다. 릴케가 이 작품에서 다루는 주제는 무려 70개가 넘는다.

그러나 『말테의 수기』에서 가장 중심적인 주제라면 뭐니 뭐니 해도 역시 죽음과 그것을 둘러싼 문제다. 이 작품은 뭇사람의 입에 자주 오르내리는 이 유명한 문장으로 시작한다.

> 그래, 그러니까 사람들은 살기 위해 이곳으로 온다. 하지만 내가

> 보기에는 오히려 모두 죽기 위해 이곳에 오지 않나 싶다. 외출했다가 돌아왔다. 자선병원 몇 군데를 보았다. 한 남자가 비틀거리다가 쓰러지는 것을 보았다.

1인칭 서술 화자 '나'가 말하는 '이곳'이란 두말할 나위 없이 흔히 '유럽의 수도'로 일컫는 파리를 말한다. 세계 각국에서 수많은 사람이 파리로 몰려오지만 화자의 생각에는 그들이 살려고 오는 것이 아니라 오히려 죽으려고 오는 것 같다고 생각한다. 조금 뒤 화자는 "내가 지금까지 만났거나 말로 들었던 사람에 대해 생각해 보면 늘 똑같았다. 그들은 모두 저마다 자신의 죽음을 지니고 있었다"고 말한다. 톨스토이는 『안나 카레니나』 첫머리에서 "행복한 가정은 모두 똑같지만 불행한 가정은 저마다의 방식에 따라 불행하다"고 말한다. 불행한 가정이 저마다의 다른 방식으로 불행하다면 죽어가는 사람들도 저마다의 다른 이유로 죽어가게 마련이다.

이처럼 죽음은 『말테의 수기』 전편에 안개처럼 짙게 깔려 있다. 이 책이 다루는 많은 주제 중에서도 죽음과 그와 관련한 주제는 가장 핵심적인 위치를 차지한다. 파리의 뒷골목에 드리운 우울함, 화려한 대도시에 가려진 소외되고 가난한 사람들의 궁핍, 대도시 곳곳에서 목격할 수 있는 죽음의 그림자들이 고개를 쳐든다. 그래서 이 책을 펴드는 순간부터 파리는 '빛의 도시'보다는 차라리 '우울한 도시'나 '불안한 도시' 또는 '유령의 도시'라는 인상을 준다. 그래서 그런지 이 작품을 읽노라면 샤를 보들레르의 『파리의 우울』이나 조지 오웰의 『파리와 런던의 밑바닥 생활』, 공간은 달리하여도 표도르 도스토옙스키의 『지하 생활자의 수기』 같은 책이 자연스럽게 떠오른다.

말테는 『말테의 수기』 한 장면에서 "인간이 세상에 나오면 다 짜여진 하나의 삶을 찾아 기성복처럼 그것을 걸치기만 하면 된다"고 말한다. 시인으로서 비유를 구사하는 솜씨가 탁월하다. 여기서 릴케가 말테의 입을 빌려 말하는 기성복이란 유전과 환경을 말한다. 초월적 존재가 재단하여 만든 기성복은 소비자가 구입하여 그냥 입을 뿐 그것을 몸에 맞게 바꿀 수는 없다. 이와 마찬가지로 인간은 유전 같은 생물학적 요인과 환경 같은 사회경제적 요인을 어찌할 수 없다. 적어도 이 점에서 이 작품은 기법에서는 모더니즘 전통에 서 있지만, 철학적 면에서는 자연주의 전통에 서 있다. 자유주의에서는 인간에게 자유의지를 좀처럼 인정하지 않고 유전과 환경의 힘에 따른 비극적 희생자로 본다.

34

몬테크리스토 백작

알렉상드르 뒤마

모르긴 몰라도 『삼총사』나 『암굴왕』 또는 『철가면』 같은 만화나 애니메이션 영화를 보지 않고 청소년 시절을 보낸 사람은 아마 별로 없을 것 같다. 이러한 매체가 아니라면 적어도 학원 문고판이나 계몽사 문고판이라도 읽었을 것이다. 그런데 이 작품들은 하나같이 19세기 프랑스 소설가 알렉상드르 뒤마(1802~1870)가 창작한 소설이다. 다만 제목이 어려운 한자어로 되어 있을 뿐이다. 아니나 다를까 이 한자 제목들은 일본 번역자들이 이 작품들을 번역하면서 붙인 것을 우리 선배 번역자들이 그대로 가져다 사용한 것이다.

암울한 일제 강점기를 거치면서 우리는 뒤마의 작품들을 프랑스 원문에서 직접 번역하지 못하고 일본 사람들이 번역해 놓은 것을 다시 한국어로 번역한 중역을 읽어 왔다. 일제의 식민주의에서 벗어난 뒤에야 비로소 우리는 정치적으로뿐 아니라 문화적으로도 독립하게 되었다. 해방 후 우리나라에서도 프랑스 문학을 전공한 학자들이 직접 원문에서 번역하기 시작하였다. 그래서 『삼총사』는 아직도 그렇게 부르고 있지만 『암굴왕』은 『몬테크리스토 백작』으로, 『철가면』은 『브라줄론 자작』으로 다시 새롭게 태어나게 되었다.

알렉상드르 뒤마의 작품이 흔히 그러하듯이 『몬테크리스토 백작』(1845)도 좀 더 쉽게 이해하려면 시대적 배경을 알아야 한다. 이 소설의 시대적 배경은 나폴레옹이 전쟁에서 패한 후 귀양을 가게 되고, 그를 몰아낸 루이 왕이 집권하던 때다. 그 무렵 프랑스는 루이 왕을 지지하는 왕당파와 나폴레옹의 재집권을 바라는 귀족파로 나뉘어 서로 적잖이 반목하였다.

뒤마는 『몬테크리스토 백작』을 쓸 때도 『삼총사』를 쓸 때처럼 역사적 기록에서 힌트를 얻었다. 파리 경찰서 기록보관소에서 발견한 프랑수아 피코라는 한 청년에 관한 실화에서 이 작품의 실마리를 찾았다. 1807년 피코는 영국 스파이라는 누명을 쓰고 한 성(城)에 감금되었다. 피코의 친구였던 마티 외루피앙이 피코의 약혼녀 마르가리타와의 사랑을 시기해 모함했기 때문이다. 피코는 감옥에서 어떤 이탈리아 사람을 섬기는데, 그가 가족에게 버림받은 뒤 숨겨둔 보물을 피코에게 알려준다. 나폴레옹의 몰락으로 자유를 되찾은 피코는 이름을 조제프 뤼셰르로 고친 뒤 보물을 찾아 파리로 돌아온다. 친구들의 음모와 배신 등 사건의 전말을 알게 된 피코는 그들을 복수한다.

뒤마는 이 실화를 바탕으로 소설로 창작한 뒤 1844년 8월부터 1846년 1월까지 일간신문 《논단》에 『몬테크리스토 백작』이라는 제목으로 연재하였다. 신문 연재를 끝낸 뒤 단행본 18권으로 출간했으며, 이 작품은 폭발적인 대중의 인기에 힘입어 날개 돋친 듯이 팔려나갔다. 물론 이렇게 이 소설이 대중에게 큰 인기를 끌 수 있었던 데는 사랑, 배신, 투옥, 탈옥, 복수 등 독자들을 자극할 만한 극적인 내용이 담겨 있기 때문이었다.

무려 18권에 2천여 쪽에 이르는 『몬테크리스토 백작』은 『삼총사』와 거의 비슷한 시기에 서로 다른 두 신문에 연재되었을 뿐 아니라 거의 같은 시기에 출간되었다. 오늘날처럼 컴퓨터의 워드프로세서로 글을 쓰는 것도 아니라 깃털에 잉크를 찍어 글을 쓰던 '원시' 시대에 도대체 어떻게 이렇게 엄청난 양의 작품을 쓸 수 있었을까? 이 물음에 대한 답은 '소설 제작소'라는 제도 속에 들어 있다. '소설 제작소'란 싸구려 작가들을 고용하여 작품을 생산해 내는 작업실을 말한다. 뒤마의 '소설 제작소'에는 많을 때는 70명에 이르는 작가들이 일했고, 해마다 20편에서 30편 정도의 소설을 쏟아냈다.

뒤마의 '소설 제작소'에서는 그가 소설의 줄거리와 인물의 성격 등 큰 틀을 설정해 주면, 고용된 작가들이 각각 부분을 맡아서 집필하였다. 이렇게 분업으로 쓴 소설은 마지막으로 뒤마의 의견을 듣고 최종적으로 수정을 거친 뒤에 출간되었다. 그 때문에 뒤마는 엄청난 양의 작품을 출간하여 대중적 인기를 한 몸에 받았지만 문단에서는 따가운 시선을 받아야만 하였다. 뒤마의 소설은 스릴 넘치는 모험과 액션이 가득하여 흥미를 불러일으킨 반면, 진지한 비평 정신이나 역사적 고증이 부족하다는 비판을 받기 일쑤였다. 심지어 뒤마는 외국 문학이나 역사에서 아이디어를 얻어 표절한 뒤 조수 작가들의 힘을 빌려 독자의 기호에 맞게 적당히 조합하거나, 무명작가들의 원고를 싼값에 사들여 자신의 이름을 출간했다는 소문까지 나돌았다.

그러나 뒤마는 피코의 실화의 뼈에 살을 붙이고 피를 통하게 하여 프랑스 혁명 중 정치적 음모에 휩쓸린 한 청년의 비극적 사랑과 모험, 배신과 복수의 이야기를 『몬테크리스토 백작』이라는 대서사극으로 탄생시켰다. 그가 연금술사처럼 무쇠 덩어리에 지나지 않는 이 실화를 황금과 같은 한 편의 드라마틱한 소설로 만들어 낼 수 있었던 것은 어디까지나 뒤마의 타고난 예술적 재능 덕분이었다.

프랑스 마르세유 출신의 젊은 선원 에드몽 당테스는 고향 사람들의 흉계로 무려 14년 동안이나 억울하게 감옥살이를 한다. 그가 선원으로 일한 배가 잠시 나폴레옹이 귀양살이하던 엘바 섬에 들른 적이 있는데, 이를 트집 잡아 에드몽에게 반역죄의 누명을 씌운 것이다. 이프 섬에서 수감 생활을 하던 중 에드몽은 지하 감옥에서 땅굴을 파서 반대쪽 감옥에 갇힌 파리아 신부를 만나 그에게서 뛰어난 학식과 무술을 배워서 지식인으로 탈바꿈한다.

에드몽은 병으로 죽은 파리아 신부의 시체와 자신을 바꿔치기하여 가까스로 섬에서 탈출한다. 파리아 신부한테서 듣고 알게 된 몬테크리스토 섬의 보물을 손에 넣은 에드몽은 '몬테크리스토 백작'으로 변신하여 파리로 향한다. 그리고는 자신에게 누명을 씌우고 약혼녀까지 빼앗은 페르낭 몬데고 백작, 출세 가도를 달리는 자신을 질투하고 시기하여 몬데고에게 밀고한 당글라르, 자신이 죄가 없다는 사실을 뻔히 알면서도 자신의 출세와 집안을 위하여 그를 감옥에 보낸 빌포르 검찰총장에게 접근하여 한 사람씩 파멸로 이끈다.

알렉상드르 뒤마의 『몬테크리스토 백작』의 중심 주제는 자칫 원한과 처절한 복수로 생각하기 쉽다. 자신이 억울하게 감옥살이를 하는 동안 늙은 아버지는 굶어 죽고, 약혼자 메르세데스는 빌포르와 결혼하여 아이까지 낳는다. 또한 자신을 모함해 매장시킨 원수들은 하나같이 남작, 백작, 검찰총장으로 출세가도를 달리고 있다. 에드몽은 한 치의 망설임도 없이 원수들을 매장하기 위한 치밀한 복수 계획에 착수한다. 그의 복수는 처절할 만큼 철저하다. 모든 적들의 사회적 지위를 떨어뜨리고, 가정을 파탄 내고, 그중 대부분을 죽음으로 몰아넣는다.

그래서 『몬테크리스토 백작』은 그동안 원한과 복수를 다룬 대표적인 작품처럼 읽혀 왔다. 실제로 이 소설의 주제를 원한과 복수에서 찾으려는 비평가들이 적지 않다. 청소년들에게 자주 읽히는 고전이 되다시피 한 것도 따지고 보면 바로 이러한 권선징악의 주제 때문이다. 그러나 원한과 복수 그리고 권선징악에서 이 작품의 주제를 찾으려고 하다 보면 자칫 이보다 더 중요한 주제를 놓치기 쉽다.

『몬테크리스토 백작』에서 뒤마가 말하려는 중심 주제를 제대로 깨닫기 위해서는 무엇보다 먼저 제목을 찬찬히 눈여겨보아야 한다. 작가는 하필이면 왜 백작의 이름을 '몬테크리스토'라고 붙였을까? 물론 그는 보물이 숨겨 있는 섬 '몬테크리스토'에서 자신의 이름을 따왔다. 그러면 그 섬의 이름이 하필이면 왜 '몬테크리스토'였을까? '몬테크리스토'란 글자 그대로 '예수 그리스도의 산'이라는 뜻이다. 신약성경 4복음서에는 그리스도가 서른 살쯤에 산에 올라가 제자들과 군중들에게 설교하는 산상수훈 이야기가 나온다. 이 설교에서 그는 "온유한 사람은 복이 있다. 그들이 땅을 차지할 것이다"라느니, "평화를 이루는 사람은 복이 있다. 하늘의 나라가 그들의 것이다"라느니 하고 가르친다.

신약성경에는 이 산상수훈의 교훈 말고도 원한에 복수를 하지 말라고 가르치는 대목이 여럿 있다. 예를 들어 "왼뺨을 맞으면 오른뺨도 내주어라"라든지, "원수를 사랑하여라", "일곱 번씩 일흔 번이라도 용서하여라" 같은 구절이 바로 그것이다. 기독교인이라도 이러한 가르침을 행동으로 옮기기란 여간 어렵지 않다. 인도의 성자로 일컫는 모한다스 간디가 "나는 그리스도교인들이 전혀 그리스도를 닮지 않았기 때문에 좋아하지 않는다"고 비아냥거린 까닭이 바로 여기에 있다.

역설적으로 뒤마는 『몬테크리스토 백작』에서 주인공 에드몽의 치열한 복수를 통하여 복수가 얼마나 부질없고 허망한지 말한다. 에드몽은 자신의 원수들을 복수하는 과정에서 당사자들은 말할 것도 없고 죄 없는 주변 사람까지 희생시킨 사실을 알고 괴로워한다. 그가 메르세데스에게 "복수를 결심한 날, 왜 나는 심장을 뽑아 버리지 못했을까?"라고 고백하는 대목을 주목해 보아야 한다. 여기에서 '심장'이란 인간의 따뜻한 마음을 말한다. 원한과 복수가 차가운 머리(이성)에서 비롯한다면, 동료 인간에 대한 배려와 관심은 따뜻한 마음(감성)에서 생겨난다. 에드몽이 심장을 뽑아 버리지 못했다는 것은 동료 인간에 대한 배려나 애정을 완전히 버리지 않았다는 것을 뜻한다. 에드몽의 이 말에서는 지난 20여 년 동안 그가 주도면밀하게 계획한 복수가 마음 때문에 적잖이 흔들리고 있었음을 알 수 있다.

또한 에드몽은 "나는 이 지구만큼 무거운 짐을 들어 올려 마지막 순간까지 가져온 줄 알았는데, 그건 다만 내 소망이었을 뿐 내 힘이 모자랐던 것인가? […] 아, 14년 동안의 절망과 20년 동안의 희망으로, 신처럼 된 줄 알았던 내가 다시 운명론자로 되돌아가야 하다니!"라고 부르짖는다. 여기서도 그는 14년의 억울한 감옥살이에 대하여 20년에 걸쳐 복수한 세월이 허망하다는 사실을 깨닫는다.

에드몽이 말하는 '운명론자'란 모든 것을 팔자소관으로 돌리고 체념하는 사람이 아니라, 지구만큼이나 무거운 복수의 짐을 내려놓고 인간애를 받아들여야 한다는 사실을 깨닫는 사람이다. 그러고 보니 에드몽이 막시밀리앙에게 하는 "산다는 게 얼마나 멋진 일인지 알기 위해선 한번 죽으려고 해보는 것도 필요합니다"라는 말도 예사롭게 들리지 않는다. 에드몽은 절망의 낭떠러지까지 가보았기 때문에 비로소 희망이 무척 소중하다는 사실을 깨달을 수 있다. 더구나 이 소설의 마지막 장면에서 하이데가 에드몽에게 "사랑해요!"라고 말하자 그는 그녀에게 이렇게 대답한다.

> "네 한 마디 그 말이 기나긴 30년 동안 내가 얻은 온갖 지식보다 훨씬 더 내 눈을 밝혀 주는구나. [⋯] 네가 이 세상에 있기에 나는 살아갈 수 있고, 괴로워할 수 있고, 행복해질 수가 있어."

이처럼 에드몽은 증오나 복수 대신에 사랑이 얼마나 소중한지 깨닫는다. 실제로 에드몽이 소설의 마지막 장면에 이르러 당그라르를 살려 주고, 메르세데스와 그녀의 아들을 용서하며, 빌포드의 딸 발랑틴의 행복을 보장해 주는 것도 복수의 허망함을 깨달았기 때문이다. 한마디로 세계문학을 통틀어 『몬테크리스토 백작』처럼 정의감이나 복수보다는 희생과 용서, 원한보다는 사랑이 얼마나 소중한지 역설하는 작품도 아마 찾아보기 쉽지 않을 것이다.

35

마담 보바리

귀스타브 플로베르

문학 작품에서 대중의 취향과 예술적 성과 사이에는 늘 갈등과 긴장이 일어난다. 대중의 취향에 맞는 작품은 예술적 기준에 좀처럼 이르지 못하고, 예술적으로 뛰어나다는 평가를 받는 작품은 흔히 대중의 관심과는 거리가 멀다. 그래서 어떤 예술가는 쉽게 대중의 취향과 손을 잡고, 또 어떤 예술가는 아예 대중과는 담을 쌓은 채 예술의 상아탑 속에서 외롭게 예술혼을 불태우기도 한다. 이렇게 두 마리 토끼를 쫓기란 무척 힘들지만, 여기에도 예외는 있다. 19세기 프랑스 소설의 최고봉으로 일컫는 귀스타브 플로베르(1821~1880)의 소설 『마담 보바리』(1857)가 바로 그러하다. 출간 무렵부터 지금까지 이 작품은 독자에게 열렬한 환영을 받았으면서도 동시에 비평가들과 학자들에게서 아낌없는 찬사를 받아 왔다.

플로베르는 1821년 노르망디 지방 루앙에서 외과의사의 아들로 태어났다. 친가와 외가가 모두 의사 집안인 탓에 부모는 그가 의사가 되기를 바랐으나, 그는 의학보다는 오히려 법률에 뜻을 두었다. 그러나 파리에서 법학을 공부하던 중 간질 증세가 나타나자 학업을 중단하고 문학에 전념하기 시작하였다. 아버지가 사망한 뒤 곧바로 사랑하던 누이마저 아이를 낳다가 사망하자 어머니와 어린 조카를 데리고 센강이 흐르는 루앙 근처 크루아세에 자리를 잡았다. 근동 지방과 그리스, 이탈리아, 북아프리카 등을 여행하고 어쩌다 파리에서 머문 것을 제외하고는 거의 평생 크루아세에서 살면서 작품 활동에 몰두하였다. 그는 자신을 '수도승'이라고 불렀지만 그를 잘 아는 사람들은 '크루아세의 은자'라고 불렀다.

플로베르의 작품 중에서도 『마담 보바리』가 대중의 관심을 처음 끈 것은 이 작품과 관련하여 작가가 기소되어 재판을 받았기 때문이다. 5년에 걸쳐 이 작품을 완성한 그는 친구가 편집자로 있는《레뷔 드 파리》지에 연재하였다. 연재 당시 편집자가 작가의 허락 없이 문제가 될 만한 부분을 삭제하거나 수정했지만 여전히 당시의 출판 기준에는 크게 미치지 못하였다. 나폴레옹 3세 정권은 "도덕과 종교에 어긋난다"는 이유로 플로베르와 잡지 편집자를 검찰에 기소하였다. 검사와 변호사 사이에 치열한 공방이 오간 뒤 그들은 마침내 무혐의로 풀려났다. 그러자 『마담 보바리』는 법정 스캔들에 힘입어 출간되자마자 날개 돋친 듯이 팔려나갔다.

세계 문학사에 우뚝 서 있는 작품들이 그러하듯이 이 소설도 우연히 쓰인 작품이다. 『성 앙투안의 유혹』을 출간하기에 앞서 플로베르는 사흘에 걸쳐 시인인 루이 부이에와 막심 뒤캉에게 이 작품의 원고를 읽어 주었다. 그런데 그들의 반응은 예상 밖으로 혹독하였다. 언급할 가치도 없으니 원고를 불 속에 던져 버리라는 것이었다. 부이에는 이보다 한발 더 나아가 "자네의 뮤즈는 빵과 물로 살아야만 하네. 그러지 않으면 서정성이 뮤즈를 죽여 버릴 것이네. 발자크의 『가난한 부모』 같은 실제적인 소설을 쓰게나. 이를테면 델라마르 이야기 같은 것 말일세"라고 충고하였다.

여기서 부이에가 말하는 델라마르란 『마담 보바리』가 출간되기 9년 전 장안의 화제를 모았던 실존 인물이다. 노르망디 지방 시골 의사의 아내인 델핀 델라마르는 평범한 결혼 생활에 싫증을 느낀 나머지 외도를 일삼다가 마침내 독약을 마시고 자살했고, 그녀의 남편도 슬픔에 못이겨 죽었다. 플로베르는 신문에서 읽은 이 사건을 『마담 보바리』라는 집을 짓는 데 주춧돌로 삼았다. 델라마르 사건 말고도 플로베르는 또 다른 사건을 중심 플롯으로 삼는다. 조각가 제임스 프라디에의 아내 루이즈가 남긴 『마담 루도비카의 회고록』이라는 원고가 바로 그것이다. 이 원고에 적힌 내용도 여러모로 엠마 보바리의 행적과 비슷하다.

호기심 많은 사람들이 플로베르에게 누가 여주인공의 모델이냐고 묻자, 작가는 "마담 보바리는 바로 나 자신이다"라고 대답하였다. 작가는 실제 사건에서 소재를 빌렸을망정 여주인공을 예술적 상상력으로 빚어낸 창조적 인물로 본다. 즉 보바리는 어디까지나 자신이 만들어 낸 허구적 인물이라는 것이다. 이렇게 진부한 소재를 가지고 뛰어난 예술 작품으로 만들었다는 점에서 플로베르는 손에 닿는 것마다 황금으로 만들었다는 저 그리스 신화의 프리지아 왕 미다스와 비슷하다고 할 수 있다.

『마담 보바리』를 좀 더 쉽게 이해하려면 무엇보다도 먼저 '시골 생활의 풍습'이라는 부제를 찬찬히 눈여겨보아야 한다. 이 작품과 씨름하던 무렵 작가는 "나의 가련한 보바리는 지금 이 순간에도 수십에 달하는 프랑스 시골 마을 곳곳에서 고통을 받으며 울고 있다"고 밝힌다. 작가는 화려한 파리나 리옹 같은 대도시 대신에 노르망디의 시골 지방을 중심적인 공간 배경으로 삼는다. 이 작품에 도시라고는 기껏 작가가 출생한 루앙이 잠깐 나올 뿐이다.

플로베르는 노르망디 시골 마을의 부르주아 계층에 속한 사람들을 이 작품의 중심인물로 삼는다. 여주인공 엠마 보바리, 시골 의사인 그녀의 남편 샤를 보바리, 엠마와 애정 행각을 벌이는 로돌프 불랑제와 레옹 뒤퓌, 용빌의 약제사 오메, 엠마에게 돈을 빌려주어 재정적 파탄에 이르게 하는 뢰뢰 등은 하나같이 부르주아 계층에 속하는 사람들이다. 이 작품에 등장하는 인물이 대변하는 중산층은 경제적 성공에 대한 기대, 권력 지향성, 실용성, 관습과 인습의 맹목적인 존중 등을 가치관으로 받아들인다.

『마담 보바리』에서 플로베르는 엠마와 마찬가지로 탐욕스럽고 속물근성을 지닌 중산층에 가차 없는 조소를 보낸다. 그는 한마디로 "부르주아지를 증오하는 것이 모든 미덕의 출발점이다"라고 말한다. 세속적 가치를 추구하는 다른 중산층과 달리 엠마는 사랑처럼 낭만적이고 아름다운 것은 죄가 될 수 없다고 생각한다. 물론 작가는 엠마의 지나친 방종과 낭만적 환상에도 비판의 화살을 퍼붓는다.

플로베르가 『마담 보바리』에서 다루는 가장 핵심적인 주제는 환상과 현실의 간극이다. 수녀원에서 공부할 때 19세기 초엽에 유행하던 낭만적인 소설을 많이 읽은 탓에 엠마의 머리는 낭만적 환상으로 가득 차 있다. 그녀에게 현실은 넝마처럼 누추하고 보잘것없다. 샤를과의 결혼에 만족을 느끼지 못하고 혼외정사에서 도피처를 찾는 것도 결혼에 대한 환상과 그 현실의 벽이 너무 높기 때문이다. 이러한 상황에서 환상과 현실을 극복하는 길은 아마 자살밖에 없을 것이다. 엠마처럼 현실을 무시하고 지나치게 환상을 좇는 사람들의 태도를 흔히 '보바리즘'이라고 일컫는다.

냉혹한 현실을 상징하는 부패와 타락 그리고 죽음은 엠마의 낭만적 환상에 찬물을 끼얹는다. 이 작품에는 신체적 이상이나 결함이 유난히 자주 눈에 띈다. 가령 엠마의 아버지는 다리가 부러지고, 선천적으로 만곡족(彎曲足) 환자인 이폴리트는 수술이 잘못되어 다리를 절단하지 않으면 안 된다. 장님 거지의 얼굴에는 여기저기 보기 흉한 딱지가 있다. 심지어 엠마마저도 뇌염으로 몸져눕는 경우가 자주 있을 뿐 아니라 마침내 독약을 마시고 고통스럽게 사망한다.

이 작품이 출간된 19세기 중엽에는 법정 스캔들로 관심을 끌었다면, 그로부터 한 세기 반이 지난 지금 이 소설은 예술적 성과 때문에 뭇 비평가와 학자에게 주목을 받는다. 플로베르의 『마담 보바리』는 소설사에 새로운 장을 열었다는 평가를 받는다. 특히 플로베르 하면 프랑스 리얼리즘을 완성한 작가로 일컫는 것이 보통이다. 작가가 활약하던 무렵에 나온 한 희화는 이 점을 잘 뒷받침한다. 이 희화는 플로베르가 외과의사용 메스를 들고 엠마 보바리를 해부하는 모습을 그린다. 플로베르가 일상 경험을 예리하게 관찰하여 객관적으로 묘사하고 있음을 강하게 암시한다. 그러나 이 희화는 자연주의 전통을 세운 에밀 졸라에게는 잘 어울릴지는 몰라도 플로베르에게는 그다지 어울리지 않는다.

이 작품을 좀 더 꼼꼼히 읽어 보면 이 소설은 오노레 드 발자크류의 전통적인 리얼리즘과는 꽤 거리가 있음이 밝혀진다. 겉으로 드러나 보이는 모습에 만족하지 않고 작중인물의 마음을 좀 더 심층적으로 파고들기 때문이다. 만약 플로베르가 리얼리스트라면 그에게는 '심리적'이라는 꼬리표를 덧붙여 주어야 할 것이다. 실제로 헨리 제임스에 앞서 그는 심리적 리얼리즘 전통을 세우는 데 크게 이바지하였다. 『마담 보바리』가 처음 출간되었을 때 지그문트 프로이트는 채 한 살도 되지 않았지만 프로이트가 앞으로 펼치게 될 온갖 정신분석 이론을 작품 곳곳에서 엿볼 수 있다.

플로베르는 작중인물의 심리적 측면에 관심을 기울였을 뿐 아니라 더 나아가 문학을 진부한 윤리나 도덕을 가르치는 수신 교과서로 전락시키는 태도를 못마땅하게 생각하였다. 대부분의 리얼리스트들은 소설을 도덕적·윤리적 교훈이나 사회적·정치적 이념을 전달하는 수단으로 삼기 일쑤였다.

그러나 플로베르는 소설을 비롯한 문학은 도덕이나 윤리, 사회나 정치와 관계없이 그 나름대로 독자적인 존재 이유와 목적을 지니고 있다고 밝혔다. "예술가는 자기 작품 속에 창조주 하나님처럼 존재하여야 한다. […] 느낄 수는 있지만 눈으로 볼 수 있어서는 안 된다"는 그의 유명한 말은 바로 이 점을 지적한 것이다. 그러고 보니 "아무것에 대한 것도 아닌 책, 아무런 주제도 거의 지니고 있지 않은 책"을 쓰고 싶다는 그의 소망도 새로운 의미로 다가온다.

플로베르는 플롯 전개 같은 작품의 구성과 시점이나 화법 그리고 언어 구사에도 깊은 관심을 기울였다. 기본적으로 3인칭 서술 화법을 사용하면서도 자유 간접화법을 효과적으로 구사하여 작중인물의 말과 생각을 화자의 그것과 구별 짓지 않으려고 한다. 가령 "그가 학교에 다니는 동안 그들에게는 그를 먹여 살릴 재산이 있을까?"라는 문장을 한 예로 들어 보자. 샤를 보바리를 두고 그의 아버지가 하는 말이나 생각인지, 샤를 보바리의 말이나 생각을 화자가 바꾸어서 말한 것인지, 그것도 아니라면 화자 자신의 말이나 생각인지 알아내기가 그렇게 쉽지 않다. 이 수법은 소설의 화자가 작중인물의 의식을 자유롭게 넘나들면서 그의 생각과 느낌 등을 독자들에게 전달하는 데 아주 효과적이다.

플로베르는 이른바 '일물일어설(一物一語說, 모 쥐스트)'을 주장한 것으로도 유명하다. 이 이론에 따르면 어떤 사물이나 상황은 오직 특정한 한 낱말로써만 가장 정확하게 전달할 수 있다는 것이다. 그렇기 때문에 동의어나 유사어란 개념은 이 이론에 들어설 자리가 없다. 이 소설을 비롯한 여러 작품에서 플로베르는 바로 적재적소에 어울리는 정확한 낱말을 찾아내려고 애썼다. 하다못해 작중인물의 이름을 붙이는 데도 아주 세심한 주의를 기울인다. 가령 '보바리'는 프랑스어나 영어로 소와 같이 우둔하고 느리다는 뜻을 함축한다. 과학을 사회 발전의 원동력이라고 굳게 믿는 용빌의 약제사 '오메'는 프랑스어로 '인간', 여기에서는 19세기 중엽의 전형적 인간이라고 할 부르주아를 뜻한다.

플로베르는 병적일 만큼 문장에서 완벽을 기하려고 하였다. 하루에 수십 장의 원고를 쓴 작가들과 달리 그는 하루에 기껏 몇 단락을 쓸 정도였다. 원고를 쓴 뒤에도 수정에 수정을 가하기 일쑤였다. 작품을 소리 내어 읽으며 반복되는 부분을 삭제하고 소리에서 오는 아름다움을 얻으려고 무척 애썼다. 바로 이 점에서 플로베르는 거의 같은 시대에 활약한 오노레 드 발자크나 찰스 디킨스 또는 표도르 도스토옙스키와는 크게 다르다. 그들 작가에게 원고지를 많이 메우면 메울수록 많은 돈을 벌 수 있는 상황에서 원고를 고치고 다듬으면서 시간을 보낸다는 것은 사치요 낭비였다. 그러나 '예술의 사제'라고 할 플로베르는 금강석 원석을 갈고닦듯이 낱말 하나 구절 하나를 정성껏 갈고닦았던 것이다.

36

오페라의 유령

가스통 르루

문학 작품 중에는 원작보다 오히려 영화나 연극 또는 오페라 등으로 각색한 작품이 훨씬 더 널리 알려진 경우도 적지 않다. 그중에서도 『오페라의 유령』(1910)은 이러한 경우를 보여 주는 아마 가장 대표적인 작품 가운데 하나일 것이다. 『오페라의 유령』이라고 하면 프랑스 작가 가스통 르루(1868~1927)의 원작 동명 소설보다는 오히려 이 작품을 바탕으로 만든 뮤지컬을 금방 떠올릴 사람이 많을 것이다. 세계적인 작곡가 앤드루 로이드 웨버와 제작자 카메론 매킨토시, 무대 연출의 거장 해럴드 프린스 등 내로라하는 쟁쟁한 제작자들이 참여해 만든 뮤지컬 <오페라의 유령>은 1986년 영국 런던에서 초연된 뒤 1988년에 뉴욕의 브로드웨이에 입성하였다. 음악은 앤드루 로이드 웨버와 찰스 하트가 맡았다. 또한 리처드 스틸고가 추가로 작사를 하기도 하였다.

뮤지컬 〈오페라의 유령〉은 2012년 현재 웨스트엔드에서 26년, 브로드웨이에서 24년째 장기공연 중으로 세기를 뛰어넘어 종연을 예측할 수 없는 유일무이한 공연 작품으로 손꼽히고 있다. 지난 2004년 2월,

〈레 미제라블〉의 7,000회 가까운 공연 기록을 깨뜨리면서 브로드웨이에서 두 번째 최장기 공연으로 자리를 잡았으며, 〈캐츠〉의 7,500회 공연 기록을 넘어설 유일한 작품이기도 하다. 이 뮤지컬 <오페라의 유령>을 관람한 인구만도 전 세계에 걸쳐 20개국의 110개 도시에서 무려 1억 명이 넘는다.

1986년 런던 올리비에상 2개 부문(최우수 작품상, 최우수 연기상) 수상, 1988년 뉴욕 토니상 7개 부문(최우수 작품상, 최우수 남우상, 여우 조연상, 감독상, 무대 디자인상, 의상 디자인상, 조명 디자인상)에서 상을 받았다. 1988년 드라마 데스크상 7개 부문 등 전 세계 50여 개의 중요한 상을 석권하다시피 하였다.

소설 『오페라의 유령』은 비단 뮤지컬에 그치지 않고 영화로 만들어져 큰 인기를 끌기도 하였다. 1925년 처음 영화로 만들어진 이후 여러 번 리메이크되었다. 2004년에 제작된 영화에서는 제라드 제임스 버틀러가 에릭 역으로 출연하였다. 얼굴 한쪽만 가린 흰색 가면 형태도 이때부터 지금의 형태로 정착되었다. 이 밖에도 이 작품은 연극과 무용으로도 각색되어 인기를 끌었다. 시간이 지나면서 에릭이 쓰고 있는 가면의 모습도 조금씩 달라졌다. 초연 당시 팬텀의 가면은 금속제로 입 윗부분부터 머리까지 모두 가린 것이었는데, 그가 노래하기에 너무 불편할 뿐 아니라 잘 보이지 않고 무겁다고 불평해 중간에 바꿨다고 한다.

가스통 르루는 1868년 프랑스 파리에서 태어났다. 1880년에 노르망디 지방의 예술학교에 입학하였다. 그 뒤 1886년부터 파리에서 법학을 공부하고 한때 변호사로 일한 적도 있었다. 유산을 많이 상속받았지만 모두 탕진하고 파산하였다. 그 뒤부터 그는 법원 출입 기자, 연극 비평가, 해외 특파원 등으로 일하였다.

1907년 르루는 갑자기 저널리스트로서의 생활을 청산하고 소설을 집필하기 시작하였다. 《뤼테스》를 비롯한 여러 문학잡지에 작품을 기고하기 시작하면서 작가로 데뷔하였다. 60여 년에 이르는 생애 동안 다양한 경력을 쌓았고, 흥미롭고 다채로운 생활 방식을 그대로 반영하듯이 작품 소재 또한 매우 광범위하였다. 모험심과 기발한 상상력으로도 유명한 르루는 새로운 작품을 완성할 때마다 허공에 권총을 발사하여 가족과 이웃을 놀라게 하였다.

여행을 무척 좋아한 가스통 르루는 1891년 《레코 드 파리》 잡지의 기자로 시작하여 1894년 《르마탱》 신문사의 기자가 된 뒤 언론인으로서 명성을 날렸다. 1905년 러시아 혁명의 현장뿐 아니라 스칸디나비아 반도와 북아프리카 등을 탐험하였다. 북아프리카 여행 당시에는 안전을 위하여 아랍인으로 위장하는 등 전쟁 특파원으로 세계 곳곳을 누비고 다니며 사건들을 체험하고 기사를 썼다. 르루는 『오페라의 유령』 말고도 『노란 방의 비밀』, 『검은 옷을 입은 여인의 향기』, 『살인 기계』 등 50여 편에 이르는 많은 작품을 남겼다. 르루는 1927년 프랑스 남부 지중해 연안에 위치한 니스에서 세상을 떠났다.

르루는 『오페라의 유령』을 1909년 11월부터 이듬해 1월까지 《르 골루아》에 연재한 뒤 1911년에 단행본으로 출간하였다. 1백여 년이 지난 지금 르루는 이 소설 한 권으로 그 이름이 잘 알려져 있지만, 실제로 50여 권에 이르는 엄청난 분량의 소설을 쓴 소설가다. 미국의 에드거 앨런 포와 영국의 아서 코넌 도일에 이어 르루는 프랑스 문단에 추리소설 전통을 수립하는 데 크게 이바지하였다.

르루는 일찍이 문학에 남다른 정열을 보였다. 노르망디 지방의 예술학교에서 공부할 때 그는 이곳에서 처음으로 “문학이라는 악마에 사로

잡혔다"고 고백할 만큼 문학에 심취하였다. 그 뒤 신문기자 생활을 한 르루는 기자답게 탄탄한 구성과 사실적인 문체로 박진감 넘치게 사건을 펼쳐나간다. 이 작품을 쓰면서 르루는 직접 파리 오페라 극장과 지하를 둘러보는 등 역사적 고증을 게을리하지 않았다. 지금은 파리 발레 극장으로 사용하는 파리 오페라 극장 지하에는 파리 코뮌 당시 죄수들을 감금해 두는 감옥이 있다는 사실도 밝혀내었다.

서양 문학사에서 순결하고 아름다운 여성과 모습이 흉측한 괴물 사이의 사랑을 소재로 삼은 작품은 『미녀와 야수』, 『드라큘라』, 『푸른 수염』 등 그다지 어렵지 않게 찾아볼 수 있다. 『오페라의 유령』은 서양 문학사에서 고전적 공포소설의 전통과 맥을 같이한다. 이 장르에 속하는 작품들을 꿰뚫는 순수와 예술에 대한 미적 추구, 그리고 그것과 극명하게 대립하는 공포와 죽음, 불안 등은 인간의 내면에 깊이 깃든 욕망과 무의식을 끊임없이 자극하는 원초적인 요소라고 할 수 있다.

화려하고 웅장한 오페라 극장에 숨겨진 비밀스러운 장소들, 안개에 둘러싸인 지하의 호수, 신비로운 배경에서 꼬리에 꼬리를 물면서 벌어지는 이상야릇한 사건들을 보면 이 소설은 미스터리에 초점을 맞추는 탐정소설이나 추리소설의 범주에 넣어도 무리가 되지 않는다. 에릭이 크리스틴에게 품고 있는 불꽃 같은 사랑이나, 크리스틴과 라울 자작의 숭고한 사랑과 희생 등 사랑의 본질과 속성을 다룬 애정소설로 보아도 모자라지 않는다. 그런가 하면 인간 심리에 대한 탐색을 다룬다는 점에서는 심리소설이요, 예술과 삶의 문제를 다룬다는 점에서는 예술소설이나 철학소설로 읽어도 손색이 없다.

가스통 르루의 『오페라의 유령』의 가장 중요한 특징 중의 하나는 여러 장르적 특성을 하나로 결합한다는 점이다. 이렇게 여러 요소를 두루 갖춘 작품이기 때문에 이 작품은 무려 백 년이 지난 지금까지도 시간과 장소를 훌쩍 뛰어넘어 아직도 마력 같은 감동과 흥미를 불러일으킨다.

『오페라의 유령』은 그 제목에서도 엿볼 수 있듯이 오페라 극장과 그곳에서 일어나는 사건을 중심적인 플롯으로 다룬다. 19세기 후반의 프랑스 파리에서 아름답고 재능을 겸비한 오페라 가수 크리스틴 다에(Christine Daaé)는 대역으로 무대에 선 뒤 극찬을 받으며 프리마돈나로 등극한다. 그러나 그녀의 실력 뒤에는 신비스러운 존재인 '음악의 천사'로부터 받아 온 수업이 숨어 있었다. 그러나 죽은 아버지가 보내주었다고 믿었던 천사의 정체는 바로 극장 지하에 은둔하던 '오페라의 유령' 에릭이었다.

에릭은 천부적인 예술적 재능을 가지고 이 세상에 태어났지만 괴이한 얼굴로 늘 가면을 쓰고 오페라 극장의 지하에서 살아간다. 사랑을 갈구하며 크리스틴 앞에 모습을 드러내지만, 그녀는 이미 어린 시절 친구인 라울 자작과 사랑에 빠져 있었다. 보답받지 못한 사랑에 절망하고 분노한 '오페라의 유령' 에릭은 점점 더 심한 집착과 광기에 휩싸여 크리스틴을 납치한다. 그러나 에릭은 진정으로 자신을 위하여 아파하는 크리스틴의 눈물과 입맞춤에 무릎을 꿇고 결국 그녀를 떠나보낸 뒤 외로이 숨을 거둔다. 사랑을 꿈꾸던 유령은 스스로 사랑을 놓아줌으로써 영원히 무대 뒤에 전설로 남는다.

『오페라의 유령』의 가장 중요한 주제 중의 하나는 사랑과 희생이다. 크리스틴과 라울의 사랑은 온갖 비바람을 겪으며 피운 한 떨기 아름다운 꽃과 같다. 라울은 어린 시절 바다에 날아간 그녀의 스카프를 되찾기 위하여 죽음을 무릅쓰고 드넓은 바다에 뛰어들 만큼 그녀를 사랑한다. 또 오랜 세월이 흐른 뒤 오페라 극장에서 우연히 다시 만날 때도 두 사람의 사랑은 여간 애틋하지 않다.

적어도 이 점에서는 '오페라의 유령'인 에릭도 다르지 않다. 에릭조차 크리스틴을 너무 사랑한 나머지 그녀를 호숫가로 납치하지만 곧 그것은 사랑이 아니라 집착이라는 사실을 깨닫는다. 이 사실을 깨닫자마자 에릭은 크리스틴을 떠나보낸 뒤 조용히 숨을 거둔다. 숨을 거두면서 에릭이 되뇌는 "그녀를 사랑했어. 지금도 여전히 그녀를 사랑하기 때문에 이렇게 죽어가는 거야"라는 말은 무척 의미심장하다.

그러나 『오페라의 유령』의 중심 주제는 뭐니 뭐니 해도 삶의 겉모습(외견)과 그 뒤에 숨어 있는 참모습(실재) 사이의 차이나 간극이다. 삶에서는 겉으로 드러난 그럴듯한 모습과 실제 모습 사이에는 적잖이 차이가 난다. 이 작품에서는 처음부터 끝까지 화려한 무대에서 펼쳐지는 오페라는 좀처럼 볼 수 없고 무대 뒤에서 벌어지는 온갖 사건이 중심 플롯을 이룬다. 다시 말해서 무대 앞과 무대 뒤는 크게 다르다. 눈부신 의상과 으리으리한 세트와 아름다운 음악 등 무대 앞은 무척 화려하지만 관객의 눈에 보이지 않는 무대 뒤는 무질서하고 지저분하고 난잡하기 이를 데 없다. 또한 무대 뒤에서는 온갖 음모와 배신이 일어난다. 관객은 무대 앞의 화려한 모습만 볼 뿐 무대 뒤의 누추한 모습은 제대로 보지 못한다.

오페라 무대를 축소해 놓은 것이 바로 에릭이 늘 쓰고 있는 가면이다. 에릭이 가면을 쓰고 있을 때 크리스틴은 그가 사람들로부터 오해받는 가련한 사람이라고 믿는다. 그래서 에릭이 자신을 '음악의 영혼'이라고 소개할 때 그녀는 그의 뛰어난 음악적 재능을 믿고 그를 천사처럼 생각한다. 그러나 막상 가면을 벗은 에릭의 모습을 본 크리스틴은 너무나 공포에 사로잡혀 두 번 다시 그에게 호감을 품지 못한다.

이 점에서는 에릭이 살고 있는 지하실도 가면 못지않게 자못 상징적이다. 지하실도 오페라 극장의 화려한 지상의 모습에 가려 전혀 드러나지 않는다. 오페라 무대의 뒤쪽과 가면과 지하실은 인간의 의식 세계에 가려 있는 무의식이나 잠재의식을 상징한다고 볼 수도 있다.

37

위대한 유산

찰스 디킨스

영국 사람들이 가장 좋아하는 작가는 과연 누구일까? 토머스 칼라일이 일찍이 "식민지 인도와도 바꿀 수 없다"고 말한 윌리엄 셰익스피어다. 셰익스피어는 영국 작가 중 모든 작가를 제치고 단연 첫손가락에 꼽힌다. 그러면 영국 사람들은 셰익스피어 다음으로는 어떤 작가를 가장 좋아할까? 이를 두고 여러 의견이 있을 터이지만 찰스 디킨스(1812~1870)라는 데 대체로 의견이 모인다. 그는 셰익스피어 이후 가장 폭넓고 다양한 세계를 창조한 작가로 평가받는다. 빅토리아 시대 작가들은 말할 것도 없고, 레프 톨스토이와 표도르 도스토옙스키 같은 러시아 작가들 그리고 조지 버나드 쇼와 조지 오웰 같은 현대 영국 작가들이 그동안 입에 침이 마르도록 그를 격찬해 마지않았다.

셰익스피어를 빼놓고 나면 영국 문학에서 디킨스처럼 일반 독자들은 말할 것도 없고 비평가들부터도 칭찬을 받은 작가를 찾아보기 어렵다. 가난한 시골 농부에서 영국의 빅토리아 여왕에 이르기까지 폭넓은 독자층을 확보하고 있다는 점에서도 셰익스피어와 견줄 만하다. 디킨스가 작품 활동을 하던 시대에 열 사람 가운데서 적어도 한 사람은 그의 독자였다고 하니 얼마나 많은 사람이 그의 작품을 애독했는지 가늠할 수 있다.

영국 작가, 아니 모든 작가를 통틀어 디킨스처럼 어려운 환경에서 자란 사람도 드물다. 그는 영국 남부의 항구 도시이자 영국 해군의 주요 기지인 포츠머스에서 여덟 남매 중 둘째로 태어났다. 열두 살 때 해군 부대 서기였던 아버지가 빚을 갚지 못하여 감옥에 갇히자, 학업을 중단하고 구두약 공장에서 하루에 열두 시간 이상 일해야 했다. 네 달 뒤 이 일을 그만두고 다시 학교에 다녔지만 이 경험은 그에게 평생 씻을 수 없는 깊은 상처를 남겼다. 독학으로 공부한 디킨스는 법률 사무소의 서기를 시작으로 법원과 국회 출입 기자, 런던 신문사의 기자, 잡지 편집 일을 하다가 마침내 소설가로 변신했다.

디킨스는 모두 20여 권에 이르는 장편소설을 썼다. 그중에서도 『위대한 유산』(1861)은 『데이비드 코퍼필드』와 함께 가장 대표적인 작품으로 꼽힌다. 훌륭한 예술 작품이 흔히 그러하듯이 『위대한 유산』도 우연한 계기로 쓰게 되었다. 디킨스는 한때 《일 년 내내》라는 주간 잡지를 출간했는데 1860년 8월부터 이 잡지에 아일랜드 출신 작가인 찰스 레버가 『하루 동안의 여행』이라는 소설을 연재했다.

이 작품이 독자로부터 별다른 반응을 얻지 못하고 잡지 판매 부수가 계속 떨어지자 경제적 위기를 느낀 디킨스는 자신이 직접 나서 소설을 집필하여 연재하기 시작하였다. 이 작품이 바로 『위대한 유산』이다. 이 작품이 연재되는 동안 《일 년 내내》는 일주일에 무려 10만 부 넘게 팔려나갔다. 이 작품뿐만 아니라 그의 소설 대부분은 이 잡지에 연재한 뒤 단행본으로 출간되었다.

『위대한 유산』은 전형적인 빌둥스로만(성장소설) 장르에 속한다. 나이 어린 주인공이 온갖 역경과 시련을 극복하고 점차 삶에 대한 지식을 깨달아가는 과정을 다룬다. 디킨스는 이 작품에서 신사란 과연 어떤 사람인지 새삼 일깨워 준다. '신사'라는 용어는 본디 진신사대부(縉紳士大夫)에서 나온 것으로 중국 명나라와 청나라 때 지방 사족을 가리키는 말이었다. 그러다가 나중에 영어 'gentleman'이 들어오면서 동아시아 세 나라에서 그 번역어로 널리 쓰이기 시작하였다. 그런데 영국 신사의 기원은 대략 1,000년 전 노르망디 왕 윌리엄의 영국 정복으로 거슬러 올라간다. 바이킹 출신의 '정복왕' 윌리엄은 강력한 군사력으로 영국 부족들을 굴복시키고 왕위에 올랐다. 이때 윌리엄을 따라 프랑스 북부 노르망디에서 건너온 기사들이 영국 귀족의 효시다. 이 무렵 투박하고 호전적이던 영국 사람들은 프랑스 귀족을 본받아 신사의 개념을 정립했다.

『위대한 유산』은 주인공 핍이 신사가 되는 과정을 다룬 작품이다. 산업혁명 이후 영국 사회에서 사회적 신분의 벽이 흔들리기 시작했다고 하지만 신분의 벽은 여전히 높았다. 귀족이란 생래적으로 타고나는 것이지 후천적으로 습득하는 것이 아니라고 생각했기 때문에 디킨스처럼 하층이나 중산층에 속하는 사람들은 아무리 돈을 많이 모아도 좀처럼 귀족 계급에 편입될 수 없었다. 아무튼 켄트주의 시골에서 런던에 도착한 핍은 변호사 재거스의 집에 머물며 신사 수업을 받는다. 음식을 먹고 술을 마시는 방법에서부터 옷을 입는 방법 그리고 말하는 방법에 이르기까지 신사로서의 예절을 배운다.

『위대한 유산』은 일찍이 부모를 여의고 성격이 고약한 누나와 가난한 대장장이 매형 밑에서 자라는 고아 핍이 성장하면서 겪는 이야기를 다룬다. 핍은 어린 시절 돈 많은 여성 미스 해비셤의 집에 드나들게 되면서 상류사회를 처음 동경하게 된다. 특히 해비셤의 양녀로 부유하게 자란 젊은 여성 에스텔러를 만나면서 아름다움과 부에 대한 갈망을 키운다. 제목에서도 엿볼 수 있듯이 그는 아름다운 여성을 아내로 맞고 부유한 신사가 된다는 '엄청난 기대(great expectations)'에 한껏 부풀어 있다.

그러나 에스텔러는 해비셤의 남성에 대한 복수의 도구로 이용될 뿐 가난한 핍을 사랑하지 않는다. 그러던 중 익명의 후원자의 도움으로 핍은 런던에 가서 신사 수업을 받는다. 핍이 어린 시절 우연히 도와주었던 탈옥수 맥위치가 유형지 오스트레일리아에서 번 돈을 그에게 몰래 보내 주었기 때문이다. 그러나 핍은 자신의 후원자가 에스텔러의 양어머니 미스 해비셤일 것이라고 생각한다. 신사 수업을 받는 동안 핍은 점차 순수성을 상실한 채 속물이 되어간다.

디킨스는 『위대한 유산』에서 애정과 충성심과 양심이 사회적 신분 상승이나 부의 축적보다 훨씬 소중하다는 사실을 보여 준다. 주인공 핍이 품고 있는 야심이나 자기 발전은 크게 교육, 사회, 도덕의 세 가지 형태를 띤다.

첫째, 핍에게 교육은 신사가 되는 데 필수 과정이다. 무식한 시골 소년으로 남아 있는 한, 그는 결코 사회적으로 신분을 향상시킬 수 없다. 그래서 그는 시골에 있을 때나 런던에 있을 때나 교육을 자못 중요하게 생각한다. 그러나 매형 조 가저리와 시골 학교의 교사로 멘토 역할을 해 준 비디 그리고 맥위치를 알게 되면서 교육을 통한 사회적 신분 상승이나 자기 발전이 삶에서 그다지 중요하지 않다는 사실을 조금씩 깨닫는다.

둘째, 핍은 사회적으로도 깨달음을 얻는다. 에스텔러를 짝사랑하면서 그녀가 속한 사회계급의 일원이 되려고 갈망하고 주위 사람들의 권유로 부유한 신사가 되려는 꿈과 야망을 품는다. 그러나 런던에서 신사 수업을 받는 동안 온갖 고통과 좌절을 겪으면서 신사란 결국 외형적이고 사회적인 것이 아니라 어디까지나 내면적이고 정신적인 것이라는 사실을 깨닫는다. 이런 깨달음에 촉매 역할을 하는 인물이 바로 매형 조 가저리다. 조야말로 배운 것이 없고 세련되지 않은 투박한 시골 대장장이에 지나지 않지만 순수하고 선량한 사람이다.

셋째, 핍은 도덕적, 정신적으로도 성장한다. 신사 수업을 받기 위하여 런던에 갈 때 그동안 매형 조와 비디를 부당하게 취급한 것에 괴로워하며 자책한다. 런던에서 큰 병에 걸려 누워 있을 때 조가 찾아와 핍을 극진히 간호해 주고 심지어 빚까지 갚아 준다. 자신의 속물근성을 뼈저리게 깨닫는 핍은 어떤 인물이 과연 신사인지 알게 된다. 또한 핍은 그동안 자신을 후원해 준 사람이 미스 해비셤이 아니라 탈옥수 맥위치라는 사실을 알게 되면서 큰 충격에 빠지지만 은인을 저버리지 않는 인간다움을 발휘하기도 한다.

한마디로 핍은 '신사(gentleman)'란 교양 있고 지식이 많으며 사회적 신분이 높은 사람이 아니라, 어디까지나 마음이 "선량한(gentle) 기독교인(Christian man)"이라는 소중한 사실을 깨닫는다. 다시 말해서 그는 진정한 신사란 'gentleman'이 아니라 'gentle man'이라는 것을 알게 된다. 이 점에서 보면 조와 더불어 진실한 인물로 등장하는 비디도 숙녀(lady)가 되기에 조금도 부족함이 없다. 비디는 핍의 누이가 부상을 입고 누워 있을 때 조의 집안사람들을 친절하게 돌보아 준다.

핍과 함께 런던에서 신사 과정을 밟는 친구인 허버트도 핍과 함께 신사로 간주해도 크게 무리가 없다. 런던에 살 때 핍이 유일하게 친근하게 느끼는 허버트는 돈 한 푼 없는 여자와 약혼함으로써 자신이 속해 있는 위선적인 상류 계급에 과감하게 맞선다.

그러고 보니 핍이 어렸을 때 대장장이의 견습공으로 일한 것은 자못 상징적이다. 그는 여러 번 "이 세상에 대장간의 불같은 불은 없다"고 생각한다. 뜨거운 불과 찬물에 단련되는 무쇠처럼 그도 시련과 고통을 겪고 참다운 신사로 탈바꿈한다. 유대인들은 '구원의 고통'이라는 말을 자주 입에 올린다. 이 말처럼 고통은 때로 인간이 삶에 대한 새로운 통찰을 얻는 데 촉매 역할을 한다. 즉 인간은 아픔과 고통을 경험하면서 고통받는 만큼 정신적으로 성숙해 간다.

이 점에서는 에스텔러도 마찬가지여서 핍처럼 고통과 환멸을 겪으며 참다운 삶의 의미를 조금씩 깨달아간다. '별'이라는 이름만큼이나 차갑고 무정한 그녀도 따지고 보면 한낱 미스 해비셤에게 이용당한 희생양에 지나지 않는다. 말하자면 일찍이 남성에게 배반당하고 복수심에 불타는 해비셤은 에스텔러를 남성을 공격하는 무기로 삼는다. 그러나 에스텔러도 핍처럼 잘못을 깨닫고 겸손한 인물로 바뀐다. 소설의 마지막 장면에서 불탄 미스 해비셤의 저택을 방문한 핍은 폐허가 된 정원에서 뜻하지 않게 에스텔러를 만난다. 에스텔러는 핍에게 "고통은 어떤 가르침보다도 강했지요. […] 저는 좀 더 나은 모습으로 휘어졌고 구부러졌기를 바랄 뿐이지요"라고 고백한다. 작가는 이 두 사람이 좀 더 굳건한 발판에서 결합하게 될 것임을 강하게 내비친다.

핍이 이렇게 교육적으로나 사회적, 도덕적으로 성숙할 수 있었던 것은 적잖은 고통과 시련을 겪었기 때문이다. 그렇다면 소통과 시련은 인간을 단련시키는 삶의 용광로라고 할 수 있다. 쇠가 뜨거운 불 속에서 단련되듯이 인간도 고통과 시련의 용광로 속에서 더욱 성숙해지고 단단해지게 마련이다.

세계 문학사에서 보면 『위대한 유산』은 한편으로는 사실주의 전통에 뿌리를 박고 있으면서 다른 한편으로는 앞으로 다가올 상징주의를 미리 보여 준다. 이 작품에서 디킨스는 시인이 무색할 만큼 다양한 상징과 이미지를 구사한다. 첫머리와 끝부분을 비롯하여 작품 곳곳에 나오는 안개는 주인공의 자기 인식과 관련이 깊다. 핍은 미망과 무지의 안개를 헤치고 조금씩 삶에 대한 새로운 인식을 깨닫기 때문이다.

작품의 중요한 배경인 템스강과 그 강물은 격리와 죽음의 의미를 지니지만 재생과 부활의 의미도 함께 지닌다. 한 장면에서 핍은 "얼마나 난파했는지, 내가 지금껏 항해해 온 배가 얼마나 산산조각으로 부서졌는지 이제야 나는 충분히 깨닫기 시작했다"고 밝힌다. 핍을 비롯한 인물들은 여행을 하며 삶에 대한 새로운 지식을 얻는다. 이 작품 곳곳에서 자주 사용하는 불도 상징적 의미가 강하다. 앞에서 말한 대장간을 비롯하여 미스 해비셤의 저택 새티스하우스에 난 화재를 비롯하여 핍이 친구의 함정에 빠져 죽을 뻔한 석회 가마는 주인공이 다시 태어나기 위하여 반드시 거쳐야 할 지옥이나 연옥과 같은 곳이다.

38

좁은 문

앙드레 지드

2010년 세상을 떠난 패션 디자이너 앙드레 김을 기억하는 사람이 적지 않을 것이다. 남성 디자이너에 대한 편견 속에서도 개성 있는 디자인으로 의상 디자인계를 개척한 그는 1966년 파리에서 한국인으로는 최초로 패션쇼를 열어 관심을 끌었다. 그런데 김봉남이라는 본명을 두고 프랑스 냄새 물씬 풍기는 '앙드레 김'으로 예명을 지은 것에 대하여 언젠가 그는 앙드레 지드(1869~1951)의 『좁은 문』(1909)을 읽고 깊은 감동을 받았기 때문이라고 말한 적이 있다.

그만큼 앙드레 지드는 한국 사람들에게 매우 친근한 작가 중의 한 사람이다. 또 지드의 작품 중에서도 『좁은 문』은 중학교나 고등학교 학생이라면 반드시 읽어야 하는 필독서로 흔히 꼽힌다. 지드는 『어린 왕자』의 작가 앙투안 드 생텍쥐페리와 함께 한국에서 가장 인기 있는 프랑스 작가 중의 한 사람이다.

앙드레 지드는 파리에서 법학 교수의 아들로 태어났다. 그러나 아버지가 일찍 사망하고 난 뒤 어머니의 엄격하고 철저한 청교도 가르침을 받으며 자랐다. 몸이 허약하고 예민한 지드는 정규 학교 교육을 싫어하여 학교를 중퇴하고 독학으로 문학 수업을 하였다. 그는 일찍이 아르투어 쇼펜하우어, 르네 데카르트, 프리드리히 니체 등에게서 영향을 받았다. 또한 로마 가톨릭과 개신교의 영향을 많이 받기도 하였다.

지드는 열아홉 살 때부터 창작을 시작하여 1891년 첫 작품인 『앙드레 왈테르의 수기』를 발표하면서 문단에 데뷔하였다. 아프리카 콩고에 다녀온 뒤로 자연과 인간의 본성에 관한 깊은 성찰을 담은 작품들을 썼다. 지드는 문예지 《누벨 르뷔 프랑세즈》를 창간하여 상업주의에 물든 당시의 프랑스 문학계에 새로운 기풍을 불어넣음으로써 20세기 문학에 크게 이바지하였다.

지드의 대표작으로는 『좁은 문』 말고도 『팔뤼드』, 『지상의 양식』, 『배덕자』, 『이자벨』, 『교황청의 지하도』, 『전원 교향악』, 『한 알의 밀이 죽지 않으면』 등이 있다. 또한 콩고와 소련 기행문 외에 『도스토옙스키론』 등의 평론집도 출간하였다. 1947년 영국의 옥스퍼드대학교로부터 명예박사학위를 받았고, 같은 해 12월에는 작가에게 주는 최고 영예인 노벨 문학상을 받았다. 지드는 지병인 폐결핵을 치료하기 위하여 스위스, 남프랑스, 이탈리아 등지를 전전했지만 끝내 별다른 효과를 거두지 못하고 1951년 여든두 살의 나이로 삶을 마감하였다.

지드의 『좁은 문』은 자전적인 요소가 비교적 강한 작품이다. 지드가 열한 살이 되던 해 아버지가 사망했다는 점도 그러하고, 남달리 강한 종교적 분위기에서 자라나 그 영향을 많이 받았다는 점도 그러하다. 그러나 무엇보다도 지드는 열세 살 때 사촌인 마들렌 롱도를 사랑하였다. 그는 마들렌을 처음 만난 지 12년 뒤 그녀에게 청혼했다가 거절당하기도 했지만 마침내 그녀와 결혼하였다. 그러나 지드는 자기 아내가 된

사촌 마들렌과는 부부생활을 하지 않았다. 지드의 이러한 자전적 요소는 이 소설 곳곳에서 그다지 어렵지 않게 찾아볼 수 있다.

지드는 1909년 《누벨 르뷔 프랑세즈》 잡지에 『좁은 문』을 처음 발표하였다. 이 작품을 발표하기 전까지만 하여도 그는 몇몇 문인에게만 인정받았을 뿐 무명작가와 거의 다를 바 없었다. 그러나 이 작품을 발표하면서 일약 프랑스 문단에서 유명하게 되었다. 작품의 길이도 그렇게 길지 않고, 주요 등장인물도 겨우 다섯 명 정도밖에는 되지 않는다. 내용에서도 청소년의 로맨스 소설 같은 분위기마저 풍긴다. 그러나 이 소설은 심오한 종교적·철학적 내용을 담고 있어 쉽게 읽힐 수 있는 작품이 아니다.

『좁은 문』은 제롬이라는 1인칭 화자 '나'가 자신이 겪은 경험을 회고하면서 독자들에게 전달해 주는 형식을 취한다. 프롤로그라고 할 제1장에서 '나'는 매우 감상적인 태도로 알리사의 어머니에 대한 기억과 원망을 늘어놓고 사촌누이 알리사를 사랑하게 된 순간을 소개한다. 그 뒤 제2장부터 제8장까지는 '나'(제롬), 알리사, 쥘리에트, 아벨의 엇갈린 사랑을 묘사한다. 제9장과 제10장에서는 알리사가 죽은 뒤 제롬이 받게 된 그녀의 일기와 그 뒤에 일어난 일을 기록한다. 그리고 에필로그에 해당하는 제11장에서는 제롬과 쥘리에트가 재회하는 장면을 회고하며 끝을 맺는다.

『좁은 문』은 19세기 말엽과 20세기 초엽 프랑스 파리와 노르망디 지방의 작은 마을을 배경으로 제롬과 그의 외사촌 누이 알리사 사이의 아름답고 비극적인 사랑을 그린 작품이다. 아버지를 일찍 여의고 홀어머니와 함께 살고 있는 제롬은 두 살 위인 외사촌 누이 알리사를 사랑한다. 알리사는 제롬을 몹시 사랑하면서도 결혼에 대해서는 주저한다.

처음에는 여동생 쥘리에트가 그를 사랑한다는 이유로, 나중에는 예수 그리스도가 말하는 '좁은 문'을 통해 천국에 들어가기 위하여 현실적인 사랑을 거부한다. 그래서 알리사는 오랜 세월 동안 제롬과 쌓아 왔던 사랑의 추억들을 하나씩 하나씩 지워나간다.

알리사는 무엇보다도 지상의 인간적인 행복과 천상의 종교적 구원 사이에서 적잖이 갈등을 느낀다. 마침내 그녀는 현실적인 사랑과 행복을 단념하고 종교적 영혼의 세계 속으로 피신한다. 알리사는 제롬에 대한 기억을 애써 지우면서 그를 멀리한다. 제롬이 군대에 가는 등 오랜 동안 서로 헤어진 뒤 두 사람은 다시 만나지만 알리사는 끝내 제롬의 현실적인 사랑을 받아들이지 않는다. 마침내 그녀는 파리에 있는 요양원에서 사망한다. 그로부터 10년 뒤 쥘리에트는 다섯 번째 아이를 낳고 아이의 이름을 '알리사'라고 짓는다.

세계 문학사에서 앙드레 지드의 『좁은 문』처럼 그렇게 종교적 분위기가 짙게 풍기는 작품도 아마 찾아보기 쉽지 않을 것이다. 새삼스럽게 말할 필요도 없이 '좁은 문'이라는 이 소설의 제목은 신약성경에서 따온 구절이다. "좁은 문으로 들어가라. 멸망으로 인도하는 문은 크고 그 길이 넓어 그리로 들어가는 자가 많고, 생명으로 인도하는 문은 좁고 길이 협착하여 찾는 이가 적음이니라"(「마태복음」 7장 13절)라는 문장이 바로 그것이다.

어느 날 알리사는 교회에서 목사로부터 '좁은 문'에 관한 설교를 듣고 깊은 감명을 받는다. 작품의 제목뿐이 아니고 작품 곳곳에서도 기독교의 영향을 쉽게 엿볼 수 있다. 가령 '좁은 문'에 관한 구절은 소설에서 사건의 발단이 되기도 한다. 지드는 비단 『좁은 문』만이 아니라 다른 작품에서도 성경에서 즐겨 제목을 따왔다. 가령 『지상의 양식』이나 『한 알의 밀이 죽지 않으면』 같은 작품이 좋은 예다.

지드는 『좁은 문』에 대하여 개신교 신비주의를 고발하는 작품이라고 밝힌 적이 있다. 알리사라는 인물을 자신이 지극히 사랑하는 마음으로 그렸을 뿐 아니라 그녀의 행동에 대해서는 완전히 중립적인 입장을 유지했다고 털어놓기도 하였다. 지드에 따르면 이 작품을 살아 있게 하는 원동력은 다름 아닌 순수한 종교적 감동이었다는 것이다.

더구나 기독교적 세계관은 『좁은 문』의 주제에서도 잘 드러난다. 어찌 보면 문학가로서의 지드의 삶 전체가 기독교적 세계관과는 떼려야 뗄 수 없을 만큼 깊이 연관되어 있다. 지드는 1946년 출간한 희곡 『테제』에서 한 작중인물의 입을 빌려 "나는 지상의 좋은 것을 모두 맛보았다. 내 다음 세대가 내 덕분에 사람들이 좀 더 행복하고 좀 더 훌륭하고 좀 더 자유롭게 된다는 것을 생각하면 내 마음은 아늑해진다. 미래의 인류 복지를 위해 나는 내 일을 하였다. 이제 나는 내 생애를 다했다"고 말한다.

『좁은 문』의 중심 주제라면 역시 세속적 사랑과 종교적 사랑 사이의 긴장과 갈등을 빼놓을 수 없다. 두말할 나위 없이 제롬은 세속적 사랑을 상징하는 인물인 반면, 알리사는 종교적 사랑을 상징하는 인물이다. 다시 말해서 제롬이 질퍽한 대지에 굳건히 발을 딛고 있다면, 알리사는 고개를 쳐들고 천상의 별을 좇는다. 이 소설의 한 장면에서 알리사에 대한 사랑에 절망하는 제롬은 "아! 한때 내 것이었던 그 행복을 돌려줘. 난 그 행복 없이는 살 수 없어. 평생 기다릴 수 있을 만큼 너를 사랑해. 하지만 네가 나에 대한 사랑을 멈춘다거나, 내 사랑을 의심한다는 생각이 들 때는 나로서도 견디기 힘들어"라고 부르짖는다.

한편 알리사는 "하느님이 아닌 것은 그 어떤 것도 나의 기대를 채워

줄 수 없다"고 잘라 말한다. 또 그녀는 하느님에게 "저를 사랑하는 것보다 훌륭한 일을 위해 태어난 그가 아닙니까? 그가 저로 말미암아 걸음을 멈추게 되는데도 제가 계속 그를 사랑할 수 있겠습니까?"라고 묻는다. 알리사는 제롬이 상징하는 지상의 사랑보다는 하느님이 상징하는 천상의 사랑에 무게를 둔다. 다시 말해서 알리사는 '좁은 문', 즉 "생명으로 인도하는 길"을 선택한다. 내세에 준비된 좀 더 큰 행복을 위하여 그녀는 현세에 보장된 작은 행복을 기꺼이 버린다.

그러면 앙드레 지드는 이렇게 서로 상반되는 이 두 사랑 중에서 과연 어느 쪽의 손을 들어줄까? 그는 극단적으로 대립되는 이 두 사랑 중 어느 한쪽을 택한다기보다는 두 태도 모두에서 한계를 발견하고 그 사이 어디에서 답을 찾으려고 한다. 지드에게는 제롬이 보여 주는 세속적 사랑과 무조건적인 자기희생도, 알리사가 보여 주는 천상의 사랑과 지나친 종교적 믿음도 그렇게 바람직하지 않다. 한편으로는 세속적 사랑이나 무조건적인 자기희생이 얼마나 부질없고 허무한지 고발하고, 다른 한편으로는 종교적 계율에서 비롯하는 위선을 날카롭게 비판한다. 1952년 로마교황청에서는 『좁은 문』을 포함한 앙드레 지드의 모든 작품을 금서로 지정하였다. 아마 작가가 종교적 가치를 절대적으로 신봉하지 않고 유보적인 입장을 취하고 있기 때문일 것이다.

이렇듯 지드의 『좁은 문』을 꿰뚫는 주제는 기독교 이원론적 세계관과 그와 관련된 도덕과 윤리적 문제다. 프랑스 문학사에서 거의 유일하게 개신교도, 그것도 가장 엄격하고 철저하기로 이름난 청교도였던 지드에게는 영혼과 육체, 이성과 본능, 선과 악 등의 구분은 공기를 들이마시는 것처럼 매우 자연스러웠다. 그러나 지드는 인간의 모든 문제를 작두날 위에 올려놓고 두 쪽으로 나누는 기독교적 이원론에 회의를 품었다. 이러한 이분법적 가치관은 인간의 자연스러운 감정과 창조 정신을 억압하기 때문이다.

그러나 지드는 중간적 입장을 취하되 아무래도 알리사 쪽보다는 제롬 쪽으로 저울추가 조금 기우는 듯하다. 그것은 지드가 제롬은 살려두고 알리사를 죽게 만든 데서도 엿볼 수 있다. 종교적이고 성스러운 사랑의 승화와 현실적 사랑 사이에서 번민하고 갈등하는 알리사는 결국 정신적 피로 때문에 병에 걸리고 마침내 죽음에 이르게 된다. 그녀가 마지막 임종의 순간에 "정말로 [지상의] 사랑을 희생할 만큼 가치 있는 일이 있었을까?"라고 의문을 품는다는 사실에 주목해 볼 필요가 있다. 그녀는 그토록 신봉하던 종교가 사랑을 희생할 만큼 큰 값어치가 있는지 확신하지 못한 채 눈을 감을 수밖에 없었던 것이다.

39

젊은 예술가의 초상

제임스 조이스

요한 볼프강 폰 괴테가 처음 불을 댕긴 성장소설(빌둥스로만)은 19세기 유럽 문학에 큰 영향을 끼쳤다. 특히 영국에서는 찰스 디킨스를 비롯한 작가들이 그 전통을 이어받아 발전시켰다. 예술가소설(퀸스틀러로만)은 이러한 성장소설의 하부 유형에 속한다. 나이 어린 주인공이 온갖 시련과 역경을 겪으며 정신적으로 성장하되 예술가로 성장하는 과정을 다루는 작품이 곧 예술가소설이다.

아일랜드 소설가 제임스 조이스(1882~1941)의 『젊은 예술가의 초상』(1916)은 대표적인 예술가소설로 꼽힌다. 그는 1914~1915년에 이 작품을 《에고이스트》지에 연재한 뒤 그 이듬해 뉴욕에서 출간하였다. 조이스는 『더블린 사람들』, 『율리시스』, 『피네건의 경야』 같은 작품을 써서 현대소설에 새로운 이정표를 세웠다. 조이스 자신이 작가로서의 소명을 받기까지의 과정을 그린 작품이므로 이 소설은 자전적 성격이 짙다.

조이스는 아일랜드의 수도 더블린에서 태어났다. 1898년 유니버시티 칼리지 더블린(UCD)에 입학하여 영어와 프랑스어, 이탈리아어 등 주로 유럽 언어를 공부하였다. 헨리크 입센의 희곡에 심취하여 독학으로 노르웨이어를 배우기도 하였다. 이렇게 유럽의 여러 언어를 전공한 것은 뒷날 조이스가 작가가 되는 데 비옥한 밑거름이 되었다. 1903년 대학을 졸업한 뒤 그는 한때 프랑스 파리로 건너가 의학을 공부하다가 포기하고 작가가 되기로 결심하였다.

『젊은 예술가의 초상』은 제목에서도 엿볼 수 있듯이 스티븐 디덜러스라는 주인공이 유년시절부터 소년기를 거쳐 청년으로 성장하면서 예술가로서의 소명을 깨달아가는 과정을 그린 작품이다. 조이스가 처음부터 예술가소설로 집필했다는 것은 이 책의 제사(題辭)로 삼은 "그리고 그는 미지의 예술에 마음을 두었다"는 구절에서도 엿볼 수 있다. 이 문장은 오비디우스가 『변신』에서 그리스 신화에 등장하는 장인 건축가 다이달로스를 두고 한 말이다.

모두 5장으로 구성되어 있는 이 소설은 주인공 디덜러스의 성장 과정을 이렇게 다섯 단계로 구분지어 다룬다. 1장에서는 스티븐 디덜러스가 어린아이 시절부터 예수회 기숙학교인 클롱고우스에 다니던 아홉 살까지를 다룬다. 내향적인 성격에다 감수성이 예민한 디덜러스는 친구들과 잘 어울리지 못하고 혼자 지내며 친구로부터 조롱받기도 한다. 담배도 피우지 않고, 시장거리에도 잘 가지 않으며, 여자아이들과 시시덕거리지도 않는다. 한마디로 디덜러스는 성실하고 성적이 양호한 모범생이다.

2장은 사춘기에 접어든 주인공의 내적 갈등을 다룬다. 집안이 몰락하여 잠시 학교를 그만둔 디덜러스는 혼자 독서에 몰두하며 낭만적 몽상의 세계로 도피한다. 초라하게 변모한 자신의 생활 주변에서 비롯한 좌절과 반발심은 가까스로 다시 입학하게 된 중학교에서도 계속된다.

이 무렵 성에 눈뜨게 된 디덜러스는 열여섯 사춘기 때 성적 호기심에 이끌려 사창가를 찾기도 하지만 극심한 죄의식에 시달린다.

3장에서는 사창가를 찾은 일 때문에 괴로워하는 디덜러스는 예수교 학교의 연례행사인 피정에 참여한다. 사제 신부가 지옥에 관하여 설교하는 것을 듣고 공포에 휩싸인다. 디덜러스는 마침내 개심하여 어느 조그마한 성당에서 고해함으로써 종교적 환희를 맛본다.

4장에서 구원의 환희가 지나가자 디덜러스는 종교적 회의에 빠진다. 디덜러스에게 교장 선생은 사제의 길로 나설 것을 권고한다. 그러나 홀로 생각에 잠기며 바닷가를 산책하던 디덜러스는 해변에서 물장난 치는 한 소녀의 모습을 보는 순간 자신이 창조할 새로운 예술의 비전을 체험한다. 다시 말해서 그는 초월적 신을 섬기는 '종교의 사제'가 아니라 아름다움을 섬기는 '예술의 사제'가 되기로 마음먹는다.

마지막 장에서 사제의 길을 포기한 디덜러스는 대학에서 새로운 미래를 모색한다. 대학 친구와 대화를 나누며 그는 부모와의 갈등과 내적 고뇌를 털어놓는다. 예술가가 되기를 원하지만 아일랜드에는 예술적 자유를 가로막는 가족, 종교, 조국의 세 함정이 있다는 사실을 깨닫고 디덜리스는 마침내 '아직 창조되지 않은 양심'을 발견하기 위하여 조국을 등지고 유럽으로 떠날 결심을 굳힌다.

오랫동안 영국의 식민지로 있으면서 문화적으로도 침체되어 있던 조국 아일랜드에서 작가가 된다는 것은 이렇듯 스티븐에게 자못 깊은 의미가 있다. 이 소설의 화자는 "그의 영혼은 소년 시절의 무덤에서 일어나 그 시절의 수의를 떨쳐버렸다. […] 이제 영혼의 자유와 힘을 밑천으로 하나의 살아 있는 것, 아름답고 신비한 불멸의 새 비상체(飛翔體)를 오만하게 창조해 내리라"라고 결심한다.

디덜러스의 예술가적 기질은 작품 곳곳에서 쉽게 찾아볼 수 있다. 다른 학우들과는 달리 그는 전통을 중시하는 앨프리드 테니슨보다는 반항과 환멸의 상징인 조지 바이런을 훨씬 더 위대한 시인이라고 주장하여 학교 동료들로부터 집단 구타를 당한다. 영어 교사는 디덜러스가 쓴 에세이에서 "이단적인 생각"을 엿보기도 한다. 시대나 사회와 불화하면 끊임없이 아름다움과 새로운 가치를 추구한다는 점에서 작가는 이단아로 볼 수 있다.

『젊은 예술가의 초상』에서 조이스는 한 소년이 예술가로 성장해 가는 과정에 그치지 않고 이보다 한발 더 나아가 예술이나 예술가의 성격과 본질을 언급하기도 한다. 예술가란 과연 어떠한 인물인가? 예술가는 어떠한 역할을 맡아야 하는가? 예술가란 태어나는 것이지 만들어지는 것이 아니라고 흔히 말한다. 예술가가 되기 위해서는 후천적으로 끊임없이 기술을 연마하여야 하지만, 선천적으로 예술의 여신 무사로부터 영감을 받아야 한다.

이 소설의 마지막을 장식하는 일기에서 디덜러스는 "그 옛날의 아버지여, 그 옛날의 장인(匠人)이여, 지금 그리고 앞으로도 영원히 나에게 큰 도움이 되어주소서"라고 기원한다. 여기서 '옛날의 아버지'나 '옛날의 장인'은 다름 아닌 그리스 신화에 나오는 다이달로스다. 그는 그리스 크레타 섬의 미노타우로스라는 황소를 가두어두는 미로를 만든 장본인으로 이카로스의 아버지다. 다이달로스는 흔히 예술가의 전형이요 멘토로 꼽힌다. 조이스는 주인공의 성을 바로 이 장인의 이름을 따서 '디덜러스'로 붙였다. '스티븐'이라는 이름은 신약성경 「사도행전」에 등장하는, 그리스도교 최초의 봉사자이자 순교자인 스테판(스테파노)에서 따왔다.

예술가는 자신이 태어나 성장한 고향이나 조국을 소재로 작품을 쓰되 특수한 경험에 국한되지 않고 좀 더 보편성을 획득해야 한다. 다시 말해서 예술가는 특수성과 보편성, 구체성과 일반성 사이에서 조화와 균형을 꾀할 때 훌륭한 작품을 창조할 수 있다. 유럽의 변방, 척박한 섬나라 출신인 조이스가 영국 문학사뿐 아니라 세계 문학사에서도 우뚝 서 있는 뛰어난 작가가 될 수 있었던 것은 바로 특수성과 보편성 사이에서 균형을 찾았기 때문이다.

어린 시절 디덜러스는 지리책의 여백에 "스티븐 디덜러스 / 기초반 / 콩글로우스 학교 / 샐린스 군 / 킬데어 / 아일랜드 / 유럽 / 세계 / 우주"라고 적는다. 이렇듯 디덜러스의 세계는 자아에서 시작하여 점차 우주를 향해 원심적으로 확장된다. 조이스는 이십 대 때 조국 아일랜드를 떠났고 그 뒤 두 번 조국을 방문한 것을 빼고 나면 평생 유럽을 떠돌며 망명자처럼 살았다.

그런데도 그의 고향 더블린과 조국 아일랜드는 그의 뇌리에서 한순간도 떠나지 않았다. 조이스는 그가 태어난 더블린을 머리글자의 운을 살려 "그립고 누추한 더블린(Dear Dirty Dublin)"이라고 불렀다. 그의 고향이 아무리 누추하고 보잘것없을망정 그의 예술은 바로 이곳에 뿌리를 두어야 한다. 조이스는 "더블린의 핵심에 도달할 수 있다면 세계 모든 도시의 핵심에 도달할 수 있다"고 말한 적이 있다. 21세기 문학의 최대 화두는 세계문학 담론이다. 세계문학 시대에 이르러 조이스의 이 작품은 여러모로 새삼 의미가 크다.

더구나 예술가는 고독한 창조자로 소외나 고립, 추방과 망명을 두려워해서는 안 된다. 또한 예술가는 현실 세계와 쉽게 타협해서도 안 된다. 일상성 속에서 평범하게 살아가는 소시민은 결코 예술가가 될 수 없다. 대학생이 된 디덜러스가 한 친구 앞에서 하는 말은 젊은 예술가의 선언문이라고 할 수 있다. 예술가는 때로는 죄를 짓기도 하고 삶에서 큰 시련과 역경을 겪기도 하며 때로는 사회의 인습과 가치에 반기를 들기도 한다. 그러면서도 예술가는 좌절하지 않고 오히려 그런 것을 원동력으로 삼아 훌륭한 예술 작품을 창조한다. 만약 예술가가 사회 질서에 순응한다면 모범적인 시민은 될 수 있을지언정 위대한 예술가가 되기는 좀처럼 힘들 것이다. 스티븐 디덜러스는 "살고, 실수하고, 넘어지며, 승리하고, 삶에서 삶을 재창조하는 것"이야말로 예술가의 임무라고 생각한다.

디덜러스는 한 친구에게 예술가로서의 소명을 밝히며 "내가 무엇을 할 것이며 무엇을 하지 않을 것인지를 말해 주지. 그것이 가정이든 조국이든 교회든, 내가 더 이상 믿지 않는 것은 결코 섬기지 않겠어. […] 내 자신을 방어하기 위해 나는 내가 사용할 수 있는 무기인 침묵, 유배, 간계를 이용하겠어"라고 자신 있게 말한다. 성장의 끝 지점에 이르러 이렇게 반항적이고 이단적인 태도를 취하는 디덜러스는 가족과 결별하고 마침내 자신의 이상을 찾아서 종교와 민족과 국가마저도 버린다.

또한 조이스는 예술가란 도덕군자나 윤리 교사처럼 독자들에게 진부한 도덕이나 윤리를 설교하지도 않는다고 지적한다. 모더니즘 예술가답게 그는 예술의 자기목적성을 부르짖는다. 이 점과 관련하여 조이스는 "예술가는 창조의 신처럼 자신의 작품 안에, 뒤에, 위에, 또는 그 너머 보이지 않는 곳에서 실체에서 벗어나 무관심하게 손톱을 깎고 있다"고 말한다. 빅토리아 시대 리얼리즘 계열의 소설가들이 걸핏하면 독자의 어깨를 툭툭 치며 이 구절이나 문장을 놓치지 말라고 말하며 진부한 도덕이나 윤리를 강요하는 태도와는 사뭇 다르다.

모더니스트 조이스가 현대소설에 끼친 또 다른 영향은 작중인물의 내면세계와 심리에 주목했다는 점이다. 리얼리스트들이 예술의 거울을 객관적 외부 세계를 향하여 비추었다면 조이스는 그 거울을 주관적인 내부 세계를 향하여 비추었다. 『젊은 예술가의 초상』은 소설가로서의 소명을 깨닫기까지의 과정을 묘사한 자서전적인 작품이지만, 조이스는 외적인 사건을 그렇게 중요하게 다루지 않는다. 그 대신 주인공의 내면 의식의 움직임과 심리적 갈등을 묘사하는 데 초점을 맞추었다.

(40)

위대한 개츠비

F. 스콧 피츠제럴드

한국 속담에 "모로 가도 서울만 가면 된다"는 말이 있다. 서양 속담에서는 "끝이 좋으면 모든 것이 좋다"느니 "모든 길을 로마로 통한다"느니 하고 말하기도 한다. 하나같이 수단이나 방법이 어찌 되었든 간에 목적만 이루면 된다는 말이다. 다시 말해서 니콜로 마키아벨리가 『군주론』에서 말한 대로 방법이 수단을 정당화할 수 있다는 뜻이다. 그런데 과연 결과만 좋으면 과정이야 어떻든 상관이 없을까? 수단과 방법을 가리지 않고 목적만 달성하면 그만일까? 미국의 현대 작가 F. 스콧 피츠제럴드(1896~1940)는 『위대한 개츠비』(1925)에서 바로 이 문제를 설득력 있게 형상화하여 관심을 끌었다.

미국 미네소타주 세인트폴에서 태어난 피츠제럴드는 사립 명문 프린스턴대학교에 입학하였다. 그러나 학업이 부진하자 대학을 중퇴하고 육군에 입대하여 장교 훈련을 받았다. 그러나 1차 세계대전이 종전되는 바람에 유럽 전투에는 참전하지 못하였다. 잠시 광고회사에서 일하던 피츠제럴드는 대학 시절 꿈꾸던 작가가 되기로 결심하고 습작 소설을 다듬는 등 집필에 온 힘을 쏟았다.

바로 앞 세대에 활약한 윌리엄 딘 하우얼스나 헨리 제임스 그리고 동시대에 활약한 윌리엄 포크너나 어니스트 헤밍웨이와 비교해 볼 때 피츠제럴드가 쓴 작품의 양은 그다지 많지 않다. 그가 이렇게 장편소설을 많이 쓰지 못한 데는 일찍 사망한 탓도 있을 것이고, 돈을 벌기 위하여 《새터데이 이브닝 포스트》 같은 잡지에 상업적인 단편 작품을 많이 쓴 탓도 있을 것이다.

피츠제럴드는 『낙원의 이쪽』, 『아름답고 저주받은 사람』, 『위대한 개츠비』, 그리고 『밤은 부드러워』가 살아 있을 때 출간된 작품들이고, 미완성 소설 『마지막 거물』을 유작으로 남겼을 뿐이다. 그는 희곡 작품 한 편과 무려 160편에 이르는 단편소설을 남겼다. 대부분 돈을 벌기 위한 목적으로 쓴 것이라고는 하지만 그의 단편소설 중에는 그야말로 보석처럼 빛을 내뿜는 작품이 십여 편 있다.

그러나 피츠제럴드를 탁월한 작가로 만든 작품이라면 뭐니 뭐니 해도 『위대한 개츠비』다. 그는 이 작품에 1차 세계대전 직후 흔히 '재즈 시대'로 일컫는 1920년대를 실감나게 그렸다는 평가를 받는다. 재즈 시대란 흑인 음악인 재즈가 풍미하던 시대로 물질적으로는 풍요롭지만 도덕적으로는 타락했던 1920년대 미국 사회를 일컫는 용어다. 이 무렵 미국인들은 인류 역사에서 그 유례를 찾아볼 수 없는 세계대전을 겪고 난 뒤 허탈감과 비극적 상실감에 빠져 삶의 의미를 잃고 정신적으로 방황하였다. 그래서 이 시대를 두고 흔히 '길 잃은 세대' 또는 '광란의 20년대'라고도 부른다.

1차 세계대전이 끝난 뒤 미국은 그 어느 때보다도 경제적으로 눈부신 성장을 이루었다. 특히 상류 계층에게는 재산 증식을 위한 최고의 시대였다. 이 무렵에 나온 한 통계 자료에 따르면 1922년부터 1929년 사이에 주식의 수익 증가율이 무려 108퍼센트에 달하였다. 기업은 이익이 76퍼센트 증가했으며 개인도 수입이 33퍼센트나 늘어났다. 이 소설의 1인칭 서술 화자요 작중인물인 닉 캐러웨이가 중서부 고향을 떠나 금융업의 메카인 뉴욕으로 온 데는 그럴 만한 까닭이 있었다. 물론 이러한 경제적 붐은 마침내 1929년 10월 월스트리트의 증권 시장이 몰락하면서 경제 대공황을 가져오게 된다.

한편 미국 사회에서 이러한 경제 성장의 그늘에는 도덕적 타락과 부패가 독버섯처럼 자라고 있었다. 톰 뷰캐넌과 제이 개츠비가 타고 다니는 번쩍거리는 고급 승용차, 개츠비가 주말마다 벌이는 호화로운 파티와 마치 '불빛을 좇는 부나비처럼' 환락과 쾌락을 찾아 헤매는 젊은이들, 톰과 데이지가 보여 주는 도덕적 혼란과 무질서와 무책임은 바로 전쟁이 끝난 뒤 방향 감각을 상실한 채 방황하던 이 무렵의 시대적 분위기를 반영한다. 피츠제럴드의 한 단편소설의 제목 그대로 이 무렵의 미국 사회는 말하자면 '현대판 바빌론'이라고 하여도 크게 틀리지 않는다. 톰의 저택이나 개츠비의 파티처럼 겉으로는 우아하고 고상하고 화려해 보이지만 한 꺼풀만 벗겨놓고 보면 탐욕과 이기와 정신적 공허감이 도사리고 있다.

『위대한 개츠비』에서 도덕적 타락은 닉 캐러웨이를 제외한 거의 모든 작중인물에게서 쉽게 찾아볼 수 있다. 도덕적 타락과 부패 그리고 무책임성은 톰 뷰캐넌과 데이지를 비롯하여 개츠비의 친구요 후견인인 울프심과 데이지의 친구이며 프로 골프 선수인 조던 베이커에게서도 잘 드러난다. 톰과 데이지는 여러모로 도덕적 마비 상태에 있다고 할 수 있다. 울프심은 1919년 월드 시리즈를 조작할 만큼 막강한 힘을 행사하는 조직 폭력의 거물이다. 닉과 잠시 사귀는 조던은 골프 시합에서 부정한 방법으로 경기를 하는 등 닉의 말대로 "구제할 수 없을 만큼 정직하지 못한" 인물로 밝혀진다. 작품의 첫머리에서 닉이 이 세계가 제복을 입고 도덕적으로 차렷 자세를 하고 있기를 바라는 것도 그다지 무리가 아니다. 이 무렵만큼 도덕적 재무장이 절실히 요구되는 때도 일찍이 없었다.

『위대한 개츠비』는 바로 이런 역사적 시기와 사회적 분위기를 배경으로 한다. 가난한 육군 장교인 제이 개츠비는 데이지라는 여성을 무척 사랑했지만 곧 유럽 전선으로 떠나간다. 데이지는 개츠비가 가난한 데다 전쟁터에 나가 연락이 끊기자 돈 많은 청년 톰 뷰캐넌과 결혼한다. 휴전이 되면서 귀국한 개츠비는 데이지가 결혼한 사실을 알고 큰 충격에 빠진다.

그래서 개츠비는 5년 전의 데이지를 다시 되찾겠다고 다짐한다. 개츠비의 이웃이자 이 작품의 서술 화자인 닉 캐러웨이는 "나 같으면 데이지에게 그렇게 너무 많은 것을 요구하지는 않을 겁니다. 지나간 과거는 반복할 수 없어요"라고 말하면서 개츠비에게 그러한 시도를 단념하라고 충고한다. 그러나 개츠비는 "나는 모든 것을 옛날과 마찬가지로 돌려놓을 생각입니다"라고 단호하게 대답한다. 첫사랑 데이지를 되찾기 위하여 개츠비는 수단과 방법을 가리지 않는다.

결국 개츠비는 데이지와 재회하지만 달라진 그녀의 태도에 실망하게 된다. 그런데 어느 날 데이지가 개츠비를 옆에 태우고 운전하던 중 데이지의 남편 톰 뷰캐넌의 정부(情婦)인 머틀 윌슨을 사고로 죽게 한다. 머틀의 남편 조지 윌슨은 데이지와 같은 차에 타고 있던 개츠비가 일부러 자신의 아내를 죽인 것이라고 오해하고 이번에는 개츠비를 살해한다. 물론 여기에는 아직도 자기 아내에게 미련을 버리지 못한 개츠비를 제거하려고 톰이 방조한 탓도 없지 않다. 『위대한 개츠비』에 등장하는 인물들은 이처럼 자신의 이익과 목적을 위해서라면 수단과 방법을 가리지 않는 참으로 무책임한 사람들이다.

여기서 이 소설의 제목 '위대한 개츠비'를 좀 더 찬찬히 살펴보기로 하자. 피츠제럴드는 왜 주인공 개츠비를 '위대하다(great)'고 했을까? 개츠비는 이미 남의 아내가 된 여성을 가로채려는 파렴치범이요, 누가 보아도 엄연히 실정법을 위반한 범죄자다. 개츠비의 장례식에는 그의 아버지, 닉, 그리고 개츠비가 주최한 파티에 참석했던 어떤 정신 나간 동네 사람 등 겨우 몇 사람만이 참석할 뿐이다. 개츠비의 동업자는 물론이고, 그가 일평생 사랑한 데이지조차 참석하지 않는다. 이 점만 보더라도 개츠비의 사람 됨됨이를 미루어볼 수 있다. 작가는 주인공 개츠비에게 붙인 '위대한'이라는 형용사를 반어적으로 사용한다. 그릇된 목적, 즉 이미 유부녀가 된 첫사랑 데이지를 다시 차지하려고 온갖 수단과 방법을 가리지 않았던 개츠비의 삶은 그다지 '위대한' 것과는 거리가 먼 실패한 삶이라고 볼 수밖에 없다.

한편 아무 목적 없이 삶을 낭비하고 무책임하게 행동하는 톰이나 데이지, 또는 조직 폭력배들과 비교해 보면 개츠비는 어떤 의미에서는 '위대한' 측면도 없지 않다. 또한 개츠비는 삶에 무한한 꿈과 가능성을 품고 있는 낭만적 이상주의자다. 화자 닉이 개츠비를 가차 없이 경멸하면서도 끝까지 그와 한편이 되는 것은 다른 작중인물들과는 달리 개츠비가 삶의 가능성에 지진계처럼 민감하게 반응하기 때문이다.

이렇듯 닉은 개츠비의 낭만적 이상주의를 높이 평가한다. 이 점과 관련하여 닉은 "그러한 민감성은 '창조적 기질'이라는 이름으로 미화

되는 그런 진부한 감수성과는 전혀 차원이 달랐다. 그것은 희망에 대한 탁월한 재능이요, 다른 어떤 사람한테서도 일찍이 발견한 적이 없고 또 앞으로도 다시는 발견할 수 있을 것 같지 않은 낭만적인 민감성이었다"고 말한다. 그러면서 그는 "그래, 결국 개츠비는 옳았다. 내가 잠시나마 인간의 속절없는 슬픔과 숨 가쁜 환희에 대해 흥미를 잃어버렸던 것은 개츠비를 희생물로 삼은 것들, 개츠비의 꿈이 지나간 자리에 떠도는 더러운 먼지 때문이었다"고 고백한다.

개츠비가 윌슨이 쏜 총에 맞아 사망한 뒤 그의 저택을 찾아온 개츠비의 아버지는 닉에게 "만약 그 애가 살아 있었으면 아마 대단한 인물이 됐을 거요. 제임스 J. 힐 같은 인물 말이오. 국가 발전에 한몫을 했을 거요"라고 자랑스럽게 말한다. 그러자 닉은 "아마 그랬을 겁니다"라고 마지못해 맞장구를 칠 뿐이다. 힐은 19세기 후반에서 20세기 초엽에 걸쳐 미국에서 철도 경영을 맡은 캐나다계 미국인이다. '그레이트 노던 철도(GN)'의 최고 경영자로 이 철도를 정점으로 한 미국 북서부에 철도를 건설한 철도 그룹의 총수였다. 그가 건설한 철도가 통과하는 드넓은 지역과 그 철도 개통이 미국 경제에 미친 영향을 높이 평가하여 사람들은 힐을 '엠파이어 빌더(제국 건설자)'라고 불렀다.

『위대한 개츠비』가 출간된 지도 어느덧 100년이 다가오고 있지만, 이 작품의 배경은 오늘날의 현실과도 크게 다르지 않다. 물질적 성공이라는 목표를 향하여 앞만 보고 달려가는 태도가 그러하고, 비인간적인 물질주의적 사고가 팽배해 있다는 점도 그러하다. 또한 정신적 가치 대신에 물질적 가치에 지나치게 무게를 싣는다는 점도 서로 비슷하다. 피츠제럴드는 『위대한 개츠비』에서 목적 못지않게 소중한 것이 수단과 방법이고, 결과 못지않게 중요한 것이 과정이라는 사실을 새삼 일깨워 준다.

한편 피츠제럴드는 『위대한 개츠비』에서 '미국의 꿈'이 타락해 가는 과정을 상징적으로 보여 주기도 한다. 개츠비의 장례를 치른 뒤 닉은 동부 생활에 환멸을 느끼고 고향으로 돌아가기로 결심한다. 고향으로 떠나가기에 앞서 마지막으로 개츠비의 집 앞 해변에 앉아 3백여 년 전 부푼 가슴을 안고 미국 땅에 처음 도착한 네덜란드 상인들의 눈에 비쳤을 "신세계의 싱그러운 초록빛 가슴"을 떠올린다. 작품의 처음과 끝에 나오는 초록빛 색깔은 작품의 통일성에 이바지할 뿐 아니라 '미국의 꿈'을 보여 주는 더할 나위 없이 좋은 상징이기도 하다.

참다운 '미국의 꿈'은 초기 개척자들에게서 볼 수 있듯이 뭐니 뭐니 해도 다분히 정신적인 것이었다. 메이플라워호에 청교도들을 이끌고 뉴잉글랜드에 도착한 윌리엄 브래드퍼드가 말하는 '위대한 계획'이 바로 이 꿈의 정수라고 할 수 있다. 세상 사람들이 모두 바라보고 본받을 수 있도록 신대륙에 '언덕 위의 도시'를 세우려는 것이 그 위대한 계획이었다. 그러나 안타깝게도 청교도들의 가슴을 설레게 한 그 초록의 꿈이 조금씩 물질적인 것으로 변질되기 시작하였다. 이 소설의 주인공 제이 개츠비는 바로 변질된 '미국의 꿈'을 상징적으로 보여 준다. 데이지의 사랑을 되찾으려는 그의 꿈은 참으로 순수하고 낭만적이며 이상적이었을지 모른다. 그러나 문제는 개츠비가 데이지를 되찾기 위하여 수단과 방법을 가리지 않았다는 데 있다.

41

이방인

알베르 카뮈

누구나 살면서 아웃사이더나 이방인 같다고 느낄 때가 가끔 있다. 특히 개인을 지탱해 주던 초월적 존재자인 신으로부터 멀어진 데다 그동안 탄탄한 울타리 노릇을 하던 공동사회가 무너지고 가족 공동체마저 해체 위기에 놓여 있는 현대 사회에 이르러 더더욱 그러한 생각이 든다. 지구라는 행성에서 홀로 떨어져 나온 외톨이 같은 심정, 그것이 아마 대부분의 현대인이 느끼는 정서일 것이다.

알제리 태생의 프랑스 소설가 알베르 카뮈(1913~1960)는 『이방인』(1942)에서 현대인이 흔히 느끼는 고립과 소외를 어느 작가보다도 설득력 있게 다룬다. '이방인'이란 과연 누구를 가리키는 것인가? 이방인이란 과연 바람직하지 않은 것인가? 이방인은 지탄의 대상으로 회피해야 하는가? 이 작품은 이러한 질문을 던지고 그 물음에 답하고 있다.

알베르 카뮈는 1913년 프랑스 식민지였던 알제리의 몽도비에서 태어났다. 언어 장애자 어머니 밑에서 가난하고 불행한 어린 시절을 보냈다. 아버지는 카뮈가 한 살도 채 되기 전 1차 세계대전에 참전하여 전사하였다. 한창 혈기왕성하던 열일곱 살의 카뮈는 알제리대학에 입학했지만 폐결핵으로 중퇴하였다. 이렇게 그의 앞에는 온갖 역경과 시련이 장애물처럼 그의 미래를 가로막고 있었다.

2차 세계대전 동안 카뮈는 나치에 저항하여 지하신문을 발행했으며, 이때 프랑스의 대표적인 지성이요 실존주의 철학자인 장 폴 사르트르를 만나게 되었다. 전쟁이 끝난 뒤 카뮈는 작가로 변신하여 『이방인』과 『페스트』 같은 소설, 『시시포스 신화』 같은 철학 에세이집, 『오해』와 『칼리굴라』 같은 희곡 작품을 잇달아 출간하였다. 작품 수는 그다지 많지 않지만 실존주의적인 경향이 짙은 순도 높은 작품으로 전 세계에 걸쳐 큰 호평을 받았다. 1957년 선배 작가 사르트르에 앞서 노벨 문학상을 받아 화제가 되기도 하였다.

카뮈가 『이방인』을 발표한 것은 2차 세계대전이 한창이던 1942년이었다. 이 소설은 "오늘 엄마가 죽었다. 아니면 어제였던가. 잘 모르겠다"라는 그 유명한 문장으로 시작한다. 주인공 뫼르소의 이 말은 당시 유럽을 큰 충격에 빠뜨렸다. 어떤 의미에서 이 첫 문장은 이 무렵 유럽 사람들에게 두 번째로 세계 규모의 대전을 알린 대포소리보다 훨씬 더 큰 충격을 안겨주었다.

뫼르소는 낳아 키워 준 어머니가 사망했는데도 그 날짜도 정확히 모르고, 어떠한 감정의 동요도 전혀 느끼지 않았으며, 심지어 눈물 한 방울 흘리지 않았다고 밝히니 말이다. 장례식이 끝난 뒤에도 그는 아무렇지 않은 듯 코미디 영화를 보고 여자 친구와 함께 바다에서 수영을 한다. 마치 아무런 일도 일어나지 않은 것처럼 그저 하루하루 현실을 살아갈 뿐이다. 밝은 햇살을 즐기고, 아름다운 바다의 파도를 즐기며, 여자 친구와 만남을 즐긴다. 뫼르소는 성실하지만 출세를 원하지도 않고, 욕심을 부리지도 않는 평범한 월급쟁이일 뿐이다. 뫼르소는 현재의 삶에 만족하며 살아가는 즉물적이고 즉흥적인 인간이다.

그렇게 하루하루를 살아가던 뫼르소는 어느 날 레이몽이라는 친구와 함께 바닷가에 놀러 갔다가 아랍 사람을 죽인 뒤 체포되어 재판을 받게 된다. 심문 과정에서 뫼르소는 범행 동기를 묻는 재판관에게 "모두가 햇빛 때문이었어요!"라고 어처구니없는 대답을 한다. 재판관이 자신의 범행을 뉘우치느냐고 묻자, 뫼르소는 "솔직히 후회라기보다는 어떤 권태감 같은 것을 느낍니다"라고 대답한다. 한마디로 뫼르소는 병적인 인물이거나 성격 파탄자, 의학 전문용어로 말하자면 '사이코패스', 즉 반사회적 인격장애자로 보아도 크게 틀리지 않는다. 정당방위로도 해석될 수 있었던 그의 살인에는 사형선고가 내려지고, 결국 끝까지 이방인으로 남은 주인공 뫼르소는 사형장의 이슬로 사라지고 만다.

언뜻 보면 카뮈는 『이방인』에서 뫼르소의 비윤리적이고 비인간적인 성격에 초점을 맞추는 것 같다. 세상 사람들의 일반적인 기준으로 보면 그는 분명 정신병자, 도덕 불감증 환자, 비정상적인 인간이다. 그러나 시각을 조금 달리해 보면 어떨까? 비굴할 정도로 사회의 인습과 도덕의 눈치를 보며 살아가는 현대인들에게 뫼르소는 그 나름대로 자신의 삶을 충실하게 살아가려는 인간이다. 이 작품의 주인공을 두고 카뮈는 "우리 사회에서 자기 어머니 장례식에서 울지 않는 사람은 누구나 사형당할 위험을 무릅써야 한다"고 말한 적이 있다. 뫼르소가 사형을 당한 것은 아랍 사람을 살해했기 때문이기도 하지만, 카뮈의 말을 빌리자면 "게임 규칙을 지키지 않았기" 때문이다. 뫼르소는 당시의 사회적 관습과 규범에 따라 행동하기를 거부하려고 한다.

카뮈는 『이방인』에서 지나치게 사회적 규범이나 가치관을 강요하는 사회에서 현대인들이 느끼는 혼동과 외로움, 소외감과 비극적 상실감에 대하여 말한다. 비인간적이고 관료주의적인 사회에서 대부분의 사회 구성원은 거대한 기계에 속한 작은 톱니바퀴처럼 살아간다. 이러한 상황에서 자신의 정체성이나 어떤 의미 있는 인간관계를 정립하기란 무척 어려울 것이다.

더구나 현대인들은 자신의 삶의 방식대로 살아가기보다는 사회가 원하는 방식대로 살아가기 쉽다. "내가 지금 그것을 왜 따라야 하고 지켜야 하는가?"라고 깊이 생각해 보지도 못한 채 남들이 그렇게 하니까, 나도 원래 그렇게 해 왔으니까 기계적으로 행동하기 일쑤다. 그러면서도 "인간이란 남의 가치나 판단이 아니라 오직 자신의 가치와 판단에 충실해야 한다"고 주장한다. 남의 가치나 판단에 따라 살아가는 것은 장 폴 사르트르의 말을 빌리자면 인생을 "중고품으로 살아가는" 것이다. 다시 말해서 신상품이 아니라 남이 쓰다 버린 헌 물건처럼 살아간다는 뜻이다.

현대 사회에서는 대세를 거스르는 사람, 남들과 똑같이 되기를 거부하는 사람인 반사회적 인물에게 '사회 부적응자'라는 꼬리표를 붙인다. 그러면서 사회에서 마땅히 제거해야 할 인물이라고 목소리를 높인다. 그래서 우리는 지나치게 세상의 눈치를 보며 살아가는 경향이 있다. 생각하는 바를 자유롭게 말하거나, 하고 싶은 일을 제대로 하지 못하고 만다. 자신보다는 남을 의식하며 남이 바라던 대로, 사회가 원하는 대로 획일적으로 살아가는 것이다.

알베르 카뮈는 『이방인』에서 이렇게 획일적인 가치나 이념이 지배하는 현대 사회에서 어떻게 살아가는 것이 과연 '나답게' 사는 것인지 다시 한 번 되돌아보게 한다. 주인공 뫼르소처럼 이방인이나 아웃사이

더로 살아가는 것이 어쩌면 진정한 '나 자신'으로 사는 길은 아닐까? 자신의 정체성을 지키기 위하여, 사르트르의 말대로 "중고품처럼 살아가지" 않기 위하여 뫼르소는 온갖 희생을 무릅쓴다. 한마디로 그에게 상식과 규범을 뛰어넘는 일련의 행위는 현대 사회라는 거대한 기계의 부속품이 되기를 거부하는 상징적 몸짓이다.

카뮈의 『이방인』에서 또 한 가지 주목하여야 할 것은 죽음에 대한 실존주의적 태도다. 마르틴 하이데거의 말대로 인간은 자신의 의지와는 아무런 상관없이 이 황량한 우주에 '던져진 존재'다. 이러한 피투성(被投性)은 인간이라면 누구나 걸머져야 할 멍에다. 그런데 인간은 불안을 통해서 이 피투성을 자각하게 된다. 인간은 불안 속에서 "나는 왜 여기에 존재하는가?" 또는 "나는 왜 여기서 이렇게 살고 있을까?"라는 질문을 던진다.

『이방인』은 뫼르소가 아랍 사람을 살해하는 사건을 분수령으로 1부와 2부로 나뉜다. 2부는 뫼르소가 감옥에 갇혀 재판을 받는 과정을 다룬다. 그가 피투성을 깨닫는 것은 바로 감옥에 갇혀 있을 때다. 인간은 언젠가는 죽을 수밖에 없고 이 세계를 강제로 떠나게 된다는 엄연한 사실을 깨닫게 된다. 하이데거는 이렇게 인간이 자신의 죽음을 첨예하게 의식하는 것을 '선구적 각오'라고 불렀다.

그러고 보니 뫼르소가 감옥에 갇히는 것은 한편으로는 프랑스 법제도에 따른 처벌이지만 다른 한편으로는 자못 상징적 의미가 있다. 카뮈를 비롯한 실존주의자들의 관점에서 보면 이 세계는 창살이 없을 뿐 거대한 감옥이다. 이 세계에 살아가는 모든 인간은 거대한 감옥에서 사형 집행을 기다리는 사형수에 지나지 않는다. 미래에 대한 아무런 비전도 없이 현세의 삶을 만끽하며 살아가던 '행동하는 인간' 뫼르소는 감옥에 갇힌 뒤부터는 점차 '사색하는 인간'으로 바뀐다.

뫼르소는 "내가 살아온 이 부조리한 전 생애에 걸쳐 내 미래의 저 밑바닥에서 늘 한 줄기 어두운 바람이, 아직도 오지 않은 세월을 거슬러 내게로 불어 올라오고 있다"고 말한다. 미래의 밑바닥에서 언제나 불어오는 '한 줄기 어두운 바람'은 인간이라면 누구나 맞게 될 죽음을 말한다. 그 죽음의 바람은 뫼르소의 과거에도 이미 불어왔고, 감옥에 갇힌 지금도 불고 있으며, 앞으로 처형대에 설 때도 어김없이 불어올 것이다. 이렇게 엄연한 죽음 앞에서 타인의 죽음이나 심지어 어머니의 애정마저도 이렇다 할 의미가 없을지도 모른다.

그러면 부조리한 삶을 영위하느니 차라리 스스로 죽음을 선택하는 것이 바람직하지 않을까? 카뮈에게 자살은 삶의 배반에 지나지 않는다. 비록 삶은 그렇게 살 만한 가치가 있는 것은 아니지만 그것만이 인간이 가지고 있는 유일한 것이다.

> 삶의 끝이 결국 죽음이라면 인생은 부조리한 것이다. 하지만 비록 인간의 삶이 부조리한 것이라 하여도, 나는 계속해서 오직 인간이기를 원한다. 인간에게만 주어지는 생각하는 능력을 포기하지 않을 것이고, 내 이성을 사용해 끊임없이 세계를 이해하려고 노력할 것이다. 그리고 이처럼 어처구니없는 상황에서 벗어나기 위해 인간적이지 못한 신의 구원을 기대하지도 않을 것이며, 미래나 영원에 희망이나 기대를 품지 않을 것이다. 다만 나는 바로 지금, 바로 여기의 삶에 충실할 것이다.

죽음이 엄연한 숙명이라면 인간은 현세의 삶을 충실하게 살아야 할 것이다. 위 인용문의 “나는 바로 지금, 바로 여기의 삶에 충실할 것이다”라는 마지막 문장에서 카뮈는 현세주의적인 세계관을 피력한다. 그의 세계관은 본질에서는 미래에 기대나 희망을 두지 말고 오직 오늘의 삶을 한껏 즐기라는 ‘카르페 디엠(carpe diem)’의 원칙에 맞닿아 있다.

한편 인간은 불안을 통해서 피투성과 직면하지만 동시에 이러한 상황 때문에 존재와 자유의 진정한 의미를 깨닫는 계기가 되기도 한다. 의식 있는 인간이라면 이러한 죽음에 절망하는 대신 죽음을 자각하면서 자신의 삶을 의미 있게 만들려고 시도한다. 하이데거는 이러한 태도를 ‘기투성(企投性)’이라고 불렀다. 이렇게 기투성에 따라 삶을 의미 있게 만들기 위해서는 반드시 선택과 책임이라는 지뢰밭을 지나가야 한다. 인간은 날마다 선택의 갈림길에 놓여 있다. 그래서 사르트르는 인생이란 ‘B’와 ‘D’ 사이의 ‘C’라고 말한다. 즉 인간에게는 태어남(Birth)과 죽음(Death) 사이의 선택(Choice)이 있을 뿐이다. 삶이란 궁극적으로 직업과 결혼 같은 몇 가지 굵직한 선택의 총화에 지나지 않는다. 알베르 카뮈는 『이방인』에서 이러한 실존주의의 세계관을 현학적인 철학서가 아닌 박진감 있는 한 편의 소설로 설득력 있게 형상화하는 데 성공했던 것이다.

42

동물 농장

조지 오웰

20세기 영어권의 가장 중요한 소설가, 비평가, 정치 평론가 중 한 사람으로 널리 존경받는 조지 오웰(1903~1950)은 「나는 왜 글을 쓰는가」라는 글에서 생계를 유지하기 위한 목적 말고 작가는 크게 네 가지 동기에서 글을 쓴다고 말한다. 즉 ① 순전한 이기심, ② 심미적 열정, ③ 역사적 충동, ④ 정치적 목적이 바로 그것이다.

첫 번째 동기에 대하여 오웰은 "똑똑해 보이고, 사람들의 입에 오르내리며, 죽은 뒤에도 기억되고, 어린 시절에 자신을 무시한 어른들을 보복하고 싶은 욕망"이라고 설명한다. 두 번째 동기에 대해서 그는 "외부 세계의 아름다움이나 말의 아름다움 그리고 말을 적절하게 배열해 놓은 데서 오는 아름다움을 깨닫는 것"이라고 풀이한다. 세 번째 동기에 대해서는 "사물을 있는 그대로 보고 진실한 사실을 발견하여 뒷날 후세가 사용할 수 있도록 보관하려는 욕망"이라고 말한다. 마지막으로 네 번째 동기에 대하여 그는 "이 세계를 어떤 방향으로 밀고 나가고, 반드시 성취하여야 하는 유형의 사회에 대하여 다른 사람들의 생각을 바꾸려는 욕망"이라고 밝힌다.

조지 오웰은 영국의 식민지인 인도 벵골에서 태어났다. 본명은 에릭 아서 블레어다. 그의 아버지는 인도 세관의 아편과에서 근무하는 식민지 관료였다. 영국의 사학 명문 이튼학교를 졸업한 뒤 1922년에 버마(오늘날의 미얀마)에서 제국 경찰로 5년 동안 근무하였다. 경찰직을 그만둔 뒤 오웰은 심한 죄책감에 시달리며 한때 영국의 런던과 프랑스 파리에서 떠돌이 생활을 하였다. 르포르타주 『파리와 런던의 밑바닥 인생』, 역시 제국 경찰의 경험을 기록한 『버마 시절』을 출간한 뒤 장편소설 『목사의 딸』을 출간하면서 소설가로 데뷔하였다. 오웰은 1936년 스페인에 내전이 일어나자 의용군으로 참전하여 전투 중 중상을 입었다. 이때 경험을 쓴 작품이 『카탈루냐 찬가』다. 그의 대표작으로는 『동물 농장』(1945) 말고도 『1984』가 있다. 그는 1950년 1월 오랫동안 앓아 온 결핵으로 런던에서 사망하였다.

오웰이 『동물 농장』을 집필한 것은 앞에서 언급한 글을 쓰는 동기 중에서 네 번째 정치적 동기에서 비롯한다. 그는 이 세계를 자신이 옳다고 생각하는 방향으로 끌고 나가기 위하여 이 소설을 썼다. 오웰이 『동물 농장』을 쓰는 데는 스페인 내전이 중요한 촉매 역할을 하였다. 스페인 내전에 참가하여 스탈린과 소비에트 전체주의 체제를 몸소 겪은 오웰은 분명한 정치적 목적을 염두에 두고 이 작품을 썼다. 이 점과 관련하여 그는 "보편적인 기만의 시대에 진리를 말하는 것이야말로 혁명적 행위"라고 말하였다.

조지 오웰의 『동물 농장』은 분량으로 보면 겨우 100쪽 남짓한 조그마한 책이지만 장르적 특징을 한 마디로 규정짓기란 그렇게 쉽지 않다. 그는 1945년 이 책을 처음 출판하면서 '동물 농장'이라는 제목에 '동화'

라는 부제를 사용하였다. 부제에서도 엿볼 수 있듯이 이 작품은 장르에서 볼 때 어린이를 위한 동물 우화에 속한다. 실제로 이 작품에서 오웰은 동물을 의인화하여 인간의 삶을 동물의 행태에 빗대어 말한다.

그런데 동물 우화의 역사를 거슬러 올라가다 보면 까마득히 멀리 고대 그리스 시대 아이소포스가 지은 우화집 『아이소피카』를 만나게 된다. 흔히 '이솝 우화'로 일컫는 이 책은 의인화한 동물들을 등장시켜 인간의 여러 행동을 꾸짖는다. 그러나 오웰의 『동물 농장』은 동물들의 이야기를 플롯에 따라 일관성 있게 끌고 나간다는 점에서 개별적이고 단편적인 우화를 모아놓은 『아이소피카』와는 다르다. 또한 도덕적이고 윤리적 성격이 강한 『아이소피카』와는 달리 오웰의 이 작품은 정치적 성격이 훨씬 강하다.

장르에서 볼 때 『동물 농장』은 동물 우화에 속할 뿐 아니라 정치적 알레고리의 범주에 들어간다. 흔히 '풍유'로 일컫는 알레고리는 겉으로 드러난 축어적 의미가 아닌 비유적 의미를 전달하려는 문학 형식을 말한다. 이렇게 숨겨진 의미는 흔히 상징적 인물이나 행동에서 나타난다. 추상적 관념이나 원칙 또는 의미를 표현하기 위한 장치로 넓은 뜻에서는 은유를 확장해 놓은 것으로 볼 수도 있다. 알레고리와 동물 우화 사이에 차이가 있다면 전자가 도덕적 교훈을 전달하는 데 목적을 두는 반면, 후자는 종교적 교훈이나 정치적 메시지를 전달하려는 데 무게를 싣는다.

존스 씨가 경영하는 '장원 농장'의 동물들은 평소 소홀히 대접받는 것에 불만을 품고 있던 중 어느 날 늙은 수퇘지 메이저 영감의 꿈 이야기와 반인간적인 혁명 이론을 듣고 반란을 일으킨다. 존스와 그 일꾼들을 농장에서 몰아내고 짐승 스스로 운영하는 '동물 농장'을 건설한다.

동물 중에서 가장 지능이 발달한 돼지 나폴레옹과 스노볼 그리고 스퀼러가 지도자가 되어 이 농장을 다스린다.

오직 동물들이 운영하는 이 '동물 농장'에서는 "동물은 모두 평등하다"는 기본 원칙을 내걸고 인간이 아닌 자신들을 위하여 일한다는 자부심 때문에 열심히 일한다. 그러나 시간이 지나면서 '동물 농장'을 건설할 때 품었던 이상은 조금씩 퇴색하기 시작한다. 풍차를 건설하는 과정에서 나폴레옹은 변절자라는 이름으로 스노볼을 농장에서 내쫓고 스퀼러를 앞세워 다른 동물들을 지배하고 착취한다. 어느 날 나폴레옹은 그의 앞잡이인 개들을 시켜 불만을 털어놓고 비협조적이던 동물들을 무참하게 처형한다. 이제 '지도자 동무'로 자처하는 나폴레옹은 다른 동물들의 고통을 잊은 채 점점 권세를 누리며 호화로운 생활을 시작한다. 식량난을 해결하기 위하여 프레더릭이라는 인간과 교역을 하지만 교묘한 속임수에 넘어가기도 한다.

충성스럽게 일하던 말 복서는 나이가 들자 폐마로 도살업자에 팔려가 죽임을 당한다. 반란을 일으켜 농장주를 내쫓은 동물들도 하나둘씩 사라지고, 이제는 젊은 동물들이 근면한 노동과 검소한 생활로 동물 공화국을 가까스로 이어나간다. 이 작품은 나폴레옹을 비롯한 돼지들이 이웃 농장주들을 초대하여 파티를 벌이는 장면으로 끝이 난다. 인간의 옷차림에 두 다리로 걷는 돼지들은 이제 인간과 좀처럼 구별할 수가 없게 된다. 숭고한 목적을 위하여 이룩한 '동물 농장' 건설은 이제 타락하여 옛날의 '장원 농장'과 똑같은 상태로 돌아가고, 동물들은 옛날과 마찬가지로 다시 노예의 처지로 전락해 버린다.

조지 오웰은 『동물 농장』에서 정치적 알레고리답게 상징적 인물이나 사건을 실제 인물이나 사건과 될 수 있는 대로 일대일로 상응시키려고 애썼다. 한편 이 작품에서 축어적 의미 뒤에 숨어 있는 비유적 의미는 누가 보아도 볼셰비키 혁명과 소비에트연방의 수립 과정 그리고 그 이후의 모습이라는 것을 쉽게 알 수 있다. 알레고리로 표현한 비유적 의미를 간추려 보면 대략 다음과 같다. 1917년 10월 블라디미르 레닌이 이끄는 볼셰비키 당원이 혁명을 일으켜 니콜라이 2세를 몰아내고 정권을 잡는다. 레닌은 모든 생산 수단을 국가가 탈취하고 토지와 은행을 국유화시킨다. 1924년 레닌이 갑자기 사망하자 그의 개인 참모였던 이오시프 스탈린은 권력을 장악하고 레프 트로츠키와 그의 추종자들을 당에서 추방해 버린다.

스탈린은 소비에트연방을 현대적 공업국을 발전시킬 목적으로 제1차 5개년 경제계획을 수립하지만 실패로 돌아간다. 이러한 과정에서 스탈린은 반대파들을 숙청하는 한편, 점점 개인 우상화 작업에 박차를 가하고 일인 독재 체제를 더욱 굳게 다진다. 결국 민중의 삶은 혁명 전 제정 러시아 시대나 혁명을 일으킨 뒤 소비에트연방 시대나 크게 다르지 않다.

이렇게 정치가들이 언어를 조작하여 권력을 독점하거나 행사하는 것은 『동물 농장』 곳곳에서 쉽게 찾아볼 수 있다. 권력을 쥔 소수 동물들은 처음에 정한 '동물 농장의 일곱 계명'을 하나하나 왜곡하거나 변질시킨다. 그중에서도 "모든 동물은 평등하다. 그러나 어떤 동물은 다른 동물보다 더욱 평등하다"는 마지막 계명은 이러한 경우를 보여 주는 더할 나위 없이 좋은 예다. 동물들이 반란을 일으켜 존스 씨를 농장에서 내쫓고 나서 맨 처음 만든 일곱 번째 계명은 "모든 동물은 평등하다"는 것이었다.

그런데 절대적 개념인 '평등하다'는 형용사는 논리적으로 비교급이나 최상급을 만들 수 없는 말이다. 높낮이가 없는 것이 평등한 것이라면 어느 쪽이 더 높고 어느 쪽이 더 낮다고 말하는 것은 논리적 모순이다. 평등한 것 그 자체보다 더 평등한 것은 이 세계에 없기 때문이다. 그렇다면 "어떤 동물은 다른 동물보다 더욱 평등하다"라는 계명은 겉으로만 절대적인 평등을 부르짖으면서 실제로는 특정한 엘리트 집단에게만 권력과 특권을 부여하려는 위선적인 표현에 지나지 않는다.

그러나 『동물 농장』의 주제를 스탈린과 소비에트연방 공산당에 대한 비판과 고발에 국한시키려는 것은 좁은 생각이다. 오웰은 우크라이나어 번역본 서문에서 "나는 러시아를 방문한 적도 없고, 내가 그 나라에 대하여 아는 것이라고는 오직 책과 신문을 읽어 배울 수 있는 것뿐이다"라고 밝힌 적이 있다.

훌륭한 문학 작품이 흔히 그러하듯이 『동물 농장』의 주제도 바로 겉껍질 아래 숨어 있는 속살에서 찾아야 한다. 오웰은 이 작품과 관련하여 자신의 작품 중에서 "정말로 땀 흘려 공들여 쓴 유일한 작품"이라고 말한 적이 있다. 또 "내가 하고 있는 작업을 완전히 의식한 채 정치적 목적과 예술적 목적을 완전한 전체로 융합하려고 시도한 첫 번째 작품"이라고 밝히기도 하였다.

오웰이 이 작품에서 궁극적으로 말하려는 주제는 모든 형태의 전체주의에 대한 비판이다. 그가 비판 대상으로 삼는 것은 비단 소비에트연방의 공산주의만이 아니다. 어떤 의미에서 스탈린주의는 온갖 형태의 전체주의를 가리키기 위한 환유나 제유에 지나지 않는다. 공산주의이든, 사회주의이든, 파시즘이든 대중을 목적이 아닌 수단이나 도구로 삼는 정치 체제는 하나같이 오웰의 비판 대상이 된다. 여기에는 자유민주주의 체제도 예외가 될 수 없다.

이 주제와 함께 오웰이 『동물 농장』에서 말하려는 또 다른 주제는 권력의 속성과 그 위험성이다. 영국의 역사학자요 법철학자인 존 달버그 액튼 경(卿)은 "모든 권력은 부패하기 쉽고 절대 권력은 절대적으로 부패한다"고 말한 적이 있다. 액튼 경의 말대로 권력은 그 속성에서 부패하는 경향이 있을 뿐 아니라 절대 권력은 반드시 절대적으로 부패하게 마련이다. 오웰이 이 작품에서 말하려는 것도 부패하거나 타락할 수밖에 없는 권력의 속성이다. 스노볼에게 배신자의 혐의를 씌워 '동물 농장'에서 쫓아버린 뒤 나폴레옹은 모든 정치 권력을 혼자서 걸머쥔다.

더구나 오웰은 『동물 농장』에서 유토피아의 본질과 성격에 대해서도 말한다. 유토피아란 글자 그대로 한낱 공상과 허구에 지나지 않는 공간을 말한다. 잘 알려진 바와 같이 '유토피아'는 그리스어로 없음을 뜻하는 'ou'와 장소를 뜻하는 'topos'를 결합하여 만든 용어로 "이 세상 어디에도 없는 장소"라는 뜻이다.

다시 말해서 유토피아란 현실 세계에서는 결코 존재하지 않는 이상적인 사회를 일컫는 말이다. 오웰이 보기에 블라디미르 레닌이 중심이 되어 카를 마르크스와 프리드리히 엥겔스의 공산주의 이론을 토대로 건설한 계급 없는 이상주의 사회는 한낱 유토피아에 지나지 않았다. 실제로 현실 세계에서는 좀처럼 이루기 어려운 그림자 같은 환영이었다는 사실이 드러났다. 인간과 인간 사이에는 어쩔 수 없이 차별이 있을 수밖에 없다. 한 차별의 장벽을 허물어 버리고 나면 곧 다른 차별의 장벽이 들어서게 된다. 물론 차별의 벽을 최대한 낮추어 평등한 사회를 이룩하려는 것이 오웰이 꿈꾸던 이상주의 사회였다.

43

어린 왕자

앙투안 드 생텍쥐페리

동화는 글자 그대로 '어린이를 위한 이야기'라는 뜻이지만 때로는 어른들을 위한 동화도 있다. 물론 '어른들을 위한 동화'라는 말은 마치 '어린이들을 위한 성인 만화'라는 말처럼 모순어법이다. 그러나 세계문학에는 어린이들 못지않게 어른들이 읽어도 좋은 동화가 얼마든지 있다. 한국 작가 중에서도 정호승은 『모닥불』이라는 작품을 스스로 '어른들을 위한 동화'라고 밝힌다. 한 출판사에서는 아예 '어른들을 위한 동화'라는 장르를 전문으로 출간하기 위하여 팀 꾸리기도 하였다.

서양에서는 프랑스의 비행사이자 작가인 앙투안 드 생텍쥐페리(1900~1944)의 『어린 왕자』(1943)가 가장 대표적인 '어른들을 위한 동화'로 꼽힌다. 작가는 이 책을 어렸을 적부터 친구인 레옹 베르트에게 헌정한다. 헌정문에서 그는 "나는 이 책을 한 어른에게 헌정하는 것에 대하여 어린이들에게서 용서를 구한다. 그러나 나한테는 그럴 만한 구실이 있다. 즉 이 어른은 내가 이 세상에서 가장 좋아하는 친구다"라고 밝힌다. 그러면서 생텍쥐페리는 계속하여 "이 어른은 심지어 어린이들을 위한 책까지 모든 것을 이해할 수 있다"고 덧붙인다. 그런가 하면 그는 "어른들은 하나같이 한때 어린이였다"고 말하기도 한다. 『어린 왕자』가 어린이들 못지않게 어른들을 위한 '성인 동화'로 썼다는 사실을 알 수 있는 대목이다.

생텍쥐페리의 『어린 왕자』는 20세기에 프랑스어로 쓴 책 중에서 가장 널리 읽힐 뿐 아니라 외국어로 가장 많이 번역된 책이다. 지금까지 줄잡아 250여 개의 언어와 방언으로 번역되었다. 해마다 백만 부 이상 팔리고 지금까지 전 세계에서 팔린 판매 부수는 줄잡아 2조 부가 넘는다. '성경 다음으로 가장 많이 읽히는 책'이라는 표현을 자주 사용하지만 아마 이 책도 그 후보에 들고도 남을 것이다. 1947년에는 프랑스의 갈리마르 출판사에서 작가가 직접 그린 삽화를 넣어 출판하여 더더욱 인기를 끌고 있다. 또한 이 작품은 그동안 오디오 테이프, 영화, 연극, 애니메이션, 오페라, 발레 등으로도 제작되었다.

일본 도쿄에서 서쪽으로 100킬로미터쯤 가면 하코네(箱根)라는 국립공원과 온천 관광지가 있다. 그런데 흥미롭게도 이곳에는 '어린 왕자 박물관'이 있다. 소행성 'B-612'를 비롯하여 『어린 왕자』에 등장하는 인물들의 조각이 전시되어 있어 이곳을 찾는 관광객들의 발길을 멈추게 한다. 생텍쥐페리와 『어린 왕자』에 대한 일본인들의 관심이 무척 크다는 데 새삼 놀라게 된다.

생텍쥐페리는 『어린 왕자』를 집필하면서 상당 부분 자신이 직접 겪은 경험에 바탕을 둔다. 2차 세계대전이 일어난 직후 프랑스가 나치 독일에 점령당하자 예비군 공군 조종사였던 그는 미국으로 망명하였다. 그리고 그가 이 작품을 집필하고 삽화를 그린 것은 바로 이 무렵이었다. 개인적인 불행과 점차 쇠락해 가는 건강을 추스르며 생텍쥐페리는 원고를 완성하였다. '어린 왕자'가 지상에 내려오는 것이며, 서술 화자 '나'가 고독과 상실감을 느끼는 것은 이렇듯 작가의 개인적 불행과 무관하지 않다.

앙투안 드 생텍쥐페리는 1900년 프랑스의 리옹에서 태어났다. 네 살 때 아버지가 사망하고 청소년기에 1차 세계대전을 겪는 등 어린 시절을 불우하게 보냈다. 스트라스부르의 전투기 연대에서 군복무를 한 그는 스물한 살 때 조종사 자격을 땄다. 다카르에서 툴루즈까지 우편물을 항공 수송하는 회사에서 근무하였다. 2차 세계대전 초기에 공군에서 활동하다가 1940년 프랑스 북부가 나치 독일에 점령되자 미국으로 망명하였다.

그 후 1943년부터 다시 프랑스의 공군 조종사로 활동하던 중 생텍쥐페리는 1944년 7월 그의 마지막 비행에서 실종되었다. 1990년에 그의 유품으로 보이는 비행기 부품이 발견되어 추락사했을 가능성을 더욱 뒷받침해 준다. 공군 장교로 북서 아프리카, 남대서양, 남아메리카 항공로를 개척한 사람으로 유명하다. 야간 비행의 선구자 중 한 사람으로도 꼽힌다. 생텍쥐페리는 체험을 토대로 한 소설을 써서 명성을 얻었다. 행동주의 문학으로서 위험 상황 속에서 고귀한 인간성과 연대 책임 등을 강조하였다. 그의 작품으로는 『어린 왕자』 말고도 『남방 우편기』, 『야간 비행』, 『인간의 대지』, 『성채』 등이 있다.

생텍쥐페리는 뉴욕시의 센트럴파크 남쪽 한 펜트하우스에서 『어린 왕자』를 처음 쓰기 시작하였다. 그러나 맨해튼은 글을 쓰기에는 너무 시끄러운 데다 여름철이라 몹시 무더웠다. 그래서 아내 콘수엘로가 찾아 준 곳이 롱아일랜드에 있는 저택이었다. 그는 "오두막집을 갖고 싶었는데 베르사유 궁전을 갖게 되었다"고 처음에는 불평 아닌 불평을 늘

어놓기도 하였다.

생텍쥐페리가 『어린 왕자』를 쓰면서 소재를 얻은 것은 비단 미국 생활만이 아니다. 미국에 건너오기 전 그는 한때 아프리카 사하라 사막에서 비행기를 조종하다 사고를 당하여 불시착한 경험이 있다. 『어린 왕자』는 『인간의 대지』처럼 생텍쥐페리 자신이 사하라 사막에서 겪은 경험에서 얻은 영감을 바탕으로 쓴 것이다. 이 작품에 등장하는 여우는 그가 사막에서 본 페넥 여우다. 그러므로 이 작품은 작가의 삶의 흔적을 짙게 풍기는 자전적 소설이라고 할 수 있다.

『어린 왕자』는 동화답게 현실에서 볼 수 있는 작중인물 못지않게 현실 세계에서는 좀처럼 볼 수 없는 환상적인 작중인물도 많이 등장한다. 예를 들어 사막에 불시착한 비행기 조종사 '나'를 비롯하여 작품의 제목으로 삼은 '어린 왕자', 여우, 뱀, 왕, 술주정뱅이, 잘난 척하는 사람, 가로등 켜는 사람, 지질학자, 사업가 등이 나온다. 이 작품에는 심지어 장미와 바오바브나무 같은 식물도 등장한다.

등장인물만이 아니고 지리적 배경도 현실 세계와는 아주 동떨어진 공간이다. '어린 왕자'는 화산이 셋 있고 장미와 바오바브나무가 자라고 있는 소행성 'B-612'에서 살고 있다. 지구의 배경도 흔히 볼 수 있는 도시거나 시골이 아니라, 지구 위에서 남극 다음으로 가장 넓은 아프리카 북부의 사하라 사막이다.

비행기 사고로 사하라 사막에 불시착한 '나'는 그곳에서 어린 왕자를 만난다. 아주 작은 떠돌이별에서 자존심 강한 장미꽃 한 송이와 함께 살던 그는 장미꽃의 투정에 마음이 상하여 그 별을 떠나온 것이다. 여행 중에 어린 왕자는 여러 별을 거친다. 이 별은 모두 어린 왕자 자신의 별처럼 아주 작은 떠돌이별이어서 한 사람밖에는 살고 있지 않다.

그곳에서 어린 왕자가 만난 사람은 왕과 허영심 가득한 남자, 술주정뱅이, 상인, 가로등 관리하는 사람, 지리학자였다. 그들은 하나같이 이상야릇한 어른들이었다. 그러고 나서 마침내 '어린 왕자'는 지구로 오게 되었다. 지구에서 '어린 왕자'가 처음 만난 것은 뱀이다. 뱀은 '어린 왕자'에게 언제든지 떠나온 별이 그리우면 도와줄 수 있다고 말한다. 그리고 '어린 왕자'는 여우를 만난다. 지구에 도착한 지 꼭 1년이 되는 날, '어린 왕자'는 독뱀에게 물려 쓰러지고 만다.

생텍쥐페리는 『어린 왕자』에서 삶과 인간의 본질에 관한 심오한 통찰을 다룬다. 겉으로 드러난 사물의 모습보다는 그 뒤에 숨어 있는 본질을 꿰뚫어 보는 것이 중요하다는 사실을 새삼 일깨운다. 생텍쥐페리는 육체의 눈에 보이는 가시적인 것보다는 마음의 눈, 즉 심안(心眼)으로 볼 수 있는 불가시적인 것에서 더 큰 가치를 발견한다. 한 비행기 조종사가 비행 중에 불의의 사고로 사막에 불시착한다. 그는 우연히 어린 왕자를 만나고, 물이 필요했던 둘은 함께 우물을 찾아 나선다. 사막에 앉아 잠깐 쉬는 동안 어린 왕자는 조종사에게 "사막이 아름다운 이유는 어딘가에 샘을 숨기고 있기 때문이지요"라고 말한다. 비행사 역시 자신의 어린 시절을 회상하며 "집이든 별이든, 사막이든 그들을 아름답게 하는 것은 눈에 보이지 않는 거야!"라고 화답한다.

여우가 '어린 왕자'에게 하는 "우리는 오직 마음으로써만 사물을 분명하게 볼 수 있다. 본질적인 것은 눈에 보이지 않는다"는 말에서도 불가시적인 것에 진리가 있다는 주제를 단적으로 엿볼 수 있다. 적어도 이 점에서 생텍쥐페리는 경험주의자라기보다는 관념주의자요, 현실주의자라기보다는 이상주의자라고 할 만하다.

생텍쥐페리가 이 작품에서 말하는 또 다른 주제는 다른 사람에 대한 배려와 책임이다. 장미는 하찮은 꾀를 부려 왕자의 마음을 아프게 하지만 그것은 결국 사랑의 다른 표현이었다는 사실을 왕자는 장미와 함께 있을 때는 미처 깨닫지 못한다. 바람막이를 가져다 달라고도 하고, 유리 덮개를 해달라고도 하고 왕자를 귀찮게 했지만 장미는 왕자를 사랑해서 그런 것이었다. 그러나 홀로 먼 곳을 여행하면서 장미의 마음을 조금씩 이해하고 장미의 외로움을 생각하게 된다.

'어린 왕자'가 이렇게 깨닫는 데는 여우의 도움이 적지 않았다. 여우는 그에게 '길들인다'라는 말의 참다운 의미를 일깨워 준다. 여우는 '어린 왕자'에게 "네가 길들인 것에 대해서는 책임져야 한다"고 말한다. 그러면서 "그동안 네가 네 장미에 바친 시간 때문에 장미는 그만큼 소중하다"고 밝힌다. 마침내 '어린 왕자'는 장미가 자신을 진정으로 사랑했다는 사실을 깨닫는다.

그러나 『어린 왕자』에서 생텍쥐페리가 다루는 가장 중요한 주제라면 역시 무지와 그것에서 비롯하는 편견과 편협한 마음의 위험성일 것이다. 제5장에서 터키 천문학자는 소행성 'B-612'를 발견하여 사람들에게 알리려고 하지만 터키의 전통 복장을 하고 있기 때문에 아무도 좀처럼 그의 말을 믿으려고 하지 않는다. 그러나 몇 해 뒤 유럽의 복장을 하고 똑같은 이론을 발표하자 비로소 박수갈채를 받는다. 이렇게 무지 때문에 편견에 사로잡히는 것은 사람만이 아니라 식물도 마찬가지다. 제16장에서 꽃잎이 세 개 달린 꽃은 사막에서만 살았기 때문에 이 지구에는 아주 적은 사람들만이 살고 있으며 그나마 뿌리 뽑힌 방랑자들뿐이라고 잘못 생각한다.

심지어 『어린 왕자』의 주인공들조차도 편협한 마음을 드러낼 때가 가끔 있다. 예를 들어 제17장에서 서술 화자 '나'는 자신이 전에 지구를 묘사하면서 지나치게 인간들에게만 초점을 맞추었다고 고백한다. 한편 '어린 왕자'는 제19장에서 자신의 목소리가 메아리쳐 울리는 것을 인간이 따라 소리를 내는 것으로 판단하고 인간을 나무란다. 이렇게 무지에서 비롯하는 위험한 편견과 편협한 마음은 인간과 인간, 인간과 다른 피조물 사이에서 의미 있는 의사소통을 가로막고, 궁극적으로 불신과 오해를 불러일으키는 결과를 초래한다.

그런데 생텍쥐페리는 이러한 편견과 편협한 마음을 주로 어른들의 특징으로 간주한다. 어린이는 상상력이 뛰어나고 늘 마음이 활짝 열려 있어 이 세계의 신비와 아름다움에 민감하게 반응하는 반면, 어른들은 상상력이 없는 데다 피상적이고 제한된 관점에서만 사물을 바라보려고 한다. 작품 첫머리에서 화자 '나'는 어른들과 어린이들이 똑같은 사물을 얼마나 서로 다르게 보는지 한 그림을 빌려 보여 준다. 어린이들이 그 그림을 구렁이가 코끼리를 통째로 집어삼킨 모습으로 보는 반면, 어른들은 오직 모자 그림으로만 보려고 하는 것이다.

44

노인과 바다

어니스트 헤밍웨이

세계 문학사에서 미국 작가 어니스트 헤밍웨이(1899~1961)보다 대중의 인기를 한 몸에 받고 있는 작가도 찾아보기 어렵다. 흔히 '미국의 셰익스피어'로 부를 만큼 문학성도 뛰어나지만, 그는 좁게는 미국 문학, 넓게는 미국 문화를 상징하는 아이콘 같은 작가였다. 말하자면 미국 문단의 엘비스 프레슬리와 같은 인물이다. 그래서 프레슬리를 제쳐두고 미국의 대중음악을 말할 수 없듯이 헤밍웨이를 제쳐두고 미국 문학을 말할 수 없을 정도다. 토머스 칼라일은 윌리엄 셰익스피어를 식민지 인도와 바꿀 수 없다고 말했지만, 헤밍웨이를 뒤늦게 미국 연방에 편입된 알래스카주나 하와이 섬과 바꿀 수 없다고 주장할 미국인들도 아마 적지 않을 것이다.

헤밍웨이는 일리노이주 시카고 근교 오크파크의 의사 집안에서 태어났다. 고등학교를 졸업한 뒤 대학 진학을 포기하고 《캔자스시티 스타》 신문의 기자가 되었다. 이때 그는 육하원칙에 따라 기사를 작성하는 법을 배웠고, 뒷날 이 경험은 그의 '하드보일드 스타일(강건체)'을 정립하는 데 크게 도움이 되었다.

미국이 1차 세계대전에 참전하자 1918년 헤밍웨이는 자원입대하여 이탈리아 전선 앰뷸런스 부대에 근무하였다. 무릎에 중상을 입고 밀라노 병원에서 치료를 받은 뒤 귀국하여 요양하였다. 그 뒤 캐나다 《토론토 스타》 신문사에서 기자로 일하던 중 셔우드 앤더슨의 소개로 프랑스 파리로 가 문학 수업을 받았다. 이때 거트루드 스타인, 에즈라 파운드, F. 스콧 피츠제럴드 같은 작가들과 시인들로부터 크고 작은 도움을 받으며 작가로 데뷔하였다. 헤밍웨이는 '길 잃은 세대'의 대표적인 작가 중 한 사람이다.

헤밍웨이의 대표작으로는 『노인과 바다』(1952) 말고도 『태양은 다시 떠오른다』, 『무기여 잘 있어라』, 『누구를 위하여 종은 울리나』 등이 있다. 단편소설도 70여 편 썼으며, 『제5열』이라는 장막 희곡도 출간하였다. 만년에 온갖 질병에 시달리던 그는 1961년 7월 아이다호주 케첨에서 엽총으로 스스로 목숨을 끊었다.

『노인과 바다』는 헤밍웨이가 남긴 '백조의 노래'다. 이 작품은 1961년 그가 사망하기 전에 출간한 마지막 작품이기 때문이다. 물론 그가 사망한 뒤에도 몇몇 유작이 잇달아 출간되기도 했지만 『노인과 바다』는 그가 생존해 있을 때 맨 마지막으로 출간한 소설이다. 마지막 작품이라는 점으로 보나, 훌륭한 작품이라는 점으로 보나 이 소설은 가히 헤밍웨이 문학을 장식하는 최후의 걸작이라고 할 수 있다.

헤밍웨이가 『노인과 바다』를 집필하기 시작한 것은 1951년 초엽으로 쿠바의 수도 아바나 근처에 살고 있을 무렵이다. 이해 4월 말 초고를 마친 그는 1952년 3월 뉴욕의 찰스 스크리브너스 출판사에 원고를 넘겼다. 이 작품은 1952년 9월 1일자 시사 주간지 《라이프》 특별호에 전재

되었다. 이 잡지가 발행되자마자 이틀 만에 무려 530만 부가 팔려나갈 정도로 무척 큰 인기를 끌었다. 그로부터 일주일 뒤 단행본으로 출간된 이 작품은 출간되자마자 독자들한테서 큰 관심을 받았다.

그러나 헤밍웨이가 『노인과 바다』를 처음 구상하기 시작한 것은 이 소설을 출간하기 15년 전으로 거슬러 올라간다. 1936년 4월 그는 월간 잡지 《에스콰이어》에 「푸른 파도 위에서」라는 산문을 발표하였다. '멕시코 만류에서 보낸 편지'라는 부제에서도 엿볼 수 있듯이 헤밍웨이는 이 글에서 한 어부가 드넓은 바다에서 홀로 심해 낚시를 하는 이야기를 다룬다.

이 산문에서 한 쿠바 어부가 멕시코만 멀리 고기잡이를 나갔다가 사투를 벌인 끝에 몇백 킬로그램 나가는 청새치 한 마리를 잡는다. 그러나 항구로 돌아오는 도중 청새치는 그만 상어 떼한테 모두 빼앗기고, 어부는 거의 정신착란 상태가 되어 항구 근처에서 다른 어부한테 발견된다. 이 짧은 산문 작품은 항구에 도착하고 난 뒤의 청새치 모습처럼 뼈만 앙상할 뿐 이렇다 할 내용이 없다.

그런데 이 산문은 뒷날 헤밍웨이가 『노인과 바다』라는 작품의 집을 짓는 데 주춧돌이 되었음은 두말할 나위가 없다. 기본 뼈대에서 이 두 작품은 서로 적잖이 닮아 있다. 「푸른 파도 위에서」가 헤밍웨이의 낚시 친구요 작가가 소유한 보트 '필라' 호의 키잡이 어부 그레고리오 후엔테스의 실제 경험을 그린 논픽션이라면, 『노인과 바다』는 어디까지나 산티아고라는 허구적 인물을 등장시킨 소설 작품이다. 다시 말해서 헤밍웨이는 논픽션 작품에 살을 붙이고 피를 통하게 하여 마침내 『노인과 바다』라는 예술 작품을 탄생시켰던 것이다.

헤밍웨이가 1952년 『노인과 바다』를 출간한 것은 그의 문학적 생애에서 아주 획기적인 일이었다. 스페인 내란을 소재로 한 『누구를 위하여 종은 울리나』를 출간한 뒤 그는 10여 년 동안 긴 침묵을 지킨 채 이렇다 할 작품을 내놓지 못하고 있었다. 물론 10년 전 『강 건너 숲속으로』라는 장편소설을 출간했지만, 비평가들과 독자들의 반응은 여간 냉담하지 않았다. 몇몇 비평가들은 "파파(이 무렵 헤밍웨이의 별명)의 시대는 이제 막을 내렸다"고 공공연하게 선언할 정도였다. 이렇게 『노인과 바다』는 헤밍웨이로서 거의 사형선고를 받은 것과 다름없는 상황에서 나온 작품이어서 그에게는 더욱더 각별한 의미가 있었다.

헤밍웨이가 이렇게 바다를 공간적 배경으로 삼은 데는 그럴 만한 까닭이 있다. 시인들이 삶을 흔히 항해에 빗대듯이 바다는 인간이 삶을 영위하는 터전을 가리키는 더할 나위 없이 좋은 은유이기 때문이다. 물론 헤밍웨이에게는 『무기여 잘 있어라』에서 프레더릭 헨리가 목숨을 걸고 부상병을 운반하는 전쟁터도, 『누구를 위하여 종은 울리나』에서 로버트 조던이 다리를 폭파하기 위하여 위험한 작전을 수행하는 후방도 삶을 영위하는 터전임에는 틀림없다. 또한 『태양은 다시 떠오른다』에서 페드로 로메로 같은 투우사가 황소와 한판 승부를 겨루는 투우장도 생존경쟁을 보여 주는 좋은 은유로 볼 수 있다.

그러나 헤밍웨이는 만년에 이르러 바다를 생존경쟁의 터전을 보여 주는 가장 적절한 은유로 삼았다. 바다에 깊은 관심을 기울인 그는 심지어 성경을 '바다의 책'이니 '지식의 바다'라고 부를 정도였다. 물론 성경을 바다처럼 넓은 지식의 보고라는 뜻에서 비유적 의미로도 사용했지만, 그보다는 성경 자체를 깊은 바다에 빗대었다. 헤밍웨이처럼 바다를 이렇게 종교적 차원으로까지 승화시킨 작가도 찾아보기 드물다.

개인적으로 좁혀 말하자면 『노인과 바다』에서 헤밍웨이는 노령에 저항하는 모습을 예술적으로 형상화한다고 볼 수 있다. 이 작품을 집필할 무렵 그는 이미 쉰두 살이었다. 지금 기준으로 보면 아직 장년의 나이라고 할 수 있지만 지금처럼 의학이 발달하지 못한 데다 젊은 시절 야외 활동에 전념하면서 크고 작은 사고를 당한 헤밍웨이로서는 초로(初老)를 맞이한 것과 다름없었다. 또한 이 무렵부터 그는 고혈압과 당뇨 등 여러 성인병을 앓고 있는 데다 우울증과 알코올 중독증에 시달리고 있었다. 이 소설에서 산티아고가 죽음을 무릅쓰고 거대한 청새치를 잡아 올리는 행위는 곧 자신에게 닥쳐온 늙음을 물리치려는 상징적 행위로 보아 크게 틀리지 않는다. 길이가 무려 5.5미터나 되며 산티아고가 타고 있는 어선보다도 긴 이 청새치는 노령이나 노쇠를 뜻한다.

이 무렵 헤밍웨이도 육체적 쇠퇴 못지않게 예술적으로도 소진 상태에 있었다. 예술을 종교의 경지로까지 생각해 온 그로서 훌륭한 작품을 쓰지 못한다는 것만큼 치명적인 것도 없었다. 그래서 그는 자신이 아직 예술적으로 건재하다는 것을 과시하고 싶었다. 청새치는 바로 그가 되찾으려는 화려한 예술적 경지를 상징하고, 필사적으로 청새치를 잡으려는 행위는 곧 예술적 재기를 상징적으로 보여 준다고 할 수 있다.

헤밍웨이가 『노인과 바다』에서 다루는 주제 중에서 영웅주의와 스토아주의는 첫손가락에 꼽힌다. 처음에는 청새치 그리고 나중에는 상어 떼와 사투를 벌이는 산티아고는 그리스 신화에 등장하는 시시포스 같은 인물이다. 헤밍웨이 주인공 가운데서 그만큼 그렇게 온갖 시련과 역경을 위엄 있게 극복하는 인물도 아마 찾아보기 쉽지 않다. 프레더릭 헨리 같은 청년이나 로버트 조던 같은 장년이 아니라 인생의 황혼기를 맞이한 노인이기에 그의 이러한 노력은 더더욱 값지고 소중하다.

금욕주의자들에게 흔히 그러하듯이 정신적 승리는 물질적 승리 못지않게, 아니 어쩌면 그보다도 더 소중하다. 산티아고는 자신의 어선보다도 더 큰 청새치를 잡지만 결국에는 상어 떼에서 모두 빼앗기고 만다. 그가 잡은 청새치를 지키기 위하여 죽인 상어만도 무려 다섯 마리나 된다. 그가 항구로 무사히 돌아왔을 때 청새치는 상어 떼에게 뜯어먹힌 나머지 형체는 알아볼 수 없고 오직 뼈만이 앙상하게 남아 있다.

산티아고는 상어 떼와 사투를 벌이는 동안 "인간은 패배하도록 창조된 게 아니야. 인간은 파멸할지는 몰라도 패배할 수는 없어"라고 말한다. 언뜻 보면 '패배'와 '파멸' 사이에 이렇다 할 차이가 없어 보일지 모른다. 실제로 사전을 보아도 전자는 어떤 대상과 겨루어서 지는 것을 뜻하는 반면, 후자는 파괴되어 없어지는 것을 뜻한다. 그러니까 '파멸'은 '패배'의 결과로 볼 수 있다. 그러나 여기서 헤밍웨이는 산티아고의 입을 빌려 물질적 승리와 정신적 승리를 엄밀히 구분 짓고 있다. 즉 '파멸'은 물질적·육체적 가치와 관련된 반면, '패배'는 어디까지나 정신적 가치와 관련되어 있다.

인간의 삶이 궁극적으로 '승산 없는 투쟁'이라면 이러한 투쟁을 좀 더 의미 있게 해 주는 것이 다름 아닌 인간과 인간 사이의 유대감이다. 헤밍웨이는 『노인과 바다』에서 인간의 연대 의식이나 협동 정신이 얼마나 중요한지 강조한다. 오늘날 용어로 말하면 산티아고는 외롭게 홀로 살아가는 '독거노인'이지만 그에게는 옆에서 친구가 되어 주는 마놀린이라는 소년이 있고, 기회 있을 때마다 그를 도와주는 마을 사람들이 있다. 산티아고가 뉴욕 양키스의 조 디마지오 선수를 그토록 좋아하는 것도 다른 선수들과는 달리 디마지오는 협동심을 발휘하여 야구 경기를 승리로 이끌기 때문이다.

그런가 하면 헤밍웨이는 『노인과 바다』에서 자연 친화적인 태도를 보여 주기도 한다. 적어도 이 점에서 이 작품은 '녹색소설'로 읽어도 전혀 무리가 없다. 산티아고는 바다에 사는 온갖 생물에 깊은 관심과 애정을 기울인다. 그 종류나 크기에 상관없이 바다에 사는 동물은 하나같이 그의 다정한 친구들이요 한 부모에서 태어난 형제자매들이다. 산티아고에게는 인간도 자연의 일부에 지나지 않는다.

산티아고는 대지는 말할 것도 없고 바다마저도 여성, 더 나아가 자애로운 어머니로 생각한다. 바다를 두고 "큰 은혜를 베풀기도 하고 빼앗기도 하는 그 무엇"이라고 말한다. 인간이 대지의 젖을 빨고 살아가는 것처럼 인간은 또한 바다에서 온갖 자양분을 섭취하며 살아간다. 산티아고처럼 이렇게 대지와 바다를 자애로운 어머니라고 생각한다면 자연에 대한 태도는 달라질 수밖에 없을 것이다. 자식이 어머니를 함부로 대할 수 없듯이 인간은 자연을 함부로 대할 수 없을 것이기 때문이다.

45

호밀밭의 파수꾼

J. D. 샐린저

1980년 12월 늦은 밤 뉴욕의 맨해튼에 위치한 한 아파트 앞에서 다섯 발의 총성이 요란하게 울린다. 한때 예수 그리스도보다 더 유명하다고 평가받던 '비틀스'의 리더 존 레넌이 등에 다섯 발의 총탄을 맞고 쓰러지는 순간이다. 레넌을 쓰러뜨린 뒤 경찰이 도착하기 전까지 살해범 마크 채프먼은 아무 일도 없었던 것처럼 호주머니에서 J. D. 샐린저(1919~2010)의 『호밀밭의 파수꾼』(1951)을 꺼내 들고 읽고 있었다. 놀랍게도 리 하비 오스월드가 존 F. 케네디 대통령을 암살한 저격 장소에서도 경찰은 이 소설을 발견하였다.

『호밀밭의 파수꾼』은 미국은 물론 전 세계의 젊은이들에게 경전으로 추앙받는 '현대의 고전' 중의 고전이다. 그러나 도덕적 엄숙주의자들이나 보수주의자들에게는 『허클베리 핀의 모험』처럼 이 책도 도서관이나 서점에서 추방하여야 할 금서 중의 금서다. 속어와 비어의 남용, 혼전 성관계 등 노골적인 섹스 묘사, 알코올과 담배, 매춘 등을 다룬다는 것이 그 주된 이유다.

샐린저는 뉴욕시에서 폴란드계 유대인 아버지와 아일랜드계의 가톨릭 집안 출신이었지만 결혼 후 유대교로 개종한 어머니 사이에서 태어났다. 그는 『호밀밭의 파수꾼』의 주인공 홀든 콜필드처럼 뉴욕시의 맥버니 고등학교에 입학했다가 성적이 나빠 퇴학당한 일이 있다. 뉴욕대학교를 중퇴한 뒤 컬럼비아대학교에서 문예 창작 교육을 받았을 뿐 이렇다 할 대학 교육은 받지 못하였다. 이 무렵 미국 문단에서는 두 거성 어니스트 헤밍웨이와 윌리엄 포크너가 창작 에너지를 거의 소진한 채 이렇다 할 작품 활동을 하지 못하고 있었다. 이러한 문학적 진공 상태에서 샐린저의 출현은 그야말로 사막의 오아시스와도 같은 신선한 충격이었다.

『호밀밭의 파수꾼』의 주인공 홀든 콜필드는 십대의 불안과 좌절을 상징하는 인물이다. 열여섯 살 소년이 네 번째로 고등학교를 쫓겨나 사흘 반 동안 뉴욕의 언더그라운드를 배회하며 겪는 갖가지 모험을 펼친다. 주인공은 길거리에서 겪은 온갖 경험을 바탕 삼아 삶에 대한 인식의 지평을 조금씩 넓혀 나간다. 마음을 털어놓을 친구조차 없는 홀든은 펜시 학교에서 퇴학당한 뒤 뉴욕에 있는 집으로 돌아갈 용기가 나지 않아 낯선 뉴욕의 뒷골목을 떠돌며 추악한 현실 세계와 직면하고 더욱더 큰 상실감을 맛보게 된다. 짧은 방황에서 만난 사람들은 한결같이 신뢰할 수 없는 기성세대들이다. 그러나 이 방황은 그에게 무척 소중한 경험이었다.

홀든은 어느 누구보다도 유복한 집안의 아이다. 아버지는 기업체의 고문 변호사로 많은 돈을 버는 탓에 남부럽지 않게 산다. 막내아들이 일찍 사망한 탓에 정서적으로 불안한 어머니는 남편이 번 돈을 쓰는 일에 바쁘다. 형 D. B.는 촉망받는 작가 지망생이었지만 돈을 벌기 위하여 할리우드에서 시나리오 작가로 활동하고 있다. 이러한 형을 두고 홀든은 "작가의 재능을 팔아먹는 창녀"라고 매도한다. 가족 중 홀든과 유일하게 말이 통하는 인물은 다름 아닌 여동생 피비다.

2차 세계대전 이후 미국 사회는 흔히 '대중사회'로 일컬을 만큼 대중이 막강한 힘을 과시하였다. 이 무렵 자본주의가 고도로 발달하고 자본의 독점과 집중에 따라 생산 규모가 늘어나면서 기계적 수단이 크게 발달하고, 대량생산과 대량소비가 증대했으며, 기능 집단의 규모가 커지고 그 기구가 관료화되었다. 또한 매스커뮤니케이션의 발달과 같은 현상이 급속히 이루어지면서 인간의 의식과 행동 양식이 규격화되고 획일화되어 사람들은 거대한 조직의 톱니바퀴 같은 존재로 전락하였다. 이러한 대중사회는 무엇보다도 개인의 창조성을 말살하고 개인을 집단의 가치관이나 삶의 방식에 순응시키는 역기능을 낳았다.

이러한 대중사회에 대한 비판이 곳곳에서 자연스럽게 생겨났다. 기성세대의 가치관이나 삶의 방식에 반기를 드는 홀든은 '반문화', '대항문화', '청년문화'를 대변하는 인물이다. 이 세 문화는 흔히 혼동하여 사용하지만, 엄밀히 말하면 그 성격이 조금 다르다. '반문화(anti-culture)'란 모든 세대의 문화에 맞서는 문화를 말한다. '대항문화(counter-culture)'란 이전의 문화에 맞서는 문화를 일컫는다. 그런가 하면 '청년문화(youth culture)'란 글자 그대로 성인문화에 맞서는 문화를 가리키는 용어다. 특히 반문화는 미국의 사회학자 존 M. 잉거가 도입한 개념으로 어떤 집단의 문화가 그 사회의 지배적인 문화와 크게 대립하는 하위문화를 가리킨다.

2차 세계대전 이후 1940년대 말과 1950년대 초는 미국 역사에서 그 어느 때보다 산업이 발달하면서 미국이 세계의 일류 국가로 성장하던 시기이기도 하다. 이 무렵은 물질적 성공 신화가 그 어느 때보다 힘을 얻었다. 샐린저는 이 작품에서 '미국의 꿈'을 날카롭게 비판하면서 그 허상을 가차 없이 폭로한다. 물질적 성공이 미국인들에게 정신적 만족을 가져다주는가? 샐린저는 그러지 않다고 생각한다.

이렇듯 홀든의 방황에는 단순히 문제 청소년이나 불량 청소년의 일탈 행위로만 볼 수 없는 깊은 사회적 의미가 담겨 있다. 홀든이 학교생활에 적응하지 못하는 가장 큰 이유는 제도 교육과 물질적 성공만을 부추기는 사회에 대한 불신 때문이다. 그는 미국 사회의 지배적 가치관에 반기를 든다. 그 가치관은 다름 아닌 미국에 널리 퍼져 있던 물질주의와 황금만능주의다.

홀든은 물질적인 성공 신화를 좀처럼 받아들이려고 하지 않는다. 이 무렵 어른들은 물질적 성공을 삶에서 이룩해야 할 가장 큰 이상이나 최대 목표로 삼았다. 심지어 순수하기 이를 데 없는 피비조차 홀든에게 과학자나 변호사가 될 것을 종용할 정도다. 그녀는 오빠에게 "장차 되고 싶은 거 있으면 어디 말해 봐. 이를테면 과학자 같은 것 말이야. 아니면 변호사나 뭐 그런 것 말이야"라고 말한다. 그러자 홀든은 "난 과학자가 될 수 없어. […] 과학엔 통 재주가 없으니까"라고 대꾸한다. 피비가 다시, 그러면 아버지처럼 변호사가 되는 것은 어떠냐고 묻는다. 그러자 홀든은 이렇게 대답한다.

> "변호사는 괜찮긴 하지. […] 하지만 난 별로 흥미가 없어. 내 말은 만약 변호사들이 언제나 죄 없는 사람 목숨을 구해 주니, 뭐 그런다면야 좋지. 하지만 일단 변호사가 되면 그런 일은 하지 않거든. 한다는 일이란 게 고작 돈 많이 벌어 골프 치러 다니고, 브리지 게

임 하고, 자동차를 몇 대씩 사들이고, 마티니나 마시고, 유명 인사 행세를 하는 것뿐이라고."

홀든은 변호사들이란 거의 하나같이 사회정의를 위하여 일한다기보다는 결국은 자기만족이나 물질적 이익 때문에 일할 뿐이라고 생각한다. 그래서 그는 기성세대의 위선과 기만 그리고 속물근성에 절망하며 어느 곳에서도 위안을 찾지 못한 채 방황에 방황을 거듭한다.

홀든은 사흘 반 동안 뉴욕 거리를 방황하는 동안 현대 사회의 추악한 속물근성과 모든 계층에 두루 나타나는 위선에 염증을 느낀다. 홀든은 기성세대의 위선과 기만과 속물을 한마디로 '가짜(phony)'라는 말로 표현한다. 그의 눈에 비친 기성세대와 그들의 가치는 하나같이 진실과는 거리가 먼 '가짜'일 뿐이다. 홀든은 "내가 정말로 끔찍이 싫어하는 낱말이 하나 있다면 그것은 다름 아닌 '가짜'라는 말이다. 그 말을 들을 때마다 나는 메스꺼워 토할 것만 같다"고 고백한다.

예를 들어 사람들은 "크리스마스트리를 들어 올리면서도 하느님을 두고 욕설을 퍼붓는다"고 홀든은 말한다. 상대방을 만난 것이 전혀 기쁘지 않으면서도 "만나서 반갑습니다"라고 인사를 건넨다. 목사들이 설교대에 올라서자마자 타고난 본래의 목소리를 버리고 가식과 기만에 찬 이상한 목소리로 바꾸어 설교함으로써 회중의 마음을 사로잡으려고 한다.

이렇게 미국 사회의 현실에서 절망하는 홀든은 한때 뉴욕 같은 대도시를 떠나 서부 지방의 한적한 시골로 도피할 것을 생각하기도 한다. 그는 "양지바른 산자락에 오두막을 짓고 그곳에서 귀머거리에 벙어리 행세를 하며 살 참이었다. 그러면 누구하고도 쓸데없고, 바보 같은 대화를 하지 않아도 될 테니 말이다"라고 말한다. 홀든에게 고립과 소외는 단순히 삶으로부터의 도피가 아니라 차라리 자신의 정체성을 지키려는 피나는 노력의 결과로 보는 쪽이 더 옳을지 모른다.

홀든에게는 이 무렵 미국의 가정교육도, 제도 교육도, 종교도, 예술도 모두 가짜다. 진정한 삶의 목표를 제시하지 못한 채 허위의식만 부추기고 있다. 그 중에서 교육을 한 예로 들어 보기로 하자. 지덕체(智德體)의 균형 잡힌 발달을 지향하는 교육은 고대 그리스 시대부터 '완전한' 인간을 육성하기 위한 필수 과정이었다. 그러나 당시 물질주의가 팽배한 미국 사회에서는 이러한 지덕체 함양을 위한 교육보다는 입시 위주의 지식과 정보의 전달에 치우쳤다. 홀든이 퇴학당하는 펜시 예비학교를 비롯하여 그가 전전하는 학교들은 사립 명문 대학에 입학시키기 위한 특수학교들이다.

더구나 학부모들은 온갖 희생을 아끼지 않고 자식들을 예비학교에 보내 명문 대학에 입학시키려고 한다. 여기에는 어머니들의 치맛바람도 한몫을 한다. 오죽하면 홀든은 작품의 한 장면에서 "어머니들은 하나같이 머리가 살짝 돌았다"고 말하겠는가. 홀든은 홀든 예비학교 교장이 부유해 보이는 학부모들만을 편애한다고 불평을 털어놓는다.

그래서 주인공 홀든은 성인보다는 나이 어린 어린이들이나 청소년들에게 한 가닥 희망을 건다. 그는 어른들에게서는 거의 언제나 위선과 기만을 발견하지만, 어린아이들에게서는 좀처럼 그런 것들을 찾을 수 없기 때문이다. 그가 누이동생 피비와 백혈병으로 죽은 남동생 앨리를 무척 좋아하는 것은 단순히 혈육의 정 때문만은 아니다. 피비와 앨리야말로 아직 어른 세계에 때 묻지 않은 순수한 인간이다. 홀든은 세속적 성공이 아닌 '호밀밭의 파수꾼'이 되고 싶다고 말한다. 피비 같은 맑은 영혼을 지켜 주는 고독한 '호밀밭의 파수꾼'이 되려는 것이 홀든의 꿈이요 이상이다.

홀든은 드넓은 호밀밭에서 어린아이들이 어떤 놀이를 하고 있는 모습을 줄곧 머릿속에 그려보곤 한다. 그런데 아이들 주위에는 그들을 돌보아 줄 어른이 아무도 없다. 홀든은 "나는 아주 가파른 벼랑 끝 옆에서 있는 거야. 그러다가 누구든지 벼랑 너머로 떨어지려고 하면 그 애를 붙잡아 주는 거지"라고 말한다. 그러면서 그는 계속하여 "나는 다만 호밀밭의 파수꾼이 되고 싶을 뿐이야. 바보 같은 짓이라는 건 나도 알고 있지만, 내가 정말로 하고 싶은 건 그것밖에는 아무것도 없어"라고 말한다. 자기 몸 하나 추스르지 못하는 주제에 무슨 '호밀밭의 파수꾼'이냐고 나무랄지도 모른다. 그러나 홀든은 물질주의의 미국 사회에 반기를 들면서 그 나름대로 살아갈 방식을 모색하는 젊은이다.

홀든 콜필드의 모습은 오늘날 한국 청소년의 슬픈 자화상이기도 하다. 갈수록 황금만능주의로 치닫고 있는 사회, 2등도 설 자리가 없는 승자독식 사회에서 경쟁에 밀려 방황하는 우리 청소년들의 모습이다. 샐린저는 『호밀밭의 파수꾼』에서 우리에게 "지금 당신의 자녀는 홀든처럼 성공 신화에 내몰리고 있지는 않은가?"라고 묻는 것 같다.

46

그리스인 조르바

니코스 카잔차키스

오늘날 그리스는 지나친 복지 정책으로 국가부도 위기에 몰리면서 경제 문제로 여간 큰 고통을 받고 있지 않다. 이러한 그리스에 대하여 "파르테논 신전을 팔 것인가, 에게해를 팔 것인가?"라고 비아냥거리는 사람들마저 있다. 지금 그리스는 이처럼 유럽연합(EU)의 골칫거리로 전락했지만, 한때 서구 문명의 요람이요 유럽 문화의 등불이었다. 20세기에 들어와서도 그리스는 세계에 자랑할 수 있는 훌륭한 작가가 있다. 그리스의 현대 작가 니코스 카잔차키스(1883~1957)가 바로 그 주인공이고, 그의 대표작 『그리스인 조르바』(1946)는 '현대의 고전'의 반열에 우뚝 서 있다.

카잔차키스는 1883년 그리스 남부 크레타 섬 이라클리온에서 출생하였다. 아테네대학교에서 법학을 전공한 뒤 프랑스에 건너가 파리대학교에서 철학을 전공하면서 프리드리히 니체와 앙리 베르그송에 심취하였다. 그 뒤 그는 영국, 스페인, 러시아, 중국, 일본 등을 두루 여행하면서 견문을 넓혔다. 세계 문학사를 통틀어 카잔차키스만큼 여행을 즐긴 작가도 아마 찾아보기 힘들 것 같다. 인생관이나 세계관에서 이 그리스 작가와 가장 닮은 작가라고 할 미국 문학의 아이콘 어니스트 헤밍웨이가 어쩌면 예외가 될지 모른다. 헤밍웨이도 지구촌 곳곳을 이웃 마을처럼 누비고 다녔기 때문이다. 그러나 외국에서 머문 기간은 몰라도 적어도 여행한 지역의 다양함으로 치자면 헤밍웨이는 카잔차키스에 크게 못 미친다.

대학을 졸업하자마자 카잔차키스는 친구와 함께 그리스의 정신적 지주라고 할 동방정교회의 발상지 아토스산을 먼저 여행하였다. 이 여행은 말하자면 기독교인들이 예루살렘을 방문하는 것과 같은 순례 여행의 성격에 가까웠다. 그는 아토스산에 머무는 동안 단테 알리기에리의 작품을 비롯하여 신약성경의 4복음과 붓다에 관한 책을 읽었다. 이 무렵에 쓴 일기에 카잔차키스는 삶의 좌우명으로 삼을 모토로 "인간은 어떻게 자신을 구원하는가(come l'uom s'eterna)"라는 구절을 적었다. 이 말은 단테가 『신곡』의 「지옥편」에서 한 말이다. 또 다른 일기장에 그는 "내 위대한 스승 세 명은 호메로스, 단테, 베르그송"이라고 적기도 하였다.

『그리스인 조르바』의 첫머리에서도 서술 화자 '나'는 카페에 앉아 이탈리아 시성 단테를 두고 '내 여행의 길동무'라고 부르면서 『신곡』 문고판을 꺼내 들어 읽는 장면이 나온다. 아토스산에 머무는 동안 카잔차키스는 그리스 동방정교회에 실망하고 정교회가 아닌 새로운 형태의 종교를 창설할 것을 꿈꾸기도 하였다. 평생 겪게 되는 그리스 정교회와의 불화는 바로 이때 시작되었다.

이렇게 아토스산을 방문하고 난 카잔차키스는 한 친구와 함께 그 이듬해인 1915년에는 그리스 전역을 순회하는 여행길에 올랐다. 사로

니크만에 있는 아이이나 섬을 비롯하여 그리스 남부 펠로폰네소스 반도인 모레아 등을 여행하였다. 그런데 이 무렵 카잔차키스의 창작에 예술적 영감을 준 획기적인 사건 하나가 일어났다. 그해 10월 그는 아토스산의 나무를 벌목할 계획을 세우고 수도원과 계약을 주선하기 위하여 테살로니키를 여행하였다.

물론 이 일은 그의 뜻대로 성사되지 않았지만, 뒷날 그가 『그리스인 조르바』를 집필하는 데 큰 영감을 불어넣어 주었다. 이곳에 잠시 머무는 동안 그는 영국군과 프랑스군이 살로니카 전선에서 전투를 벌이려고 그리스에 상륙하는 광경을 목격하였다. 이 무렵은 1차 세계대전이 시작한 지 1년이 되는 시기였다. 또한 테살로니키를 여행하던 중 그는 흔히 '러시아의 양심'으로 일컫는 레프 톨스토이의 작품에 심취하였다. 종교가 문학보다 훨씬 더 중요하다고 생각한 카잔차키스는 이 러시아 작가가 하다 멈춘 지점에서 다시 시작할 것을 다짐하였다.

카잔차키스는 정치에도 관여하여 그리스 공공복지부 장관과 정무장관을 지낸 적도 있다. 그러나 그의 직업은 어디까지나 문학가였다. 시, 소설, 희곡, 에세이, 여행기, 회고록, 번역 등 그가 손대지 않은 문학 장르가 거의 없다시피 하다. 그가 출간한 작품은 무려 30여 권에 이른다. 1952년 노벨 문학상 후보에 처음 오른 뒤 그는 모두 아홉 차례에 걸쳐 노벨 문학상 후보에 올랐다. 한번은 알베르 카뮈와 함께 후보에 올랐다가 알제리 출신의 프랑스 작가에게 노벨상이 주어졌다. 이 소식을 전해 들은 카뮈는 자기보다는 카잔차키스가 상을 받아야 마땅했다고 말하였다.

카잔차키스가 발표한 많은 작품 중에서도 『그리스인 조르바』는 가장 대표적인 작품이다. 이 소설의 본래 제목은 '그리스인 조르바의 생애와 모험'이다. 제목에서도 엿볼 수 있듯이 이 소설은 조르바라는 한 남성이 겪는 모험, 그리고 그 모험을 통하여 주인공 '나'가 삶의 의미와 지혜를 점차 깨달아 가는 과정에 초점을 맞춘다.

이 소설의 플롯은 1인칭 서술 화자요 주인공인 '나'와 알렉시스 조르바라는 두 인물을 중심으로 전개된다. 주인공 '나'는 크레타 출신으로 서른다섯 살, 조르바는 마케도니아 출신으로 예순다섯 살이다. 나이로 보자면 아버지와 아들이 될 만하다. 주인공 '나'는 책과 불교에 탐닉해 있는, 말하자면 창백한 지식인이다. 사회의식이 강한 한 친구는 '나'에게 "머리에 잉크를 뒤집어쓴 채 종이를 씹으며 얼마나 더 살겠다는 것인가? 왜 나와 함께 그곳에 가지 않는가? 저 멀리 카프카스에 수천만 동표가 위험에 놓여 있는데"라고 말하면서 고통받는 동포를 구해 주자고 제안한다. 그러나 그 제안을 거절한 '나'는 우연한 기회에 조르바를 만나게 된다. 크레타 섬 해안에 폐광이 된 갈탄 광산을 개발하기로 한 '나'는 크레타 섬에 가는 중 항구에서 우연히 조르바를 만난다. 그리고 그를 탄광의 일꾼으로 고용한다.

그런데 조르바는 주인공 '나'가 오랫동안 찾아다녔지만 만날 수 없었던 그런 독특한 사람이다. '나'의 말을 빌리자면, "살아 있는 가슴, 과장된 언어를 푸짐하게 뱉어내는 입, 위대한 영혼을 지닌 사나이—아직 모태(母胎)의 대지에서 탯줄이 끊어지지 않은 사나이"였다. 주인공은 조르바와 함께 생활하면서 이제껏 책에서는 얻지 못한 소중한 것들을 배우게 된다. 그러니까 이 소설에서 갈탄 광산은 곧 정신적 광산으로 볼 수 있다. 주인공은 거대한 정신의 갱도에서 삶의 지혜라는 소중한 광석을 캐내는 셈이다. 한낱 나약한 지식인에 지나지 않던 주인공이 조르바와 생활하면서 조금씩 조르바의 인생관, 즉 '조르바주의(Zorbaism)'라고 부를 수 있는 그의 삶의 방식을 배운다.

그렇다면 조르바의 인생관, 그의 삶의 방식이란 과연 어떤 것일까? 프리드리히 니체는 『비극의 탄생』에서 삶에 대한 태도를 크게 '아폴로적인 것'과 '디오니소스적인 것'으로 나눈다. 제우스의 아들로 태양, 빛, 음악의 신인 아폴로는 개인주의, 빛, 문명, 이성, 조화, 질서, 고전주의 등을 상징한다. 한편 술의 신인 디오니소스는 어둠, 자연, 감성, 본능, 혼돈, 무질서, 야성적 예술 충동, 낭만주의 등을 상징한다.

지금껏 지성과 이성을 기반으로 살아온 주인공 '나'는 다분히 아폴론적인 인물이다. 금욕적이고 합리적인 그는 섣불리 행동하지 않는다. 반면 조르바는 디오니소스적인 인물이다. 조르바는 구체적인 경험을 바탕 삼아 배우고, 본능과 감성에 충실하려는 행동파 인간이다. 조르바는 주인공에게 당당히 말한다. "일할 때는 당신에게 고용된 사람이지만 노래하고 춤을 출 때 나의 주인은 나 자신"이라고 말이다. 자신은 누구한테도 그 무엇에게도 구속되지 않은 자유로운 영혼이다. 주인공의 말처럼 조르바는 "보통 사람들이 복잡하고 난해하다고 생각하는 문제를 저 알렉산드로스 대왕이 고르디아스의 매듭을 단칼에 자르듯이" 단칼에 해결해 버린다. 말하자면 조르바는 쾌도난마(快刀亂麻)식으로 일을 처리한다.

주인공 '나'는 디오니소스적인 삶을 방식을 택하는 조르바와 비교해 볼 때 자신의 아폴로적인 삶의 방식이 무척 초라할 뿐 아니라 삶을 살아가는 좋은 방식이 아니라고 판단한다. 이성과 합리성만 가지고서는 삶을 행복하게 영위할 수 없다고 생각하기 때문이다. 그래서 주인공은 마침내 자신에게 "이제껏 너는 그림자만 보고서도 만족하고 있었지? 자, 이제 너를 삶의 본질 앞으로 데려갈 테다"라고 말한다. 또 그는

"조르바라는 학교에 들어가 저 위대한 진짜 알파벳을 배울 수 있다면 얼마나 좋을까"라고 말하기도 한다. 지금까지 자신이 살아 온 삶이 한낱 실체가 없는 그림자에 지나지 않았다는 사실을 깨닫고 지금부터라도 조르바의 삶의 방식을 따르기로 마음먹는다.

특히 젊은 주인공은 조르바와 사귀면서 삶이란 단순히 생각하는 것이 아니라 구체적으로 행동하는 것이라는 소중한 교훈을 깨닫는다. 언제가 조르바는 젊은 주인공에게 "친구여, 행동하기 싫은 내 스승이여, 행동, 행동 […] 구제의 길은 오직 그것뿐이네"라고 말한다. 행동 속에 바로 인간의 희망이 살아 숨 쉰다는 말이다. 또한 젊은 주인공은 그동안 자신이 천하다고 여긴 음식을 먹고 술을 마시고 춤을 추고 섹스하는 것 같은 육체적 행동도 지적인 사색 못지않게 소중하다는 사실을 깨닫는다.

그동안 인간은 지나치게 관념적인 것에만 가치를 두어 왔다. 우리 주위에는 이 세상을 살아가는 데 관념적이고 정신적인 것이면 충분하다고 생각하는 사람이 의외로 많다. 실패가 두려워서 하고 싶은 일을 아예 시도조차 하지 못하는 사람들도 있다. 생각이 너무 많아서 행동에 족쇄가 되는 일도 있다. 카잔차키스는 『그리스인 조르바』에서 아폴로적 삶의 방식보다는 디오니소스적 삶의 방식이, 생각만 하다가 자칫 일을 그르칠 수 있는 햄릿 같은 인간보다는 먼저 행동해 놓고 생각하는 돈키호테적인 인간이, 정신적인 것 못지않게 물질적인 것도 소중하다는 진리를 새삼 일깨워준다.

그동안 많은 비평가와 학자가 '그리스의 이단아' 카잔차키스와 그의 문학에 입에 침이 마르도록 찬사를 보냈다. 예를 들어 토마스 만도, 알베르트 슈바이처도 그를 유럽 문학의 거인으로 높이 평가하였다. 영국의 문학 비평가 콜린 윌슨은 "만약 카잔차키스가 러시아인이었다면 톨스토이나 도스토옙스키와 어깨를 나란히 했을 것이다"라고 말한 적이 있다. 토마스 만은 "부드럽고 정교하면서도 강하고 극적인 힘"을 지닌 높은 예술적 경지에 이른 작품으로 평가하였다. 카잔차키스가 그동안 세계 문학사에서 차지해 온 위상을 고려할 때 윌슨과 만의 평가는 그렇게 빛나가지 않는다. 카잔차키스가 사망한 지도 벌써 60년이 지난 지금 그에게 흔히 붙어 다니던 '20세기 문학의 구도자'라는 표현은 이제 그다지 낯설지 않기 때문이다.

47

백년 동안의 고독

가브리엘 가르시아 마르케스

현실이 각박하면 할수록 꿈은 더욱 풍성하게 마련이다. 인간은 현실에서 얻지 못하는 것을 꿈을 빌려 보상받으려고 하기 때문이다. 이 점에서는 문학도 크게 다르지 않다. 20세기 세계 문학사를 가만히 들여다보면 미국 같은 강대국에 눌려 정치적으로나 경제적으로 힘겹게 살아온 라틴아메리카 여러 국가에서 뛰어난 작가들이 많이 등장하였다. 20세기 중반 이후 라틴아메리카 작가들이 미국이나 유럽 작가들을 제치고 세계무대에 우뚝 서 있는 경우가 적지 않다.

콜롬비아 태생의 소설가 가브리엘 가르시아 마르케스(1928~2014)는 이러한 작가 중에서도 단연 첫손가락에 꼽힌다. 그는 1982년 노벨 문학상을 받았을 뿐 아니라 그의 대표작 『백년 동안의 고독』(1967)은 전 세계 언어로 번역되어 널리 읽히고 있다. 지금 마르케스는 흔히 '콜롬비아의 세르반테스'로 높이 평가받는다.

가브리엘 가르시아 마르케스는 콜롬비아의 아라카타카에서 태어났다. 여덟 살까지 외조부의 슬하에서 자란 그는 이때 외할머니가 들려준

외가 마을과 아라카타카 마을, 그리고 마을 사람들에 얽힌 신비스럽고 환상적인 이야기는 뒷날 그가 소설가로 성장하는 데 비옥한 밑거름이 되었다. 어린 나이에 가출한 마르케스는 이때부터 온갖 세파를 겪으면서 경험을 쌓았다. 먹고 살기 위해서 그가 해 보지 않은 일이 거의 없다시피 하였다.

마르케스는 보고타대학에서 법학을 공부한 후 기자가 되어 유럽에 잠시 체류했다가 멕시코로 건너가 창작 활동을 시작하였다. 쿠바에서 혁명이 성공하자 쿠바로 건너가 국영 통신사의 뉴욕 특파원이 되기도 하였다. 1954년 특파원으로 로마에 파견된 마르케스는 본국의 정치적 부패와 혼란을 비판하는 칼럼을 쓴 것을 계기로 파리, 뉴욕, 바르셀로나, 멕시코 등지로 '자발적 망명' 생활을 시작하였다. 1955년 첫 작품 『썩은 잎』을 출간한 후 『아무도 대령에게 편지하지 않다』, 『불행한 시간』 같은 저항적이고 풍자 정신이 넘치는 작품을 잇달아 발표하여 주목을 받았다.

마르케스는 『백년 동안의 고독』을 구상하여 완성하기까지 무려 15년이라는 긴 세월을 바쳤다. 고국 콜롬비아가 아닌 아르헨티나의 출판사에서 처음 출간한 이 소설은 라틴아메리카 문학을 대표하는 소설일 뿐 아니라, 제3세계 문학의 시대를 활짝 열어젖히는 데도 크게 이바지하였다. 흔히 '라틴아메리카의 창세기'요 '묵시록'으로 일컫는 이 소설에 대하여 《뉴욕 타임스》에 서평을 쓴 한 필자는 "책이 생긴 이래 모든 인류가 읽어야 할 첫 번째 문학 작품"이라고 찬사를 아끼지 않았다.

소설 장르에서 보면 이 작품은 한 가문의 흥망성쇠의 역사에 초점을 맞추는 가족사소설이다. 마르케스는 백여 년이 넘는 부엔디아 가문의 파란만장한 역사를 유장하게 풀어낸다. 부엔디아 집안의 시조인 1대

주인공 호세 아르카디오 부엔디아는 라틴아메리카 본토 출신으로 힘세고 머리 좋고 성실한 담배 경작 농민이다. 그는 스페인 상인 출신 집안의 딸인 우르술라 이구아란과 결혼하여 가정을 꾸리는데, 이 두 집안은 오랫동안 서로 혼인 관계를 맺어 혈통이 거의 비슷해진 상황이다. 근친혼에 따른 기형아 출산이 두려운 나머지 두 집안은 두 사람의 결혼을 반대하지만, "도마뱀을 낳으면 도마뱀을 예쁘게 키우면 된다"는 호세 아르카디오 부엔디아의 확고한 신념을 꺾을 수는 없다.

가족의 반대를 무릅쓰고 이렇게 결혼한 두 사람은 동네를 떠나 새로운 정착지를 찾아간다. 콜롬비아의 험준한 산을 넘고 물을 건너 어느 늪지대 근처에 다다른 부부는 마침내 그들을 따라온 사람들과 함께 '마콘도'라는 마을을 세운다. 그런데 이 마을은 지도나 위성항법 시스템(GPS)로는 찾아갈 수 없는, 작가의 상상이 빚어낸 찬란한 우주다. '마콘도'는 좁게는 콜롬비아를 상징하지만 넓게는 남아메리카 대륙, 좀 더 넓게는 오대양 육대주에 흩어져 있는 모든 인간 사회를 상징한다. 한마디로 마콘도는 인간 세계를 축소해 놓은 것과 같다.

가장 질서 있고 어느 누구도 사망한 적이 없는 영생의 낙원이라고 할 마콘도는 여러모로 「창세기」에 기록된 에덴동산을 떠오르게 한다. 그러나 집시들이 얼음, 자석, 확대경, 사진기와 같은 문명 세계의 발명품들을 마콘도로 가지고 오면서부터 이 마을은 점차 다른 모습으로 변해 간다. 원시적인 마콘도 마을은 이렇게 현대 문명과 그 제도가 침투해 들어오자 조금씩 몰락의 길을 걷기 시작한다. 예를 들어 국가의 정당이 도입되면서 정쟁과 내란이 일어나는가 하면, 정부에서 임명한 군수가 무장한 군인들을 데리고 와 이 마을을 통치하기도 한다. 이러한 외국인들과 현대 문명이 무려 4년여에 걸친 대홍수에 흔적도 없이 휩쓸려 가고 난 뒤에서야 비로소 마콘도 마을은 어느 정도 다시 원래의 모습을 되찾는다.

『백년 동안의 고독』은 작품의 제목에서도 엿볼 수 있듯이 고독한 운명을 타고난 부엔디아 집안의 비극적 역사를 호흡이 긴 만연체 문장으로 기술한 작품이다. 작중인물들의 이름이 서로 중복되어 나타나는가 하면, 사건도 실제 일어난 일인지 애매하여 구분하기 어려울 때가 적지 않다. 아버지 부엔디아 이래로 이 집안의 6대의 역사를 다루는 이 소설은 줄거리를 요약한다는 것 자체가 어쩌면 무리일지도 모른다.

'문학적 실험실'이라고 불러도 좋을 『백년 동안의 고독』은 현실과 환상의 경계를 무너뜨리는 '마술적 사실주의' 기법을 널리 알린 작품이다. 이 소설에는 어디까지가 현실이고 어디까지가 환상인지 그 경계선이 모호한 사건이 가끔 일어난다. 예를 들어 돼지 꼬리가 달린 아이가 태어나는가 하면, 빨랫줄에 걸어놓은 빨래를 타고 공중 속으로 날아가 버리는 인물도 등장한다. '펄펄 끓고 있는 얼음'처럼 일종의 모순어법에 해당하는 마술적 리얼리즘은 외세의 식민주의 지배와 내부의 혼란으로 정치적으로나 역사적으로 큰 혼란을 겪어 온 라틴아메리카 작가들이 창안해 낸 독특한 문학적 장치다. 마르케스는 이러한 장치를 빌려 그 특유의 경험을 예술적으로 형상화하는 데 성공을 거두었다.

마르케스는 소설 작품이란 모름지기 정치적 메시지를 담고 있어야 한다고 지적하였다. 이 주장은 "문학에서 정치는 마치 음악회장에서 발사한 권총 소리와 같다"고 하며 문학에서 정치를 배제하려고 한 스탕달의 태도와는 정면으로 배치된다. 엄밀히 따지고 보면 인간의 모든 행위는 정치를 떠나서는 생각할 수 없다. 정치에 무관심하다는 태도 그 자체가 바로 정치적 입장이기 때문이다. 심지어 어린이를 위한 동화조차도 좀 더 꼼꼼히 들여다보면 이런저런 방식으로 정치적 입장을 표명한다는 것을 알 수 있다. 특히 라틴아메리카처럼 서구 식민주의를 혹독하게 겪은 국가에서 문학은 정치와는 떼려야 뗄 수 없이 관련되지 않을 수 없다.

『백년 동안의 고독』은 '마술적 리얼리즘' 못지않게 서구 제국주의의 식민지 수탈 행위를 폭로하는 '사회주의 리얼리즘' 계열의 작품이다. 미국의 다국적 기업 바나나 회사에 맞서 파업을 벌이는 과정에서 정부는 계엄령을 선포하여 파업자들을 억압한다. 파업에 참가한 무려 3천 명이 넘는 노동자들이 역 광장에서 자국 정부의 군대에 의하여 기관총으로 무참하게 학살된다. 이렇게 살해된 노동자들의 시체는 한밤중에 화물차에 실려 멀리 바닷물 속에 수장해 버린다.

그런데도 정부와 다국적 기업의 계략으로 이 엄청난 사건은 그 진상이 철저하게 은폐되고 호도된다. 파업을 직접 주도했던 호세 아우렐리아노 세군도가 사건 직후 마콘도에 살고 있는 사람들에게 이 사실을 말하자 그는 오히려 미치광이 취급을 받는다. 역사가들은 이 사건을 아예 교과서에서 다루지 않고 있거나 설령 다루고 있다 하더라도 사실과는 전혀 다르게 기술하고 있다.

이렇듯 『백년 동안의 고독』에서 마르케스가 다루는 중심 주제 중 하나는 역사 기술과 관련한 문제다. 역사란 흔히 정복자의 손이 기술한다고 한다. 피지배 주민은 입이 있어도 할 말이 없고, 정복자들은 자신들에게 유리하게 역사를 기술하기 때문이다. 이런 과정에서 피정복자들의 입장은 당연히 왜곡되고 은폐될 수밖에 없다.

가령 "아메리카 대륙은 1492년 콜럼버스가 발견했다"는 역사 기술만 보아도 잘 알 수 있다. 이탈리아 제노바 출신의 탐험가이자 항해가인 크리스토퍼 콜럼버스(이탈리아 이름 크리스토포로 콜롬보)가 신대륙에 도착하기 훨씬 이전부터 아메리카 대륙에는 원주민들이 살고 있었다. 마지막 빙하기에 시베리아와 알래스카가 육지로 연결되어 있던 13만 년 전쯤 클로비스 사람들이 아시아에서 걸어서 아메리카 대륙으로 왔을 것으로 추정하는 학자들이 적지 않다. 그러므로 원주민들의 입장에서 보면 콜럼버스 일행이 신대륙에 도착한 것은 '발견'이 아니라 어디까지나 '침략'과 다를 바 없을 것이다.

이렇듯 마르케스는 이 소설에서 역사란 진실과는 거리가 먼, 한낱 권력을 장악한 지배 계급이 조작한 이야기에 지나지 않는다는 사실을 설득력 있게 보여 준다. 프랑스의 역사가 미셸 푸코를 비롯한 몇몇 역사 이론가들이 지적하듯이 역사 기술이란 엄밀히 따지고 보면 소설 같은 허구적 산물에 지나지 않는다. 일본이나 중국 교과서의 한국 역사 왜곡 문제가 심심치 않게 화제가 되고 있는 요즈음 마르케스의 이 작품은 한국인에게도 시사하는 바가 자못 크다.

최근 문학계를 중심으로 '소설의 죽음'이니 '문학의 죽음'이니 하는 소리를 심심치 않게 듣는다. 그러나 체코 출신의 망명 작가 밀란 쿤데라는 "마르케스의 『백년 동안의 고독』을 서가에 꽂아두고 어떻게 '소설의 죽음'을 말할 수 있단 말인가?"라고 질문을 던진다. 마르케스의 소설이 있는 한 소설의 죽음을 언급한다는 것은 어불성설이라는 것이다. 이렇듯 이 작품은 미국이나 유럽 같은 제1세계 국가 작가들이 '소설의 죽음'을 말할 때면 으레 소설이 아직도 건재하다는 사실을 유감없이 보여 준다.

가브리엘 가르시아 마르케스는 『백년 동안의 고독』을 쓰면서 미국 작가 윌리엄 포크너한테서 영향을 받은 바 크다. 상상의 공간을 건설하여 작품의 배경으로 삼는 것도 그러하고, 서로 다른 작중인물들에게 동일한 이름을 사용하는 것도 그러하다. 또한 꼬리에 꼬리를 물고 이어지는 만연체의 문체에서도 포크너의 영향을 엿볼 수 있다. 흥미롭게도 미국의 흑인 여성작가 토니 모리슨은 『빌러비드』를 쓰면서 이번에는 마르케스의 작품에서 크고 작은 영향을 받았다.

48

앵무새 죽이기

하퍼 리

자칫 모순어법처럼 들릴지 모르지만 '현대의 고전'이라는 말이 문학 연구가의 입에 자주 오르내린다. 현대에 나온 것이면 '현대' 작품이고 고전의 반열에 오른 작품이면 '고전'이라고 하여야 논리에 맞는다. 그러나 비교적 최근에 출간되어 나왔으면서도 해묵은 고전처럼 뭇 독자에게서 사랑을 받는 작품도 더러 있다. 이러한 '현대의 고전'이라는 표현이 가장 잘 어울리는 작품을 한 권 꼽는다면 단연 20세기 미국 작가 하퍼 리(1926~2016)의 『앵무새 죽이기』(1960)를 빼놓을 수 없다.

2000년 온라인 도매회사 '플레이 닷컴'에서 실시한 조사 결과에 따르면 이 책은 옛날과 지금을 가리지 않고 모든 시대에 걸쳐 가장 훌륭한 문학 작품 중 제1위에 올랐다. 2001년 미국의 시카고시 당국에서는 시민 모두가 참여하는 '한 권의 책, 하나의 시카고' 프로젝트를 전개하였다. 이 프로젝트의 첫 번째 작품으로 하퍼 리의 작품을 선정하여 공공도서관을 중심으로 전 시민이 이 소설을 읽도록 권장하였다.

『앵무새 죽이기』는 성경과 마찬가지로 시카고 주민뿐 아니라 전 세계 독자의 삶을 바꿔놓는 데 크게 이바지한 책으로 평가받았다. 많은 독자의 마음을 바꿔놓은 책, 편견과 독선에 얼룩진 현대 사회에서 독자들의 양심을 다시 한 번 일깨워 준 책으로 평가받는다.《보스턴 헤럴드》기사의 한 구절처럼 "세상은 아직 살 만한 곳이라는 희망의 메시지를 전해 준" 책이기도 하다.

『앵무새 죽이기』는 작가가 사망하기 직전인 2015년 첫 작품 원고를 다듬어 출간한 『파수꾼』을 제외하면 하퍼 리의 유일한 작품이다. 대학에 다닐 때 학생들이 발행하던 잡지에 글을 쓰고 이 소설을 출간한 뒤에도 세 편의 에세이를 발표한 것을 빼놓고는 그녀는 그동안 더 이상 작품을 발표하지 않았다. 하퍼 리의 친척인 리처드 윌리엄스가 그녀에게 왜 두 번째 작품을 쓰지 않느냐고 물어본 적이 있다. 그랬더니 이 물음에 대하여 저자는 "그렇게 히트를 하고 나면 그다음에는 아래로 떨어질 수밖에 없다"고 밝힌 적이 있다.

하퍼 리가 태어나 자라난 앨라배마주는 이웃 미시시피주나 루이지애나주와 함께 미국 남부 중에서도 경제적으로 가장 낙후된 지역이다. 다른 북부 주와 비교하여 흑인 인구가 눈에 띄게 많은 남부, 그중에서도 앨라배마는 흑인 인권 운동의 온상과 같은 곳이다. 미국의 성자로 흔히 일컫는 마틴 루서 킹 목사가 '미국의 양심'으로 처음 그 이름을 떨친 것도 이곳이요, 일련의 사건으로 1960년대의 흑인 인권 운동에 처음 불을 지핀 곳도 이곳이다.

1931년 스코츠보로 재판 사건으로 앨라배마주가 미국 전역에 걸쳐 큰 관심을 끌었다. 흑인 청년 아홉 명과 백인 청년 두 명 그리고 백인 여성 두 명이 테네시주에서 화물차를 얻어 타고 앨라배마주로 가고 있었다. 화물차 안에서 흑인 청년과 백인 청년 사이에 싸움이 벌어지고 결국 백인 청년들은 강제로 차에서 내리게 되었다. 앨라배마에 도착하자마자 흑인 청년들은 부랑아로 체포되었고, 백인 경찰의 사주를 받은 백인 여성은 흑인 청년들이 자신들을 강간했다고 주장하였다. 무려 20년을 끈 재판에서 흑인 청년 여덟 명은 크나큰 고통을 받았다. 『앵무새 죽이기』를 쓰면서 하퍼 리는 이 사건에서 직접 또는 간접으로 영감을 받았음에 틀림없다. 메이엘라 유얼과 톰 로빈슨을 둘러싼 사건은 스코츠보로 사건과 아주 비슷하다.

다른 작품도 매한가지지만 이 작품에서 지리적 배경 못지않게 중요한 것이 시대적 배경이다. 이 소설은 비록 1960년에 처음 출간되었지만 시대적 배경은 미국이 경제 대공황을 겪던 1930년대 중엽으로 거슬러 올라간다. 1929년 뉴욕 증권 시장의 몰락이 불을 댕긴 경제 대공황은 미국 국민들에게 크나큰 시련을 안겨주었다. 이 작품의 첫머리에서 작가가 간접적으로 시사하고 있듯이 프랭클린 루스벨트 대통령은 "두려움 그 자체 말고는 아무것도 두려워할 것이 없다"고 미국 국민들을 안심시키려고 했지만 대공황의 여파는 여간 심각하지 않았다. 같은 일자리를 두고 백인과 흑인이 서로 경쟁해야 하는 상황에서 인종 차별의 골은 더욱 깊어질 수밖에 없었다.

하퍼 리가 『앵무새 죽이기』에서 다루는 중요한 주제 중 하나는 정의와 심판과 관련한 문제다. 영국 식민주의의 굴레에서 해방시키고 신생국가 미국을 건국한 국부들은 독립선언문과 헌법에 "모든 인간은 평등하게 창조되었다"는 그 유명한 문장을 적었다. 이 구절은 미국 민주주의 초석과 다름없었다. 그런데 아쉽게도 여기서 말하는 '인간' 속에는 흑인을 비롯한 유색인종은 말할 것도 없고 여성도 빠져 있다시피 하였다. 특히 앨라배마 같은 남부 주에서는 더더욱 그러하였다.

『앵무새 죽이기』를 단순히 미국에 국한된 인종 문제를 다루는 작품으로 보는 것은 좁은 소견이다. 물론 구체적인 역사적 시간과 지리적 공간에 뿌리를 두고 있는 것은 사실이지만 이 작품이 다루는 문제는 좀 더 근본적인 삶의 문제이기 때문이다. 어떤 의미에서 흑백 갈등을 둘러싼 인종 문제는 좀 더 보편적인 주제를 다루기 위한 소재에 지나지 않는다. 뛰어난 문학 작품이 으레 그러하듯이 이 작품도 구체성과 보편성, 특수성과 일반성 사이에서 절묘한 균형과 조화를 꾀하는 데 성공을 거두었다.

소설 전통에서 보면 『앵무새 죽이기』는 성장소설에 속한다. 같은 성장소설 전통에 속하면서 이 작품이 특별히 눈길을 끄는 것은 전통적인 성장소설 주인공들과는 달리 소년이 아닌 소녀를 주인공으로 삼는다는 점이다. 지금까지 문학사에 우뚝 서 있는 성장소설은 거의 대부분 소년을 중심인물로 다루어 왔다. 그러나 이 작품은 나이 어린 여성을 화자와 주인공으로 삼은 몇 안 되는 작품 가운데 하나다. 물론 여기에는 작가가 여성이라는 점이 크게 작용했을 것이다.

성장소설은 하나같이 인식론적 이야기라고 할 수 있다. 이런저런 여러 경험을 겪으며 나이 어린 주인공은 아주 값진 삶의 교훈을 배운다. 성장소설에서 '배우다'나 '깨닫다' 같은 낱말이 자주 쓰이는 것은 바로 그 때문이다. 『앵무새 죽이기』의 서술 화자이자 주인공은 '스카웃'이라는 별명으로 더욱 잘 알려진 진 루이즈 핀치다. 초등학교를 입학하기 직전부터 초등학교 2학년까지 줄잡아 3년 동안에 벌어지는 사건을 다룬다. 작가는 어른이 된 진 루이즈가 여섯 살에서 아홉 살이 되던 때 일어난 사건을 회상하는 기법을 사용한다. 그래서 그런지 때로는 스카웃의 말과 생각 그리고 행동이 열 살도 안 된 어린 소녀의 언행이라고는 좀처럼 믿어지지 않을 만큼 어른스럽다.

작품이 처음 시작할 때의 스카웃과 작품이 끝나는 장면에서 독자가 만나는 스카웃 사이에는 적잖이 차이가 있다. 물론 나이를 세 살 더 먹었다고는 하지만 생리적 성장이나 육체적 발육을 훨씬 뛰어넘는 정신적 성장이나 영혼의 개안(開眼)을 느낄 수 있다. 맨 마지막 장면에서 스카웃은 지금껏 그렇게도 만나보고 싶던 길 건너편에 사는 부 래들리를 뜻하지 않게 만나게 된다. 부축하다시피 하여 그를 집에까지 모셔다드린 뒤 스카웃은 가랑비를 맞으며 집을 향하여 걸어가는 동안 "나는 나이가 부쩍 든 것 같은 느낌이 들었습니다"라고 밝힌다. 여기서 스카웃이 말하는 나이란 다름 아닌 정신적 연령을 가리킨다. 3년이 아니라 아마 몇 년이나 몇십 년이 지나야만 비로소 배울 수 있는 삶의 교훈을 배운 것이다.

또한 스카웃은 "집을 향해 걸어가는 동안 나는 오빠랑 내가 커졌다는 생각이 들었습니다. 하지만 아마 대수를 빼놓고는 이제 우리가 배워야 할 것이 별로 많은 것 같지가 않았지요"라고 말하기도 한다. 여기에서도 '커졌다'는 말은 두말할 나위가 없이 신체적 성장이 아니라 정신적 성장을 뜻한다. 이렇게 정신적으로 성장했기 때문에 학교에서 필수과목으로 가르치는 대수를 제외하고 나면 별로 더 배울 것이 없다고 자신만만하게 밝히는 것이다. 그러고 보니 스카웃이 왜 그토록 제도 교육을 싫어하는지 알 만하다.

이렇게 스카웃은 학교 교실보다는 오히려 삶의 현장에서 삶의 지혜와 교훈을 터득한다. 그녀가 정신적으로 '부쩍' 성장하는 데는 변호사인 아버지 애티커스 핀치의 역할이 무척 크다. 이 밖에도 오빠 젬과 미시시피에서 온 친구 딜을 비롯하여 이웃에 사는 헨리 라피엣 듀보스 할머니와 모디 앳킨스 아줌마, 고모 알렉산드라, 흑인 가정부 캘퍼니아 등도 스카웃이 정신적으로 성장하는 데 산파 역할을 맡는다.

바로 이 점에서 '앵무새 죽이기'라는 이 작품의 제목은 자못 큰 상징적 의미가 있다. 애티커스는 아이들에게 크리스마스 선물로 엽총을 사 주면서 어치새 같은 다른 새를 죽이는 것은 몰라도 "앵무새를 죽이는 건 죄가 된다"고 말한다. 다른 새들과 달리 앵무새는 아름다운 목소리로 사람들의 귀를 즐겁게 해줄 뿐 곡식을 먹거나 창고에 둥지를 트는 등 해를 끼치지 않는다. 그래서 인간에게 아무런 해를 끼치지 않는 새를 죽이는 것은 죄가 된다는 것이다. 부 래들리나 톰 로빈슨은 바로 앵무새와 같은 인간이다. 다른 사람들에게 해를 끼치지 않는데도 다른 사람들의 편견이나 아집 때문에 적잖이 고통을 받고 심지어 목숨을 잃기 때문이다.

스카웃은 동료 인간에 대한 관심을 점차 인간이 아닌 다른 피조물로 넓혀 나간다. 아버지 애티커스는 젊었을 때 '명사수'라는 별명을 얻을 만큼 총을 잘 쏠 줄 알면서도 총을 사용하지 않는다. 동네에 돌아다니는 미친개를 총으로 쏠 때도 마지못해 그렇게 한다. 밥 유얼의 협박을 받은 뒤 아이들이 총을 가지고 다니라고 설득하여도 전혀 귀를 기울이지 않는다. 이렇게 애티커스가 총을 사용하려고 하지 않는 것은 타고난 사격술 때문에 자칫 다른 생명을 앗지나 않을까 걱정되기 때문이다.

이 점과 관련하여 모디 앳킨스는 스카웃에게 "너희 아빠는 아마 하나님께서 자신에게 살아 있는 모든 생물에 대해 부당한 재능을 주셨다는 것을 깨달았을 때, 총을 내려놓으신 걸 거다. 꼭 필요한 경우가 아니면 총을 쏘지 않겠다고 결심하신 거야"라고 말한다. 모디 앳킨스도 인간이 아닌 다른 피조물을 사랑하는 마음이 무척 남다르다. 스카웃은 앳킨스가 "하나님의 땅에서 자라는 것은 모든 것, 심지어는 잡초까지도 사랑한다"고 밝힌다. 스카웃은 젬이 쥐며느리벌레 같은 언뜻 하찮아 보이는 곤충에 관심을 기울이는 것에 깊은 감명을 받기도 한다.

한마디로 스카웃은 타자나 사회적 약자를 따뜻한 시선으로 바라보려고 애쓴다. 인종, 계급, 성차, 능력, 나이 등에서 차별을 없애려는 것이 요즈음 진보적 지식인의 태도다. 스카웃은 비록 성숙한 어른도 아니요 진보적 지식인도 아니지만 그들 못지않게 사회적 불평등을 깨닫고 그것을 극복하는 데 앞장선다. 인종에서는 백인 못지않게 흑인을 비롯한 유색인종, 계급에서는 사회적 신분이 높고 경제적으로 부유한 사람 못지않게 가난하고 힘이 없는 사람들에게 관심을 기울인다. 성차에서는 남성 못지않게 여성, 능력에서는 지적 장애인이나 장애인, 나이에서는 어린이나 노인을 배려하려고 한다. 이보다 한발 더 나아가 스카웃은 심지어 자연을 지배하고 만물의 영장으로 군림하는 인간중심주의에도 비판의 고삐를 늦추지 않는다. 그녀에게 인간이든 인간이 아니든 삼라만상은 하나같이 무척 소중하기 때문이다.

49

장미의 이름

움베르토 에코

세계 문학사를 들여다보면 아주 우연한 계기로 위대한 작품이 탄생되는 경우가 더러 있다. 1970년대 출판사에서 일하던 한 친구가 소설가가 아닌 사람들에게 짧은 추리소설을 써달라고 부탁하고 싶다고 하면서 움베르토 에코(1932~2016)에게 의향을 물었다. 당시 철학과 역사학에 몰두하던 에코는 문학 작품에는 별로 관심이 없다고 거절하였다. 그러면서도 그는 "내가 만약 추리소설을 쓴다면 500여 쪽은 되고 무대는 아마 중세 수도원이 될 걸세"라고 덧붙였다.

집에 돌아온 에코는 친구의 제안을 떠올리고는 책상 서랍을 뒤져 지금껏 수사들의 이름을 적어 놓았던 노트를 찾았다. 문득 그는 '어떤 책을 읽던 수도자가 독살당하는 이야기를 쓰면 어떨까?'라는 생각이 들어 소설을 쓰기 시작하였다. 이 작품이 바로 전 세계에 걸쳐 낙양의 지가를 올린 『장미의 이름』(1980)이다. 이 소설을 출간한 뒤 에코는 "왜 소설을 쓰기로 결심했느냐?"는 질문을 받을 때마다 그럴 기분이 내켜서 썼다고 대답하곤 하였다. 모르긴 몰라도 아마 그의 뇌리 한구석에는 소설을 쓰고 싶은 충동이 도사리고 있었을지 모른다. 이 소설은 그의 데뷔 작품인 동시에 대표작으로 평가받는다.

에코는 이탈리아 서북부 피에몬테주 알레산드리아에서 태어났다. 에코의 아버지는 아들이 변호사가 되기를 바랐지만, 에코는 아버지의 기대를 저버리고 투린대학에 입학하여 중세 철학과 미학을 전공하였다. 볼로냐대학 교수로 재직한 에코는 기호학자, 철학자, 미학자, 언어학자, 역사학자 등 어떤 이름으로 불러도 손색이 없을 만큼 여러 분야에 걸쳐 활약하였다. 한마디로 그는 토마스 아퀴나스의 신학과 철학에서 퍼스널 컴퓨터와 가상현실에 이르기까지 다방면에 걸쳐 지식을 쌓은 20세기 인문학계의 거두로 평가받는다. 에코에게 흔히 '걸어 다니는 백과사전'이라는 별명이 붙는 것도 그다지 무리는 아니다.

『장미의 이름』은 노년의 아드소가 멜크 수도원의 독방에서 수기를 쓰며 젊은 시절에 겪은 사건을 회고하는 형식을 취한다. 베네딕토회의 오스트리아인 수련수사로, 신성로마제국 황제 루트비히 4세의 직신(直臣)인 아버지를 따라 이탈리아 등지를 여행하다가 수도자가 되려고 멜크 수도원에 입회하였다. 이후 아버지 손에 이끌려 윌리엄 수사의 서기 및 비서가 되어 그를 따라다니게 된다. 바스커빌 출신의 윌리엄 수사는 프란치스코회 소속으로 남다른 학구열과 호기심을 지닌 박학다식한 인물로, 이성과 지식을 중시하며 그에 걸맞게 뛰어난 통찰력과 판단력의 소유자다. 그는 여러모로 작가 에코를 닮았다. 아드소는 글을 쓰던 무렵에는 80세에 가까운 노인이지만 그가 회상하는 사건이 벌어진 1327년 당시에는 겨우 18세 소년이었다.

윌리엄 수사와 그를 수행하는 수련사인 멜크 수도원의 아드소가 황제 측과 교황 측 사이의 회담을 준비하기 위하여 회담이 열릴 베네딕토회 수도원에 도착한다. 바로 그때 수도원에서 끔찍한 살인 사건이 일어나자 수도원 원장 포사노바의 아보는 윌리엄에게 이 사건을 해결해 달라고 부탁한다. 그래서 윌리엄 수사는 아드소와 함께 베네딕토회 수도원에서 일어나는 일련의 연쇄살인 사건을 추적한다.

이 작품의 장르적 특징은 1인칭 관찰자 시점의 추리소설 또는 탐정소설이다. 윌리엄 수사와 아드소는 마치 명탐정 셜록 홈스와 왓슨처럼 일련의 살인 사건을 치밀하게 해결해 나간다. 그런데 윌리엄이 사건을 조사하는 동안 더 많은 수도사들이 살해되면서 사건은 점점 더 미궁 속에 빠진다. 그를 당황하게 하는 것은 수도원의 살인 사건이 일반적인 연쇄살인 사건과는 적잖이 다르다는 점이다.

흥미롭게도 수도사들이 하나씩 죽어가는 과정은 「요한계시록」에 등장하는 일곱 천사가 내리는 재앙과 순서와 모양새가 같다. 윌리엄 수사는 연쇄살인의 배경에 무언가 다른 음모가 숨어 있음을 느끼고 특유의 지식과 관찰력으로 사건에 접근해 나가기 시작한다. 윌리엄은 경험주의에 입각한 예리한 통찰력으로 이 사건의 중심에 도서관이 있다고 판단한다. 정칠각형 모양의 도서관은 이 무렵 전 세계를 상징적으로 보여 준다. 이렇듯 이 작품에서 숫자 '7'은 자못 상징적이다.

에코가 『장미의 이름』에서 다루는 중심 주제는 서로 다른 이념이나 태도 사이에서 빚어지는 긴장과 갈등 그리고 그것에서 비롯하는 비극이다. 윌리엄 수사는 영국의 경험론적 추론에 큰 영향을 받은 인물이다. 그가 영국 경험주의 철학자 로저 베이컨의 제자라는 사실은 결코 우연이 아니다. 가령 윌리엄 수사는 실제 존재하는 사건과 사물에서 진리를 찾아내려고 한다. 처음 도착한 수도원의 화장실을 찾아내는 감각이나, 당나귀의 발자국을 보고 이름을 추론하는 모습에서 명탐정의 추리력을 엿볼 수 있다.

한편 수도원에서 알리나르도 다음으로 가장 나이가 많은 눈먼 수도사 부르고스의 호르헤는 윌리엄 수사의 경험론적 추론에 맞선다. 에코는 아르헨티나의 소설가로 「바벨의 도서관」의 작가 호르헤 루이스 보르헤스를 모델로 삼아 호르헤를 창안한 것으로 알려져 있다. 호르헤는 지식이란 주로 '신으로부터 내려받은 지식'에만 집중하던 중세의 지식 체계를 여전히 굳게 믿는다. 어린 시절부터 3개 국어를 구사할 정도의 천재로 젊었을 적에 눈이 멀어서 장님이 되었지만 호르헤 수사는 윌리엄 수사 못지않게 뛰어난 두뇌의 소유자로 도서관에 어떤 책들이 있는지를 모두 꿰고 있을 정도다. 그에 따르면 신이 내려준 단 하나의 진리가 계속 여러 가지 가시적 형태로 겉모습만 바뀔 뿐 본질은 전혀 변하지 않는다.

더구나 윌리엄 수사와 호르헤 수사의 치열한 대결의 중심에는 아리스토텔레스가 집필했다고 전해지는 『시학』의 책 두 권이 놓여 있다. 아리스토텔레스의 책 중 제1권은 비극을 다루고 제2권은 희극을 다룬다. 오늘날 비극을 다룬 첫 번째 책 『비극론』만이 전해오고 있을 뿐 희극을 다룬 두 번째 책 『희극론』은 유실되어 전해오지 않는다. 수도원에 웃음을 허용해야 할지 말지를 두고 윌리엄 수사와 호르헤 수도사는 서로 충돌한다.

아리스토텔레스는 일찍이 "모든 동물 중에서 오직 인간만이 웃을 수 있는 동물이다"라고 말하면서 웃음과 희극을 중요하게 생각하였다. 그러나 호르헤 수사는 "웃음은 악마적인 행위로 경건한 모든 것을 파괴해 버린다"고 생각한다. 또한 그는 "웃음은 경외심을 없애 버리고, 경외심이 없다면 어떤 믿음도 있을 수 없다"고 말한다. 그런가 하면 호르헤는 "웃음이란 마법의 바람과 같아서 인간의 얼굴을 흉측하게 만들고 인간으로 원숭이처럼 보이게 한다"고 주장한다. 한편 인간에게 웃음이 필요하다고 생각하는 윌리엄 수사는 "웃음은 때로 거짓 권위를 무너뜨릴 수 있는 적절한 도구다"라고 말하면서 호르헤의 주장에 맞선다.

신학에 대한 광신과 철학에 대한 증오심으로 호르헤 수도사는 아리스토텔레스의 저서 『희극론』을 은폐하는 데 온갖 노력을 아끼지 않는다. 중세기에는 경건함과 진중함을 신에 대한 최고의 경의로 간주했기 때문에 이 책은 그동안 금서로 지정되어 있었다. 이 수도원의 도서관은 아리스토텔레스의 두 번째 책을 소장하고 있지만 호르헤 수사는 온갖 방법으로 다른 수사들이 이 책을 읽지 못하게 금해 왔다. 그는 문제의 서적에 접근하려 했던 수도사들을 이런저런 방법으로 죽음으로 몰아넣는다.

윌리엄 수사는 도서관 어딘가에 비밀의 공간이 있다고 판단하여 그곳을 조사하는 한편, 수도사들을 차례로 탐문하고 수사한다. 마침내 그는 여러 자료를 검토하여 도서관의 밀실에 들어갈 방법을 찾아낸다. 도서관의 밀실에서 윌리엄의 예상대로 도서관 관장인 부르고스의 호르헤를 만난다. 도서관의 비밀을 지키려는 나머지 호르헤는 마침내 도서관은 불에 지른다. 본관 3층의 도서관에서 본관 전체로, 본관에서 다른 건물로 불이 옮겨붙으면서 그 불은 사흘 동안 계속 타오른다. 기독교 최대의 도서관을 자랑하던 그 수도원은 결국 한 줌의 잿더미로 변하고 만다. 그 뒤 아드소는 멜크 수도원으로 돌아가고, 윌리엄은 흑사병이 창궐하던 시기에 병에 걸려 사망한다.

탐정소설이나 추리소설 못지않게 관념소설이나 철학소설이라고 할 에코의 『장미의 이름』에는 웃음과 해학을 둘러싼 문제 말고도 또 다른 문제를 두고 온갖 갈등과 대립이 일어난다. 예를 들어 세속권을 둘러싼 교황과 황제의 갈등과 대립이라든지, 청빈을 둘러싼 프란체스코회와 베네딕토회의 갈등과 대립이라든지, 산속에 위치한 수도원과 마을이나 도시와의 갈등과 대립이라든지 하는 것이 바로 그것이다.

그러나 『장미의 이름』에 가장 핵심적인 갈등과 대립은 무엇보다도 진리의 문제, 즉 진리란 절대적인가 아니면 상대적인가 하는 문제다. 웃음을 받아들이지 않는 호르헤 수사는 진리의 절대성을 믿는 인물인 반면, 웃음을 받아들이는 윌리엄 수사는 진리의 상대성에 무게를 싣는 인물이다. 작가 에코는 호르헤보다는 윌리엄의 손을 들어준다. 에코는 "지금 진리는 거울에 비춰보듯이 희미해서 우리 앞에 명명백백하게 드러나지 않는다. 우리는 이 세상의 허물을 통해 그 진리의 파편만을 볼 수 있을 뿐이다"라고 잘라 말한다. 그런가 하면 에코는 "시간이 지나면 정열의 불꽃도 사그라진다. 이와 함께 우리가 진리의 빛이라고 믿었던 것도 사라진다"고 밝힌다.

이번에는 『장미의 이름』을 좀 더 문학 쪽으로 좁혀 살펴보기로 하자. 이 소설은 상호텍스트성을 말할 때마다 비평가들이 마치 약방의 감초처럼 자주 언급하는 작품이다. 상호텍스트성이란 "하늘 아래 새로운 것이 없다"고 설파한 구약성경 「전도서」 저자처럼 문학 작품도 전적으로 독창적인 작품이 없다는 전제에 기초를 둔다. 이 이론에 따르면 어느 한 문학 작품은 이미 전에 쓰인 작품을 다시 새롭게 재구성한 것에 지나지 않는다.

『장미의 이름』에 대하여 에코는 "나는 작가들이 이제까지 언제나 알고 있었던 것을 알게 되었다. 책들은 항상 다른 책들에 대하여 말하고 있으며, 모든 이야기는 이미 행해진 이야기를 다시 반복하고 있을 뿐이다"라고 밝힌다. 그런가 하면 에코는 이 작품을 두고 "다른 텍스트들로 짜인 직물, 일종의 인용문의 '추리소설, 책들로부터 만들어진 책"이라고 묘사한다.

그러고 보니 최근 에코의 『장미의 이름』이 표절 시비에 휩쓸리게 된 것도 우연한 일이 아니다. 물론 상호텍스트성과 표절은 엄연히 다르다. 표절은 남의 물건을 훔치는 것처럼 저작권법을 위반한 범죄행위이지만 상호텍스트성은 포스트모더니즘 이후 부쩍 주목받기 시작한 새로운 기법이다. 기존의 작품에 의존하되 모방의 수준을 훌쩍 뛰어넘어 그 자체로 독창성을 담보 받아야 비로소 상호텍스트성으로 인정받을 수 있다. 『장미의 이름』이야말로 상호텍스트성을 보여 주는 더할 나위 없이 좋은 본보기로 꼽을 만하다.

50

참을 수 없는 존재의 가벼움

밀란 쿤데라

요즈음 지식인 사회를 중심으로 '타자(他者)'라는 용어가 널리 쓰이고 있다. '타자(the Other)'란 '동일자(同一者, the Same)'의 반대 개념이다. 쉽게 말해서 강자한테 억압받는 존재, 즉 사회적 약자를 두루 일컫는 말이다. 이를테면 남성 중심의 가부장적 질서에서 여성은 남성의 '타자'이고, 제3세계는 제1세계의 '타자'이며, 자연은 인간의 '타자'이고 하는 식이다. 동일자는 지금까지 타자 위에 군림하여 타자를 지배하고 종속시켜 왔다. 그러나 20세기 후반 포스트모더니즘의 거센 파도를 타고 타자에 대한 배려와 관심이 부쩍 높아졌다.

체코의 망명 작가 밀란 쿤데라(1929~)는 『참을 수 없는 존재의 가벼움』(1984)에서 타자에 대한 배려와 관심을 촉구하여 유럽은 말할 것도 없고 전 세계에 그야말로 선풍적인 인기를 끌어왔다. 현대 사회운동의 핵심 문제라고 할 인종, 성별, 계급 등에 따른 차별 현상과 맞물려 이 작품은 그동안 날개 돋친 듯이 팔렸다. 한국에서만 하여도 100만 부 넘게 팔린 것이 벌써 몇 해 전이다.

밀란 쿤데라는 체코슬로바키아 브륀의 음악가 집안에서 태어났다. 스물다섯 살 때까지만 하여도 문학보다는 음악에 훨씬 더 관심을 기울였다. 쿤데라는 '프라하 음악 및 연극예술 아카데미'에서 공부한 뒤 프라하 고등영화연구소에서 교편을 잡았다. 그의 작품에 음악 모티프가 자주 나오는 것은 바로 그 때문이다. 이러한 현상은 음악을 좋아한 제임스 조이스의 작품에서도 마찬가지로 엿볼 수 있다.

쿤데라는 두 차례에 걸쳐 공산당에 가입했지만 사상을 의심받고 공산당에서 추방당하였다. 1967년과 1968년의 체코슬로바키아 민주화 운동에 참여했으며, 소련군이 탱크를 몰고 민주화 운동을 진압한 뒤에는 직장에서 쫓겨나고 그의 모든 작품은 판매가 금지되었다. 1975년 체코 정부로부터 가까스로 망명 허가를 받은 쿤데라는 프랑스로 이주하여 파리에서 망명 생활을 하며 작품 활동에 전념하였다.

파리에서 쓴 작품 여러 중에서도 『참을 수 없는 존재의 가벼움』이 가장 유명하다. 쿤데라는 1982년에 체코어로 집필했지만 체코에서 출간되지 못하고 1984년 처음 프랑스어본과 같은 해에 영어 번역본이 출간되었다. 1985년 캐나다 토론토에 본부를 둔 망명 출판사인 '68 출판사'가 이 작품을 출간하였다. 망명 출판사가 아닌 체코 출판사에서 체코어로 이 소설을 다시 출간한 것은 1989년 11월 '벨벳 혁명'이 일어난 지 18년 뒤인 2006년에 이르러서였다.

『참을 수 없는 존재의 가벼움』은 1968년 체코의 민주화 운동인 '프라하의 봄'과 소련의 체코 침공을 배경으로 삼고 있다. 체코의 젊은 외과의사 토마시와 시골 처녀로 사진작가인 테레자, 스위스대학의 언어학 교수 프란츠와 전위 예술가 사비나의 사랑을 다룬다. 플라톤이 일찍이 『향연』에서 말했듯이 "사랑이란 우리가 잃어버린 우리 반쪽에 대한 갈망"이라고 생각하는 토마시는 정신적 사랑과 육체적 섹스를 엄격히 구분 짓는다. 정신적 사랑은 오직 한 여성하고만 할 수 있지만, 육체적 섹스는 여러 여성과 할 수 있다고 믿는다. 물론 테레자는 남편의 이런 외도에 적잖이 괴로워한다.

그런데 토마시가 이처럼 사랑에 탐닉하는 데는 그럴 만한 까닭이 있다. 이 무렵 체코의 정치 현실은 참으로 암울하였다. 공산당 지도자들은 국민을 무참히 억압했고, 소련의 프라하 침공 이후에는 크렘린 정부의 꼭두각시와 다름없었다. 이러한 상황에서 토마시가 선택할 수 있는 것이란 섹스에 탐닉하고 유능한 외과의사로서 일에 대한 몰두하는 것뿐이었다.

절대 권력이 무소불위의 막강한 힘을 발휘하는 독재 사회에서 섹스는 개인이 권력을 행사할 수 있는 유일한 영역일뿐더러, 개인은 하나밖에 남아 있지 않은 자산이라고 할 육체의 탐닉에서 피난처와 돌파구를 찾을 수밖에 없다. 쿤데라 연구가인 크베토슬라프 호바틱은 이 작품의 주인공인 토마시를 돈 후안과 트리스탄을 결합해 놓은 인물이라고 지적한다. 방탕한 사랑을 일삼는 돈 후안과 낭만적이고 이상적인 사랑의 화신으로 일컫는 트리스탄이 하나로 융합한 것이 바로 토마시라는 것이다. 토마시와 테레자, 프란츠와 사비나를 비롯한 작중인물들이 벌이는 성행위를 아무 거리낌 없이 노골적으로 묘사한다는 점에서 이 소설에는 흔히 '외설소설'이라는 꼬리표가 붙어 다니는 것도 그렇게 무리는 아니다.

토마시는 주간지에 공산당 간부를 비난하는 글을 쓰고 자신의 입장을 끝까지 철회하지 않아 병원에서 쫓겨난다. 시골 병원으로 좌천되었다가 의사직을 그만두고 유리창 청소부로 일하기도 하고, 나중에는 시골의 집단농장에서 트랙터 운전기사로 일하게 된다. 그의 두 번째 아내 테레자는 테레자대로 집단농장의 가축을 돌보며 지낸다.

이처럼 『참을 수 없는 존재의 가벼움』은 절대적인 정치 권력 앞에서 한 개인이 얼마나 무력한지를 잘 보여 준다. 이러한 상황에서 토마시가 할 수 있는 것이란 의사로서의 직업을 그만두고 노동자로 살아가는 것뿐이다. 비정한 정치 권력 앞에서는 아버지와 아들의 관계마저도 의미를 잃고 이념의 도구로 쓰일 뿐이다. 첫 번째 아내 사이에서 태어난 아들 시먼은 공산당을 위하여 아버지를 배신한다.

『참을 수 없는 존재의 가벼움』에서 쿤데라는 개인을 억압하고 개인의 창조성을 말살하는 절대 권력을 비판하면서 타자에 대한 배려와 관심이라는 중요한 주제를 다룬다. 에로틱한 사랑이나 정치적 주제에 가려 자칫 놓쳐버리기 쉽지만, 한 꺼풀만 벗겨놓고 보면 쿤데라는 이 소설에서 강자한테 억압받은 채 살아가는 힘없는 타자에 대한 배려와 관심을 촉구한다. 토마시와 그의 아내 테레자는 무소불위의 권력을 행사하는 사람들과 비교해 보면 힘없고 보잘것없는 타자들이다. 아무런 자유의지를 행사하지 못한 채 다만 권력가들이 원하는 대로 묵묵히 살아갈 뿐이다.

처음에는 토마시, 나중에는 프란츠와 관계를 갖는 화가 사비나도 타자이기는 마찬가지다. 공산주의나 사회주의 국가가 으레 그러하듯이 이 무렵 사회주의 리얼리즘을 예술 노선으로 채택한 체코도 예술가들에게 사회주의에 입각한 예술 노선을 강요하였다. 1932년 소비에트 작가동맹 결성 준비위원회에서 채택한 사회주의 리얼리즘이란 사회주의나 공산주의 국가의 공식적인 예술 노선을 말한다. 이 노선의 내용을 간추려 보면 ① 혁명적 발전에서 현실을 충실하게 그리고 역사적으로 구체적으로 재현하고, ② 현실의 확충과 역사적 구체성을 지니는 예술적 표현을 사용하며, ③ 사회주의 정신에 따라 이념을 변형시키고 노동자를 교육시켜야 한다고 되어 있다. 말만 '리얼리즘(사실주의)'이지 실제로는 혁명적 낭만주의와 크게 다르지 않다. 사비나는 사회주의 리얼리즘을 '키치(Kitsch)', 즉 저속한 예술로 간주한다. 이러한 예술 노선을 도저히 따를 수 없는 사비나는 체코의 예술계에서 타자의 위치로 떨어지고 마침내는 미국으로 망명할 수밖에 없다.

『참을 수 없는 존재의 가벼움』에서 쿤데라는 또 다른 타자를 다룬다. 인간이 동일자라면 짐승처럼 인간이 아닌 피조물은 하나같이 인간의 타자에 지나지 않는다. 그는 인간중심주의를 부르짖는 철학자로 르네 데카르트를 내세우고, 생태주의를 부르짖는 철학자로 프리드리히 니체를 내세운다.

데카르트는 물질과 영혼을 이원론적으로 서로 엄격히 구분한 것으로 유명하다. 그에 따르면 인간은 영혼과 생각을 지니고 있기 때문에 자연을 지배하는 위치를 차지하지만 영혼과 생각이 없는 동물은 한낱 인간을 위하여 복무하는 자동 기계에 지나지 않는다. 데카르트는 자연의 인간이 주인이요 소유주인 반면 짐승은 한낱 자동 기계, 생기 있는 기계에 불과하다고 주장한다. 실제로 데카르트는 암소를 두고 우유를 만들어 내는 자동 기계라고 불렀다.

데카르트는 실험실에서 개를 실험 대상으로 삼아 죽이는 것을 애석하게 생각할 하등의 이유가 없다고 말한다. "소가 비탄의 소리를 지를 때 그것은 비탄이 아니라 기능이 나쁜 기계 장치가 끼익 하고 내는 소리다. 마차 바퀴가 끼익 하고 소리 낼 때 그것은 마차가 괴로워하고 있는 것이 아니라 마차에 기름이 칠해져 있지 않다는 것을 뜻한다. 이와 똑같이 우리는 짐승의 울음을 이해해야 한다"고 말한다.

이 인용문에서도 엿볼 수 있듯이 데카르트가 짐승이나 자연을 설명하는 데 쓰는 중심 이미지는 바로 기계다. 기계란 인간의 삶을 편리하게 해 주는 도구일 뿐 그 자체로서는 아무런 존재 이유가 없다. 더구나 인간은 자신이 원하는 대로 기계를 마음대로 조종할 수 있다. 기계 이미지와 함께 데카르트가 자주 쓰는 밀랍의 이미지도 크게 다르지 않다. 인간은 자신이 원하는 대로 밀랍에게 형체를 부여할 수가 있다. 데카르트의 이론은 뒷날 과학적 지식이란 곧 자연에 대한 기술적 지배를 뜻한다고 말한 프랜시스 베이컨에 이르러 좀 더 발전한 모습을 보여 준다.

한편 데카르트의 반대편에는 니체가 버티고 서 있다. 1889년 1월 니체가 이탈리아의 투린 지방을 여행하던 어느 날 아침 카를로 알베르토 광장 끄트머리에 있는 한 호텔에서 막 나왔을 때 마부가 채찍으로 말을 때리는 모습을 목격하였다. 니체는 말에게 달려가 두 팔로 말을 껴안고 엉엉 울었고, 그 뒤 곧바로 의식을 잃고 길바닥에 쓰러졌다. 니체의 전기 작가들은 바로 이때부터 니체가 정신착란 증세를 보이기 시작했다고 입을 모은다.

그러나 니체가 말을 껴안고 운 것은 정신착란을 일으켰기 때문이라기보다는 짐승에 대한 사랑이 남달랐기 때문이다. 실제로 그는 자연에서 인간의 넝마를 벗겨버리는 한편, 인간으로 하여금 잃어버린 자연의 모습을 되찾게 하려고 무척 애썼다. 인간이 자연을 지배하고 정복하는 과정에서 자연은 어쩔 수 없이 인간의 상처가 남아 있을 수밖에 없었고, 인간은 인간대로 자연의 본래 모습을 점차 잃어버리게 되었다. 『참을 수 없는 존재의 가벼움』의 첫머리에서 쿤데라가 니체의 영원회귀 사상을 언급하는 것은 결코 우연한 일이 아니다. 쿤데라는 "인간의 시간은 원형으로 돌지 않고 직선으로 나아간다. 행복은 반복의 욕구이기에, 인간이 행복할 수 없는 것도 이런 이유 때문이다"라고 밝힌다. 순환적인 리듬을 따르는 자연과는 달리 인간은 일정한 목표를 향하여 일직선적으로 나아간다. 이러한 선형적 세계관에서 인간은 절망을 느낄 수밖에 없다.

이렇듯 쿤데라는 이 세상에 존재하는 것은 하나같이 인간 못지않게 소중하다고 생각한다. 화자의 입을 빌려 그는 "「창세기」 첫머리에 하느님은 인간을 창조하여 새와 물고기, 짐승을 지배하도록 했노라고 적혀 있다. […] 인간이 소와 말에 대한 지배권을 빼앗고 이것을 신성 불가침한 것으로 만들기 위해 하느님을 생각해 냈다는 것이 훨씬 더 있을 법한 일이다"라고 말한다. 자칫 불경스럽게 들릴지도 모르지만 쿤데라는 이 구절에서 인간을 만물의 영장으로 보려는 태도에 쐐기를 박는다.

사회가 건강하려면 동일자 못지않게 타자를 배려하고 타자에 관심을 기울이는 것이 무엇보다도 중요하다. 상대방을 단순히 무너뜨려야 할 경쟁자보다는 더불어 살아가는 동반자로 생각할 필요가 있다. 상생의 윤리는 이제 기업 경영뿐 아니라 사회 전반에 걸쳐 아주 필수적인 덕목으로 자리 잡았다. 사회적 약자에 대한 배려와 관심은 궁극적으로 사회와 국가를 건강하게 만드는 데 필수적이기 때문이다.